L'HOMME SANS FUSIL

Avril 43

« Quand Werner, conduit par Anna, a débarqué dans les Cévennes, j'étais loin de me douter (tout comme Élise, mais pour d'autres raisons) que l'Allemand que cachait ma famille allait tournebouler notre paisible existence de paysans huguenots. Qui était donc cet étranger farouche et solitaire qui croyait encore pouvoir lutter contre Hitler par la seule force de son crayon ?

Mais, comme un signe de Dieu, voilà que dans notre montagne rebelle, refuge des déracinés et des proscrits, s'organise un nouveau maquis – pour la plupart d'anciens de la guerre d'Espagne – regroupant Espagnols, Tchèques, Russes, Polonais, ainsi que d'autres Allemands antinazis. »

De ce roman subtil et foisonnant, histoire de guerre, d'amour et d'exil narrée avec un humour *reviscoulant*, s'élève avant tout le chant des esprits libres. Celui de ces « nouveaux Camisards » aux racines de vent que leur foi en l'humanité ne fait reculer devant rien.

Née de mère coréenne et de père cévenol, le journaliste et romancier Max Olivier-Lacamp, Ysabelle Lacamp est diplômée de chinois et de coréen. Du Baiser du dragon *(1987) à* Mambo mambo *(1997), elle a exploré des sujets historiques et contemporains avec une force et un humour incisifs.* L'Homme sans fusil *est son premier roman sur les Cévennes.*

DU MÊME AUTEUR

Le Baiser du dragon
Lattès, 1987
« Le Livre de poche », n° 6500

La Fille du ciel
Albin Michel, 1988
« Le Livre de poche », n° 14716

L'Éléphant bleu
Albin Michel, 1990
Ramsay, 1996
« Le Livre de poche », n° 14347

Une jeune fille bien comme il faut
Albin Michel, 1991
« Le Livre de poche », n° 14630
« J'ai Lu », n° 3513

Les Paradis lointains
avec Jean-Marie Galliand
Lattès, 1992
« Le Livre de poche », n° 13815

Les Nuits-Kimono
avec Jean-Marie Galliand
Lattès, 1994
« Le Livre de poche », n° 13974

Mambo mambo
Ramsay, 1997
« Le Livre de poche », n° 14259

Livres pour la jeunesse

Neige de printemps
avec Jean-Marie Galliand et Alain Thomas
Albin Michel-Jeunesse, 1988

Bandes dessinées

Fleur de Prunus
avec Jean-Marie Galliand et Alain Bordier
Albin Michel, 1992

Ysabelle Lacamp

L'HOMME SANS FUSIL

ROMAN

Éditions du Seuil

TEXTE INTÉGRAL

ISBN 2-02-058111-6
(ISBN 2-02-052913-0, 1re publication)

www.seuil.com

Pour Caspar

vers Mende
Mt Lozère
FLORAC
vers Genalhac
St Julien d'Arpaon
Col de Jalcreste
Barre des Cévennes
Collet de Dèze
Portes
Ste Cécile d'Andorge
La Borie
La Parade
Plan de Fontmort
St Germain de Calberte
La Grand-Combe
Meyrueis
Le Pompidou
St Croix Vallée Française
St Etienne Vallée Française
ALÈS
St André de Valborgne
Mt Aigoual
L'Estréchure
St Jean du Gard
Lasalle
Le Vigan
Saint-Hippolyte du Fort
Ganges
vers NÎMES
vers MONTPELLIER

À L'INTENTION DU LECTEUR

Ce roman rend hommage à un maquis d'étrangers qui a réellement existé dans les Cévennes.

Tout en respectant la chronologie d'une partie de son histoire et en suivant la trajectoire de ses acteurs pour mieux en livrer l'esprit, l'auteur – moins pour privilégier les besoins de la narration que par égard pour ses protagonistes encore en vie – a néanmoins choisi de s'en inspirer librement.

J'espère que ces derniers sauront me pardonner si, à travers les aventures de Werner chez les Moïses*, l'historique pur cède le pas à la fiction, de même qu'il serait vain de tenter de retrouver une quelconque ressemblance entre les personnages du roman et les héros réels de cette tranche de l'Histoire.

Merci à la passionnante étude d'Évelyne et Yvan Brès – tous deux Cévenols comme moi – sur les pérégrinations de ces antifascistes allemands en France (*Un maquis d'antifascistes allemands en France, 1942-1944*, Les Presses du Languedoc/Max Chaleil éditeur) qui fut l'une des références du roman pour sa partie « maquis ». Merci également à tous ceux – Aimé Vielzeuf entre autres – qui ont su « crever » la pudeur de leur souvenir et s'attacher à retracer l'histoire d'une certaine résistance dans la région.

En souvenir du maquis Montaigne, donc...

Y.L.

* Surnom tiré du sigle MOI, « main-d'œuvre immigrée », plus tard confondu avec Mouvement ouvrier international.

Toulouse, avril 43

Courir. Échapper à la meute, oublier les coups de feu, les sifflets, le corps d'Albert étendu sur la voie ferrée. Courir donc, sans savoir où. Fuir, ou plutôt non, fou qu'il est, ralentir le pas, il n'a pas le choix. Trouver la cadence qu'impose le port de cet uniforme-là. S'habituer aux battements de son cœur et au martèlement de ses propres bottes sur la chaussée sans sursauter. Eins, zwei, drei..., relever un menton guerrier...

La fille au balcon l'a vu. Elle tire sur son fume-cigarette et se marre. Une brunette fatiguée aux ongles trop rouges, une aubaine qui traîne encore en déshabillé à cette heure de la journée et lui fait gentiment signe de monter.

Comme si le pif vermillon d'un dieu rigolard se pointait toujours au cœur du pire danger...

Maintenant, la fille, affalée sur le lit, le dévisage, narquoise, tout en triturant son collier.

– Dis donc, t'as pas l'air pressé !

Son uniforme le serre. Arracher ce col, ces deux insignes en forme d'éclairs cousus à son revers qui le brûlent comme s'il était marqué au fer. Détourner surtout la tête – comme s'il était monté pour « ça » ! –

soustraire de sa vue ces sous-vêtements de crevette grise, ce porte-jarretelles couleur misère usé par les lessives...

Il étouffe.

Est-ce le couvre-lit à fleurs ? Le parfum de la femme ou cette peau d'emprunt qui pue la mort ?

– Alors, Biquet...

Gagner du temps, même si la belle s'impatiente.

– ... tu le retires ce pantalon. J'connais de tes compatriotes plus expéditifs !

Il souffle, cherche de l'air.

– Dis donc (exaspérée, la dame s'est relevée sur un coude). Tu te fous de ma gueule ou quoi, tu t'imagines quand même pas qu'on va attendre le débarquement !

Ne plus entendre cette voix qui crisse maintenant dans les aigus comme un talon aiguille piétinant du verre. Faire taire la fille. Se tourner calmement vers elle et tout lui avouer. Lui dire que s'il est ici, c'est pour se planquer, pas pour baiser... Ou plutôt non, la gifler, oui, lui écraser la bouche avec son oreiller, cette bouche ripolinée pour le plaisir de l'Occupant qui doit crier l'amour avec des trémolos de grenouille crevée. Mieux encore, serrer, serrer ce cou gras et blanc, tout, mais en finir, vite, avec cette mascarade, ce rictus complaisant...

– Ben vas-y...

Il sursaute.

– ... vas-y donc, étrangle-moi...

Cette fois, mains croisées sous la nuque, la fille le regarde fixement. Aucune peur dans ses yeux, juste le calme étrange de ceux qui renoncent brusquement à combattre la fatalité.

– ... te gêne pas.

Sa voix se perd, sûre en tout cas que l'étranger ne pipe mot au français.

– Qu'est-ce que tu crois ? Que je peux encore attendre quelque chose de la vie à part me faire bourrer par tous les trous pour gagner de quoi remplir mon gros intestin et chier un bon coup ? Alors (elle ferme les yeux), autant finir dans la gloire, pas vrai. Je vois d'ici les titres des journaux (elle glousse), parce que faut pas croire que ça passera inaperçu, hein, j'connais des p'tits copains qui se feront un plaisir de faire éclater le scandale pour enfoncer l'Occupant. Tu vois, y en a qui offrent leur corps à la science, ben moi, tiens, je donne volontiers le mien à la Résistance...

Soudain, la fille éclate d'un rire nerveux que l'homme prend pour un sanglot. Déconcerté, il avance une main. Pour un peu, il s'assoirait sur le bord du lit et chercherait à la consoler.

– Ne me touche pas !

Hystérique, la pute s'est redressée.

– Espèce de sale nazi va, sale SS, ne me touche pas, ou je crie.

– Excusez-moi, s'entend-il dire alors comme dans un songe.

Lentement, il retire sa veste. Sa lèvre tremble.

– ... j'aimerais me changer. Auriez-vous par hasard des vêtements à me prêter ?

Chapitre 1

La première fois que j'ai rencontré Werner ? Je risque de m'en souvenir longtemps. C'était le jour de mes treize ans. Les Boches occupaient le Midi de la France depuis le début de l'hiver et malgré l'or des genêts, la nature même, toute gorgée des pluies de printemps, se couvrait de vert-de-gris en hommage à l'Occupant.

Cet après-midi-là, le pasteur me réclama au bourg.

– Il a dit que c'était urgent, insista la fille du boulanger qu'il avait envoyée au mas parce qu'elle possédait une bicyclette.

Sa grande natte lui battait les fesses, et j'avais vu ses lolos tressauter sous sa blouse quand elle avait attaqué en danseuse le dernier virage du chemin. Mais je n'avais que faire de la *Raïolette*. Abandonnant ma binette, je quittai Claveyrolle en sifflotant.

C'est que le pasteur accueillait chez lui toutes sortes de clandestins. Des *cabits*, comme on disait, des Juifs pour la plupart, mais aussi des réfugiés politiques, mazette, ou des résistants. Certains même venaient de loin. Il leur fabriquait de faux papiers d'identité grâce au petit atelier qu'il s'était aménagé dans une soupente où l'on engraissait naguère les vers à soie, et mon père, avec quelques autres, se chargeait de les cacher. Question isolement, il n'y avait pas de planque plus idéale que Claveyrolle, adossée au roc parmi les châtaigniers.

Dans ce trou des Cévennes où le temps s'était arrêté et où rien ne semblait bouger quand bien même la France entière était occupée, qu'aurait-on pu faire d'autre ? Cela donnait au moins l'impression de servir à quelque chose, de participer au malheur national, bref de résister.

*
* *

Accolée au temple, la maison du pasteur surplombait le Gardon. La treille de sa terrasse s'ornait de feuilles toutes neuves, et le laurier-sauge qui flanquait la porte au heurtoir de bronze bruissait légèrement. Quelle tête aurait cette fois le nouveau clandestin ? Un tantinet nerveux, je me frayai un chemin au milieu du bric-à-brac qui encombrait le couloir, et pénétrai sans frapper dans le salon.

J'y fus accueilli du regard par Élise qui replongea aussitôt dans son ouvrage. Ses joues étaient en feu comme lorsqu'elle s'asseyait devant sa harpe et s'apprêtait à jouer. Sauf que là, c'était une chaussette qu'elle reprisait. Face à la cheminée, son père était en grande conversation avec un homme élancé en col roulé.

Ils parlaient allemand. Ce détail me chiffonna au point que j'en oubliai de saluer l'inconnue au tailleur qui jouait aux élégantes et trompait l'attente en se faisant les ongles sur le petit canapé. Il me revint aussitôt à l'esprit que le pasteur avait longtemps séjourné à Strasbourg. Sans doute, l'homme avec ses cheveux blonds était-il lorrain ou alsacien. Mais était-ce là une raison pour s'exprimer dans la langue de ces sales Teutons ?

– Abel, je te présente Werner.

Tout en souriant, le pasteur s'était tourné vers moi.

– Werner est allemand..., ajouta-t-il très vite à mi-voix.

Puis il poursuivit moitié en français, moitié en patois, comme pour mieux me convaincre ou m'apprivoiser, parce qu'il dut voir mon air affolé et sentir mon envie de déguerpir, même si je restais tétanisé.

– ... c'est un réfugié. Des amis de Toulouse me l'envoient par l'intermédiaire d'Anna. J'ai donc toutes les raisons de croire que c'est un ami. Ça ira ?

L'Espagnole, celle qui portait le tailleur, me jaugea rapidement puis reprit sa contemplation, non sans avoir cherché à capter le regard de l'Allemand. Mais ce dernier – était-ce par discrétion ? Souhaitait-il me laisser le temps de la réflexion ? – restait obstinément le dos tourné au salon, les yeux rivés sur la flambée claire.

Un instant, on n'entendit plus que le châtaignier sec qui pétouillait gaiement.

– La Gestapo le recherche, enchaîna le pasteur comme je ne répondais pas, je crains qu'il ne doive rester caché pendant plusieurs semaines.

J'étais atterré et en même temps vaguement excité. Dans ma grande naïveté, je ne comprenais pas très bien ce qu'un Boche pouvait fuir dans ce pays qu'il occupait, mais le seul fait qu'il ait atterri dans notre coin perdu en rehaussait bel et bien l'attrait. Retrouvant mon bon sens, je me dis que l'homme de Dieu avait ses raisons, raisons dans ma famille qu'on ne discutait pas :

J'acquiesçai. L'Étranger se retourna alors lentement et replia un genou avec nonchalance pour mieux prendre appui contre le manteau de la cheminée. À le découvrir de face, j'eus presque un choc.

Se tenait devant moi le portrait craché d'un officier de la Wehrmacht, grand, blond, svelte, n'eût été une certaine grâce féline, une souplesse de bête aux aguets qui n'avait rien à voir avec la raideur imaginée. Ne manquait plus que l'uniforme.

– Êtes-vous sarrois ? m'entendis-je bredouiller pour meubler le silence, parce que j'avais appris en classe que ce petit bout d'Allemagne se targuait, il n'y a pas si longtemps, d'appartenir à la France.

– Grâce à Dieu ! (L'Étranger éclata de rire.) J'aurais trop honte de n'avoir voté un référendum que pour mieux me faire manger par Hitler.

Son français était presque parfait. Mieux, la franchise de son regard me plut. Un véritable nazi, me dis-je un tantinet soulagé, n'aurait pas les yeux noisette, mais bien plutôt bleu-gris, des yeux couleur d'acier froid et de lame polie.

Il me tendit la main. Il avait une fossette à la joue droite et les dents du bonheur.

– Je me ferai tout petit, promit-il... Le travail ne me dérange pas, j'ai des bras.

Je n'en doutais pas.

– Dans ce cas, ai-je plaisanté, allons-y tout de suite, le travail n'attend pas.

On a rigolé. L'Allemand a alors salué le pasteur très courtoisement, puis l'Espagnole avec une distance un peu forcée qui ne m'a pas échappé. Il parut en revanche étonné qu'Élise ne lui réponde pas, mais ne s'en est point offusqué. Toutefois, comme le pasteur attrapait une lampe-tempête pour éclairer le passage qui donnait sur l'arrière de la maison, j'ai vu, l'espace d'un éclair, les deux femmes se toiser du regard et su sur-le-champ qu'elles ne s'aimaient pas.

*

* *

Le vent avait tourné. La fraîcheur du nord désencrassait le ciel, aiguisait les crêtes, et fouettait le sang noir des grands arbres morts.

Depuis que nous avions quitté la route pour le sentier muletier, laissant les toits de Saint-Amand et son temple octogonal à main droite, l'Allemand me paraissait moins tendu. Même s'il continuait à surveiller les alentours avec prudence, je le sentais à présent humer le paysage et en flairer chaque recoin avec un désir féroce de l'apprivoiser. Sans doute l'Étranger avait-il appris à s'adapter en toutes circonstances. C'est du moins ce que m'enseignait l'acuité de son regard qui devait, en tout cas, lui servir à ne jamais rien oublier.

– Ici, dit-il au bout d'un moment en embrassant du geste la houle des serres et les éboulis de roches qui moutonnaient à perte de vue entre genêts et châtaigniers, le caillou est roi, c'est sûr, et l'homme n'est rien. Fondu, englouti dans l'immensité. (Il se tourna vers moi.) Un vrai paradis pour clandestins, n'est-ce pas ?

Gigantesque, son ombre se déployait devant moi telle une buse prête à l'envol.

– Tu es juif ? j'ai demandé timidement.

Werner s'arrêta et sourit.

– Non.

– Rouge, alors ?

– Non plus.

– Mais alors... (j'étais de plus en plus intrigué) pourquoi te caches-tu ?

Il aurait pu répondre : « Parce que je suis allemand », mais il s'abstint et, de la pointe de son soulier, se contenta de chasser un caillou.

– Parce que j'aime la liberté, dit-il simplement.

– Tout le monde aime la liberté.

C'était vrai. En tout cas, mes Ancêtres à moi étaient prêts à se faire pendre ou à aller aux galères pour la défendre au nom de leur religion, je le lui dis avec flamme. Puis je demandai :

– Monsieur, es-tu donc protestant ?

Ma candeur, ou plutôt mon acharnement à trouver une justification à son comportement le fit rire.

– C'est un peu compliqué, disons que je ne suis pas très pratiquant. Il y a même des jours, vois-tu, où je ne crois en aucun Dieu... Et cela, de plus en plus souvent.

Ne pas croire en Dieu ? J'étais effondré. Qu'allaient dire mes parents ? Déjà que l'Étranger était allemand !

Je dus faire une de ces têtes car il ajouta très doucement :

– Je suis un pacifiste avant tout, Abel, c'est cela qui me sert de religion.

Au loin, accroché à l'adret comme un nid de guêpes, apparaissait déjà Claveyrolle, avec ses murs taillés dans le granit et ses toits de schiste gris scintillant de toutes leurs écailles au soleil. Sceptique, je gardai le silence.

Allons, l'Allemand n'allait quand même pas me faire croire qu'il était résistant !

*
* *

On a d'abord rencontré ma mère sur l'aire de battage.

Elle revenait du jardin avec son linge, flanquée de mon frère Émile qui tirait la langue au vent et faisait la girouette en dépit de son âge. On disait dans la famille qu'il était un peu simple d'esprit.

Ma mère essuya machinalement ses mains sur les poches de son sarrau et marmonna quelques mots de bienvenue à l'adresse de l'inconnu. Mais quand Werner voulut se saisir de son panier à linge, elle le regarda comme si elle avait à faire à un fou.

La pauvre n'avait pas l'habitude. Normal, chez nous, plus un homme est prévenant, plus on s'en méfie.

*
* *

Werner dit simplement : « Je suis allemand. »

Et mon père ne dit rien. À mon grand étonnement, il ne posa même pas de questions. Il se contenta seulement de mâcher un peu plus longuement son pain.

Ma mère étira son cou d'oiseau, lança un ou deux coups d'œil effarouchés à la ronde puis, ne voyant pas l'orage venir, s'en alla silencieusement vaquer à ses fourneaux.

La toile cirée collait.

J'épiai alors l'Étranger qui souriait au Papet pour ne pas trop fixer Émile parce que ce dernier bavait, je détaillai les ongles noirs de terre de mon père, l'âtre béant, les murs qui suintaient. Chez les riches, j'en étais sûr, les mouches ne grésillaient pas, elles se taisaient. Et tout à coup, j'ai eu honte.

Honte de toute cette pauvreté qui faisait encore ce matin mon orgueil et ma fierté. Et tout ça, parce qu'un étranger pas comme les autres nous regardait.

*

* *

Mon père avait sorti sa fouillette de *clinton** – un honneur auquel n'avaient pas droit tous les clandestins – et on en était à trinquer à la fin de la guerre quand le grand-père, tout reviscoulé par le jus de notre treille qui était plus noir que jus de boudin, s'est mis à raconter sa bataille de Verdun.

– Mille Diou, c'est que j'en ai bouffé du Boche, hé, hé ! Peut-être même autant que du curé.

– Tais-toi, Papet, arrête de *repapier*, a chuchoté ma mère. Faut l'excuser (elle lança un regard consterné en direction de Werner), ça lui prend dès qu'il a un peu *pintchourlé*.

* La première occurrence, en italiques, des mots et expressions cévenols renvoie au glossaire en fin de volume. *[NdÉ]*

– C'est à croire qu'ils poussaient comme du chiendent... Plus on tirait au mortier, plus il en sortait des tranchées...

– Tais-toi, je te dis (cette fois, ma mère s'était mise à crier), tu vois bien que le monsieur, il est allemand...

– Que le monsieur, il est du Mans... ? reprit le grand-père d'un air hébété.

– Fan de purges, mais il est bouché ! s'emporta mon père. Puisque maman te le dit que le monsieur, il est A-LLE-MAND, PRUSSIEN, crénom de nom... (et puis baissant d'un ton), Fritz, Schleu, Teuton, Fridolin, si tu comprends mieux.

– Laissez, laissez donc faire, monsieur Mazel, le coupa doucement Werner. Ne vous gênez pas pour moi, je vous prie. C'est que les histoires de la Grande Guerre, je les ai entendues moi aussi couler de la bouche de mon grand-père qui était Kapellmeister... mais elles n'étaient pas aussi divertissantes, je puis vous l'assurer, sans quoi je ne serais peut-être pas devenu le pacifiste que je suis...

– Et alors ? s'égosilla le Papet qui n'avait pas suivi, qu'est-ce que ça change, puisque c'est la vérité vraie que je vous dis.

– Ça change que pour changer (le ton de mon père s'était radouci), on préférerait encore, maman et moi, et ceci par égard pour notre hôte, que tu nous casses les rondondons pour la énième fois avec tes histoires de Camisards, ou que tu nous causes de l'ancêtre Gédéon...

– Poil aux cons.

Il y eut un silence de plomb.

J'ai vu alors la main de mon père s'élever, prête à s'abattre sur mon frère hilare d'avoir enfin capté l'attention. Mais c'était sans compter sur sa force à maîtriser ses pulsions avec la même rage que s'il tombait un châtaignier centenaire.

Pendant quelques secondes, sa pougne énorme est restée suspendue dans les airs avant de se poser sur la table, comme si de rien n'était, presque calmement. Dans ses yeux cependant, je venais de lire pour la première fois plus de peine que de colère.

Je crois que l'étranger le remarqua aussi.

– À propos, s'excusa-t-il gentiment, si ce n'est pas trop abuser de votre hospitalité, pourrais-je vous demander une lame pour les poils de mon menton... ?

Sacré Werner, je lui aurais sauté au cou pour avoir su à cet instant-là détendre l'atmosphère.

*

* *

Plus tard, après que j'eus montré sa chambre à Werner, en réalité celle d'Esaïe, mon frère aîné, qui était prisonnier en Allemagne du côté de Nuremberg, j'ai entendu à travers la cloison ma mère se lamenter.

– Aïe misère, cacher un Allemand, Clovis, mais tu n'y penses pas ! Cet homme a peut-être tué des Français, qui te dit que ce n'est pas un espion ou un déserteur ?

– J'ai confiance dans le pasteur, a répondu laconiquement mon père.

– Mais c'est un citoyen ennemi, Clovis, qu'est-ce qu'on va dire de nous ?

– Et alors (mon père moucha la bougie), ce n'est pas parce qu'il est allemand qu'il est nazi, que je sache. Et puis, poursuivit-il avec la ferme intention d'abréger la conversation, as-tu songé à l'ancêtre Gédéon, hein ? Comment crois-tu qu'il aurait échappé aux galères de Louis XIV si l'Allemagne d'alors ne nous avait pas tendu les bras, à nous, pauvres huguenots hors la loi qui n'avions que notre foi ? Penses-y, Zulma. Qui sait si Dieu ne nous envoie pas aujourd'hui l'occasion de lui rendre la monnaie de sa pièce. En vérité, je te le dis, ce ne sont pas les Allemands qui sont nos ennemis, mais tout ami du fascisme, qu'il soit ici ou là-bas. Je te le répète, tout être qui lui résistera, Boche, Papou ou Chinois, aura toujours son pain et son couvert chez moi.

– Clovis, gémit ma mère, mais si le pasteur s'était fait gruger ?

Le lit craqua.

– Ça, soupira mon père, Dieu seul le sait.

*

* *

Mon père ne chercha jamais à savoir pourquoi l'Étranger se cachait. C'était comme ça. On ne farfouillait pas dans la vie d'autrui, cela faisait partie de ses principes. Et puis, en admettant que l'Allemand ne fût pas un usurpateur, le seul fait qu'il ait à se soustraire à la vue de l'Occupant le propulsait dans l'autre camp : celui des victimes ou des résistants. Alors, qu'importait le pourquoi du comment ?

Quant à ma mère, qui s'était résignée bon gré, mal gré à la situation, elle n'est pas longtemps restée à s'en plaindre : malgré ses jolies mains soignées, l'Allemand abattait plus de travail qu'un forçat. Il fallait le regarder fendre le bois pour notre provision d'hiver ou retourner la terre avec une énergie qui laissait coi. Mais planter les oignons, ou réparer les murettes des *faïsses* ou la toiture de la Clède avec mon père, ne l'empêchait jamais de m'accompagner garder les chèvres au-dessus de la maison, à l'heure où les hommes faisaient la sieste. C'était devenu un rituel, son « repos du guerrier », comme il disait. Il s'asseyait à côté de moi, tirait de sa poche un vieux calepin tout écorné, et se mettait à dessiner ce qui lui passait par la tête. Ainsi pouvait-il croquer de mémoire la silhouette affairée de ma mère courant derrière ses poules ou celle du Papet prenant le frais devant la porte, ses grosses mains croisées sur sa canne en mûrier.

– Ça m'empêche de rouiller, disait-il sans relever la tête.

En réalité, et ce n'était pas pour me déplaire, c'était sa façon de communiquer, car l'homme n'était pas du genre à se livrer.

De temps en temps pourtant, son lyrisme se réveillait.

– Regarde, Abel, me disait-il en désignant une de ces malheureuses pousses de châtaignier, regarde donc ce vert strident, il vibre, il crisse, si neuf qu'il fait mal aux dents...

Tous ces termes savants, moi, je n'y comprenais goutte. Alors Werner, maudissant son accent, extirpait de sa besace un petit volume dans lequel il puisait avec gourmandise le sens de ces mots nouveaux qu'il faisait ensuite rouler dans sa bouche jusqu'à ce qu'ils fondent au-dedans comme miettes de gâteau. Cette manie me fichait les bouffes. Comment pouvait-on aimer à ce point une langue qui n'était pas la sienne ? Je lui demandai un jour un peu méchamment s'il n'avait pas l'impression d'être un renégat. Werner me regarda, peiné.

– Pourquoi, ne trouves-tu pas que la langue française est belle ?

– Peut-être qu'elle l'est, ai-je répondu crânement, mais comment savoir ? Ma langue à moi, c'est le patois.

Le dictionnaire claqua. Un petit bruit sec qui m'a pincé le cœur à la pensée que j'avais peut-être, non sans un certain plaisir, il est vrai, cassé ce début de complicité.

Le lendemain, lorsqu'on a sorti la saucisse sèche et la *cèbe* du côté de Pierre-Plantée, j'ai remarqué, avec une légère mauvaise conscience, que la petite couverture bleue n'avait plus sa place dans la besace de l'Étranger.

– Dis, tu l'as oubliée ta bible ?

– Non (Werner a souri), je n'en ai plus besoin. Désormais, c'est toi qui me serviras de dictionnaire.

– C'est que...

La mousse sur laquelle j'étais assis me chatouillait le fondement plutôt désagréablement. Le cabit se doutait-il un instant que je me forçais à apprendre par cœur la plupart des mots qu'il me brandissait si fièrement ?

– Abel, insista-t-il, j'aimerais que tu m'enseignes le patois.

Cette fois, je le dévisageai franchement. Non, ses yeux clairs ne se moquaient pas.

– Alors ? (Il s'impatienta gentiment.) C'est oui ?

– Alors... (je fixai le bout de mes souliers), c'est oui, mais à une condition...

J'ai retenu mon souffle et j'ai pointé du menton, coincé dans son cahier, le drôle de stylet dont il ne se séparait jamais.

– C'est que... moi aussi, j'aimerais savoir tenir un crayon.

Chapitre 2

– N'est-il pas difficile de vivre aussi isolés ?

Les mains pleines de terreau, le père Mazel lève un regard surpris sur l'Étranger.

– Je voulais dire qu'entre voisins on peut au moins s'entraider, bredouille ce dernier, gêné comme s'il avait lâché quelque obscénité.

La grosse pogne empoigne d'autorité une gerbe de fanes et arrache d'un coup sec un bouquet de carottes.

– Oui, mais on peut aussi s'entre-tuer !

Werner n'insiste pas. Se contente de fixer les carottes luisantes comme des sexes de chien, puis accrochée aux poils roux, la terre qui dessine d'étranges constellations sur les poignets du paysan. Évident que chez les Mazel, on n'a jamais rien demandé à personne. Décidément, cet endroit ne lui déplaît pas.

*

* *

Élise détaille le dos de l'Étranger, nudité puissante, rehaussée par la tache sombre du pantalon et presque incongrue au milieu des genêts.

Qui était donc cet homme pour se sentir à l'aise partout où il se trouvait ?

– J'apporte le déjeuner, rougit-elle. Zulma vous a mis des olives et des poivrons à l'huile et je vous y ai glissé une portion de kouglof.

Sa binette dans une main, doigts en visière, l'Allemand se retourne. Devant son regard interrogateur, elle précise.

– Ma mère était alsacienne, c'est elle qui m'a appris à le faire. J'ai pensé que vous n'aviez pas dû en manger depuis longtemps...

Touché par ce geste inattendu, Werner déroule le torchon qui enveloppe le gâteau avant de sortir son couteau suisse.

– Une part pour vous, une part pour moi alors.

Encore tiède, un petit morceau d'enfance s'effrite entre ses doigts. Son regard plonge dans l'immensité bleue qui scintille au loin comme du mica.

– Élise (il hésite), jouez-vous de la harpe depuis longtemps ?

La jeune fille secoue la tête.

– Pas vraiment. C'est juste pour faire plaisir à mon père en souvenir de maman.

La bouche pleine, Werner sourit.

– Petit garçon, j'ai moi-même touché au violon. Je disais que c'était mes ailes. Mon oncle, lui, m'appelait l'apprenti-sorcier. Il affirmait que je ne chevauchais pas un balai mais mon archet.

Intriguée, Élise dévisage l'Étranger.

– Vous destiniez-vous à une carrière de violoniste ?

– Moi ? (Werner éclate de rire.) Je ne rêvais que d'une chose, devenir montreur d'ours et gagner beaucoup d'argent. Je me suis même enfui un jour... (et puis, presque étonné de se livrer avec autant de facilité :) je croyais courir assez vite pour rattraper une troupe de forains de passage dans la vieille ville. Malheureusement (du coin de l'œil, il observe les fossettes en forme de lune), je me suis fait reconduire chez mes parents par un gendarme trop zélé, l'ours a aujourd'hui parqué les Gitans dans un camp pour mieux les dévorer et j'ai, depuis, brisé de rage mon archet. Vos parents se sont-ils rencontrés à Strasbourg ?

Petit geste vague d'Élise un peu surprise.

– Oh ! ça c'est une autre histoire. Mes parents y sont tombés éperdument amoureux quand mon père était encore étudiant en théologie. Bien sûr, cela n'a pas fait plaisir à sa famille mais elle était têtue, elle l'a suivi. Pourtant, elle a eu du mal à s'habituer ici... Au village, elle était toujours l'Étrangère (sorti un instant de son éclipse, son visage se rembrunit). Elle était persuadée que cela nuisait à la réputation de mon père. Et puis un jour, on l'a retrouvée noyée au fond du bassin...

Caressé par la vase, le corps d'Élise disparaît sous l'eau, coiffé de lys tremblants comme des sanglots.

Ouf, sa poitrine se soulève.

– Parfois, moi aussi je me sens l'Étrangère, mais contrairement à ma mère (elle sourit), j'ai fini par comprendre que cela n'avait rien à voir avec le regard des gens.

*

* *

1er juin 43

« Trois semaines se sont écoulées depuis mon arrivée. Le soleil, à présent, monte de plus en plus haut dans le ciel au fur et à mesure que s'éteint l'or des genêts. J'observe. Ici, point de concession. Pas plus avec soi-même qu'avec le monde environnant. Un troc âpre et serré avec la nature comme entre les gens, où tout vise à l'économie et où la parole même et le geste se déclinent avec parcimonie. Un mot lâché ne l'est d'ailleurs jamais au hasard. À clé donnée correspond toujours une porte de placard.

Mine de rien, le père d'Abel me surveille. Je devine son regard accompagner chacun de mes mouvements sous la broussaille du sourcil. Jauger mes progrès aussi.

L'autre jour, malgré le second manche de merlin que je venais de briser, j'ai eu droit à un semblant de compliment comme je finissais la réfection de mon premier bout de muret.

– Un vrai travail d'artiste, s'est-il exclamé.

J'ai d'abord cru qu'il se gaussait, cependant mes mains ont continué machinalement leur tâche sans s'inquiéter.

– On voit que c'est le travail de quelqu'un qui sait regarder, a-t-il seulement précisé.

C'était dit sans malice avec lenteur, comme s'il avait pris le temps de mâchonner chaque mot pour en extraire la saveur, et j'aurais pu rétorquer que cela faisait partie de mon métier. Au lieu de quoi, je lui ai dit qu'ici, au moins, l'œil ne prenait pas seulement le temps d'écouter, mais qu'il savait aussi s'amuser.

Le père Mazel s'est alors gratté l'aisselle du revers de la main et il a rigolé. La première manche est gagnée. Depuis, ce dernier, jusqu'ici sur la réserve, consent peu à peu à me prodiguer les conseils dont il m'a privé.

Abel me demande pourquoi j'ai l'air soucieux, recroquevillé sur on ne sait quelle ombre intérieure. Plusieurs fois, il est vrai, j'ai rompu avec notre rituel de l'après-midi pour rester lire dans ma chambre les ouvrages qu'Élise, délicate attention du pasteur, m'amène une fois par semaine, cachés au fond d'un panier. Mais cela s'avère insuffisant pour chasser celui que je nomme mon "cavalier noir". En vérité, terré au fond de cette combe protégée des dieux, la réalité du monde tout comme la notion du temps m'échappent, et cela me fait peur. Les années ici doivent s'écouler sans qu'on y prenne garde, avec, pour seul repère, ces gestes immuables liés au cycle imperturbable des saisons. L'inaction, du coup, appelle le passé, ce passé que, de toutes mes forces, je cherche à repousser : je ne veux pas penser à la Bavière, à son herbe trop grasse et aux bulbes blancs de ses clochers, pas plus que je ne désire évoquer notre terrasse au bord du Starnberger See, les bals donnés par ma mère déguisée en Moujik, ou la robe de chambre en soie que mon père endossait un peu pompeusement quand il se mettait à écrire. Non, je ne veux pas, je refuse de me souvenir, sinon je suis un être mort. »

*

* *

Un jour, assis au pied d'un vieux châtaignier foudroyé, Abel surprit pour la deuxième fois Werner en train de dessiner des barreaux.

– C'est quoi cette grille ?

– Un camp.

– Un camp pour qui ?

– Pour des naïfs comme moi qui ont cru fuir la barbarie de leur pays en choisissant celui des libertés.

Werner se tait, amer. Furieux aussi d'avoir donné libre cours à un désenchantement qui ne regarde que lui.

– Tu es arrivé en France depuis longtemps ? se risque Abel plutôt timidement.

À l'aide d'un bout de bois calciné, Werner trace quatre petits traits sur le rocher.

– Quatre ans, cela fait un bout de temps n'est-ce pas ?

Il plisse les yeux.

– C'était quelques mois avant la guerre. Je suis parti comme ça, je n'avais pas le choix. Comme d'autres, j'ai traversé le Rhin à la nage, et j'ai quitté ma patrie comme un voleur. C'était dur, je t'assure (Werner sourit devant la bouille tout estourbie d'Abel), mais regarder en avant est toujours plus facile quand on ne peut plus regarder derrière soi...

– Et tu as tout abandonné ?

– Mon père, mon petit frère et mon grand-père. Mais je ne me fais pas de soucis pour eux, ils s'en tireront, ce sont de bons citoyens. Et puis (l'Allemand rit tout en fixant un point incertain vers le plateau, là où la roche se prolonge à l'infini, étendue de caillasse et de buissons rabougris), en France, il n'y avait pas que la Bastille et la tour Eiffel qui m'attendaient !

– Une femme ?

Abel se tortille, émoustillé.

– Mon oncle.

Werner s'interrompt pour esquisser une étrange silhouette en redingote, feutre mou et fleur à la boutonnière.

– Mazette ! (Abel émet un sifflement admiratif.) C'est un monsieur, ton oncle !

– Un « drôle » de monsieur, oui, si on veut... (Werner contemple sa caricature, un brin mélancolique.) En tout cas, un dandy, un esthète...

– Un quoi ?

– Une sorte d'artiste, si tu préfères. Le frère de ma mère était chanteur d'opéra, le seul de ma famille avec sa sœur à combattre réellement le poids du conformisme ambiant. Mais lui a fui l'Allemagne il y a longtemps. En 34, être anarchiste, et qui plus est ne pas aimer les femmes, vous promettait déjà la joie des camps.

C'était la première fois que Werner parlait de son passé et Abel, peu habitué aux confidences, s'en trouvait presque gêné. Quand la vie vous accoutume à ne croire que ce qu'elle vous donne à voir, pénétrer l'univers d'autrui tenait du vertige que l'on devait éprouver en ouvrant un roman.

Werner pourtant, le regard vague, ne lui prêtait plus vraiment attention. Il revoyait le deux-pièces de son oncle à Pigalle certainement plus miteux qu'il ne l'avait imaginé, les réunions de tous ces intellectuels en exil livrés à eux-mêmes et à leurs chimères qui commençaient à saigner. Jadis rubicond et jovial, son oncle qu'il n'avait pas vu depuis cinq ans paraissait vieilli et fatigué. Sa rage à lutter contre la Bête du nazisme semblait l'avoir abandonné. À quoi bon tenter d'ameuter l'opinion publique, continuer à écrire des articles, multiplier les conférences, puisque personne à l'intérieur comme à l'extérieur du Reich ne semblait les écouter, que la constitution d'un front populaire en exil avait échoué, et que Hitler, plus fort que jamais, triomphait.

La déclaration de la guerre avait porté un coup fatal à ses derniers espoirs. Ils s'étaient alors repliés sur Cassis où l'oncle Josef avait des amis. Mais le pétulant baryton d'autrefois avait perdu sa voix. À présent, il n'avait pas seulement honte pour son pays, il avait honte pour eux, pauvres exilés qui avaient cru pouvoir arrêter l'ascension de Hitler par la seule force de leurs idées, et n'avaient pas même su l'empêcher de provoquer la guerre.

Puis, le droit d'asile leur avait été retiré et on avait ouvert des camps pour ces ennemis du fascisme, devenus contre leur gré traîtres et ennemis du peuple français.

C'est ainsi que Werner et son oncle furent internés aux Mille, à quelques kilomètres d'Aix-en-Provence, dans une tuilerie désaffectée d'où l'on pouvait – ironie du sort – contempler du toit immense l'une des vues les plus célébrées par Cézanne, le peintre adulé de ce dernier.

Les Mille... Les Mille et son horloge assassine fichée comme l'œil de Caïn au-dessus d'une Vierge anodine, ses catacombes grouillantes de prisonniers insomniaques et d'anciens légionnaires qui jouaient aux cartes – avoir combattu pour la France leur donnait-il aussi ce droit ?

Les Mille et la poussière de ses briques qui vous bouffait la langue, vous collait les paupières et brûlait vos narines, ses trois latrines et son misérable robinet d'eau potable pour trois mille, et puis l'air irrespirable de ses dortoirs encombrés de palettes de tuiles, où, coincées entre moules et séchoirs, s'entassaient sur leurs paillasses ces ombres de moins qu'humains, naguère peintres, savants ou musiciens...

Werner se souviendrait toujours du visage perdu de son oncle, au milieu de l'énorme cour blanche où l'on venait de les laisser. Les deux gendarmes français qui les avaient accompagnés s'étaient excusés pour les menottes. Oui, vraiment, ils étaient désolés. C'était sûrement pour une question de sécurité. À côté d'eux, un petit homme, en pardessus sur de drôles de pyjamas rayés, s'était jeté à quatre pattes dans la poussière pour chercher ses lunettes, et les gardes ardéchois avec leur drôle de chéchia rouge tirebouchonnée sur le crâne – fort braves bougres au demeurant et tout autant prisonniers qu'eux – s'étaient esclaffés.

Alors, l'oncle Josef avait levé les yeux vers le ciel d'un blanc tout aussi écrasant, et soudain, il s'était mis à pleurer comme un enfant...

– Il vit encore ton oncle ?

Tête penchée, Abel dévisage l'Allemand, un peu inquiet. Ce dernier semble parti si loin dans ses pensées, il paraît si grave qu'il voudrait le consoler.

– Non... (Werner se ressaisit.) Il est mort. Il s'est pendu peu de temps après la capitulation. Il n'a pas supporté l'idée d'être livré par les Français aux mains des nazis comme l'exigeait la convention d'Armistice.

Werner se tait. Son discours est absurde. En quoi la douleur d'un vieil exilé peut-elle intéresser un jeune garçon comme Abel dont le pays même est occupé ?

Toujours est-il qu'à l'époque, la désorganisation au camp était telle qu'il était possible de s'évader en achetant la complicité des gardiens découragés par la défaite. L'oncle Josef avait des relations. À Marseille, les associations d'aide aux exilés se multipliaient. Avec un peu de chance et en s'armant de patience devant les consulats assiégés, il était possible aux dires de certains d'obtenir un visa pour le Mexique, la Chine ou les États-Unis. Mais l'oncle ne voulait rien entendre. Partir ?

Pour quoi faire ? On ne fuyait pas un échec.

Et puis un matin, un matin gris de septembre 40, Werner, tiré de sa torpeur par un garde comme il faisait la queue devant les latrines, l'avait découvert pendu à une poutre, là-haut dans le grenier.

« Pars, Werner, semblait-il dire, fous le camp maintenant quand il est encore temps. »

Sa langue était violette, ses yeux monstrueusement exorbités, mais malgré ou peut-être grâce à l'obscénité de ce rictus, l'oncle, bizarrement, semblait avoir retrouvé cet air narquois et féroce qu'arborait le sémillant dandy d'autrefois.

Werner avait alors remarqué qu'il s'était rasé de frais, et qu'il portait – ultime dérision – une fleur à la boutonnière. Une pauvre fleur de papier, découpée avec facétie dans un vieux journal froissé.

– Dommage pour ton oncle, soupira Abel qui réfléchissait. Mais d'un autre côté, il t'a rendu service. Il devait bien savoir que, sans lui, tu ne te serais jamais échappé.

Werner sourit devant sa perspicacité. En tout cas, s'il existait une règle à laquelle on ne devait faillir, c'était de ne jamais regarder ses héros vieillir. Ne jamais assister à leur déchéance, désillusions ou pas. Parfois même, il valait mieux les voir mourir.

Cela, il le dirait à Abel un jour, oui, mais ce serait pour une autre fois.

– Le pa... Le pa-pa-steur...

À mi-chemin entre la maison et la Clède, Émile, le visage rouge d'avoir couru, gesticule dans leur direction en postillonnant.

Le pasteur ? Abel fronce les sourcils. Par précaution, ce denier évitait de se déplacer à Claveyrolle. Que se passait-il ?

– C'est qu'il ff-faudrait faire vite, bégaye Émile quand ils arrivent à sa hauteur, il voudrait parler à l'Étranger.

*

* *

Zulma, qui avait ôté son sarrau et s'était recoiffée à la hâte, introduisit Werner dans la pièce adjacente à la cuisine dont on n'ouvrait les volets qu'aux grandes occasions.

Assis au milieu des chromos et des reliques de famille qu'on époussetait religieusement deux fois l'an sans pour autant retirer les housses qui recouvraient la « salle à manger » en chêne massif offerte au mariage de leur fils par les grands-parents, le pasteur s'entretenait à voix basse avec le père d'Abel des derniers événements. Le maquis d'Aire de Côte venait d'être décimé par les Allemands : huit morts, deux disparus et trente-neuf déportés. De l'avis du pasteur, si l'Occupant commençait à charger, c'est qu'il se sentait menacé. Et cela – aussi tragique fût ce bilan – était plutôt bon signe. D'ailleurs, jamais le moral de l'armée n'avait été aussi bas, d'après ses renseignements. La défaite de Stalingrad sur le front est avait marqué un tournant. Hitler n'était plus invincible, la preuve : les troupes germano-italiennes ne venaient-elles pas d'essuyer un nouvel échec en Tunisie...

Tandis que Zulma apportait le vin d'orange et sortait les biscuits secs de leur boîte en fer-blanc, le pasteur se leva pour saluer chaleureusement Werner.

– Mon ami... (il toussota), ne m'aviez-vous pas demandé le premier jour comment vous pourriez vous rendre utile ? Eh bien, voilà, j'ai réfléchi, mais je ne sais si vous accepterez de collaborer à ma petite idée...

Sur un signe du père, l'ombre de Zulma se retira. Le père, quant à lui, annonça qu'il allait examiner ses arbres fruitiers.

Le pasteur expliqua alors en quelques mots ce qu'il attendait de Werner. Des faux papiers d'identité, il était passé à l'impression de tracts dissuasifs destinés aux soldats de la Wehrmacht. Son matériel était rudimentaire, mais, vu l'isolement, son installation moins aisée à repérer qu'en ville. C'était Anna, l'Espagnole, qui se chargeait de les acheminer à qui devait les distribuer autour des garnisons d'Alès, de Saint-Jean-du-Gard ou de Mende.

– Seulement voilà, si je parle la langue de Goethe, je ne l'écris pas parfaitement. J'ai pensé que vous seriez la personne idéale pour m'aider à leur rédaction. Voire les illustrer à votre façon, puisque telle est votre spécialité.

Werner sourit.

– C'est risqué.

– Pas pour vous.

Le regard de l'Allemand balaya les photos de famille qui s'étiolaient dans leur cadre de coquillages entre le calendrier des PTT et le globe de fleurs séchées, naguère bouquet de mariée. Il hésita.

– Répondez-moi sincèrement, monsieur Toureille, croyez-vous en l'utilité de ces tracts ? Je veux dire, pensez-vous réellement qu'ils puissent retourner le moral d'une armée et la pousser à se révolter, ou cherchez-vous à soulager votre âme ?

– Je n'ai jamais eu la preuve que Dieu écoutait mes sermons, répondit le pasteur finement. Je sais en revanche que toute action mérite d'être tentée, que le climat de confiance se détériore dans l'armée et qu'un soldat qui a perdu la foi est prêt à changer de religion. À propos, aimez-vous chanter ? (L'œil de Dieu fixa Werner malicieusement.) Si j'en crois la réputation de vos compatriotes, savez-vous que la contribution de votre voix au culte de dimanche prochain serait du plus bel effet !

Devant son exaltation, Werner n'osa refuser. Il n'avait d'ailleurs rien à craindre. Toureille connaissait ses ouailles, une poignée de grenouilles de bénitier à la bouche plus cousue que leur gousset. De plus, l'office, en raison de l'actualité, serait célébré dans les bois à la mémoire des ancêtres huguenots qui, même persécutés, continuaient à prêcher dans la clandestinité.

– Qui dit mieux ? murmura-t-il alors, vaguement excité. Si Dieu a des oreilles, on ne sera jamais de trop pour les lui déboucher.

*
* *

C'est ainsi que lui, l'athée qui n'avait pas mis les pieds dans un temple depuis l'enfance, se retrouva quelques jours plus tard à bramer à la gloire de Dieu au milieu des châtaigniers avec Élise à ses côtés.

Sensation étrange de liberté volée. Était-ce à cause de leurs corps qui se touchaient tandis que leurs yeux parcouraient le même livre de psaume ou du fou rire qui les avait saisis à la vue du résistant Toureille, robe noire et rabat immaculé, gesticulant en plein soleil tel un corbeau sur son rocher ? Toujours est-il qu'un sentiment poignant d'impuissance et d'absolu l'avait submergé et que, sans tout à fait savoir ce qu'il faisait, Werner avait serré la main d'Élise dans la sienne, cette main qu'elle avait mis un temps fou à retirer.

Et s'il n'avait fait tout ce chemin que pour vivre cet instant d'euphorie qui défiait la réalité ?

Chapitre 3

L'air brûlait, crissant d'insectes, et l'herbe, grillée par le soleil, avait la couleur des dents du mulet. C'était l'été. Les ailes noires des genêts crépitaient, et les oiseaux, tout autour, se taisaient.

Werner, lui, semblait galvanisé. Je savais que cela n'était pas étranger au travail que le pasteur lui demandait. J'en ignorais la nature comme la destination. Je le voyais seulement écrire, raturer, ou encore griffonner ses irrésistibles caricatures que parfois il me montrait. On y distinguait des squelettes déguisés en troufions au casque enfoncé à coups de maillet par une main surgie du ciel, ou le Hitler accroupi dans la fange, culottes de cheval baissées, en train de chier des charniers de soldats allemands sur le Front russe.

Je ne comprenais pas à qui ces dessins s'adressaient, mais cette nique à la guerre, quand je songeais à mon frère cloué dans sa ferme du Nuremberg, me changeait les idées. J'en arrivais à me demander si la présence d'Élise n'était pas aussi pour quelque chose dans sa joie de vivre retrouvée.

Élise qui venait chercher le travail de Werner pour son père un peu plus souvent qu'il ne fallait. Élise dont le teint se colorait quand l'Allemand lui parlait. Et Werner qui, après son départ, gardait le silence comme s'il rêvassait.

*

* *

Un soir de septembre pourtant, comme nous soupions à la fraîche, Élise déboucha dans la cour sur le vélo qu'elle avait emprunté à la Raïolette. D'autorité, ma mère fit asseoir la pauvrette pour qu'elle puisse reprendre son souffle et parler. Mais, à son air hagard, nous avons tous compris qu'une catastrophe venait d'arriver.

En fin d'après-midi, quatre hommes montés d'Alès dans une traction avant étaient venus arrêter le pasteur. Ils avaient mis la maison à sac, y compris l'atelier clandestin. Du moins avait-elle trouvé la pièce « aux vers à soie » saccagée à coups de hache, en rentrant de chez la Paparelle après que le boulanger – qui était aussi le maire – lui eut tout raconté. Heureusement, la Gestapo n'avait pu mettre la main sur les tracts puisque Anna était passée le matin même récupérer les derniers.

– Ils ont dit à Almir qu'à coup sûr papa serait déporté. Vous croyez qu'il reviendra ? (Élise nous a regardés, les poings serrés.) Je n'ai même pas eu le temps de l'embrasser.

Son ton déchirant m'a glacé, d'autant que ni mon père ni Werner n'ont trouvé le courage de répondre.

À la fin du repas, seulement, l'Allemand, qui était resté coi, s'est levé et s'est approché d'Élise.

– Je suis désolé pour votre père, désolé. Malheureusement, c'était le risque à prendre, et il le savait.

Élise l'a alors fixé comme si elle n'avait pas écouté. Son regard vide s'est rempli de fumée.

*

* *

Cette nuit-là, Élise a couché à Claveyrolle.

– Peut-être bien qu'elle devrait rester chez nous, le temps de s'habituer, ai-je entendu cette fois ma mère suggérer à travers la cloison.

– Oui, a dit mon père qui avait envie de dormir. Tu as sûrement raison.

Les femmes, c'est sûr, entre elles, ça se comprenait.

*

* *

Ça s'est passé quelques jours plus tard. De loin, nous avions tous entendu son moteur s'essouffler, puis patiner en raclant le dernier coupe-eau du chemin.

Qui pouvait nous rendre visite en voiture ?

S'attendant au pire, mon père a pressé ma mère de conduire Werner dans la cachette des ancêtres : un réduit aménagé entre le plancher de la pièce fermée et la voûte de la cave dans lequel on se glissait par une simple ouverture pratiquée dans l'épaisseur du mur en retirant les deux premières planches d'un placard.

Ma mère n'avait pas replacé la pise à huile sur l'étagère que nous avons vu descendre d'une splendide traction le « papiste », autrement dit, le fils de notre plus proche voisin.

Soulagement de courte durée. Le *Pesoul revengu* comme l'appelait mon père, c'est-à-dire le « pou revenu », qui, sous prétexte qu'il était parti chercher fortune en ville, se permettait de jurer contre l'état de notre chemin et nous regardait maintenant comme des bouseux, était aussi le plus beau spécimen de fougnemerde que comptait la région.

D'ailleurs, vu la coupe et le cuir de sa veste – plus épais que couenne de jambon – qu'il arborait crânement malgré la touffeur, il n'y avait pas besoin d'être fils de notaire pour deviner dans quel genre d'affaires il grenouillait à Alès. Ce n'était certainement pas à ses émoluments gagnés à la graineterie Fabre qu'il les devait.

Goguenard, il a passé en revue nos mines de papier mâché, puis a toisé ma mère.

– Alors, la *Roumègue*, on fait la *trougne* ? On n'est pas contente de revoir son petit voisin ?

Pour toute réponse, ma mère a haussé les épaules en faisant mine de trier les petits pois du jardin.

– Maintenant qu'il est devenu un « môssieur », tu pourrais au moins le faire passer dans ta belle salle à manger ! Ça lui rappellerait le bon vieux temps quand il jouait à cache-cache avec ce pauvre Esaïe, plaisanta-t-il.

Percevant notre embarras, il fouilla cette fois mon père de ses petits yeux de marcassin.

– Dis-moi, tu nous cacherais pas un ou deux réfractaires [1] par hasard ?

– Qu'est-ce qui te fait dire ça ?

– Rien... des bruits qui courent... (ses bottes couinèrent) alors je me demandais... Des fois que vous auriez la pète que j'ôte la planche de l'armoire.

J'ai vu que mon père avait du mal à se contenir et j'ai décidé de jouer le tout pour le tout.

– Tiens, ça c'est une idée. Ça fait des lustres que je ne l'ai pas visitée.

Le « ratas » nous a contemplés alors d'un air jubilatoire tout en glissant ses pouces dans ses poches à gousset.

– Remarquez, vous n'avez rien à craindre avec moi. J'ai des amis « bien placés », c'est vrai, mais entre voisins on peut toujours s'arranger...

– Dans ce cas, au lieu de vous préoccuper de pauvres gosses qui ne cherchent qu'à échapper aux travaux forcés, vous feriez mieux de m'aider à libérer mon père !

1. Réfractaires : ici, insoumis au STO, Service de travail obligatoire en Allemagne, institué le 16 février 1943.

La voix coupante d'Élise qui venait de sortir de la cuisine le fit se retourner.

– Tiens donc, la *Pissarelle* !

Il la dévisagea un instant d'un œil lubrique de maquignon claquant les fesses d'une jument.

– Mais c'est qu'elle a grandi la fille du *Priga-Diou*, c'est qu'elle est même devenue jolie ! Sans blague, Élise, je ne t'aurais pas reconnue. La dernière fois que je t'ai vue, tu faisais encore pipi au lit !

Sentant que le vent tournait à notre avantage, ma mère en a vite profité pour sortir les verres à moutarde et servir le sirop d'orgeat dans la cour, mais le fils Alric, bouche bée, nous avait déjà oubliés. Les sens tourneboulés par l'apparition d'Élise, il était bien trop occupé à la reluquer.

– Dis, petite, a-t-il demandé l'œil vague au bout d'un long silence qui nous vit tous nous éponger, ça te dirait de faire un petit tour dans l'automobile, ça n'a pas dû t'arriver souvent dans ce pays de biques.

L'espace d'un éclair, j'ai vu le regard affolé d'Élise chercher celui de mon père et mon père l'encourager d'un léger mouvement de tête.

– À vrai dire, cela m'arrangerait, répondit-elle alors d'une voix qui masquait mal son dégoût, j'allais rentrer au bourg.

Un coup de manivelle plus tard, ses gants en pécari pianotant fébrilement sur le volant, le fils Alric débarrassait enfin le terrain dans un nuage de poussière, non sans avoir oublié les deux poulets qu'il était venu réquisitionner chez mes parents.

Et moi qui n'osais pas regarder Élise ! Élise, mortifiée à ses côtés, telle la chèvre de monsieur Seguin.

– Où se trouve Élise ?

Debout sur le pas de la porte, Werner, que je venais d'aider à remonter de sa cachette, clignait des yeux en se massant le dos, aveuglé par la lumière.

Mon père l'a dévisagé, consterné. On avait eu chaud et même très chaud, et c'est tout ce que l'Allemand trouvait à dire !

– Élise ? Tu lui dois une fière chandelle, grommela-t-il... Elle est allée se taper le cul dans les ornières avec cet emplâtre de papiste pour t'éviter le pire.

– Où ça ?

Mon père a levé les yeux au ciel, et Werner s'est mis alors à courir sur le chemin comme un dératé.

– Hé-hé, gloussa le Papet qui n'avait pas bougé de la chaise où il somnolait.

Et moi, je peux le dire maintenant : aussi *bédigas* que cela puisse paraître, je crois bien que c'était la première fois que je voyais un homme jaloux !

Chapitre 4

15 septembre 43

« Le ciel comme un étendard de soie et le bleu des montagnes ivres tout autour de moi. Depuis la visite inopinée du “papiste”, me voici assigné à résidence à la Clède avec pour lit quelques bottes de paille et pour meubles planches et rondins récupérés dans l’ancienne claie à châtaigne du temps où nous en refaisions le toit.

De mon royaume d’ermite caché par les ronciers au milieu des bogues de châtaigniers, je peux non seulement surveiller Claveyrolle situé cinq cents mètres en aval, mais aussi son accès principal – ce qui me donne le temps, en cas de visite de la maréchaussée, de disparaître dans la montagne. Sage précaution. La prospection policière s’intensifie à ce qu’il paraît. Des arrestations ont eu lieu un peu partout en quelques jours, à Florac, Saint-Michel-de-Dèze et Saint-Privat-de-Vallongue.

Ces nouvelles, je les tiens bien sûr d’Abel qui ne manque pas de passer me dire bonjour avec ses chèvres et parfois d’Élise qui m’apporte chaque jour à manger.

Élise qui souvent ne dit rien, se contente de tourner autour de la Clède pour arracher les mauvaises herbes, puis s’en va, souple et soyeuse, comme elle est venue, c’est-à-dire silencieusement comme tous les chats. J’ai remarqué toutefois une certaine gêne de sa part depuis que les circonstances nous obligent à nous retrouver seuls. Lui ferais-je peur ? Est-ce par pudeur ? Je n'ai moi-même jamais osé évoquer sa balade avec le fils du voisin. L'autre jour, toutefois, j'ai trouvé quelques brins de bruyère accrochés à la poutre au-dessus de ma litière. J'en aurais bondi de joie. »

29 septembre 43

« Pas de nouvelles d'Anna. L'aurait-on elle aussi arrêtée ? Je refuse d'y penser. Il se passe toutefois quelque chose d'étrange. Plus je compte les jours, et plus cet isolement, je devrais dire ces noces sauvages avec la nature, m'éloigne des tourments de la guerre.

L'inaction dans laquelle m'a replongé l'arrestation du pasteur a même cessé de me peser. Je parle aux araignées et aux gratte-cul qui poussent par touffes d'un vert laiteux entre les pierres. Le monde se détache de moi.

Aurais-je laissé sa peau grise dans la poussière des villes martelée par les bottes des dictateurs ? »

11 octobre 43

« Ma folle existence se résume donc à observer dans un silence minéral ces petits riens qui font la vie, comme ces deux bébés souris recueillis aujourd'hui. J'ai regardé pendant des heures cette vie palpiter sous la taie transparente qui recouvre le rose un peu obscène de leur anatomie.

Le passé même ne me fait plus peur.

L'autre jour, Élise est sortie de sa réserve et m'a posé des questions sur l'Allemagne. Nous étions assis au pied du muret. Deux buses planaient haut dans le ciel et dans le pli des vallées crayonnées d'ombre, des fumées de Sioux s'élevaient.

Qu'est-ce qui m'a poussé alors à lui parler de ma mère, de ses frasques et de sa folie ? Ma mère qui dans ses délires se revendiquait des ascendances russes ou mogholes quand elle ne se vantait pas de descendre en droite ligne de Gengis Khan.

"Je ne comprends pas, comment peux-tu écrire de pareilles inepties ?" jetait-elle à la face de mon père quand celui-ci, d'une plume vengeresse, exaltait la suprématie de la race germanique en peuplant son œuvre de guerriers hallucinés et de Walkiries. "Mon peuple a conquis l'Europe quand les tiens ne portaient encore que des peaux de bête !"

Et le vent des steppes de souffler dans mes rêves au milieu d'étendues désertiques, tandis que j'écoutais, perplexe, le sang de Gengis Khan cogner dans mes veines dans un roulement de sabots piétinant le sol gelé.

– Mais c'est peut-être vrai, s'est écriée Élise. Vos yeux sont clairs, mais à bien regarder ils peuvent passer pour légèrement bridés.

Tout à coup, je me suis vu petit dans l'obscurité poussiéreuse du Deutsche Oper, assistant émerveillé à la première du *Chant du cygne*, son interprétation préférée, dans laquelle elle incarnait tant la beauté et la pureté absolue et virginale de la mort... Même si sa mort à elle, petite bouillie d'os et de chiffons sanglants encastrés dans un peu de tôle déchiquetée au bras de son amant, fut plutôt digne d'un mauvais roman.

Pour une fois, je n'ai pas cherché à en chasser l'image récurrente. Je l'ai laissée s'installer tandis que tout à côté de moi, le silence d'Élise m'apaisait et que sa peine à elle prenait le relais.

– Les camps, m'a-t-elle demandé au bout d'un moment, vous en avez entendu parler ?

L'agressivité contenue dans son ton m'a surpris, mais soudain j'ai compris. J'ai compris pourquoi Élise fuyait depuis quelque temps mon regard. Moi qui bêtement attribuais cette distance à la visite du papiste ! Comment lui faire oublier que j'étais allemand ! »

*

* *

– Eh bien l'artiste, approche-toi... Dessine-nous un Juif, que je voie si tu es toujours aussi doué qu'autrefois !

La voix s'était mise à résonner dans la salle de l'auberge et à ricocher contre les murs en rondins au milieu des rires gras d'un petit groupe d'officiers SS attablés devant un plat de knödels fumants. Werner avait alors reconnu le visage couperosé et la lippe couleur de foie cru de l'abominable Klaus, son ennemi d'enfance, un petit gros qui clouait les pattes des moineaux dans la cour de l'école et empestait la classe de ses pets calamiteux.

– Pas la peine de faire comme si tu ne m'avais pas vu, tu entends, s'impatienta la voix.

Pourquoi à cet instant n'avait-il pas pris la poudre d'escampette, lui qui était debout à côté de la caisse et de la porte ouverte ? Par besoin puéril de répondre à la provocation ? Ou par trouille de l'uniforme nazi ? Toujours est-il qu'il s'était avancé vers la table, dents serrées comme un automate et que Klaus lui avait tendu son stylo dont le capuchon rutilant était assorti à ses galons de sous-off.

– Des bruits courent à ton sujet, Werner. N'oublie pas, je les ai toujours démentis.

Pris d'une rage froide, il avait saisi sans trembler le bloc de papier que la patronne de l'auberge, une Bavaroise grasse et encore fraîche, venait servilement d'apporter.

Coup d'œil triomphal de Klaus à ses acolytes. Satisfait, l'adjudant avait desserré son ceinturon d'un cran. Un geste viril qui, tout en relâchant ses chairs flasques, faisait ressortir son bidon.

Un pif monstrueux et crochu à souhait était apparu au centre de la feuille, déclenchant l'hilarité générale. Puis deux yeux globuleux ressemblant à s'y méprendre à une paire de knödels. Le souffle court, l'assistance, visiblement, appréciait. C'est alors que Werner, calmement, avait détourné son croquis en l'encerclant de deux jambes torves. Deux jambonneaux courts, empêtrés dans le tire-bouchon d'un caleçon baissé, complétant ainsi la caricature obscène d'un homme nu aux attributs pendouillants.

Il y eut un court silence pendant lequel Werner, profitant du moment de stupeur, se leva, prit congé sèchement et s'éclipsa. À cet instant, un ricanement fusa, suivi d'un « ach, mais c'est notre adjudant », libérant du même coup une orgie de quolibets et de rires.

– Espèce de salaud, hurla alors Klaus dans son dos. Tu me le paieras. Tout le monde sait maintenant que tu es l'ami des youpins, ce qui n'étonne personne vu que ta mère n'était qu'une putain...

Klaus... Les doigts de Werner griffent la mousse et sa tête vient plusieurs fois cogner contre le tronc du vieux châtaignier écorcé à sa base par le passage des sangliers. Pourquoi l'évocation de ce visage poupin déformé par la haine lui donne-t-elle des envies de meurtre ?

Bien sûr, en provoquant le scandale et en l'acculant ainsi à fuir le pays, Klaus lui avait donné l'occasion de forcer le destin. Un coup de pied salutaire, en quelque sorte. Mais le reste, l'indicible, cela, pourrait-il un jour le lui pardonner ?

Machinalement, il regarda son ombre s'étirer au soleil. Quand donc les paroles de ce dernier cesseraient-elles de le hanter ?

Dominant les battements de son cœur, il se dirigea vers la source, rinça son visage en sueur sous son maigre filet, puis dégringola la pente herbeuse qui menait à la première *bancelle*. Élise allait monter, c'était son heure. Élise l'insaisissable, tantôt ombre, tantôt lumière. Qu'importe. Il suffirait qu'elle pose son panier sur le bord du muret pour que s'apaise, il en était certain, ce qui fissurait son cœur dans un grondement surhumain.

*
* *

C'était drôle. Élise pourtant continuait de l'intimider. Sa manière de vous regarder, peut-être, de vous rendre tout transparent comme si elle avait deviné depuis longtemps qui vous étiez. Au début, à vrai dire, il s'était même gardé de l'approcher. La beauté, il s'en méfiait. Traquer l'imperfection l'avait toujours rassuré. Mais dès le premier regard, il ne pouvait le nier, cette fille l'avait intrigué. Non seulement par ses allures de sauvagine, mais par le feu étrange qu'elle dégageait. Comme une force venue d'ailleurs qui lui était apparue évidente en l'écoutant chanter sous les châtaigniers.

*
* *

À la différence, c'était sa franchise et son aplomb qui l'avaient séduit chez Anna. Cette façon directe, pragmatique, qu'elle avait d'aborder tous sujets – y compris celui de ses propres désirs – une évocation à laquelle Werner, encore maintenant, ne manquait de rougir.

– Camarade ?

Tout d'abord le souvenir de cette voix ferme, un peu rauque qui l'avait accosté à Nîmes sur le boulevard. Werner, qui faisait les cent pas en attendant son contact, s'était raidi. Le prenait-on pour un communiste ?

– Allemand, n'est-ce pas ?

La femme l'avait dévisagé avec curiosité puis avait tourné les talons devant son absence de réaction.

– Attendez !

Intuition. Et si cette femme était envoyée par les amis de Toulouse ? Werner s'était hâté de renouer son lacet et l'avait rattrapée.

– Gal, amant de la reine, alla, tour magnanime... ça vous dit quelque chose ?

– Galamment de la reine à la tour Magne à Nîmes, bien sûr... (Anna s'était retournée en souriant.) Je dirais même que Gal tardait à se manifester.

– Il y avait erreur dans la description.

– Simple prudence.

– Comme celle de changer le mot de passe grâce auquel nous devions entrer en relation ?

– J'étais sûre de mon coup. (La jeune femme le toisa tranquillement.) Disons que je ne courais aucun risque. Tu n'as pas l'arrogance qui se lit dans leurs yeux : un réfugié allemand en cavale se distingue aisément d'un soldat de la Wehrmacht, même en civil...

Spontanément, ils s'étaient installés à la table de la première terrasse de café qui s'offrait.

Anna avait sorti un fume-cigarette de son sac et fixait nonchalamment une Ernte 23 à l'embout d'argent.

– Je sais ce que tu penses, avait-elle poursuivi en devinant son regard. Tu détailles mes vêtements et tu te dis : par les temps qui courent, des nippes comme ça, il faudrait être la maîtresse d'un Sturmbannführer ou la poule d'un caïd du marché noir pour pouvoir se les acheter. Tu te trompes, ce tailleur, c'est moi qui me le suis payé. La meilleure façon de passer « inaperçue » aux yeux de l'Occupant.

Inaperçue ? Werner qui avait surpris le garçon de café louchant en direction de son décolleté crut qu'elle plaisantait.

– Je voulais dire moins suspecte, précisa-t-elle dans un allemand pratiquement sans accent. Pour le travail que je fais, c'est important.

Anna avait alors balayé ses interrogations dans un nuage de fumée bleue. En dehors de diriger des clandestins comme lui vers des lieux plus sûrs, une de ses nombreuses tâches consistait à aborder l'Occupant dans les cafés ou dans les lieux publics pour tester son degré de résistance à l'armée.

– Un travail de fourmi, avait-elle ajouté... À moi de détecter l'élément qui doute et de le signaler à ceux qui se chargeront de le retourner comme un gant.

Évitant de lorgner sur ses jambes qu'elle croisait et décroisait dans un léger crissement de soie, Werner s'était alors interdit d'imaginer quelle arme Anna utilisait pour tirer les vers du nez de l'armée.

*

* *

Gare de Nîmes. Une foule indolente, habituée à attendre. Un quai encombré de valises en carton et de caisses militaires.

Soudain, bousculade. Irruption d'une patrouille de Feldgendarmes. Les voitures rouge et jaune du tortillard pour Florac masquées par une marée d'uniformes verts.

Devant lui, les jambes d'Anna qui court et remonte l'escalier du souterrain pour déboucher sur le quai opposé, ses mollets un peu forts, ses chevilles trop minces, puis le caoutchouc rassurant d'un marche-pied.

Un timbre grêle, le convoi inconnu qui s'ébranle, ouf, ils sont sauvés.

Ce train-là n'allait pas jusqu'à Sainte-Cécile-d'Andorge. Bondé de mineurs, il s'arrêtait à la Levade.

« La petit dame devra attendre, la correspondance ne part que demain matin... » Trogne rougeaude, confite du chef de gare sur fond de campagne déserte. Hésitation. Que faire ? Couper à travers champs ? Avec les talons d'Anna ! Sourire oblique du cheminot devant leur embarras. C'est que, bien sûr, il y avait une solution. S'ils n'étaient pas trop regardants question confort, le wagon de marchandise resté à quai là-bas leur tendait volontiers les bras. Ils y seraient au moins au chaud pour passer la nuit !

Ils avaient acquiescé, soulagés. Un peu moins toutefois, lorsque l'homme avait cadenassé la porte du wagon derrière eux « pour plus de sécurité ». S'étaient-ils fait piéger ? Était-il parti chercher les gendarmes en se frottant les mains à l'idée de livrer des résistants ?

Dans l'obscurité, Werner et Anna évitent de se regarder. À présent, l'odeur de leur transpiration se mêle au fumet âcre et puissant qui monte de la paille et les a saisis aux narines quand ils ont grimpé dans le wagon à bestiaux. Attendre. L'attente a un goût de métal et de caoutchouc brûlé. À force de tendre l'oreille, la tête de Werner s'est mise à bourdonner. Il réfléchit : les premières sueurs froides passées, c'est la rage qui l'a emporté. Celle de s'être laissé berner. Mais plus les heures s'écoulent et plus ses doutes perdent leur raison d'exister. Il ferme les yeux. Dans l'habitacle, l'air est devenu irrespirable. La chaleur monte, une chaleur électrique, animale, qui lui rappelle les nuits aux Mille passées dans la poussière d'un dortoir saturé de râles et de cauchemars. À ses côtés, toutefois – s'est-elle assoupie ? – Anna se tait. Anna dont il sent la présence lourde et chaude non loin de lui. Anna... Ah, si au moins elle n'avait pas porté ses fichus talons.

– Tu dors ?

Un peu d'air frais filtre entre les planches à claire-voie.

Werner s'est réveillé brusquement.

Dans la pénombre, la bouche d'Anna, œillet rouge sombre.

Anna penchée au-dessus de lui, un peu haletante et qui, sans attendre, se redresse et, d'un geste vif, découvre le haut de ses jambes.

Les hanches et les cuisses d'Anna. Et sur sa peau nue, comme un brassard de deuil, le bord plus foncé de ses bas.

Anna qui continue à lui sourire tout en dénudant ses seins et se met à le chevaucher comme s'il n'existait pas.

Se libérant d'un coup de toute la tension accumulée, oubliant l'odeur de suint, la suie des planches et l'angoisse du danger, Werner l'avait alors désarçonnée et ils avaient roulé sur le côté tandis qu'Anna, inondée de lait de lune, riait à gorge déployée.

– J'aime ton corps, lui avait-elle dit au petit matin. J'aime tes muscles et ta bouche même quand elle jouit en allemand. (Puis moqueuse, elle avait rajouté :) Non, ce n'est pas ce que tu penses. C'est bien la première fois de ma vie, je te le jure, que je baise avec un Fridolin.

Il n'avait pas répondu et s'était contenté de sourire tout en la regardant se rhabiller presque martialement.

Un peu plus tard, juste avant que le soleil ne se lève, le chef de gare était venu les chercher avec une miche de pain. Si l'homme ne les avait pas trahis, Werner aurait cependant préféré oublier son sourire entendu. Du coup, il s'était senti gêné, un brin dépossédé.

Comme si en réveillant cette étincelle cachée, Anna venait de lui arracher une petite part de lui-même et d'ébranler sans le savoir ses certitudes d'homme civilisé.

Chapitre 5

– Mains en l'air !

Werner sursaute et manque de dégringoler de son muret. Depuis quand Abel l'observe-t-il au pied du mûrier ?

– Pour sûr, poursuit ce dernier amusé, la milice peut se pointer, môssieur rêvasse tellement qu'il ne l'entendrait pas monter ! Dis (Abel, un brin solennel, a retrouvé son sérieux), ça te dirait des fois de te taper une omelette toute chaude avec les cèpes que je viens de ramasser ?

Regard incrédule de Werner.

– Tu ne devines pas ?

Abel s'ébroue alors comme un chien fou tout en esquissant une danse de Sioux.

– Votre quarantaine est levée, môssieur l'Allemand, vous pouvez redescendre ce soir ! Le père l'a décidé. Il a dit que les nuits devenaient trop fraîches là-haut et qu'il était dangereux pour toi d'allumer du feu. Par conséquent...

Devant le peu d'enthousiasme de Werner qui commence déjà à regretter sa tranquillité, son excitation retombe comme un soufflé.

– Eh bien, c'est tout l'effet que ça te fait !

– N'est-ce pas prendre un risque inconsidéré ?

Vexé, Abel s'est renfrogné.

– Le père sait ce qu'il fait. Sans quoi, il n'aurait pas accepté d'héberger Anna.

– Anna est là ?

Tiens donc... Abel a la rancune et le triomphe faciles. Et puis maintenant qu'il l'a ferré, c'est plutôt rigolo de voir comme le poisson frétille. Il prend donc son temps, hausse les épaules, s'éponge la figure, puis lâche en respirant bruyamment.

– Oui, Anna... De toute façon, je croyais que redescendre ne t'intéressait pas.

*
* *

Comme il s'apprêtait à retrouver Claveyrolle, Anna – pantalon ample et chemise d'homme – apparut au détour du sentier, tache claire émergeant d'une mer de genêts.

– Je croyais qu'un loup t'avait mangé, plaisanta-t-elle de loin. Alors, puisque Zulma ne me laissait rien faire, je me suis décidée à monter vérifier.

Tout en sautant d'une bancelle à l'autre pour aller l'accueillir, Werner regrette instantanément le mouvement d'humeur qui lui a fait maudire son départ précipité d'une retraite à laquelle il a fini par s'habituer.

Anna revenait de Lyon. Elle exultait. Là-bas, elle s'était fait engager par la filière « Renseignements » comme téléphoniste au Club de la Luftwaffe, puis à la Poste des armées installée avec la Gestapo dans l'une des ailes de l'École de santé.

– Pratique, j'ai encore mon Ausweis, dit-elle fièrement, lui au moins, aura servi de modèle !

Trier et répartir les mandats en provenance d'Allemagne lui avait permis d'informer les camarades sur les mouvements des troupes en zone Sud, en relevant le changement de code postal apposé sur les dizaines de casiers réservés aux unités. Mission accomplie avec brio...

Elle fit bouffer avantageusement sa nouvelle mise en plis. Depuis, de nouvelles directives lui avaient été communiquées, ce qui expliquait son retour dans la région. Du coin de l'œil, elle le regarda bizarrement :

– Ça bouge, tu sais. J'ai même pu donner tes dessins à l'*Unser Vaterland*, un journal clandestin tout récent dont tu entendras vite parler. Inutile de te préciser, ils ont adoré...

– Tant mieux, se hâta de répondre Werner que les compliments gênaient, je m'étais presque fait à l'idée que tu puisses m'oublier !

C'était un peu vrai. Anna n'avait plus donné signe de vie depuis l'arrestation du pasteur. Mais comme disait Abel, « l'eau coule plus vite sous les ponts pour celui qui bouge que pour celui qui pêche au bord du béal ! ».

– Ton oncle serait content d'apprendre qu'un comité en faveur d'une Allemagne libre vient de se former, poursuivit-elle sans relever. J'ai pu rencontrer certains de ses dirigeants qui s'occupent du nouveau réseau pour le sud de la France. D'ici que les Alliés débarquent, il devient urgent de nous préparer. De vous préparer. Tu te rends compte ! (Tout en mordillant un brin de menthe sauvage, Anna le jaugeait.) Une Allemagne libre et sans honte, une Allemagne débarrassée du nazisme ! Eh bien, crois-moi, si on y met le paquet, tous partis et tendances réunis, il n'est pas impossible que ce rêve, sous peu, devienne réalité...

Décidément, la fougue d'Anna le rendait toujours aussi admiratif, même s'il n'avait que faire de son discours politique et doutait des vœux musclés de tout bolchevique. Car enfin, avait-on déjà vu un coup de mistral guérir un lépreux ?

– Anna, dit-il doucement, comment diable peux-tu parler de liberté dans un pays où l'humanité a régressé de plusieurs siècles en quelques années !

– Et toi, que fais-tu donc pour l'aider à retrouver la lumière au bout du tunnel sinon te prélasser comme un gros lézard sur ton rocher ?

Werner sourit, las. Anna n'avait pas tort. Chaque fois qu'il s'était retrouvé coincé dans une situation, son instinct de survie lui avait toujours permis de s'en sortir. Mais la réflexion, c'est vrai, ne l'avait jamais poussé à l'action. Peut-être même bien qu'à goûter aux travaux des champs, le fauve, loin de la jungle, s'était transformé en ruminant.

Anna, qui retirait un *pelous* de sa chaussure, le dévisagea fixement.

– Werner, lâcha-t-elle au bout d'un moment, ça te dirait de rentrer au maquis ?

*

* *

Anna était donc revenue dans la région chargée d'une mission. Celle de contacter les antinazis allemands planqués sur le secteur, en vue de les regrouper pour passer à l'action.

– Bien entendu, lui dit-elle avec un sourire vague, tu as le droit de choisir. Je souhaitais seulement te prévenir...

L'œil de Werner fixe un petit point lumineux qui semble clignoter au loin comme un signal. Sans doute le reflet du soleil cognant contre la lauze d'un casaöus qu'il n'a jamais remarqué. Il n'a pas répondu tout de suite. La question, il a eu le temps de se la poser cent fois dans ses moments de frustration. Quand son impression d'inutilité se faisait si intense qu'il se surprenait à s'interroger sur le sens même de son existence. Pourtant, il en revenait toujours à la même conclusion. La résistance armée ne serait jamais son moyen d'action.

Le maquis, sa route l'a croisé une fois et l'expérience ne lui a pas réussi. Qui sait même si lui, Werner, ne lui a pas porté la poisse ! En tout cas, c'est à lui qu'il devait d'avoir échoué ici. Curieux comme la vie n'obéissait parfois qu'à un redoutable enchaînement de cause à effet. Pour commencer, si son pied droit n'avait pas glissé sur cette maudite pierre juste avant ce col des Pyrénées où il s'apprêtait à faire passer la frontière à ces malheureux réfugiés qu'on lui avait confiés depuis Marseille, la patrouille qui les avait arrêtés n'aurait pas été alertée et il n'aurait jamais rencontré Albert à la prison de Castres où ce dernier croupissait pour avoir volé de la dynamite à la poudrerie où il travaillait.

Werner aimait bien le petit ouvrier, un vrai titi parisien qui trompait le temps dans leur cellule en évoquant les trois plants de tomates qu'il avait laissés à Montrouge, « quatre mètres carrés de potager, mon vieux, un vrai p'tit coin de paradis où j'oublie les cons, les sérénades de la grincheuse et les engueulades du patron. Quelque part, foi d'Albert, ajoutait-il en se frappant le front avec son index tout jaune de nicotine, j'aimerais bien qu'un jour on y enterre mes vieux os ».

Pauvre Bébert, ses os ne risquaient plus de connaître le soleil de « la Vache noire », comme il disait...

C'était lui qui avait eu l'idée, peu après leur évasion.

– Toi, mon coco, lui avait-il dit, t'as le physique de l'emploi et, en plus, tu causes la langue de Bismarck aussi vrai – sauf ton respect – que tes enculés de cousins « germains ». Ça plaira aux copains.

Werner l'avait fixé sans comprendre. C'est alors qu'Albert en quelques mots lui avait expliqué l'opération. D'après lui, rien de plus simple. Un sabotage de routine, histoire de couper la voie ferrée en direction de Paris à la sortie de Toulouse.

– Sauf que si t'acceptes, on va se payer le luxe d'un véritable SS pour nous surveiller la voie. T'aurais quelque chose toi contre endosser leur putain d'uniforme nazi ?

Werner l'avait regardé, atterré. Les partisans français, qui comptaient parmi leur effectif de nombreux étrangers, multipliaient les actions dans la ville, il le savait. Passage obligé avant la frontière espagnole, Toulouse était devenue une plaque tournante de la Résistance. Cela favorisait l'audace et le montage de coups de plus en plus risqués.

– Les potes se sont procuré un plein camion d'uniformes allemands, poursuivit-il. Tu comprends, l'occasion est trop belle pour ne pas jouer du même coup un tour à la milice des transports et la ridiculiser auprès de la Transportkommandantur.

Ses arguments se tenaient. Werner avait alors songé à Klaus et à ses doigts boudinés lui tendant son beau stylo à pompe en argent plaqué, et il avait demandé à Albert ce qui lui faisait penser que, outre son physique, il puisse être l'homme de la situation.

– J'sais pas. Une intuition. Pour moi, c'est pas parce qu'on n'est pas monté au maquis qu'on n'est pas résistant. Et puis, quand on a permis comme toi à des tas de Juifs de passer la frontière sans jamais se tirer, c'est que, un jour ou l'autre, on est prêt à passer à l'action. Mais comme pour tout, il faut l'occasion.

– C'est bon, avait soupiré Werner. Je te le ferai ton adjudant.

Albert avait gagné.

Après tout, il avait bien été arrêté en soutane sur ce fichu col des Pyrénées !

*
* *

Il faut croire que le groupe avait été vendu.

Si sa prestation laconique mais efficace jeta de la poudre aux yeux des miliciens venus inspecter les travaux des équipes d'entretien, et les dissuada comme prévu de descendre sur la voie ferrée, elle ne fut d'aucun recours lorsqu'une colonne de blindés de la Feldgendarmerie – la Transportkommandantur avait mis le paquet – fit irruption sur la route qui la surplombait. Que pouvait-il faire contre une armée de « colliers de chiens » qui dégringolait vers eux toutes mitraillettes braquées ? Oui, qu'aurait-il pu faire sinon tirer, tirer au moins en l'air pour semer le doute, la confusion. Tenter n'importe quoi pour permettre aux autres de fuir au lieu de rester paralysé en entendant la langue de ses frères.

Albert lui avait alors crié : « Foutons le camp, y a un mouchard parmi nous, fais pas le con, saute la rambarde », et à cet instant, une balle l'avait fauché.

Empêcher les permissionnaires allemands d'aller faire leurs emplettes à Paris justifiait-il une seule mort ?

D'autres trains, il y en aurait.

D'Albert, ne restait plus qu'un corps mou, affalé les bras en croix sur une voie ferrée.

*
* *

Les mines enjouées de Werner et d'Anna n'avaient pu échapper à Élise qui aidait Zulma à préparer le souper. De même qu'elle n'avait pu s'empêcher de les observer pendant tout le dîner. Werner, d'ordinaire réservé, parlait avec feu tout en évitant de la regarder, lancé dans une conversation des plus animées avec le père d'Abel où il était question de vers à soie et de chiens truffiers. Peu importe. Élise, elle, n'entendait pas, elle mangeait des yeux Anna. Anna qui racontait avec sa vivacité et sa drôlerie habituelles sa guerre d'Espagne à elle ou son enfance délurée dans les faubourgs de Madrid tout en roulant d'une main experte son propre tabac. Comment pouvait-on être aussi à l'aise qu'Anna ? Aussi accomplie, affranchie. Aussi libre de corps et d'esprit ? Fallait-il qu'elle ait souffert et qu'elle se soit battue toute sa vie. Oui, c'était étrange, pourquoi cette femme qu'elle détestait d'instinct la fascinait-elle autant, avec sa bouche trop rouge, ses grandes mains et ses gestes virils si féminins ? Parce qu'elle la devinait trop bien ?

Son regard s'était alors posé sur Werner.

Un regard papillon.

Parce qu'il semblait si loin.

Quel homme, en effet, n'aurait-il succombé à tant de charisme et de chien ?

*

* *

Élise s'immobilise, le cœur battant.

Au-dessus d'elle, le silence bleu s'est rempli d'oiseaux mourants. Qu'est-ce qui a bien pu la pousser à remonter à la Clède ? Rapidement, elle se remémore ce début d'après-midi : le Papet qui se plaignait d'une crise de goutte et qu'elle a dû coucher parce que Zulma était partie nettoyer le poulailler ; le tic-tac exaspérant de l'horloge dans la pièce du bas, les ronflements du père au premier et cette odeur entêtante de lessive qui montait des dalles encore mouillées. Elle avait alors retiré son tablier et récupéré *L'Iliade* dans l'armoire à linge, puis elle était sortie lire au soleil parce qu'elle étouffait. Comme un fait exprès, ses pas l'avaient conduite jusqu'au pied du grand cyprès mort, à l'endroit même où, ce matin, Werner aidait galamment

Anna à sauter le talus. Pourquoi du coup cette envie de fuir Claveyrolle et de grimper plus haut se réfugier là où, hier encore, elle montait à l'Étranger son déjeuner ? Pour les découvrir tous deux allongés dans l'herbe de la Clède au plus fort de leur complicité ?

*

* *

– Werner... (Anna hésita.) Je t'ai menti...

Elle chatouilla le cou de l'Allemand avec l'herbe qu'elle venait de cueillir, puis éclata de rire.

– Crois-tu que j'aurais demandé l'hospitalité au père Mazel si je n'étais venue ici que pour te parler de ma mission ? Tu sais, j'ai pensé à toi pendant tous ces mois...

Werner évita son regard.

Il s'était forcé à revenir à la Clède uniquement pour faire plaisir à Anna, mais à présent ses déclarations le gênaient. Pire, il lui semblait que cette familiarité gâchait presque la magie du lieu avec lequel il avait partagé tant de rêves et de secrets.

– ... à nous, à tout ce qu'on pourrait faire ensemble, poursuivit Anna. Je nous ai même imaginés planqués tous les deux à Lyon, vois-tu, en train de vivre de tes dessins que je serais allée refourguer aux clandés parce que, naturellement, j'aurais abandonné mon boulot d'agent de liaison pour m'occuper de toi... Mais bien sûr, tout ça, c'est du rêve, hein ?

Les yeux d'Anna brillaient. Son visage se rapprocha du sien.

– Tu ne dis rien ?

– Tu me caches le soleil.

– Monsieur ne faisait pas tant le difficile dans la pénombre d'un train...

L'herbe caressa sa pomme d'Adam tandis que, taquins, les doigts d'Anna se glissaient sous sa chemise. Werner saisit alors sa main et la repoussa gentiment.

– S'il te plaît, Anna, n'insiste pas.

– Pourquoi ? (Anna le dévisagea sans comprendre.) Je croyais pourtant...

– J'ai dit non, Anna... Au nom de notre amitié... Le « pourtant », c'était un accident, il faut l'oublier, c'était « avant ».

– Avant quoi ?

Furieuse, Anna s'était détachée. Elle resta un moment à lui tourner le dos, immobile dans la brise, comme si elle réfléchissait.

– C'est à cause de la môme, n'est-ce pas ?

Werner ne répondit pas.

– Mon pauvre Werner, si tu crois que je ne m'en suis pas doutée. Si tu crois que je n'ai pas remarqué que tu en pinçais pour cette gamine qui se tape qui plus est une graine de milicien ! (Regard du coin de l'œil.) Tu me prends pour une aveugle ? En tout cas (Anna s'était levée et le fixait maintenant avec une dureté insoupçonnée), tu ramollis, Werner. Si tu veux mon conseil, pars vite avant qu'il ne soit trop tard. Regarde-toi. À force de voir les gens d'ici guetter les nuages de peur que leur source ne tarisse, tu te vides comme une courge, mon ami, à ce train-là, tu deviendras vite un petit vieux.

– Ou un homme sage, rétorqua Werner sarcastique.

Chapitre 6

Comme je rentrais des Bousquets où j'étais allé lever mes pièges à grives, j'ai aperçu Élise qui dévalait le pré derrière la maison. Rien qu'à son air absent, même Coucougnous, l'instituteur, aurait pu voir sans ses bésicles que quelque chose clochait. Mais, bon, Élise est une plante fière, par trop secrète et sûrement pas du style à s'épancher. Alors je me suis bien gardé de lui demander pourquoi elle faisait cette tête. En l'entendant toutefois dire à ma mère qu'elle désirait retourner au bourg avant la nuit tombée, comme ça, sans donner plus d'explication, je me suis bien douté qu'il y avait du Werner là-dessous ou plus vraisemblablement de l'Anna. Car les femmes, c'est bien connu, pour s'asticoter le bec, elles n'ont pas leur pareil, et quand elles sortent leur langue, c'est plus souvent pour se cracher du venin que du miel.

Comme un fait exprès, Werner et Anna, rentrés chacun de leur côté, se sont eux aussi mis à trougner, preuve que quand le temps tourne à l'orage, la lune peut s'accrocher. Le repas fut donc morose. À ne rien y comprendre. Quand tout autour de nous tant de choses excitantes se préparaient. Au col de Jalcreste, de fréquentes réunions avaient maintenant lieu à l'hôtel Nogaret. C'était là que se rassemblaient depuis peu les chefs des maquis descendus de Haute-Lozère. Je le savais par Alceste, le fils du chauffeur de car qui reliait

Mende à Alès. Son frère, avec plusieurs des insoumis planqués dans les communes avoisinantes, s'exerçait maintenant au maniement des armes à la Loubatière, une de ces fermes isolées transformées en maquis école. Bon Dieu, que n'aurais-je pas donné pour être en âge de porter le foulard des maquisards ! Je me promis d'en parler à Anna puisqu'elle faisait partie de la Résistance. Mais Anna, prétextant l'urgence de sa mission, était repartie le lendemain vers d'autres horizons.

Les jours suivants ne virent pas pour autant revenir Élise. Mais personne, à l'exception du Papet qui persistait à l'appeler du fond du fauteuil que l'on avait tiré devant la cheminée, ne fit mine d'y prêter attention.

Pas même Werner qui semblait si préoccupé.

En ces temps de désordre pourvoyeur de drames, le moindre service que l'on pouvait se rendre à chacun n'était-il pas de se foutre la paix ?

Mon ami, je l'ai dit, s'était refermé sur lui-même, mais on voyait bien qu'au-dedans ça bouillait. Il suffisait de le regarder noircir rageusement ses pages de cahier avec son crayon qui vous donnait le tournis à s'affoler dessus comme un pendule. La plupart du temps, d'ailleurs, c'étaient toujours les mêmes personnages qui en sortaient : maigres à faire peur, tourmentés comme de vieux ceps, avec des bouches démesurément ouvertes et de grands trous noirs à la place des yeux. À croire qu'un drôle de ver solitaire lui bouffait le cervelet. À lui, j'aurais bien parlé de mes envies de prendre le maquis, mais vous comprenez bien que je n'ai pas osé. D'ailleurs, un jour, on en avait discuté. C'était un après-midi à la Clède, à l'occasion d'un raid partisan particulièrement audacieux effectué avec succès sur les locaux de l'intendance de police de Montpellier. Bien évidemment, *L'Éclair* et *Le Petit Méridional* s'étaient tus sur le sujet, mais le vent marin qui n'apportait pas que de la pluie s'était, lui, chargé bien vite de nous en faire monter le bruit.

– En plein centre-ville, dis, et de jour. Tu te rends compte, ils ont emporté au moins mille cinq cents revolvers, des milliers de cartouches, des mousquetons, des motos, des camions, et tout ça à la barbe des gendarmes qui gardaient le dépôt...

Dans mon enthousiasme, j'avais quelque peu grossi les chiffres, les mille cinq cents revolvers n'étaient que quatre cents et les ressorts manquaient aux cent cinquante mousquetons, mais je trouvais ces types tellement hardis, je le lui dis. J'admirais tant leur culot, quand sortant de chez la mère Cabanel avec ma pelote de ficelle sous le bras, je les voyais débouler à tout berzingue dans une traction volée ou dans un gazo rempli de bidons d'essence réquisitionnés, sans même ralentir devant la mairie, avec juste le museau d'une mitraillette dépassant d'une vitre à moitié baissée...

– Ça vous colle un drôle de frisson dans le dos, ai-je ajouté, mais faut voir comme les vieux d'ici les regardent passer d'un œil circonspect. Pour sûr, dans ce pays où il ne se passe jamais rien, ça dérange leur tranquillité...

En réalité, j'en voulais surtout à mon père qui clamait haut et fort (et peut-être à raison, afin d'écarter les soupçons) que tout ça c'était de l'esbroufe, un coup de *ventarou*, et que, à force de jouer aux chiens fous, ces inconscients finiraient bien un jour par nous foutre tous au trou... Décidément les adultes ne comprendraient jamais rien.

Tout en m'écoutant d'une oreille, Werner souriait sans rien dire. Sa réserve à lui aussi m'agaçait. L'envie me prit soudain de le provoquer, pour connaître une fois pour toutes ce qu'il avait dans le ventre et qu'il prenait un si malin plaisir à cacher.

– Et toi ? lui ai-je demandé brusquement, tu le rejoindrais le maquis, si tu le pouvais ?

Werner s'est contenté d'essuyer distraitement son couteau sur sa cuisse, les yeux rivés sur la ligne bleue des Cévennes.

– Rejoindre le maquis ? Pour faire quoi ? Réquisitionner un cochon chez un paysan réactionnaire ? Dévaliser deux mille capotes dans un entrepôt de vêtements militaires ? Crois-tu vraiment que cela changera le cours des choses ?

Son ton était railleur. J'ai alors fixé ses pommettes hautes qui lui donnaient cet air un peu condescendant, cette morgue si reconnaissable qui se lisait sur le visage de l'Occupant, et je crois bien qu'à cet instant je me suis mis à le haïr. Werner a dû le sentir parce qu'il a aussitôt levé la tête mais, cette fois, il m'a dévisagé avec douceur.

Ses yeux n'étaient ni bruns ni gris.

Ils avaient cette couleur malicieuse et indéfinissable des escargots après la pluie.

*

* *

Quelques jours plus tard, comme j'allumais la lampe à huile de la cuisine, la porte s'est ouverte sur Anna. Un peu de vent froid s'est engouffré dans la pièce poussant devant lui une brassée de feuilles qui s'est mise à tourbillonner au sol tandis qu'elle nous saluait en soufflant sur ses doigts. Je découvris alors qu'elle n'était pas seule.

– Je vous amène Anton, un compatriote de Werner, a-t-elle lancé à la cantonade en désignant l'inconnu à ses côtés qui n'en finissait pas de s'essuyer les pieds.

Et puis plus bas, comme si elle craignait d'être dénoncée par le chat :

– Je dois monter Anton au maquis et, comme Claveyrolle était sur le chemin, j'ai pensé que vous ne verriez pas trop d'inconvénient à nous héberger pour la nuit.

J'ai regardé ma mère acquiescer silencieusement tandis qu'Anna, m'a-t-il semblé, toisait Werner avec un sourire appuyé. Claveyrolle ! Une planque à Teutons ! On aura tout vu ! Je me demandais bien ce que mes copains de classe, et parmi eux « le bègue » et « le tordu », auraient dit s'ils avaient su. Eux qui, cachés derrière les rochers qui surplombaient la rivière, s'amusaient à lancer des petits cailloux sur les colonnes de Fritz et leurs camions remplis de troufions et de chants de guerre quand ils traversaient le pont. En vérité, ce qui m'épatait le plus, c'était de penser qu'en partant rejoindre le maquis aux côtés des Français, cet homme allait avant tout combattre ses frères. Du coup, j'en vins presque à comprendre Werner et à regretter d'avoir pris ses réticences pour de la lâcheté.

Ce dernier que j'observais du coin de l'œil n'avait pas bronché. Mais ce qui est sûr, c'est qu'entre lui et l'inconnu à la crinière poivre et sel, le courant était passé au premier coup d'œil. Une sorte de reconnaissance tacite et fraternelle. Tout, pourtant, semblait le différencier de cet homme râblé qui portait un bleu de travail aussi délavé que ses yeux outre une drôle de sacoche de cuir dont j'appris qu'il ne s'était jamais départi depuis qu'il avait fui son pays (en souvenir du métier de plombier qu'il avait exercé dans une autre vie). Anton était juif et communiste. Plus tard, quand les langues se sont déliées devant un verre de clinton, on a appris qu'il avait connu Anna pendant la guerre d'Espagne, du temps où il faisait partie des Brigades internationales et se battait contre les franquistes aux côtés des républicains. C'est ainsi qu'après la défaite il était passé de l'autre côté des Pyrénées, qu'on l'avait interné au camp du Vernet dans l'Ariège, puis à celui de Langlade au nord de Nîmes où il avait été incorporé à une compagnie de travailleurs étrangers. De la main-d'œuvre, peuchère, il en fallait bien, puisque les nôtres étaient prisonniers.

Anton avait donc fait le mineur à la Grande Combe, un emploi qu'il avait même pu conserver après les premières rafles de Juifs, grâce à la complicité de l'aumônier du camp qui lui avait refilé en douce un certificat d'aryenneté, attestant du même coup qu'il était protestant. Mais à l'automne 42, avec l'invasion de la zone Sud et les mesures de répression visant tout étranger suspect, la situation commençait à sentir trop mauvais pour le Rouge qu'il était. Avec tous ses amis, il était passé dans la clandestinité.

Anton parlait peu. Son français était mauvais. Il s'exprimait dans un charabia d'allemand et d'espagnol, par petites phrases hachées qu'Anna, déjà grise, traduisait et enjolivait. Tout ça, il avait dû le lui raconter cent fois depuis qu'elle l'avait retrouvé à ramasser des châtaignes dans sa planque du côté de Saint-Frézal-du-Ventalon.

Moi, je m'endormais.

À la rigueur, j'aurais bien goûté à quelques anecdotes sur son passage dans la clandestinité, mais mon père, tout remonté, s'obstinait à parler de la mine où il avait travaillé gamin à trier du charbon. Les hommes avaient-ils aujourd'hui les mêmes lampes antigrisou ? Et le fameux boyau nº 8 ? À son époque déjà, on aimait bien employer des étrangers. Oui, il se souvenait des baraquements devant la mine où s'entassaient Tchèques, Arabes et Polonais... Son plus grand copain, par exemple, était un Russe blanc qui travaillait au travers-banc. L'enfer, pire que les galères, à creuser le roc comme un malade, pour le transformer en poussière et ses pauvres poumons avec. Mais si le travers-banc faisait crever plus vite, bouffer la silice par tous les orifices rendait aussi plus riche. De toute façon aucun mineur n'était à l'abri d'une explosion...

Il y eut un silence vague. Anton plaisanta et dit dans son français hésitant qu'en comparaison repasser les chemises du Commandant le soir de retour au camp n'était pas une plus mauvaise façon de gagner son quignon. Les hommes ont ri...

C'est alors qu'Anna, levant les yeux sur Zulma qui s'affairait autour de la table, s'esclaffa :

– Tiens... mais la petite n'est pas là pour débarrasser ? Qui donc s'occupe maintenant de torcher le grand-père ?

– Toi, a alors répondu Werner à qui la remarque malgré les gloussements d'Émile et les radotages du Papet n'avait pas échappé, le grand-père se débrouille tout seul, mais si ça te fait plaisir, ne te gêne surtout pas !

Son ton glacial n'a pas même rafraîchi l'atmosphère. En l'honneur du nouveau maquisard, on n'allait pas moucher les quinquets pour un courant d'air. Bien au contraire, devant les protestations du Papet qui avait pris la boutade au premier degré, les rires ont redoublé, mais moi, je me sentais comme crotté. Même si la remarque de Werner avait quelque peu lavé l'honneur d'Élise et renvoyé à la figure d'Anna sa propre méchanceté.

*
* *

Le lendemain matin, butant sur une souche, Anna se tordit la cheville au moment du départ.

La vengeance d'Élise, à n'en pas douter. En matière de sort, j'en étais sûr, elle s'y connaissait. Élise a la main trop verte pour ne pas deviner à distance tout le mal qu'on lui fait. Il n'empêchait, « le maquis attendrait l'Étranger », a dit ma mère. D'ailleurs, à se frotter à la caillasse depuis des jours, les pieds d'Anna étaient tout *escarougnés*. Une bonne journée de repos était conseillée. Là-dessus, ma mère m'envoya d'autorité décrocher son saquet d'herbes sauvages dans la grange, et entreprit de confectionner quelques cataplasmes dont elle gardait jalousement le secret.

*
* *

Allongés dans le pré derrière la maison, torse offert aux derniers rayons de la saison, Anton et Werner profitaient de l'incident pour mieux faire connaissance et moi pour les *espinchouner*, planqué derrière mon rocher au pied du vieux cyprès mort. À dire vrai, j'enrageais parce qu'en la présence d'Anton Werner m'ignorait. J'aurais voulu lui crier que je les trouvais ridicules à se rôtir le cuir comme ça – est-ce que je me croyais aux bains de mer, moi ? – à moitié nus en plein hiver. N'empêche que le spectacle me fascinait, peut-être parce qu'il ne m'était jamais venu à l'esprit qu'un corps puisse exister pour lui-même autrement qu'en répondant à l'effort ! D'en bas, leurs rires entrecoupés d'exclamations en allemand me parvenaient très clairement. Bien sûr, je ne comprenais rien à rien de ce qu'ils se disaient. Mais la langue qui coulait de leurs bouches n'avait rien à voir avec celle de l'Occupant, dure et sèche comme du silex, et qui claquait comme un fouet. Au ton plus abrupt de la conversation, j'imagine toutefois qu'Anton cherchait à convaincre Werner de le rejoindre au Castanet. De même, j'aurais pu parier sur la réponse de ce dernier. C'est que, plus têtu que mon Werner, je ne connaissais que mon mulet.

Pourtant, je sus d'instinct après le départ d'Anton que quelque chose en Werner avait changé et qu'un jour ou l'autre très prochainement il nous quitterait. Même si, ma foi, je me doutais de ce qui le retenait, en dépit du fait que lorsque je passais chez Élise déposer une salade ou des œufs frais, il suffisait que j'évoque la présence de l'Allemand pour que cette dernière change de sujet. L'amour était-il à ce point compliqué ? Car ces deux-là se plaisaient, ça crevait les mirettes, et ce n'était pas qu'une histoire de frotadou, je l'aurais juré sur la tête de mes biquettes. Quant à la raison pour laquelle ils s'évitaient, eux seuls la connaissaient : je n'étais ni Dieu ni curé.

Le jour vint néanmoins où Werner, comme je le redoutais, annonça son départ. C'était un peu avant la Noël après qu'il eut disparu toute une journée.

Quand il apparut pour le souper, il était plus pâle qu'une hostie trempée dans du lait et s'exprimait avec difficulté.

– Je vous regretterai tous, monsieur Mazel et maman Zulma aussi, mais je suis déjà resté trop longtemps ici. La Gestapo a eu le temps de m'oublier mais, j'espère, pas mes amis.

Il avait décidé, nous expliqua-t-il, de retourner à Marseille où il avait séjourné après avoir quitté le camp des Mille.

– Là-bas, je serai plus utile, enfin, je l'espère. Mais je ne laisserai pas ma famille française sans nouvelles.

Personne n'y trouva à redire.

Werner agissait selon sa conscience. Il avait eu le temps de réfléchir.

*

* *

Il fut décidé que j'accompagnerais Werner jusqu'à la gare de Jalcreste par la montagne. Un détour important qui permettait d'éviter le bourg.

Le matin du départ, Werner me tendit son compagnon d'exil, assurément son bien le plus précieux, à savoir le fameux porte-mine qui ne le quittait jamais.

Comme je refusais, il insista. Rien ne lui faisait plus plaisir que j'accepte ce gage d'amitié pour mes étrennes puisqu'il ne serait plus là.

– Il porte bien son nom ! Un jour, tu verras qu'entre tes doigts lui aussi peut devenir une arme !

– D'accord, ai-je répliqué, mais rien que pour m'exercer pendant ton absence, puisque je sais que tu reviendras.

En vérité, j'étais incapable de concevoir qu'il nous quitte déjà. En quelques mois, Werner s'était tellement adapté à notre existence qu'il en faisait désormais partie. Incrédule, je l'ai regardé se préparer. Non rasé, avec la veste en cadis de mon frère aux coudes bien lustrés et le panier de *pélardons* préparés par ma mère, il faisait illusion. L'être que j'avais devant moi n'avait pas grand-chose à voir avec le jeune homme en col roulé noir aperçu pour la première fois chez le pasteur Toureille. Les deux hommes n'avaient pas le même regard.

*
* *

Durant le trajet, Werner parla peu. Il marchait vite, englué dans ses pensées ou plutôt absorbé par le paysage comme s'il désirait s'imprégner de sa lumière à tout jamais. Quand on arriva en vue du bourg que la draille surplombait entre les châtaigniers, il ralentit toutefois sa marche et s'arrêta pour contempler un instant les toits argentés éparpillés comme un jeu de cartes le long du Gardon.

– Tu nous manqueras, mais pas tant qu'à Élise, ai-je alors osé en guettant sa réaction.

Mais Werner ne dit rien et j'en fus quitte pour accélérer mon pas derrière le sien. Je dus attendre bien plus tard, juste avant de croiser la grande route dont je redoutais l'asphalte encore vibrant du passage des blindés et des camions, pour que Werner se laisse tomber sur une pierre et daigne se rouler une dernière cigarette au milieu d'une petite clairière cernée de sapins.

– D'ici que tu rentres, il fera nuit noire, me dit-il alors. Mieux vaut nous séparer tout de suite. Désormais, je peux trouver mon chemin. Et puis, a-t-il ajouté, à la gare, il y aura du monde, je ne pourrais pas te dire au revoir comme maintenant... (il hésita), de toute façon, je n'ai jamais été très doué pour les séparations.

Il y eut un silence, le temps que la petite boule que j'avais dans la gorge joue au monte-charge et me pique au-dedans comme une poignée de chardons. J'ai alors sorti en guise d'adieu le croquis que j'avais fait de lui quand il discutait avec Anton. Werner l'a glissé dans son sac d'un air absent, s'est levé et m'a serré dans ses bras en me priant de bien prendre garde à moi. Et puis tranquillement, tout en jetant son barda sur l'épaule :

– Quand tu verras Élise...

Instantanément, j'eus l'impression que, sous nos pieds, le tapis d'airelles s'enfonçait dans l'obscurité du sous-bois.

– ... dis-lui que je ne l'oublierai jamais et que je lui souhaite d'être heureuse avec son fiancé.

– Son fiancé ?

– Oui, celui que vous surnommez le pet...

Werner s'embrouilla.

– Le Pesoul revengu ? Tu veux parler de ce « pou revenu » de fils Alric ?

Allons, je l'ai regardé avec des yeux de carpe. Qu'est-ce qui lui était passé par la tête à celui-là ? Élise avec ce *lipe-bouse*, ce troufignon de papiste, vous parlez d'une cagasse. Bien sûr qu'on ne se privait pas chez nous de la taquiner à ce sujet, parce que le bougre, bon sang, tout le monde voyait qu'il la péguait mais de là à imaginer...

– Mais elle le déteste, me suis-je écrié, tu peux me croire, si elle pouvait lui trancher les burettes à celui-là, elle les lui ferait avaler avec ça...

Je me suis tu, la voix enrouée. Après un dernier signe de la main, Werner s'était déjà détourné.

À cet instant, j'aurais pu lui courir après et lui crier que c'était lui, Werner, qu'Élise aimait. Au lieu de quoi, une pierre dans l'estomac, je suis resté là, comme un crétinas à le regarder s'éloigner d'un pas plus léger, m'a-t-il semblé, mais aussi plus déterminé.

Chapitre 7

Après avoir quitté Abel, Werner, curieusement, se sentit soulagé.

Bientôt les toits de Claveyrolle ne seraient plus dans sa tête qu'une belle image au flou tremblant. Il suffirait du coup de sifflet d'un chef de gare pour trancher le lien qui reliait encore pour quelques heures Saint-Amand au présent. Il était temps. Anna avait raison, cette vie sans souci l'avait ramolli. Pire, elle n'avait engendré chez lui que sensiblerie. Son expérience intime, pourtant, lui avait toujours dicté de fuir tout excès de sentimentalité. Mais cette fois, engourdi telle l'abeille dans une toile d'araignée, il s'en était fallu de peu pour qu'il se laisse prendre au piège comme le pire des benêts.

Au départ, la petite escapade de la veille en direction du bourg n'avait pour but que de le soulager d'une obsession : depuis le temps qu'il crevait d'envie de revoir Élise et de lui parler franchement ! Mais finalement, la Citroën noire garée devant la maison du pasteur n'avait servi qu'à le conforter dans ce qu'il avait toujours su. Si son premier réflexe lui avait fait redouter l'horreur d'une arrestation – son instinct chevaleresque sans doute, celui qui le poussait à voler au secours de la veuve et de l'orphelin dans l'imagination ! – la vision du fils Alric frappant chez Élise avec ce sourire puant de satisfaction avait tué pour de bon ses illusions. Mais qui sait s'il n'était pas allé chercher avant-hier le coup de pied salutaire qui, tout comme le stylo de Klaus, le déciderait enfin à lever le camp ?

*
* *

Werner l'aperçut de loin. Accroché à son inséparable mallette, les yeux écarquillés comme un gosse paumé, Anton arpentait le quai en faisant mine de s'intéresser à un affichage périmé. Que faisait donc l'Allemand à Jalcreste ? Prudemment, il se rapprocha. Autour de lui tout semblait normal. Les quelques voyageurs – des paysans pour la plupart parmi lesquels il reconnut l'une des paroissiennes de Saint-Amand – tuaient le temps en commentant les dernières restrictions. Le chef de gare, quant à lui, tentait mollement de réparer la grosse horloge en blaguant avec un mécanicien. Seul le petit-fils de la grenouille de bénitier, coincé dans son fauteuil roulant, le regarda passer avec intérêt tout en continuant à se récurer le nez.

Anton leva les yeux et esquissa un sourire soulagé en reconnaissant celui qui lui demandait du feu.

– Qu'est-ce que tu fais là ?

– Et toi ?

Anton aussi allait à Marseille.

– Une mission, pour le maquis, ajoute-t-il évasif. (Et puis, profitant de ce que les gens prennent d'assaut le tortillard crachotant :) Tu n'as pas idée comme j'ai la pète. Tous ces changements, avec mon français calamiteux. Mais puisque la providence t'envoie...

Werner sourit, mal à l'aise. Ainsi, par une simple coïncidence, allait-il devenir l'ange gardien du maquis.

Il y a pourtant quelque chose qu'il n'arrive pas à saisir. Comment ce dernier pouvait-il envoyer Anton sur un coup aussi périlleux ? Il fallait s'attendre à ce que les gares de Nîmes et de Saint-Charles grouillent d'agents au service de la Gestapo. De véritables pièges. Sans compter les contrôles systématiques. Instinctivement, Werner tâte la poche de sa chemise pour vérifier la présence de la carte d'identité de Hugo Martin, fabriquée en son temps par le faussaire Toureille avec un authentique cachet de mairie.

Anton, lui, a haussé les épaules. Les ordres sont les ordres. La lutte n'exige-t-elle pas une soumission absolue aux nécessités de l'action ? Si ce n'était pas lui, ce serait un autre. Étonné, Werner apprit que le maquis du Castanet, essentiellement composé d'étrangers, avait la particularité de rassembler une majorité d'Allemands sous l'autorité d'un jeune officier de réserve français. Anton y a retrouvé des frères. Principalement d'anciens volontaires de la guerre d'Espagne, tous rescapés des camps disciplinaires du Rieucreux ou du Vernet, puis passés dans la clandestinité où d'autres « Anna » les ont recrutés depuis la Drôme ou la Lozère. Après la chaleur des retrouvailles, l'ambiance y est pourtant morose.

– Les camarades trépignent de passer à l'action, poursuit-il laconiquement comme ils s'installent dans un coin de compartiment désert, mais les armes manquent. En revanche, nous pouvons fournir aux Français beaucoup de renseignements.

À la station suivante, le compartiment s'était rempli. Une famille commença à saucissonner bruyamment à côté d'eux en croquant des oignons. Les deux se turent, observés du coin de l'œil par la gouvernante d'une jeune fille de bonne famille qui arborait crânement la croix catholique tout en rougissant au-dessus de sa lecture. Werner n'était pas sans deviner l'efficacité redoutable du réseau de renseignement antifasciste. D'après Anna, nombre d'unités allemandes étaient depuis longtemps noyautées.

– Dommage que tu ne sois pas officiellement des nôtres, lui avait-elle dit en riant. Vu ta maîtrise du français, il y a longtemps qu'on t'aurait demandé de t'immiscer dans un service de la Wehrmacht pour jouer au petit collabo innocent.

Il contempla à la dérobée le profil aquilin et les traits rieurs sous les cheveux drus comme de la paille de fer. La mission d'Anton consistait sans doute à recueillir les dernières pépites du précieux filon. Un rapport complet sur les projets d'attaque et les déplacements des troupes d'Occupation pouvait en effet s'avérer de la plus grande utilité pour les maquis de la région. En échange de précieuses armes, bien évidemment.

*

*   *

Ayant raté la correspondance à Sainte-Cécile-d'Andorge, Werner et Anton avaient dû couper à travers champs afin de rattraper le car pour Alès où il ne leur restait plus qu'à passer la nuit en attendant le prochain train pour Nîmes.

Une tension perceptible régnait dans l'air. Le brouhaha d'une ville réduit à un murmure étouffé, rythmé de-ci de-là par un vague bruit de bottes que Werner aurait préféré oublier. Dans un sens, pourtant, ce contretemps arrangeait Anton. Bien qu'Alès grouillât de SS, il s'y sentait comme un poisson dans l'eau.

Évitant les cafés aux abords de la gare ainsi que les parages de l'hôtel Riche où l'Occupant avait installé son quartier général, ils contournèrent le centre-ville et s'enfoncèrent dans le dédale de ruelles qui rejoignaient le vieux quai. Là où la passerelle Lénine enjambait le lit caillouteux du Gardon et où les gosses venaient encore grappiller les débris de charbon charriés par son lit en amont. Au coin d'une fontaine jouxtant une filature délabrée, Anton avisa un immeuble vétuste aux ouvertures condamnées, badigeonnées de chaux bleue délavée. Dans la courette arrière exiguë, du linge séchait. Celui de plusieurs familles de mineurs pour la plupart immigrées.

– Ici, dit Anton, il y aura toujours une paillasse pour nous accueillir en toute sécurité.

Devant les latrines entrebâillées, une grosse Noire, qui pilait un peu d'orge grillé en guise de café, leur adressa un sourire jovial.

– La femme du « Polonais », explique Anton.

Mineur comme lui à la Grande Combe, son compagnon avait été enrôlé de force dans la Wehrmacht. Aux dernières nouvelles, il avait déserté pendant qu'elle, visiblement, tuait l'attente en se saoulant à satiété.

– Augusta est en haut ? demanda-t-il.

– Si. (La Noire hocha la tête.) Tu peux monter, elle ne reçoit personne.

Tout aussitôt, la femme du « Polonais » replongea le nez dans son mortier et poursuivit sa mélopée, les yeux vitreux comme si de rien n'était.

Morve au nez, des enfants jouaient dans un coin avec un bout de tuile brisée. C'est à peine s'ils levèrent le menton quand les deux hommes s'engouffrèrent dans la cage d'escalier.

Un peu de musique turque s'échappait d'une porte entrouverte. L'escalier était étroit, plein de courants d'air et de remugles rances à forte dominance d'ail et de pipi de chat.

« Une tour de Babel sur le point de s'écrouler », songea Werner.

Plus haut, un luminet vint trouer l'obscurité du dernier palier, projetant sa clarté vacillante sur un visage étrange, à peine ridé.

– Augusta !

– C'est toi, Tonio ?

Anton grimpa les marches quatre à quatre et alla serrer la vieille Espagnole dans ses bras.

– Toujours aussi belle, Augusta.

– Je savais bien que tu reviendrais, petit. (Et puis d'un geste maternel, passant son pouce sur le visage d'Anton :) C'est bien, tu as grossi.

Ce qui signifiait dans le langage de l'aveugle : c'est bien, je vois que tu n'as pas trop souffert. Parce qu'à force de pleurer son guérillero de fils mort sous la torture, les yeux d'Augusta n'y voyaient plus. Ce qui ne l'empêchait pas de consacrer sa maigre existence à cacher les amis de ce dernier.

Après leur avoir servi un bout de tortilla froide et un quignon de pain frotté d'ail, la vieille sortit religieusement de son bahut une bouteille enveloppée dans du papier journal.

– Tenez, l'un des vôtres l'a laissée. Celui-là, il ne risque plus de venir la rechercher.

Puis, l'Espagnole extirpa une petite clé des profondeurs de son tablier noir et la tendit à Anton.

– Tu connais le chemin, à présent, va, mon garçon.

On accédait à la cache d'Augusta par une trappe qui donnait sur un toit en terrasse. Derrière les fils à linge, un réduit y avait été aménagé à grand renfort de planches et de bouts de tôle ondulée sous le prétexte d'y remiser pots, cactées et plantes grimpantes qui n'avaient rien à envier aux plantations d'Élise. En réalité, ce jardin suspendu auquel seule Augusta avait accès était suffisamment vaste pour abriter deux paillasses. C'était là qu'Anton s'était caché durant sa première période de clandestinité.

– L'entraide des hommes de bonne volonté, soupira ce dernier en s'allongeant sans même se déchausser. Ne jamais voir la lumière au fond d'un trou, cela crée des complicités ! (Il sourit, les yeux fermés.) C'est con, hein, mais quand on se trouve tous là-dessous à la merci d'un coup de grisou, force est d'admettre qu'il n'y a pas plus de communistes que de royalistes ou de Bretons que de zoulous. Juste des hommes, Werner, et de la hargne, ça oui, pour ne pas dire de la haine de s'en sortir. C'est ce que m'a appris la mine. Malheureusement pas la guerre.

Un rond de fumée vint crever contre la tôle ondulée.

– Tu n'y crois pas, toi, hein, à ce rassemblement des forces antinazies pour créer une Allemagne nouvelle. Et dans un sens (Anton eut un petit rire amer), tu n'as pas tort. Parce que si tu veux mon avis, ce sont les communistes qui boufferont tout.

Werner, qui venait de faire honneur à la gnôle d'Augusta, le regarda, étonné.

– Ça t'épate, hein ! Eh bien je vais te faire une confidence. Parce qu'il n'y a qu'à toi que je peux dire ça – les autres, eux, ne comprendraient pas. La carte du Parti, mon vieux, je l'ai avalée et ce, au début de la guerre ! (Anton saisit la bouteille à son tour et s'y cramponna.) J'ai pas encore digéré la pelle que Staline a roulée à Hitler, vois-tu. Et j'suis pas le seul, même si comme beaucoup, je l'ai fermée.

– Mais tu continues bien de suivre les directives du Parti, s'indigna Werner.

– En échange d'un réseau et d'une organisation, oui. Parce que seul, ici, je ne peux rien. Et surtout (Anton se tapa une seconde rasade), parce que rien ne m'empêchera de rester rouge et d'arriver à mes fins par tous les moyens.

Werner fixa les ombres chinoises projetées par les plantes sur les planches comme de drôles d'éclaboussures. Sans qu'il puisse se l'expliquer, un feu étrange s'était mis à brûler dans sa poitrine. Un sentiment intense et chaleureux qui devait plus à la confession d'Anton qu'à la gnôle d'Augusta.

– Évidemment, murmura-t-il comme pour lui-même, il est plus facile de tourner le dos à ses idées quand on frétille dans un salon. Pas quand on casse du charbon.

– À l'époque pourtant, poursuivit Anton d'une voix monocorde, j'étais prêt à foutre le camp, à m'engager dans la Légion. Tu comprends, combattre Franco, c'était déjà combattre Hitler, non ? Et puis un matin, j'ai surpris ma sale gueule dans le reflet d'une vitrine et je ne me suis pas reconnu. Ça m'a flanqué un coup. Je me suis regardé bêtement, et puis, pris de dégoût, j'ai commencé à lever le poing, comme ça, en ricanant. Et soudain, au bout de ce poing tendu, j'ai senti mes forces renaître avec une telle violence que ça m'a laissé sur le cul. Alors j'ai compris. Ne jamais lâcher prise, les niquer tous, Werner. Hitler ne survivra pas, je te le jure. Il y a trop de cons comme moi à qui on ne la fera plus.

Tout en l'écoutant, Werner s'était mis à griffonner distraitement une pyramide de petits Anton assis en équilibre sur un poing levé.

– Dans le fond, tu es vraiment un drôle de type, dit alors Anton.

De la pointe du pied, il poussa la porte du réduit, arrosant leurs paillasses d'étoiles et de nuit froide.

– Je parle, je parle, et toi, tu ne dis rien, tu m'observes en silence. Je pourrais te prendre pour un mouchard et pourtant j'éprouve pour toi plus que de la confiance. Même si tu restes à mes yeux une énigme.

Sa voix se perdit. Sur le quai, non loin, un moteur toussa.

– Je suis sûr que tu avais les moyens, comme nombre d'intellectuels, de te tirer Outre-Atlantique. Eh bien non ! Au lieu de prêcher la bonne parole en sablant le champagne à Caracas ou à New York, tu as choisi de rester, alors qu'on y était, nous, contraints par nécessité. Mais là encore, ton cas m'échappe. En ces temps difficiles, où il semble impossible de s'en sortir et encore moins de lutter si nos forces ne sont pas regroupées, monsieur, lui, décide de se la jouer solo. Ton refus de monter au maquis est moins dû à ton dégoût de tripoter une arme qu'à celui de te laisser embrigader, est-ce que je me trompe ?

Werner sourit. Hormis la soif de connaissance, seule la rébellion pouvait aider l'humanité à avancer. Mais qu'elle rime avec pouvoir, et elle perdait toute sa pureté. Ne parlons pas même de liberté.

– C'est peut-être ce qui nous différencie, finit-il par avouer. C'est vrai que je suis allergique à toute autorité.

– Non, dit Anton, ce qui nous différencie, c'est que tu n'as foi en rien. Sauf peut-être en tes dessins. Mais qui croit encore au pouvoir des arts et des lettres ?

*
* *

Plus tard, bien plus tard, alors que les mineurs du poste de jour enfourchaient déjà leurs vélos et que la bouteille ne savait plus très bien entre quelles mains elle se trouvait, Anton s'était tourné vers Werner.

– Il y a deux sortes d'hommes, m'as-tu dit tout à l'heure : ceux à qui la guerre permet de mieux se fuir eux-mêmes et les autres à mieux se retrouver. Quand cesseras-tu de faire partie des premiers ?

Chapitre 8

Les deux hommes s'étaient éclipsés au petit matin avec quelques galettes et un morceau de fromage glissés dans leur besace par la vieille Augusta.

– On a des gueules à faire peur, soupira Anton.

– Tant mieux (Werner avait ri), on aura plus de place dans le train.

Dans ce dernier, deux Feldgendarmes contrôlèrent leurs papiers d'identité d'un air absent.

« La routine, pensa Werner. Les gars roupillent ou s'en foutent. Ils n'en ont plus rien à faire. »

Entre Nîmes et Marseille, toutefois (après qu'Anton l'eut stupéfait par sa connaissance parfaite du changement de quai, preuve que son voyage avait été minutieusement préparé) la Gestapo monta. D'un physique plutôt avenant, l'agent qui inspectait le wagon s'adressa à eux en souriant et plaisanta sur le temps. Werner sentit Anton, à ses côtés, se raidir imperceptiblement.

– Alors comme ça, on va à Marseille, hein ?

L'homme qui avait à peine parcouru leurs documents se tourna brusquement vers ce dernier.

– Et toi, tu es alsacien !

La moustache rousse se retroussa sur deux petites dents de hamster.

– Tu parles l'*alsacer* alors ?

– Ja, répondit Anton laconiquement.

– Répète voir pour l'accent.

Flairant le piège, Werner décida d'intervenir rapidement.

– La femme de mon ami vient de le quitter pour un gendarme. Faut pas lui en vouloir. On s'est saoulé la gueule toute la nuit. Il ne se sent pas très bien.

Tout en parlant, il sortit une bouteille de sa besace et la fourra d'autorité dans la main de l'agent.

– Grappa de contrebande..., de la part des copains d'Alès, monsieur..., si le cœur vous en dit.

Un hoquet douteux interrompit la conversation. Anton se leva et s'appuya en tanguant contre la fenêtre tandis que l'homme le jaugeait d'un air dégoûté et faisait mine de protéger son veston.

– Eh bien, puisque vous insistez, conclut-il sèchement sans oublier de glisser l'alcool dans sa sacoche, je vous laisse vous occuper de votre ami... Les copains d'Alès, avez-vous dit ?

– Oui, Alric, monsieur, Gilbert Alric.

L'homme évanoui dans le couloir, Anton regarda Werner, ébahi.

– Toi, alors ?

– Quoi ?

– La bouteille, elle était vide !

– Sa petite sœur (Werner eut un large sourire), cadeau d'Augusta pendant que tu allais te soulager les intestins dans la cour. Elle avait bien prédit qu'elle nous porterait bonheur. Quant à toi, vieux, chapeau (Werner leva vers Anton un œil ironique), je ne savais pas que le Parti vous offrait des cours de comédie !

– Aucun mérite (baissant la vitre, Anton se pencha cette fois pour vomir tripes et boyaux), tu n'imagines pas à quel point je me suis retenu de lui lâcher ma bouillabaisse en pleine figure. Au fait Werner, c'était quoi cette histoire d'Alric ?

*
* *

Anton devait rester plusieurs jours à Marseille.

– Remplir ma « mallette » de renseignements peut prendre un certain temps, avait-il plaisanté en se tapotant le front.

Un peu inquiet, Werner lui demanda s'il connaissait la ville.

– Ne te fais pas de souci pour moi, va. Une fois sur place, je n'aurai plus besoin d'un papa !

Tout en parlant Anton avait coincé la revue *Signal* bien en évidence dans sa poche.

– Mon signe de reconnaissance, précisa-t-il.

– On t'attend ?

– Surprise !

Déjà, le train entrait en gare de Saint-Charles. Anton avait l'air un peu pâle – la cuite sans doute, à moins que ce ne fût l'appréhension. À quelques mètres d'eux, le quai grouillait de contrôles et d'espions. Ils se donnèrent rapidement rendez-vous pour le surlendemain dans un café de la Canebière, se souhaitèrent bonne chance et décidèrent de descendre séparément.

Anton quitta la voiture en premier.

Les voyageurs piétinaient. Werner le vit s'attarder devant le wagon, hésiter, puis fendre la foule comme si de rien n'était au moment où deux hommes en imperméable couleur mastic lui emboîtaient le pas. À cet instant précis, une femme en chapeau cloche accompagnée d'une fillette en manteau bleu marine se dirigea sur Anton et se précipita dans ses bras. Elle paraissait essoufflée. Werner entendit qu'elle s'excusait, qu'elle avait attendu ce dernier devant la voiture n° 7, et nota au passage sa mise modeste et les cernes violacés assortis à son écharpe en crochet. D'un œil, il s'assura que les deux « impers » avaient passé leur chemin, tout en admirant la spontanéité de la petite fille qui venait à son tour de se pendre au cou d'Anton en l'appelant papa.

Songeur, il les dépassa.

*
* *

Werner aurait pu aller à Lyon où ses dessins avaient toutes les chances d'être acceptés. Mais l'idée même de se servir des relations d'Anna le répugnait. Aussi son choix, par commodité, s'était-il porté sur Marseille même si retourner sur les traces du passé avait un petit goût de guimauve mâchouillée. Il n'aurait cependant su expliquer la joie fébrile qui l'avait saisi dans le train en découvrant la mer et le bout de port étincelant au sortir d'un tunnel. Mais ce bleu et tout ce blanc aveuglant qui lui giflaient la rétine, n'en devait-il pas le choc à sa mise « au vert » prolongée ?

Ce n'est qu'une fois en bas du boulevard Dugommier, après avoir déjoué les pièges des contrôles et s'être assuré que personne ne le suivait, qu'il découvrit à quel point la ville aux relents de patchouli et de poisson séché lui avait manqué. Non, en dépit des gradés vert-de-gris qui s'empiffraient d'huîtres à la terrasse du Régence, ou du Capitole transformé en Soldatenkino, Marseille n'avait pu changer. En bonne fille du Midi, elle s'accommodait. D'un bond, il se retrouva au coin du cours Belzunce, à quelques mètres du quai des Belges et des vergues multicolores qui se balançaient dans la fraîcheur du vieux port.

Une ruelle sombre, des volets écaillés, la façade modeste de l'hôtel Espérance qui l'avait naguère accueilli au milieu de tous les réfugiés.

La fille de la réception le dévora des yeux avec intérêt. Si c'était pour une nuit, on pouvait s'arranger.

L'hôtel était pourtant vide. C'était le même couloir poisseux, le même lino lie-de-vin décollé par endroits où se lisaient les mêmes tatouages du temps dus à la géographie mouvante du mobilier. Sauf qu'aujourd'hui aucun ballot ne venait l'encombrer. Coïncidence, la chambre nº 4 était celle qu'il occupait. Sauf qu'en arrivant des Mille la perspective de se retrouver enfin seul dans une chambre l'avait excité. Et qu'aujourd'hui cette solitude anonyme le fatiguait.

Werner ouvrit grand la fenêtre moins pour aérer que pour reprendre possession d'une rue, d'un ou deux souvenirs qui lui appartenaient. Des murs, suintaient encore les rires des légionnaires beurrés qui tapaient alors le carton dans la fumée de la pièce d'à côté. De même, montaient du port les murmures de fantômes appelés Karl, Johann ou Sacha, visages blêmes, ivres d'ailleurs, écumant « Les Dryades » ou le café du « Mont Ventoux » en noyant l'attente d'un visa incertain au fond d'une bouteille de Banyuls trop sucré. À l'époque, ses anciens compagnons des Mille n'avaient qu'une obsession : fuir.

Peu importaient la course aux tampons et l'interminable procédure, les files d'attente dans les antichambres glauques des consulats ou les couloirs de la préfecture, les démarches épuisantes, les bureaux, les guichets, la valse des ordres, des contrordres, des sauf-conduits qui expirent, des départs ajournés et du tout à recommencer. Sans compter le risque d'être éconduit, bafoué, refoulé ou arrêté à la dernière minute sur un quai... Pour tous, Marseille était la bouée de l'espoir. Un mirage résonnant des noms de cargos ventrus, port fragile de l'imaginaire vers des destins inconnus. À l'exception de Werner. Très vite, il s'était désolidarisé. Moins par idéal que par dégoût d'une inévitable compromission. Non que l'aventure ne le tentât (qui plus est, les relations de l'oncle Josef lui auraient permis d'obtenir un visa sans problème), mais la seule pensée de devoir poudrer jour après jour les derrières de quelques janissaires ou de faire risette à une kyrielle de fonctionnaires dans le seul but d'obtenir un bout de papier lui paraissait purement révoltante. Si ses amis étaient devenus des animaux rampants, esclaves de leur propre obsession, lui, avait préféré fuir à sa façon en se cachant. Chez les putes de la rue Sainte-Barbe ou dans les bordels arabes du Panier. Mais ceci était une autre histoire.

Déjà, le jour tombait. Quelques lueurs tremblaient du côté du vieux port, tandis que s'estompaient les auréoles du tapis et la grâce sordide des franges orange du couvre-lit. Werner déroula alors le dessin d'Abel qu'il avait glissé la veille dans sa besace. Pensif.

À Claveyrolle, on avait déjà dû allumer la lampe à pétrole et installer le Papet devant la cheminée.

*

* *

Werner passa la journée suivante à courir derrière les ombres du passé dans l'espoir de s'organiser.

Il lui fallait d'abord retrouver Freddy, un ancien interné des Mille qui avait fondé un petit journal clandestin et à qui il refourguait dans le temps ses dessins. Mais rue du Tapis-Vert, le local sous les toits qui abritait l'imprimerie avait été mis sous scellés.

Il passa donc rue Neuve-Sainte-Catherine, au 9 précisément, là où la veuve d'un écrivain letton, ancienne égérie de Montparnasse dont les formes plantureuses avaient naguère servi de modèle à Modigliani, tenait son meublé ouvert aux artistes réfugiés. C'était dans son salon, dont les tentures orientales n'avaient rien à envier aux lambris de la comtesse Lily Pastrée, que Werner avait croisé Freddy pour la première fois. Affamés, les deux hommes venaient souvent y fumer le narguilé pour calmer leurs crampes d'estomac. Mais la Louise, comme il pouvait s'y attendre, n'habitait plus là. Au service des cartes à pain de la mairie où elle était parvenue à se faire embaucher, un employé revêche lui dit d'aller s'adresser chez les fous. Le jour de l'entrée des Allemands dans la ville, la femme était apparue dans les locaux à moitié nue, les seins décorés de deux étoiles jaunes. Depuis, personne ne l'avait revue.

Exit donc la reine Louise dite Maman Ghetto qui, d'un battement de cils, éparpillant les cartes d'un tarot sur son châle en soie, avait suggéré un soir à Werner de faire le tour des associations de secours aux réfugiés.

– Puisque sans visa de sortie, tu ne peux obtenir le précieux sauf-conduit qui t'autorise à séjourner et à gagner ta vie ici, va donc leur proposer tes services : les comités de soutien, ici, fleurissent comme la petite vérole. Il y en a même pour tous les goûts, pareil que les putes du vieux Panier : protestant, juif, catholique, orthodoxe, sans compter les quakers, la Croix-Rouge, les philanthropes et les Amerloques... En échange, ils cautionneront ton séjour et t'offriront même le gîte et le couvert.

Werner ne se l'était pas fait dire deux fois. C'est ainsi qu'il avait couru rue d'Italie prêter une main bénévole au dispensaire du docteur Zimmer où l'on aidait les internés des Mille à s'évader à coups de digitaline, stratagème qui, en ralentissant le pouls, permettait l'hospitalisation d'urgence.

Puis il s'était fait embaucher comme cuisinier sous la protection du père Paradis dans un couvent dominicain, tout en travaillant – pour ne pas faire de jaloux – comme blanchisseur à la paroisse protestante du vieux port. Cette dernière ne désemplissait guère, cette fois de réfugiés juifs puisqu'on n'avait pas attendu ici d'être envahi par la Wehrmacht pour vendre ces derniers aux autorités. Tout en continuant de livrer ses caricatures à Freddy, il avait alors commencé à s'intéresser aux filières qui s'activaient à leur faire fuir ce que Louise appelait son « beau pays ». Le père Paradis, voix de stentor, barbe de sapeur et couteau suisse à la ceinture, l'avait très vite présenté à la jolie Margot qui accompagnait jusqu'à la frontière espagnole des enfants juifs déguisés en éclaireurs. Voyage en train parsemé d'embûches et heureusement d'arrêts.

Par la suite, une fois accoutumé à franchir les Pyrénées au col de Puymaurens ou au Perthus, parfois dans la neige jusqu'aux genoux, il avait pris le relais et endossé la soutane, ne croisant plus la jeune femme que dans une villa sur la Corniche où un couple de médecins cachait les nouveaux arrivés.

Margot était vierge et comptait bien le rester. Elle s'était en effet juré de demeurer fidèle à son fiancé tué trois jours après la déclaration de la guerre et avait fait vœu de chasteté. Elle le lui avait confié un jour, très sérieusement, de l'autre côté de la frontière, comme elle disparaissait derrière un buisson pour récupérer les fausses cartes d'identité de ses protégés qu'elle avait camouflées dans sa gaine.

– Là-dessous, avait-elle plaisanté en rabaissant son pull, personne, vois-tu, ne risque de venir les chercher...

Werner se souvenait encore des oranges qui pendaient aux arbres et de ce ciel d'un bleu si dur qui lui aspirait la moelle, avec, dans le lointain, la ligne étincelante des cimes. Sa candeur où ne se mêlait aucune provocation l'avait laissé bouche bée. Troublé par cette confidence qui rendait d'autant plus énigmatiques son visage d'ange et son impeccable blondeur, Werner s'était un temps contenté de sa sœur, une brunette moins jolie, mais certes moins farouche, la demoiselle présentant en outre l'avantage de travailler tout en haut de la Canebière dans une confiserie. Mais les gros seins de Françoise et l'adresse de ses mains blanches passées maîtresses dans l'art d'emballer les truffes et de pétrir des tours Saint-Jean en massepain, n'étaient jamais parvenus à épingler son cœur. Il s'était même lassé très rapidement de son haleine parfumée à la violette et des dattes fourrées dont il se laissait gaver. Sans remords : Françoise s'était vite consolée dans les bras d'un tireur sénégalais, affichant ainsi sa faiblesse pour les marrons glacés.

En passant devant le restaurant Basso transformé en magasin réservé à l'Occupant, Werner se demanda ce qu'étaient devenues les deux sœurs. Renseignement pris sur le père Paradis qui avait échappé à la Gestapo en s'embarquant pour l'Afrique comme aumônier sur un bateau, il apprit en passant à la confiserie que Françoise avait été remerciée peu après son départ de Marseille.

– Vous comprenez, monsieur, avait susurré la patronne, j'ai ma clientèle... À l'heure qu'il est et avec des relations pareilles, si la gamine ne fait pas le tapin à Tanger, je m'en crève les yeux. Quant à sa sœur (derrière le comptoir, la patronne avait baissé la voix tout en se haussant sur la pointe des pieds pour lui tendre le congolais que ses petites mains replètes venaient de soupeser), il paraît qu'elle a rejoint le maquis au-dessus d'Albi. Eh bien, monsieur, tout ce que j'ai à dire, c'est que pour nous, honnêtes gens, terroriste ou négro, c'est du kif-kif bourricot.

Dans l'indignation, les veines de son cou étranglées par le col amidonné s'étaient gonflées comme des varices.

Le grelot de la porte tinta. Découpé dans la robe d'un cardinal, un sourire onctueux dégrippa aussitôt le visage de la dame.

– Messieurs ?

Devant l'Obersturmbahnführer et son ordonnance qui venaient de faire leur entrée, Werner, oubliant son congolais, tira alors sa révérence et s'empressa de quitter les lieux.

Dans son dos, la momie gloussait comme une poule d'eau.

*

* *

L'Occupation n'avait pas seulement éparpillé les destins. L'aberration et le chaos avaient aussi touché la ville.

Le matin même, en s'enfonçant derrière le vieux port à la recherche d'Aziz le cordonnier et de Mme Nora qui l'avait un temps hébergé dans son claque oriental pour marins tatoués, il eut un choc : de la rue du Radeau à l'église Saint-Laurent, là où se dressaient naguère le quartier du Panier et son dédale obscur et malodorant, ne subsistait plus qu'un désert de ruines, une sorte de chancre béant, un monstrueux charnier de pierres hérissé de poutres calcinées et de bubons noircis avec parfois, émergeant de la poussière, une façade grêlée de salpêtre qui, par un miracle inexpliqué, avait su résister.

Fumant contre un ciel d'une blancheur de poulpe crevé, gisait à ses pieds le ventre de Marseille, refuge des déshérités de l'Annam ou du Cap-Vert, casbah des danseurs de java, des hors-la-loi et des crève-misère, encore tout palpitant de jacasseries et de braillements de merdousets mal nourris qui s'élevaient de ses viscères dans une odeur de fruits pourris.

« Boum, badaboum », s'écria un enfant en haillons en surgissant des ruines en direction de Werner. Bras en l'air, le gamin mima le feu d'artifice d'une gigantesque explosion.

– Ça leur a quand même pris dix-sept jours, murmura une voix derrière lui... Dix-sept jours pour débarrasser le port de sa gangrène et dynamiter le tout. Les

Schleus, ça les faisait rigoler. « Un repaire de bandits internationaux, qu'ils disaient. La meilleure façon de nettoyer un crâne plein de poux, c'est encore de le raser ! »

C'était un petit vieux à casquette, un de ces retraités du tramway ou peut-être un ancien employé des PTT, revenu errer parmi les décombres d'où il extirpait parfois de la pointe de sa canne quelques objets hétéroclites comme s'il cherchait à recoller les morceaux d'une vie brisée. Il dévisagea Werner d'un œil humide.

– Avez-vous déjà entendu le son d'un clairon déchirer une aube grise, monsieur ? Je ne vous le souhaite pas. Quand ils ont bouclé le quartier, un dimanche évidemment, et qu'ils nous ont évacués en hurlant dans leurs haut-parleurs, je me suis bien douté que ce n'était que le début de la curée. Mais de là à imaginer cette mise à mort...

Le vieux s'était penché au-dessus des gravats, soliloquant doucement tandis que Werner contemplait les poils blancs qui sortaient de ses oreilles.

– Le pire dans tout ça, poursuivit-il en se mettant à farfouiller le sol fiévreusement, c'est peut-être que les Allemands n'ont pas même eu à intervenir. Le zèle de nos policiers les a totalement rassurés...

Il s'interrompit et se releva, un éclair triomphal sur le visage.

– Té, jubila-t-il en tendant sa découverte à Werner, regardez-moi ça : un œil de verre ! On dirait qu'il n'a pas supporté la vision du massacre, celui-là.

C'est un peu plus tard, non loin de l'Hôtel de Ville, qu'il avait cru apercevoir Élise : même démarche, même chevelure atteignant le bas du dos. N'écoutant plus sa raison, il s'était précipité derrière l'écharpe et les petits gants en laine bleu clair. L'apparition tourna au coin de la rue de la Loge, longea le trottoir puis s'engouffra précipitamment sous un porche orné de sphinges...

– Werner !

À cet instant, une main s'abattit sur son épaule. Désagréablement rappelé à la réalité, Werner se retourna. Le regard fiévreux derrière les bésicles cerclées de fer, un homme au front dégarni et aux traits vaguement familiers le dévisageait. Était-ce possible ? Il évita de fixer le col douteux et les poignets élimés du complet bon marché dans lequel son interlocuteur flottait. Avait-il vraiment devant lui le grand, le célèbre Jones Wolf, l'auteur de théâtre adulé, qui aux Mille achetait dédaigneusement la première place du matin aux latrines et exaspérait ses compagnons de chambrée avec ses couverts en or et ses prétentions ? Où étaient donc passés panache, esbroufe, pardessus en cachemire et chevalière sertie de diamants ?

– Tu as du mal à me reconnaître, hein ?

– À vrai dire, je te croyais aux États-Unis, répondit fraîchement Werner. Si je me souviens bien, la dernière fois que je t'ai croisé, tu devais embarquer sur le *Néfertiti*.

– Exact. Mais comme tu vois (l'homme de théâtre eut un drôle de sourire), la vie en a décidé autrement.

Werner se rappelait fort bien les relations privilégiées avec Varian Fry dont se vantait celui qui osait s'offrir à Marseille l'hôtel de Noailles et se piquait d'éblouir par ses lectures l'auditoire très sélect de la comtesse Pastrée sur les hauteurs de Montredon. La morgue odieuse, le cynisme affecté s'étaient envolés au profit d'une veulerie suspecte que n'expliquaient ni la détresse ni l'autodérision. Devant son insistance, Werner l'invita alors à boire un ersatz de café. Moins par curiosité que par pitié.

Qui l'eût cru !

La cause de l'infortune de Wolf n'était qu'une femme ou plutôt une enfant. Wolf, victime du démon de midi quelques heures avant de s'exiler pour le nouveau monde ! S'il n'était pas lui-même amoureux, Werner en aurait ri comme d'une bonne blague.

– Une petite Malgache de seize ans..., lui confia-t-il une fois installé au bout du comptoir du Cintra. Une perle, mon vieux, une vraie beauté, avec ça fine et rouée, et surtout (une lueur salace illumina son visage), un cul, mein Gott, le feu de Dieu, un brasier, une marmite à piments...

Dans son lyrisme retrouvé, Wolf s'était mis à postillonner, les yeux exorbités, ce qui le rendait pathétique à en pleurer. Son oiseau des îles, il l'avait rencontré la veille de son départ, après avoir crânement fêté l'obtention de son visa dans ce même bar. Ses compagnons de beuverie avaient dû bien rigoler en emmenant l'auteur guindé se dévergonder au fond d'un lupanar du Panier. Toujours est-il que ce soir-là, touché par la grâce du doigt de Dieu titillant son fondement, il avait disjoncté, et que son destin, vu sous l'angle de « la brouette chinoise », avait basculé. Ses capacités d'entendement foudroyées, Wolf, n'écoutant plus que ses sens et son cœur chavirés, avait ajourné son exil. D'autant que la petite savait se montrer docile et le regarder avec des yeux énamourés.

– Bon Dieu, tu aurais vu comme elle s'accrochait à moi quand je repartais... J'en étais fou. Pour elle, j'aurais tout abandonné !

La suite allait presque de soi. Un beau jour, notre homme n'avait plus supporté de devoir partager son chant du Paradis, entendons « l'œillet flamboyant » de sa mie avec les mats en liesse qui venaient ferrailler au Panier par cargos entiers. Et puis, quoi ! Les flammes de l'enfer n'aimaient-elles pas s'accommoder d'une larme de divin ! À grand seigneur, bonne action. Quelle âme généreuse n'aurait pas rêvé de soustraire l'esclave de sa condition ? Le récit s'embrasa : des trémolos dans la voix, Wolf raconta alors la fuite des amants de calanques en taudis et la fureur du maquereau éconduit. La traque, les rebondissements, rien ne manquait à l'eau de rose du roman.

– Et puis un jour, elle a disparu (l'écrivain se tassa sur lui-même). Pourtant, je venais d'obtenir de nouveaux visas pour le Mexique... un pour elle, un pour moi (il leva ses cils décolorés), et ça n'a pas été facile, crois-moi...

– Elle a peut-être été enlevée, se hasarda Werner que l'histoire ennuyait.

– C'est tout d'abord ce que j'ai pensé. Mein Gott, combien de bordels j'ai dû visiter ! (Wolf soupira tandis que sa cuillère tournait inlassablement au fond de sa tasse vide.) C'est ainsi que j'ai appris que son mac avait été descendu. Mais d'elle, aucune nouvelle, le mystère absolu. Pourtant, je te jure, la petite m'aimait...

Son sourire avait quelque chose d'insupportable. Depuis, il la recherchait. Il n'avait jamais pu se résoudre à quitter Marseille. Mais il gardait bon espoir.

– Je sais que je la retrouverai, assura-t-il crânement, elle a trop besoin de moi. À part ça, il paraît qu'on cherche à monter mes pièces en Amérique ? Tu vois, on ne m'oublie pas. Même sans rien faire, je suis connu là-bas. Et toi ?

À cette heure-ci de la journée, les boiseries fauves du Cintra dégageaient une odeur douceâtre d'eau de Cologne pour mentons trop rasés et prêts à toutes les compromissions. Gagné par la nausée, Werner ne répondit pas. Depuis quelques minutes, une image de plus en plus précise jouait au yoyo sous son crâne : celle d'un ballon volant dans la fosse à merde des Mille un jour de match auquel assistaient les détenus et la direction du camp. De la tranchée de fortune, s'était alors élevé un geyser puissant et malodorant qui, dévié par un coup de mistral, avait copieusement arrosé les spectateurs du premier rang. Werner revoyait comme si c'était hier l'uniforme constellé du directeur, et surtout les traits constipés de Wolf qui naturellement, fort de ses prérogatives, avait intrigué pour prendre place aux côtés du commandant Goruchon !

– Au fait, demanda-t-il brusquement, saurais-tu par hasard ce que devient Heinz le coiffeur ?

– Heinz ? ricana Wolf en haussant les épaules, il y a longtemps qu'il a rejoint le maquis au-dessus de Toulon et qu'il a sauté sous une pile de pont avec une bombe de sa fabrication. Pourquoi (son œil globuleux dévisagea Werner avec intérêt au-dessus du verre à double foyer), tu t'intéresses maintenant aux terroristes ?

*

* *

La nuit suivante, Werner rêva d'une ville en flammes tandis que le père d'Abel, debout sur le toit de la Clède, annonçait l'Apocalypse au son des trompettes de Jéricho. Puis il se vit déguisé en prêtre, bombardé par les noyaux d'olive qu'Anton, crucifié au tronc du cyprès foudroyé, crachait en riant sur son chapeau. À côté, un lit grinça. Sans transition, Werner se retrouva dans une chambre triste où un couple s'adonnait à des jeux pervers. La femme était entièrement nue à l'exception de ses gants et de ses bas. Quand l'ampoule se mit à osciller de plus en plus vite au plafond, son visage se tourna vers le sien. Alors, celle qui ressemblait si étrangement à Élise cria son nom tout bas. L'instant d'après, par la magie du rêve, il fut dans ses bras. Mais la jeune femme, cette fois, le repoussa avec horreur et se levant du lit, le traita de sale nazi.

Ce matin-là, Werner se réveilla en sueur.

Son cœur battait plus fort que la pluie.

Chapitre 9

Werner avait donné rendez-vous à Anton chez le Corse, un bar discret situé non loin du port.

Assis face à la porte contre le mur décoré d'éclats de mosaïque, ce dernier l'attendait, nerveux. Une bombe cachée dans un panier de fleurs venait d'exploser à l'arrêt du tram pour l'Estaque. Dans peu de temps, tout le quartier serait bouclé. Ils décidèrent de ne pas s'attarder et de se retrouver au même endroit trois jours plus tard juste avant son départ.

– J'aurai réuni assez de renseignements, confia Anton. Il me tarde de partir. L'air est plus pur dans les montagnes.

Sa main avait saisi une petite olive noire dans l'assiette ébréchée que le patron, complaisamment, venait de leur apporter. Werner, mal à l'aise, regarda Anton cracher avec désinvolture le noyau de sa *crespo*.

– Je ne sais pas si tu as avancé question dessin, poursuivit ce dernier sans quitter la porte du regard, mais au cas où, j'ai parlé de toi aux copains. Tu peux aller les voir.

Werner n'eut pas le temps de lui demander où. Coups de sifflet et cavalcades s'étaient mis à retentir sur le quai. Anton, pressé de regagner Bompard, s'était levé.

– Non, attends, lui cria Werner.

Ne devaient-ils pas plutôt patienter, le temps que les esprits se calment et réfléchir à une meilleure façon de se tirer ?

– Attendre, mon vieux, n'est pas un mot qui fait partie de mon vocabulaire, enchaîna alors Anton.

Il avait déjà ouvert la porte.

Son sourire flotta un instant dans le reflet de la vitre, décalcomanie floue noyée au milieu des décorations de Noël.

Puis la rue l'engloutit.

Werner était sorti juste à temps pour le voir remonter la Canebière. En obliquant à la hauteur du marché aux fleurs, juste avant le kiosque à musique, sans doute Anton comptait-il se fondre dans la foule qui, à cette époque de l'année, piétinait devant la foire aux santons. Sage précaution. Vu la nervosité dans l'air et les camions bourrés de soldatesque qui descendaient vers le port, il fallait s'attendre à de nombreuses arrestations.

Marchant d'un pas vif en gardant le bord du trottoir afin de conserver le contrôle de la situation, Werner, lui, allait tourner sur sa gauche pour retrouver le cours Belzunce, lorsqu'il aperçut, débouchant à l'arrière d'un camion laitier à l'arrêt, deux Feldgendarmes se diriger sur Anton et le brusquer en lui demandant ses papiers. Les deux hommes avaient l'air énervé. Anton, jouant les imbéciles, fit alors mine de sortir sa carte d'identité puis, vif comme l'éclair, bouscula ses interlocuteurs avant de s'élancer à main droite vers la place noire de monde. Surpris, l'un des Allemands jura. Plus prompt, le second dégaina son arme. Dans un brouillard, Werner vit alors son bras se lever tandis que les cloches de Saint-Vincent-de-Paul se mettaient à sonner. Il n'entendit aucun coup de feu. Son regard capta seulement la vision d'Anton fauché dans son élan. L'Allemand fit un bond, tituba puis s'écroula sur la chaussée non sans avoir trouvé la force de narguer l'Occupant en levant une dernière fois le poing.

Atterré, Werner s'était rapproché. Il n'avait pu s'en empêcher. À l'arrivée de la maréchaussée, le groupe de badauds qui entourait le corps s'était aussitôt éparpillé comme une tache d'huile sur une toile cirée. À présent des ordres claquaient. Indifférent à tout ce cirque, Anton, la joue collée contre l'asphalte, semblait sourire. Un manteau de femme le recouvrait. Il n'avait plus froid. C'était toujours ça. Alors, impuissant et tout aussi incapable de fuir, Werner, découragé, se laissa tomber sur un banc. Peu lui importait d'être arrêté. Que ce soit maintenant ou après ! De toute façon, les soldats venus pour emporter le corps passaient et repassaient devant lui sans le voir : un homme qui pleurait dans son coin ne pouvait être suspect.

Werner en était sûr maintenant. Si Anton avait cherché à s'échapper tout en sachant qu'il n'avait pratiquement aucune chance de s'en sortir, c'est qu'il ne pouvait risquer de tester sa crédibilité en cas de contrôle prolongé. La mort évitait parfois bien des retournements. Surtout sur le gril de la torture. Mais à présent qui prévenir ? La jeune femme au bonnet en crochet qui l'avait accueilli à la gare ? Dans la conversation, Anton avait bien mentionné habiter dans le quartier de l'hôtel Bompard, l'une des résidences surveillées où les femmes de certains détenus étrangers étaient internées. Mais où, précisément ?

Les portes de Saint-Vincent-de-Paul étaient ouvertes. Machinalement, Werner entra dans l'église. Il se glissa derrière un pilier et bêtement se mit à prier. C'était le seul moyen qu'il ait trouvé pour rassembler ses idées.

*
* *

Des façades blanches et roses, des volets bleus, des volets verts. Des rues pentues bordées de jardins identiques, serpentant à flanc de colline parfois à l'ombre d'un pin parasol rachitique. Et dans ces rues, du linge qui séchait, des vélos rouillés et des enfants qui jouaient.

Si, avec un peu de chance, il pouvait repérer la gamine ! Si sa mère habitait réellement le quartier, c'était son seul moyen de la retrouver. Quitte à faire jour après jour la sortie des écoles. Après une heure de ratissage en vain, cette idée le rassura. C'est alors qu'il l'aperçut de loin, jouant devant le store rouillé d'un garage au fond d'une minuscule impasse. Mêmes nattes sages. Mêmes taches de rousseur. Même petite mine grave penchée au-dessus de sa poupée que dans les bras du faux papa que sa maman lui avait demandé d'embrasser. Il s'approcha.

La petite fille leva les yeux, le dévisagea tranquillement tout en continuant d'habiller son poupon en celluloïd à qui elle tordit brusquement le bras.

– C'est pour la prévenir, dit-elle à Werner, au cas où ça la démangerait de parler à un étranger. Je lui ai déjà dit plusieurs fois, ça peut être dangereux...

– En effet, approuva Werner.

– Mais vous, c'est différent (la petite remonta sa chaussette en reniflant), je vous ai déjà vu à la gare...

Soulagé, Werner salua son sens de l'observation.

– En fait, se hâta-t-elle de préciser, je vous ai remarqué parce que je vous trouvais joli garçon. Dommage, j'aurais bien aimé que ce soit vous le monsieur allemand...

– Écoute, dit alors Werner en s'accroupissant à ses côtés, j'aimerais que tu me rendes un gros service. Il faut absolument que je parle à ta maman.

– Ma maman ? (La fillette le regarda sans comprendre.) Quelle maman ?

– La dame qui t'accompagnait l'autre jour à Saint-Charles.

– Tu veux dire Tante Juju ?

– Oui... Pourrais-tu aller la chercher ?

– Non. (La petite fille se mit à bouder.) Elle ne viendra pas.

– Pourquoi ?

– Parce qu'elle ne te connaît pas.

C'était évident. Werner soupira et sortit alors son calepin.

– Bon, pour commencer, si tu me disais comment tu t'appelles.

– Pauline.

– Pauline, que voudrais-tu qu'on dessine pour Tante Juju ?

Pauline, oubliant sa saute d'humeur, parut soudain intéressée.

– Un lapin.

– Soit.

Werner griffonna un superbe lapin qui se promenait dans la rue en prenant soin de l'affubler de la casquette et de la mallette d'Anton. Puis il peaufina la trappe d'égout dans laquelle l'animal s'apprêtait à tomber et l'orna d'une tête de mort.

– Tu crois qu'en dessous il y a une casserole ?

Pauline qui avait suivi l'opération au-dessus de son épaule faisait la fine bouche.

– Parce que de nos jours, poursuivit-elle sentencieuse, les lapins, tu sais, c'est surtout intéressant en civet.

Pour lui faire plaisir, Werner fit bouillir une marmite sur le feu d'enfer qui ornait le bas de la feuille, et l'enfant, ravie, déclara qu'elle allait de ce pas montrer son dessin.

– Tu diras que c'est de la part d'un ami d'Anton, ajouta-t-il rêveur.

À présent, ne restait plus qu'à espérer convaincre par ce truchement la jeune femme au bonnet de bien vouloir lui parler.

Cinq minutes plus tard, Pauline était de retour.

– Tu peux me suivre, lui annonça-t-elle en bombant sa maigre poitrine.

Werner ne se le fit pas dire deux fois. Au premier étage d'un immeuble délabré, un rideau se souleva. Derrière la vitre sale, il reconnut la jeune femme brune aux cernes violacés.

Cette dernière, frileusement enveloppée dans une robe de chambre d'homme, le fit entrer dans la cuisine au fond d'un couloir encombré de caisses et de cartons. Elle portait des mitaines. Tout en chauffant un semblant de café sur le fourneau à alcool, elle s'excusa : l'appartement était en désordre. Elle ne vivait ici que provisoirement. Puis, calmement, comme si elle se doutait de la réponse inéluctable, elle demanda ce qui était arrivé à Anton. Elle écouta Werner sans ciller et se leva.

– Je n'en ai pas pour longtemps. Faites comme chez vous. En attendant, veillez à ce que la petite n'ouvre pas la porte.

Werner en était à son dixième croquis de monstres et autres sorcières à balai, lorsque Tante Juju réapparut, accompagnée d'un homme aux traits fins en partie masqués par une casquette de pêcheur.

– C'est Marcel, chuchota Pauline.

Ce dernier le salua du regard. Un regard sombre au sourcil charbonneux. Des pinces à vélo resserraient le bas de son pantalon. En réalité, Marcel devait se prénommer Friedrich ou Siegfried : Werner l'imaginait tout à fait en culotte de peau, chaussettes de laine roulées autour du genou, gravissant gaillardement les pentes de l'*Allgäu.* Il s'interrogea : avait-il devant lui un membre du « Calpo » ?

L'homme, qui avait déchargé le petit sac de charbon qu'il portait sur l'épaule et se réchauffait à présent les mains au-dessus du fourneau, n'était sorti de sa réserve que pour lui demander s'il était sûr de ne pas avoir été suivi. Werner avait acquiescé. Cette question, il s'en doutait, n'était que pure formalité. Si l'agent du comité « Allemagne nouvelle » avait eu l'ombre d'un doute quant à son identité, il ne se serait jamais déplacé. Mais ce silence pesant comme les grosses chaussures de Marcel avait quelque chose d'irréel. Brusquement, il revit le corps d'Anton comiquement replié sous son manteau de femme et puis, quelques minutes auparavant, son poing dérisoirement levé. Alors, gorge sèche, absent de cette cuisine et de ses vitres sales, il recommença son récit, cette fois sans omettre de détail. De sa courte entrevue chez le Corse avec Anton jusqu'à l'heureux hasard qui l'avait conduit jusqu'ici.

– Je pourrais tout aussi bien ne pas te croire, lâcha celui qui l'écoutait depuis un moment sans broncher. Mais Anton, fort heureusement, a eu le temps de nous parler de toi. Nous étions même au courant de votre rendez-vous... Je regrette ce qui vient de se passer. (Silence.) C'était certainement un camarade à qui on pouvait faire confiance.

Werner se rétracta, envahi par quelque chose qui ressemblait à de la nausée. D'une petite phrase sèche et plus impersonnelle que le cliquement métallique d'un tiroir de morgue qu'on referme, Marcel-Friedrich semblait avoir déjà réglé le cas d'Anton.

– Nous venons d'apprendre l'arrivée dans le Midi de la 9e Panzerdivision SS « Hohenstauffen » qui quittera la Belgique fin janvier. Il semblerait qu'elle ait pour mission prioritaire de détruire les maquis du Gard et des départements avoisinants, reprit l'homme en se massant l'arrête du nez. Anton attendait les derniers renseignements de logistique avant de repartir. Plus la routine, cartes de travail, faux papiers. À présent, nous devons impérativement trouver quelqu'un pour le relayer.

Son regard d'aigle fouilla un instant Werner.

– Sais-tu où se trouve le maquis d'Anton ?

– Non, répondit Werner tranquillement. (Sous sa paume, la nappe collait.) Mais, quelqu'un peut m'y conduire, ajouta-t-il rapidement.

Une lueur d'amusement, jaune, usée comme la toile cirée, flotta dans l'œil de son interlocuteur.

– Qu'est-ce qui nous prouve que tu es prêt ? Peut-on au moins connaître les motifs qui te pousseraient à le remplacer ?

– À mes yeux, Anton reste malheureusement irremplaçable, rectifia Werner, caustique. Je suis en revanche toujours prêt à aider quand il s'agit de sauver des vies menacées. C'est à prendre ou à laisser.

– Je crois que nous n'avons pas le choix.

Marcel-Friedrich lui tendit alors une main franche au-dessus de la table tandis que les deux hommes se regardaient, soulagés, chacun pour les raisons qui lui appartenaient.

*

* *

À la grande joie de Pauline, Werner avait accepté d'occuper le lit de camp d'Anton, le temps de mémoriser les derniers renseignements que la filière se chargeait de rassembler. Dans un sens, cela l'arrangeait. Se substituer à un être était une façon comme une autre d'apprivoiser sa mort.

En allant rechercher sa besace à l'hôtel, il demeura un long moment accoudé au parapet de la Corniche à observer les va-et-vient au port et l'animation molle le long des quais déserts où se croisaient les ombres de quelques grues rouillées.

Ainsi s'achevait, à peine commencé, son second séjour à Marseille. Anton avait raison : dans son cas, le cynisme n'était qu'une coquetterie d'adolescent blessé. Au-delà du grincement des roues des trams, sa voix arrosée d'étoiles lui parvenait aussi clairement que sur la terrasse d'Augusta.

Il sourit intérieurement.

Anton savait.

Qui sait si ce salopard ne l'avait pas fait exprès.

Chapitre 10

Les fêtes avaient été moroses. *Empastrouillés* depuis des jours dans un brouillard qui offrait à peu près autant de perspective que la nouvelle année, chacun se terrait derrière ses volets comme patates sous la cendre.

Mais la méchante humeur du père, le vent qui gelait à présent à pierre fendre, rien de tout cela n'aurait pu m'*embouchiner* ce jour-là. C'est même plus excité que si j'avais tué mon premier sanglier que je me suis présenté chez Élise, moins pour lui porter les mandarines que la tante Berthézène avait montées de Gallargues, je l'avoue, que pour lui conter ce qui me démangeait le cœur.

Comme il me voyait revenir de chez la Paparelle où j'avais été quérir une mèche d'amadou, Almir le boulanger m'avait attiré au fond de sa boutique.

– Té, petit, ça te dirait de m'accompagner livrer dans la montagne ?

Et hop, nous voilà partis dans la tourmente à couper à travers faïsses, soufflant et suant sous nos hottes de père Noël pleines de miches dorées.

– Dis, Almir, elles sont pour qui tes miches, pour les fées ?

Mon cœur battait. En réalité, j'avais parfaitement compris à qui il les destinait.

*
* *

Après deux bonnes heures à tracer dans la caillasse au milieu des ronces et des genêts morts et à serpenter entre les grands fayards, on a changé de vallée.

Je n'avais pas besoin d'y voir. Je savais qu'en contrebas, au creux d'une petite combe accrochée sous la crête, se cachait le Castanet. Il n'empêche, j'en ai presque cagué dans mes braies comme un merdouset quand une forme nous est tombée dessus de derrière le rocher.

– Holà ! Qui va là ?

Une vague lueur trouait la *nèple* épaisse comme un gros mouchu.

– Le boulanger.

– Et lui ?

Un visage apparut. Noiraud, coiffé d'un calot déchiré.

En me découvrant, l'homme éclata de rire, puis me gratifia d'une chiquenaude sur la joue, ce qui me vexa au plus haut point.

– Bambino, hein !

Counas de Rital, vaï.

On est descendus vers le carré de bâtiments qui tanguait entre les arbres comme une barcasse abandonnée. Bergerie et magnanerie flanquaient de leurs ailes sombres le corps d'habitation, le tout prolongé de nombreuses dépendances passablement délabrées.

Direct donc les cuisines.

Comme c'était la pièce la plus chauffée, c'est là visiblement – en dépit de la fumée – que les hommes se retrouvaient (par un temps, je l'ai dit, à ne pas mettre un Boche dehors). Des types au menton hirsute, mousqueton en bandoulière accroché au dos de la chaise, tapaient le carton au-dessus d'une caisse retournée. Ça ronchonnait en polack, peut-être même en russkof, voire en teuton, en tout cas dans un drôle de français. Ça taquinait surtout le cuisinier, un grand type avec des moustaches de sultan (comme sur les boîtes de raisins secs de ma grand-mère). Moi j'avais les pieds gelés.

Intimidé, je me suis approché du feu pendant que le *Raïol* discutait intendance avec ce dernier. Tout de même, les partisans, je me les imaginais plus fringants, moins dépenaillés. Je me demandais bien comment ils pouvaient faire peur à une armée avec leurs fusils rouillés.

Assis devant l'âtre, l'un des types qui revenait de patrouille faisait sécher ses chaussettes au bout d'une tringle récupérée dans la cendre en se laissant charrier gentiment.

– Oh, Guernica, ce sont tes pieds qui sentent la saucisse, ou la saucisse de Ventre de Loup qui pue le pélardon ?

Levant les yeux de sa canne à pêche improvisée, le concerné m'a alors accosté avec un drôle d'accent.

– Maquisard ?

Pas peu fier, j'ai gonflé le thorax, prêt à répondre, mais je me suis ravisé devant ces trognes hilares qui se tournaient pour m'observer. Alors, j'ai serré les poings pour mieux ravaler mon envie de leur crier qu'un jour, oui, con de Manon, j'aurais bien l'occasion de leur montrer ce que valait un Cévenol pur sang... Mais à ma grande surprise, personne dans la pièce ne songeait à se moquer.

Bien entendu, je n'ai raconté à Élise que le principal, insistant tout de même sur le fait – excusez du peu – que l'on m'avait traité là-haut d'égal à égal.

– Et ils sont nombreux ?

Assise au pied du canapé, face à la photo de son père, Élise avait abandonné son tricot (des chaussettes et des cache-nez qu'elle envoyait dans les camps) pour mieux m'écouter.

– Vingt, trente, je ne sais pas. Ça rentrait, ça sortait. Ce qui est sûr, en tout cas, c'est qu'il y avait beaucoup d'estrangers. Je veux dire, pas des gens du pays, ni même de France, mais des Espagnols, des Tchèques, des Polonais, que sais-je... même un Italien et surtout (j'ai rougi) des Allemands. Sauf que ceux-là ne portent pas l'uniforme vert-de-gris mais la barbe des prophètes, et qu'ils ne crient pas Heil Hitler mais brament à tout vent le *Chant des partisans*.

Ma remarque l'a laissée pensive. Franchement, je la trouvais gironde mon Élise, avec ses yeux plus bleus que le lac Salagou et son visage de Madone. Non, rien à voir avec les tourtes du genre de la *Cabucelle* ou de la *Galinette*. Celles-là, il faut les voir prendre leurs grands airs, avec leurs minauderies et leurs frisettes, mais qu'un ange passe et les voilà tortillant du croupion comme si elles avaient des vers !

– Et alors ? s'impatiente gaiement Élise. On va les aider. Ce serait quand même la moindre des hospitalités.

Déjà, elle s'est levée. Oui, elle pouvait me donner des confitures et puis aussi deux couvertures, ils doivent en manquer, et puisque le boulanger t'a proposé de remonter...

C'est alors qu'on a frappé. Trois coups légers.

On s'est regardés.

– S'il te plaît, Abel, vas-y (Élise m'a pincé le bras), et si c'est le papiste, envoie ce fils de porc bouffer des orties.

J'ai ouvert la porte en *rouméguant*, mon excitation retombée comme une flambée de genêts. Sur le perron, revêtu de la veste en cadis de mon frère, Werner me souriait.

*
* *

– Bonne année, Abel.

Pour une surprise... J'ai bafouillé. Pour un peu, je me serais frotté les yeux, mais je ne croyais plus aux revenants depuis longtemps.

– Je suis passé à Claveyrolle, s'excusa Werner, mais comme tu n'y étais pas...

Peu m'importaient ses explications. À cet instant, le choc d'un pot explosant sur les tommettes de la cuisine nous a fait sursauter.

– Le chat, ai-je plaisanté. Il devait tendre l'oreille ! Je crois que lui aussi ne s'y attendait pas.

On a tous deux éclaté de rire. Alors, laissant libre cours à ma joie, je me suis jeté dans ses bras.

*
* *

Le tic-tac de l'horloge. La cafetière qui siffle.

Et comme la première fois, une bûche de châtaignier bien sec qui pétouille dans la cheminée et ravive l'éclat des tentures, tandis que le Gardon cascaille gaiement derrière la maison.

Werner nous a expliqué qu'il devait contacter le maquis d'Anna, celui qui regroupait les travailleurs étrangers, sans plus tarder, mais qu'à défaut de le trouver, monter jusqu'au maquis le plus proche lui suffirait. Au fond de son œil, cette petite lueur usée des gens qui ne dorment pas dispensait de toute explication.

– Ça tombe bien, ai-je dit, je peux t'y accompagner.

Son regard a croisé celui d'Élise qui reposait au même moment le tisonnier. Celle-ci a alors jeté une poignée d'herbes odorantes sur le feu puis s'est éclipsée sans mot dire dans les profondeurs de la maison. Elle est revenue les bras chargés de vêtements.

– Tenez, a-t-elle dit à Werner, un plaid, cela peut toujours servir, et puis, j'ai rajouté quelques chaussettes de papa. Dommage, a-t-elle ajouté en pouffant, ses gilets sont encore en bon état, mais ils ne LEUR seraient d'aucune utilité, n'est-ce pas ? De toute façon, il ne les portait qu'à l'occasion des enterrements.

*

* *

Quand nous fûmes prêts à partir, musettes bourrées par ses soins de pots de raisiné, et que je suis sorti en premier sous le prétexte de me soulager contre le laurier, je l'ai vue s'approcher de Werner de sa démarche de danseuse qui fait rêver.

– Un matin, peu avant Noël, lui a-t-elle dit alors sans se soucier de savoir si j'écoutais, j'ai entendu, tout près, des cloches sonner à toute volée. Je me suis étonnée. Celles de Saint-Amand se taisent voilà longtemps. Depuis que le garde champêtre s'est étouffé avec une arête, personne n'a encore eu le courage de monter sur le toit de la mairie pour les réparer. C'est alors que je t'ai vu en pensée. Ou plutôt (elle frissonna), j'ai vu un corps allongé sur la chaussée. Alors, j'ai craint pour toi... mais à présent, me voilà rassurée !

Une ombre est passée sur le visage de l'Allemand.

Il s'est incliné, un peu raide, mais il se faisait violence, cela se voyait, pour ne pas rester.

*

* *

Qu'est-ce qui avait bien pu se passer dans la tête de Werner pour qu'il refasse apparition ? Était-il vraiment allé à Marseille ? Toujours est-il que nous sommes montés au Castanet et qu'arrivés au Gros Caillou, le même gugus à macaronis nous est tombé dessus.

– Halte ! Qui va là !

J'avais beau m'y attendre, la voix jaillie du bouquet de rochers m'avait déjà transformé l'échine en gelée.

– « Le Bambino », ai-je répondu. Et lui, c'est un ami, me suis-je empressé d'ajouter tandis que son fusil chatouillait les côtes de Werner.

À côté de moi, bras levés, celui-ci se laisse palper comme un chapon, puis égrène, douce manette :

– Je viens voir Markus de la part de ses « amis » de Marseille...

Là j'écarquille. Werner, fan de purges, t'es un drôle de cachottier. N'empêche, ton sésame, il ouvre mieux les portes qu'un bâton de dynamite au fond d'un terrier.

Le riton a sifflé entre ses doigts. Cinq minutes plus tard, deux ombres surgissent. À son poil en bataille plus rêche qu'une balle de chaume, je reconnais mon « sèche-chaussettes » flanqué du petit Polack qui se tordait de rire comme mèche de lampe au-dessus de son jeu de cartes, et qui sont de patrouille pour le troisième quart.

– Faudrait emmener le camarade au QG.

Reprenant leur souffle, les deux hommes acquiescent. Je demande alors à Werner si je dois l'attendre.

– Pas la peine.

Il a souri. Il m'a lancé un clin d'œil et puis silencieusement, il a dégringolé vers le mas à la suite des deux autres. Alors, j'ai compris – j'ai compris que si Werner était revenu, c'était pour prendre le maquis.

*

* *

J'ai taillé un brin de causette avec le Rital pendant que ce dernier se roulait une cigarette. Puis j'ai rebroussé chemin. Enfin pas tout à fait. Une fois hors de sa vue derrière la courbe du sentier, je me suis glissé dans la broussaille, empruntant de-ci, de-là le lit en partie sec du torrent jusqu'à un bout de roche plus plat que la poitrine de la Cabucelle qui faisait perchoir au-dessus de la vallée. De là, protégé par un cade bien touffu, j'ai pu espinchouner tout à mon aise les va-et-vient du Castanet.

Malgré le soir qui tombait, ça s'agitait dans la cour comme des fourmis au fond d'une poêle : chargés de caisses, des types en file indienne venaient de déboucher du raidillon qui reliait le camp à la route dont je devinais beaucoup plus haut les anneaux argentés au-delà de la hêtraie serrée.

Au bout d'une demi-heure, j'ai fini par apercevoir Werner. Avec un pincement de cœur, je l'ai regardé traverser le terre-plein encadré comme un prisonnier, quand un homme chaussé de bottes et revêtu d'un pantalon militaire est sorti de l'habitation centrale sous l'auvent qui coiffait l'escalier. Plutôt trapu et portant beau avec son mollet cambré et son abondante chevelure couleur de châtaigne mûre. Le Sèche-chaussettes a alors conduit l'Allemand jusqu'à ce dernier qui, du haut de son perron, surveillait le déchargement d'un œil perçant. Petit conciliabule. Puis l'homme l'a saisi par le bras et l'a fait entrer sans tarder dans le bâtiment.

Les crampes et le froid étaient en train de me transformer en rocher. Et pourtant, je vous jure que j'aurais bien donné mon maigre dîner pour savoir ce qu'ils s'étaient raconté. Almir le boulanger disait que le Castanet abritait de vrais durs : les Moïses[1], qu'il les appelle. Il paraît que chez ces anciens de la guerre d'Espagne, ça ne rigole pas des masses, pire, que ça

1. Voir la note p. 9.

ne se plaint jamais. Même qu'ils préfèrent dormir à la belle étoile par ce froid glacé, au cas où les Boches attaqueraient. « Quand tu entres là-dedans, c'est comme passer à la lessiveuse, plaisante-t-il, ça fait de toi un homme tout neuf ! »

Un couple de geais s'engueulait dans les fourrés. Je me suis déplié, mal à l'aise. Moi, je n'avais pas du tout envie que Werner change de peau.

*

* *

Je suis arrivé à Claveyrolle juste à temps pour souper.

– Eh bien, petit, tu as avalé ton chapeau ?

Trop d'émotions à la fois, pour sûr, ça vous rétrécit la *gargoulette*. J'ai repoussé mon assiette, puis j'ai fixé à l'autre bout de la table le père qui me dévisageait d'un œil peu amène, sa serviette autour du cou.

– Le Werner est de retour.

Comme il fallait s'y attendre, mon père n'a rien dit. Il s'est contenté de racler un peu plus bruyamment le fond de son assiette en émettant un petit bruit de gorge pour mieux accuser le coup.

– Je viens de le monter au maquis.

Cette fois, sa cuillère est restée suspendue entre le rebord à fleurette et sa moustache jaune qui tirait sur le gris. Lentement, il a hoché du bonnet. Tout ça ne l'étonnait guère, même qu'il s'en doutait. Il avait toujours pressenti que l'Allemand passerait un jour ou l'autre à l'action... Et ron et ron petit patapon... Retroussant sa lèvre en rebord de pot de chambre, Émile a lâché un pet mouillé en guise de ponctuation. Mon père l'a menacé du sourcil, distraitement.

– Ça a beau jouer à l'artiste, poursuivit-il en grognant, fallait voir comme il tombait les châtaigniers, le Werner. Un faux calme, c'est évident... Un tendre peut-être, mais ce qui est sûr, c'est qu'il a le feu au-dedans.

– Hé ! Hé ! a lancé le Papet, égrillard. C'est-y du « saisonnier » dont vous parlez ?

Ma mère a levé les yeux au ciel. Mon père, lui, a continué de manger.

*
* *

Un peu plus tard, en montant dans ma soupente, j'ai entendu le vieux faire un drôle de barouf dans sa chambre.

« Pauvre de Papet, il mollit comme une figue », me suis-je dit tout ébranlé.

Perché sur sa chaise, le vieux, à force de farfouiller dans l'armoire, ne m'a même pas entendu entrer.

– Oh, Papet, tu cherches ton dentier ? Descends vite ou tu vas t'*escagasser*.

Je l'ai aidé à dégringoler de son perchoir.

Dans ses bras, luisait une longue boîte noire. Et dans la boîte, bon sang, j'en croyais pas mes mirettes, un beau Mauser de 14 encore tout rutilant qu'il avait cueilli à Verdun sur un macchabée allemand.

Mazette, et moi qui croyais que tous les fusils du coin avaient été réquisitionnés. Même qu'à l'époque, je m'en souviens, les gendarmes étaient passés dans chaque mas pour les récupérer.

– Aï, Drollo, tu me prends pour un fada ? Tu n'imagines pas que ton grand-père allait le leur donner ? Un trophée comme ça !

Hébété, j'ai regardé ses doigts tremblants caresser la culasse, puis courir sur le fût amoureusement. Avec un peu d'appréhension toutefois, lorsqu'il se mit en devoir d'en examiner l'âme, canon pointé au plafond.

– Té, c'est qu'il en a tué depuis, des sangliers ! Tu ne dis rien, Droulet ?

– Non, Papet. C'est que...

À tournicoter depuis un bon moment dans tous les sens, ma langue s'embrouillait.

– ... je me demandais...

– Si un vieux comme moi en avait encore l'utilité, c'est ça ? Eh bien (son œil suintait de malice), moi aussi, je me le suis demandé à table pendant que vous me regardiez tous comme un *distimbourlé*. Je me suis même pensé : « Té, celui-là, je l'ai bien piqué à un Prussien. Alors peut-être que le petit pourrait le monter au Werner. Après tant d'années, ma foi, ce ne serait que justice (il a souri), comme qui dirait s'acquitter d'un emprunt ! »

Sacré Papet. J'ai rugi de joie.

Un peu aussi parce que je venais de comprendre l'adage : « Malin le singe qui pour avoir la paix sait parfois feindre l'âge. »

Chapitre 11

L'homme aux guêtres et à la chemise kaki invita Werner à le suivre jusqu'au tristet qui servait de pièce au QG, et se présenta comme le responsable français du camp. Markus, son alter ego – représentant par ailleurs la nationalité majoritaire en sa qualité d'Allemand – était absent.

– Ce qui ne nous empêche pas de faire connaissance, ajouta-t-il en souriant, à moins que vous ne voyiez quelque inconvénient à ce que votre interlocuteur ne soit pas né outre-Rhin !

– Mes compatriotes ne me manquent pas, répondit Werner vivement. En revanche (il fixa la chevalière ornée d'un minuscule rubis qui ornait l'annulaire gauche du commandant), en verriez-vous un à ce que je ne sois pas communiste ?

Le résistant dévisagea le nouveau venu avec amusement.

– Si cela peut vous rassurer, notre auberge espagnole compte au moins un anarchiste en la personne de Lobo, le Catalan qui s'occupe du ravitaillement. Quant à moi, je suis franc-maçon !

Werner se détendit. La force tranquille du maquisard, d'où se dégageaient fermeté et douceur, de même que son esprit ouvert plutôt inattendu chez un militaire n'étaient pas pour lui déplaire. Mis en confiance, il raconta brièvement son parcours et sa rencontre avec Anton.

De son côté, Danton l'observait. Cette sincérité d'écorché l'intriguait. À qui avait-il vraiment affaire ?

– Si j'ai bien compris, récapitula-t-il une fois que Werner eut fini, vous êtes venu porter à Markus le message que notre camarade aurait dû nous monter s'il ne l'avait pas payé de sa vie. Le problème, c'est qu'à présent je ne peux prendre le risque de vous laisser repartir.

– Au cas où le clandestin que je suis se ferait arrêter, poursuivit tranquillement Werner. Oui, cela je le savais avant d'arriver ici.

Il sourit.

(Denture soignée, nota le chef du maquis. Appartenance bourgeoise, cela va sans dire. Fils à papa révolté ?)

– Reste à savoir si vous accepteriez dans vos rangs un homme qui ne possède pour toute étiquette que la force de ses convictions...

Le commandant se leva et alla s'appuyer contre l'embrasure de la minuscule fenêtre :

– Pour ma part, chacun puise là où il veut ses raisons de résister. Tout dépend de sa détermination.

Werner hésita :

– Même si cet homme, prêt à mourir au nom de la liberté, ne peut combattre à vos côtés qu'à une condition...

– Laquelle ?

– Ne pas s'engager à tuer, laissa tomber Werner sourdement.

Danton décroisa les bras, perplexe. À l'évidence, l'homme assis face à lui était un cas. Atypique et individualiste. Pacifiste ? Non, plutôt utopiste. Un de ces doux cinglés qui continuaient à croire dans l'humanité. Un électron libre qui pouvait même s'avérer dangereux pour le maquis. D'un autre côté – il suivit un instant les va-et-vient des gars qui continuaient à décharger les caisses d'explosifs devant la grange –, cet idéaliste romantique qui ne partageait en rien l'itinéraire de ses compatriotes l'intéressait, et surtout, sa maîtrise des deux langues tombait du ciel comme une bénédiction. Naturellement, en l'absence d'un camp de triage dans les environs, une période d'observation s'imposait. Il faudrait charger le corps franc de Lobo de l'encadrer.

– Le ravitaillement, ça vous chante ? lâcha-t-il brusquement. C'est quand même plus aéré que les cuisines et vous y apprendrez le catalan.

En regardant l'Allemand acquiescer, Danton ne put s'empêcher de songer que pour celui qui refusait de tripoter une arme, se fondre dans le groupe soudé par son expérience armée en Espagne ne serait pas tâche aisée.

*

* *

« Individu complexe, avait noté Danton dans son journal. Séduisant mais probablement insubordonné. "Mouton ?" (Le mot avait été encadré en rouge.) Nous en avons considéré l'éventualité. La Gestapo n'est-elle pas passée maîtresse en psychologie dans l'art de "retourner" les esprits faibles ? Vu le personnage, il est toutefois permis d'en douter. Ceci ne relevant bien sûr que de ma propre intuition d'homme. Quel sera l'avis de Markus à son sujet ?

Quoi qu'il en soit, individu à surveiller. »

*

* *

Markus était arrivé un peu plus tard. À la grande surprise de Werner, Anna l'accompagnait. Si ce dernier dut se faire violence pour rester naturel, l'Espagnole ne manifesta aucun étonnement en le voyant.

– Je savais que nos chemins se recroiseraient, dit-elle en le saluant plutôt chaleureusement.

Pure comédie ou absence de ressentiment ?

Par chance, elle se trouvait au Castanet quand l'ancien député du Reichstag avait été pris d'une rage de dents. Markus parlant à peine le français, elle l'avait accompagné à Florac pour faciliter son déplacement.

– Mais je vois qu'il pourra se passer de mes services dorénavant.

Son ton était narquois. Werner la retrouvait bien là. Pourtant, en l'observant à la dérobée, il ne put s'empêcher de la trouver changée. Plus grave, plus posée. Peut-être à cause de sa bouche non maquillée. Enfin, il remarqua avec un amusement agacé qu'elle portait des talons plats. « Ici, ma belle, pasionaria des corridas ou pas, point de troufions de la Wehrmacht à lever », se surprit-il à penser, presque étonné de sa propre méchanceté. À moins que n'ait déteint sur elle la compagnie de l'autre pisse-froid.

Car l'âme politique du camp, c'est le moins qu'on puisse dire, n'était pas un marrant.

Ne se sentant aucune affinité avec ce pète-sec cassant et taillé dans le dogme, Werner, l'œil fixé sur le crucifix qui se détachait sur le mur lézardé, s'était contenté de débiter sa leçon sans se sentir concerné. Comme si les consignes du Marcel dans cette cuisine aux vitres sales quelque part dans Marseille échappaient au fond à la réalité : force lui était d'admettre que ce n'était pas aux blindés de la Panzerdivision auxquels il songeait, mais bien plutôt – pardon Élise – aux seins d'Anna moulés à la perfection sous son pull marron.

*

* *

– Bienvenue au Castanet !

Une épaule appuyée contre la chaux écaillée du cellier, l'homme leva son gobelet en métal en direction de Werner et l'invita à se rapprocher.

– Moi, c'est Musette, le Breton, ancien de la caserne Lénine à Barcelone. Et lui, là-bas (l'interpellé qui recousait son bouton leur adressa de loin un petit signe amical), c'est Vidourle, notre étudiant en médecine, le seul Français du camp avec mézigue et Danton, l'Alsacien.

Avec son sourire plein de dents et sa sollicitude de petite maman, la présence du Breton a quelque chose de réconfortant.

Ce dernier embrasse du geste la pente du pré avant de vider d'un trait son café.

– Le maquis a son charme, tu verras. C'est une drôle de famille... Celui-ci surtout, parce que toute l'Europe ou presque y est représentée.

– Les Allemands, tu veux dire !

Musette dévisagea un instant Werner, puis éclata de rire.

– Dis donc, t'aurais pas une dent contre tes compatriotes ?

– S'ils sont aussi hilarants que Markus...

Le Breton haussa les épaules.

– Ici, on se fout des nationalités, que tu t'appelles Guernica ou Panzer, que tu aies goûté aux joies des camps disciplinaires, trimé dans la tourbe, à la mine ou comme bûcheron en Lozère, ou que tu te sois évadé de la garnison de Castres en tant que prisonnier soviétique enrôlé dans la Wehrmacht comme le Russkof. On résiste, c'est tout. Et surtout, on peste parce qu'on n'a pas d'armes.

Tout en parlant, Musette, qui s'était accroupi, avait repris sa tâche qui consistait à nettoyer le fond d'une dizaine de gamelles avec une poignée d'herbe.

– C'est pas pour rien si on a presque tous fait la guerre d'Espagne, à part l'étudiant en médecine ou Passe-Muraille. M'enfin, j'te casse les esgourdes avec ma macédoine. Quant à tes compatriotes (il sourit), des types aguerris, et pas seulement par les intempéries, je peux te l'assurer ! Demande à Vidourle, monté porter un message dans les bois au-dessus de Marvejols où Pumpernickel, Otto le Tatoué et quelques autres se sont cachés avec Markus pendant des mois. Les conditions de vie et le froid y étaient tellement extrêmes qu'il en est resté baba. Au fait, tu causes l'espagnol ?

– Non.

Distrait, Werner détourne les yeux du petit groupe réuni sous les mûriers de la porcherie, qui se confectionnant de nouvelles semelles dans le caoutchouc d'un pneu usagé, qui se retirant un cor au pied à l'aide de son Opinel.

– Faudra t'y mettre, c'est notre espéranto. Ici, Polonais ou Allemand, on se comprend qu'en espingo. À part ça, on trompe le froid, on s'occupe comme on peut, corvée de patates, de lessive ou de bois... Y a qu'la bouffe... (Musette grimace) châtaignes grillées, bouillies, rôties, en soupe, en confiture, en garniture... Faut bien l'dire, au bout d'un moment, ça lasse...

Fatigué, Werner acquiesça. Là-bas, un des Allemands avait empoigné un harmonica. Une rengaine triste qui soulignait on ne peut mieux les vagues fauves et l'immensité nue du paysage.

Il avait froid et mal aux pieds. En se glissant vers les cuisines, légèrement courbé pour mieux combattre ses crampes d'estomac, il se prit toutefois à imaginer cet horizon libertaire, pacifique et fraternel qu'il aurait maintenant à partager.

Un horizon, comment dire ? Il ferma les yeux... oui, c'était cela... aussi blanc et lisse que gras de jambon.

Chapitre 12

Werner s'appelait maintenant Martin comme sur sa carte d'identité. J'aurais préféré Hugo, son prénom français. Avec un nom de poète, j'étais au moins certain qu'il ne pourrait changer du jour au lendemain. Toujours est-il que cela sonnait plus gracieux que Pisse-Dru, le préposé à l'unique fusil-mitrailleur, et moins couillon qu'Amour, le surnom donné au Russkof qui avait pourtant une tête à faire fuir une armée de rats.

Ce sont en tout cas les sobriquets – entre autres Barre-à-Mine, Polka, Grenade ou Passe-Muraille – qui me sont tombés dans l'oreille, quand je suis remonté le lendemain pour apporter à Werner le Mauser du Papet.

Ce dernier a eu l'air plutôt gêné.

– Donne-le aux gars, a-t-il dit. Je parie qu'ils en auront plus besoin que moi.

– Tu parles, a rigolé le Sèche-chaussettes que tous ici surnommaient Guernica... C'est qu'il a trop peur de ne pouvoir s'en passer. M'étonnerait pas qu'il fasse dodo avec !

Les autres ont ri de bon cœur tandis qu'Amour me flanquait une bourrade dans le dos. Je crois bien qu'ils ont vu à quel point Werner m'avait vexé.

J'ai alors fixé au loin le Pot-de-fer et l'Araignée qui discutaient dans l'escalier pour ne pas avoir à les regarder, quand, heureusement pour moi, Lobo, le Catalan, est arrivé. Un vrai caballero, celui-là, une sorte de capitaine Fracasse avec son chapeau aux bords plus larges que le Gardon à Anduze et ses bottes à la d'Artagnan. Qui s'occupait, à ce qu'on venait de m'expliquer, de l'équipement et du ravitaillement quand le commandant Danton et l'Allemand aux bésicles se chargeaient, eux, des affaires militaires et politiques du camp.

À ma grande surprise, celui qui s'ajoutait un peu comme la colombe à Dieu et au Saint-Esprit s'est adressé à moi ce matin-là.

– Dis, Fougassou, a-t-il demandé, peux-tu au retour passer la commande au boulanger ?

Je me suis tâté la joue avec angoisse, là où commençait à fleurir un début d'acné. Franchement, qu'est-ce qu'elle avait ma cabucelle ? Était-ce une raison pour me comparer à un bout de pâte mal levée ?

*

* *

Je n'étais pas arrivé chez le Raïol, tout *escranqué* par la balade que ce dernier m'a tiré au fond de la boutique entre deux sacs de farine.

– Un client de la Paparelle vient de croiser une colonne de GMR[1] sur la route en direction du col. Paraît qu'ils en ont après le maquis, les diables, et qu'ils ratissent la montagne au peigne fin. Ceux de la Loubatière sont prévenus...

Pas besoin d'un long discours, je savais ce qu'il me restait à faire. J'ai attrapé le quignon qu'il me tendait et zou, je me suis relancé dans la caillasse en direction du Castanet.

*

* *

1. GMR : Groupes mobiles de réserve.

Sous le ciel gris et bas, les abords de la ferme, décidément, paraissaient trop calmes. Dans la cour, là où les hommes s'activaient ce matin, Polka et Ventre-de-Loup à trier les *bajanas*, Amour à graisser le fusil-mitrailleur avec un vieux bout de couenne à côté de Guernica et de Werner, ne traînaient plus que quelques outils éparpillés sous le grand tilleul. Personne non plus sur le terre-plein, ni dans le pré où Panzer et les autres s'exerçaient au tir en lisière de la hêtraie. Le camp avait-il été prévenu ?

Les oreilles chaudes, je me suis glissé sous la corde où séchait encore du linge. Une seconde bancelle plantée de mûriers, une dernière pente raide et soudain, ne voilà-t-il pas qu'un de ces petits fumets de viande qui mijote me saute aux narines que j'en ai la langue qui clapote. À ce qu'il paraît, les saligauds ne se privent de rien. Rassuré, je traverse la cour et me dirige vers les cuisines. Et pan, je n'ai pas fait trois pas à l'intérieur qu'un tir au fusil retentit au-dessus du raidillon.

Le cœur battant le grand carillon, je dresse l'oreille : personne ne riposte de la maison. Pas étonnant. Dans les deux pièces du bas, pas un chat. À première vue, mes maquisards ont pris la poudre d'escampette. Et vite avec ça, puisqu'ils en ont oublié la daubette sur le feu et que ça commence à sentir le roussi, ce qui est le cas de le dire : en moins de deux, le Castanet sera encerclé par les GMR, et moi, Abel Mazel, fait comme un rat.

Je ressors donc sur le côté avec l'espoir de regagner au plus vite le couvert. Trop tard. Des hommes débouchent de toutes parts. Vu leur nombre et leur armement, inutile d'espérer de l'aide, les Moïses ne feront jamais le poids. Recroquevillé derrière le tas de bois empilé contre le mur de la grange, il ne me reste plus qu'à prier qu'il ne prenne pas à ces messieurs la bonne idée de se faire une petite flambée. D'ailleurs, je les entends maintenant aller et venir, furibonds de ne pas cueillir l'oiseau et sa nichée.

– Le camp a été abandonné, chef, on a tout visité des caves jusqu'au grenier. Ils n'ont pas pu aller bien loin. On a vu des silhouettes se profiler sur la crête et ces cons nous ont même laissé leur déjeuner.

« Les terroristes », paraît-il, ont quand même eu le temps d'emporter l'essentiel, à l'exception des vivres, de quelques effets personnels et de certains papiers d'identité.

– Des travailleurs étrangers, chef.

– De la racaille, Raspalou, des bolcheviques et des anarchistes. Pire, des traîtres, des déserteurs, brûlez-moi cette baraque à punaises, nettoyez-moi cet air infesté de microbes, ça pue le Juif ici.

– À vos ordres, chef...

Je ne distingue pas leurs visages. Seulement leurs bottes, et les jambes en arc de cercle du dénommé Raspalou qui s'est mis à courir dans la cour comme un dératé. Mais je donnerais cher pour qu'une grenade caresse les esgourdes de ce vichyste qui aboie comme un pandore de théâtre forain. Qu'attend donc le maquis pour riposter ?

S'élève un instant plus tard une épaisse fumée du côté des bâtiments. La direction du vent est peut-être à mon avantage mais il me faut déguerpir et vite, si je ne veux pas me transformer en saucisse grillée.

Profitant de l'agitation, je suis alors sorti de ma cachette en rampant puis, tête baissée, je me suis élancé, protégé par l'écran de fumée. Mes oreilles bourdonnaient. Dans la ferme, ça crépitait comme l'enfer, avec des flammes plus hautes qu'un feu de la Saint-Jean. Les cons, si au moins la beauté du spectacle pouvait les paralyser ! J'essaie de toutes mes forces de m'en persuader... La bancelle, la murette, la corde à linge, et puis ce dernier raidillon, con de Manon, qui n'en finit pas de grimper avec mes poumons qui couinent comme les chaussures noires du grand-père à cause de cette saloperie de fumée...

Halte-là ! C'est alors qu'une silhouette a surgi un peu plus bas, en bordure du pré, et que j'ai vu le type épauler et viser. Dans ma poitrine ça a fait boum, j'ai eu juste le temps de faire Allah et de mordre la poussière en me disant que ma dernière heure était arrivée.

Au même moment une gigantesque déflagration m'a secoué. D'un coup, j'ai senti ma pauvre tête exploser et puis la terre gigoter sous moi comme si ses entrailles pleines d'asticots se réjouissaient à l'avance de me dévorer. Maman, nul doute que j'étais mort, puisque je ne ressentais aucune douleur. Alors, je suis resté un moment, enveloppé par les ténèbres, à goûter enfin à cette paix éternelle qui décidément ne connaissait ni le froid ni la peur.

*

* *

– Abel, ça va ?

Serais-je déjà au paradis ? Voilà qu'une main, très précautionneusement, me dégage les cheveux et soulève mon visage avec plus de douceur qu'une maman... Sacré Werner, je savais bien que je te retrouverais. Même là !

Il me tapote les joues et m'appelle tout bas.

– Abel, Abel...

Son menton rugueux me chatouille l'oreille.

– Il faut faire vite et rejoindre les autres. Rassure-toi, il ne risque plus de t'embêter, celui-là.

Là, j'ouvre un œil. Puis l'autre. Intrigué. À côté de Werner, le fusil du Papet. Dans le pré, une vague forme allongée.

– Tu... Tu l'as tué ?

Werner fait non de la tête. Il est plus livide que le linge de monsieur le curé.

– Je crois que, dans ce cas, c'est l'explosion qui s'en est chargée.

Du coup, comme qui dirait, la vie m'a réveillé.

Il m'a donné la main. Une main chaude et sèche, vaste comme la carte de France. Encore tout estourbi, je me suis alors laissé guider à travers les châtaigniers et puis on a fait une halte derrière le premier rocher.

De la grange, ne restait plus qu'un amas fumant au bord d'un grand trou noir.

– Tu as loupé le feu d'artifice, a-t-il plaisanté. (Sa voix était sans joie.) Heureusement que les gars ont oublié de la visiter. Les caisses d'explosifs que les camarades venaient d'y entreposer auront au moins eu leur utilité.

Et mes cheveux de se dresser à l'idée de ce à quoi j'avais échappé.

– Tu dois une fière chandelle à Musette, a-t-il poursuivi, c'est lui qui t'a aperçu le premier.

– Et tu es descendu !

– Tu voulais que je te laisse partir en fumée ?

Werner m'a regardé. Il avait l'air tout droulet. Alors, je n'ai pas insisté. J'ai seulement compris qu'il aurait tout fait pour me sauver la vie et que cela, je ne devais jamais l'oublier.

On s'est relevés.

De gros flocons s'étaient mis à tomber.

En bas, les GMR dépités commençaient à se retirer, laissant à la neige le soin de tout effacer.

*

* *

Les hommes s'étaient réfugiés dans les ruines d'une bergerie en attendant de se disperser vers les fermes du voisinage qui voudraient bien les héberger.

En l'absence de Danton retenu en Lozère, c'est à Markus qu'avait échu la décision d'abandonner le Castanet moins par manque d'effectifs ou d'armes que pour éviter toute représaille dans la région.

– Dire qu'on aurait pu se payer un joli petit carton à l'abri des châtaigniers au lieu de se les geler, grommela Amour en se curant le nez.

– Surtout que ces p'tites bêtes-là, ça ne s'aventure pas hors des sentiers balisés, plaisanta Pisse-Dru. Ça a peur de se faire engueuler par maman pour avoir déchiré son bel uniforme dans les ronciers.

– Vous oubliez la population, les gars, obtempéra Guernica... Moi je trouve que Markus a bien agi. Comme dit Vidourle, le loup ne fait jamais de mal à proximité de sa tanière.

Le Russe haussa les épaules.

– Dites plutôt que ça vous arrange de jouer aux « gentils ». En tout cas, moi, j'en ai marre de tenir mon fusil comme un violon.

Des rires fusèrent, histoire de désamorcer la tension. Personne ici, au plus précaire de la situation, n'avait intérêt à ce que la plaisanterie dégénère en friction.

Assis sur un rondin à côté de Passe-Muraille et de Grenade, Werner, lui, fixait distraitement Abel qui, remis de ses émotions, dévorait à présent la poignée de bajanas que Polka, le petit Polonais, avait puisée dans la poche de son parka rapiécé.

C'était drôle la vie : une poitrine qui se soulevait au milieu de types qui riaient faux en songeant qu'aujourd'hui, du moins, ils avaient évité la mort.

Werner tenta de contrôler son cœur qui cognait au rythme des images de la journée. Quand il avait aperçu le GMR surgir derrière Abel, peu lui avaient importé les consignes de Markus, la sécurité des hommes ou sa propre répulsion à l'idée de tirer. Un mur, une digue en lui avait cédé. Tout ce dont il se souvenait, c'était ce trou noir, cette force sauvage, aveugle, qui emplissait sa bouche de terre et sa tête de sang, et lui ordonnait d'appuyer sur la détente afin d'empêcher l'homme en contrebas d'abattre Abel. Était-il donc si facile de tuer ? Une vérité qu'il accueillait à présent avec un mélange sournois de soulagement et d'atroce lucidité. Adieu « l'homme civilisé » qui se targuait de ne tirer qu'avec ses belles idées.

– Pourquoi ris-tu ? chuchota Abel qui s'était rapproché.

– Pour rien. (Werner sourit.) Je connaissais un type qui passait son temps à rêver parce qu'il avait la trouille de se réveiller.

– Et alors ?

– Un jour, ça lui a passé...

Werner tendit à Grenade la gourde que Passe-Muraille venait de lui donner.

– ... sans doute parce qu'il était devenu fou à lier.

Chapitre 13

Il avait été décidé de déplacer le maquis à la Loubatière, de l'autre côté du Gardon, là où s'était installé le maquis école. Le hameau, heureusement épargné par les GMR trompés par les paysans, présentait l'avantage de surplomber toutes les voies d'accès et d'offrir un dégagement direct sur la montagne à l'arrière des maisons.

En outre, les baroudeurs de la guerre d'Espagne, forts de leur expérience armée, représentaient pour les jeunes réfractaires des instructeurs tout trouvés. Rien ne s'opposait donc à la plus fructueuse des cohabitations, ces derniers laissant les nouveaux arrivants investir la magnanerie qui jouxtait le principal corps de bâtiment.

Pour Abel, les choses ne changeaient pas vraiment. Claveyrolle, par chance, se trouvait à mi-chemin entre la Loubatière et Saint-Amand. Pas peu fier de se montrer en compagnie des partisans devant les frères aînés de ses camarades, il savait se rendre indispensable, montait les messages d'Almir ou faisait les petites commissions du camp avec l'espoir secret d'apercevoir Werner quand ce dernier, mis à l'essai sous les ordres de Lobo, n'était pas parti en déplacement.

Une ou deux fois, il avait eu de la chance : il l'avait trouvé adossé à la bergerie en compagnie de Musette ou de Vidourle, le préposé à l'infirmerie, crayonnant sans relâche ce qui lui tombait sous l'œil tandis que les gars blaguaient autour de lui. C'était sa façon, sans doute, d'échapper au monde qui l'entourait. En tout cas de le tenir en respect. Et ça marchait : visiblement, on lui foutait la paix. Pourtant, chaque fois, Abel était rentré frustré. Même sa présence n'était pas parvenue à le dérider. Que faisait donc l'Allemand de leur complicité ?

*

* *

En réalité, ces opérations coup de poing menées tambour battant par le corps franc pour réquisitionner vivres ou carburant n'enthousiasmaient guère Werner, même s'il était conscient que le maquis ne pouvait vivre sans. Bien sûr, travailler sous les ordres du Catalan lui donnait en contrepartie une certaine liberté de mouvement, mais qu'aurait-il pu raconter à Abel qui s'agitait autour de lui comme un jeune chien en quête de rogaton croustillant ? Qu'avec Pisse-Dru, Panzer et Toto, un nouveau, ils avaient forcé la porte du garage et piqué la traction d'un officier de la milice parti chasser le zébu en Afrique tout en délaissant son beau castelet rose bonbon ?

– Le danger, moi, je suis partant..., fanfaronnait Toto le Yougo, tandis que, pris sous le feu des gendarmes au retour, ils avaient dû semer ces derniers dans une course effrénée sur la route enneigée. ... Tant que mon poil se hérisse, répétait-il en tapant sur son volant, c'est que je suis vivant.

Ce dernier disait avoir appartenu à la garde du roi Paul de Yougoslavie assassiné à Marseille. Les Allemands, d'après ce qu'il racontait, l'avaient embarqué, habillé en SS, et emmené au Vigan d'où il avait déserté.

– Tu crois que c'est vrai ? s'extasiait Abel en regardant le Yougo remplir de clous une boîte de conserve en guise de grenade.

– C'est en tout cas un excellent mécanicien, avait répondu Werner un peu trop évasivement.

Cette absence de réaction ! Comme s'il n'y avait pas plus intéressant que la mine de son crayon ! C'était agaçant, à la fin.

– J'ai remarqué que tu n'aimais pas beaucoup Pisse-Dru, lança un jour Abel rageusement.

– Je n'ai rien dit de tel, répondit Werner. Je le soupçonne seulement d'être un peu... Comment tourner cela... Incontrôlable.

– Totalement inconscient, tu veux dire !

Arrivé de patrouille sur ces entrefaites, les joues rougies par le froid, Polka, accompagné du Rital, éclata de rire en soufflant sur ses doigts :

– Assez fou en tout cas pour piquer l'arme d'un Feldgendarme sur un pari en plein Montpellier et le buter par-dessus le marché. Tu imagines, place de la Comédie ? En plein cagnard, avec la foule de badauds qui déambule autour des cafés... Le môme a eu une sacrée chance ! Il s'est évadé de prison en profitant d'une action du maquis. C'est comme ça qu'il est monté ici avec Barre à Mine et Grenade qui avaient, eux, un peu trop tripoté les explosifs stockés dans une mine de bauxite du côté de Bédarieux.

Mazette ! Pelotonné sous la veste de Werner, Abel, qui roulait des yeux de carpe en gelée, frissonna : ça saignait aussi cru dans sa caboche que le cochon qu'on égorgeait à la nouvelle année. Qu'en pensait donc Werner qui continuait, imperturbable, à noircir son carnet ? Machinalement, il jeta un œil par-dessus son épaule et tomba sur le profil d'Élise dont l'Allemand, tranquillement, achevait le portrait.

– Purée ! siffla Polka. Qui c'est ?

– La Vierge, murmura le Riton en fixant béatement l'esquisse... Celle qui est apparue au Belge au-dessus du capot fumant de son trois tonnes en lui ordonnant de ne pas livrer à l'Occupant les melons qu'il venait de charger à Cavaillon. Coup de bol, v'là qu'il croise les hommes de Lobo en expédition. Vous ne saviez pas ? C'est comme ça qu'on a hérité du camion. Le type était tellement sonné qu'il nous l'a laissé avec sa cargaison !

*
* *

– Moi, ma famille est originaire des Asturies. Mon père était galibot à neuf ans, mineur à douze, et c'est grâce aux cours du soir des Jeunesses communistes qu'il a pu un jour lire que la France était « la Terre où la Vérité finissait toujours par triompher ». Sans quoi, p't'être bien que ma famille n'aurait jamais émigré...

Un éclat de rire général ponctua le zozotement de Grenade. De ce côté de la table, les teints gris de ceux qui avaient connu la mine tranchaient étrangement avec les nuques couleur de brique cuite des bûcherons de Marvejols ou des Baronnies.

– Au fait, lança Toto, y a-t-il un enfant de salaud qui m'aurait chipé mon bonnet ?

Pisse-Dru se retourna, goguenard.

– Demande à Passe-Muraille, paraît qu'avant d'être loufiat, il a dirigé le rayon lingerie au Bon Marché !

Sifflements dans l'assemblée.

– Merde alors, le Luxembourg vendait des petites culottes en soie ?

– Exact, répondit le concerné, pisse-froid. Des corsets, des porte-jarretelles et des bas. Donnez vos mensurations les gars, ne vous gênez pas. Alors, Van Gogh, tu ne ris pas ?

*
* *

– Faudra t'y faire, mon vieux, chez nous, c'est ce qu'on appelle l'esprit gaulois !

Vidourle reposa son fusil sur ses genoux tandis que le regard de Werner s'attardait sur ses mains. Il rougit :

– ... Pas tout à fait les paluches de notre tailleur de pierre, hein !

Werner sourit. Non loin, colosse émergeant de la boue, Panzer trompait justement son ennui en déplaçant un tas de cailloux. Une tâche d'Hercule aussi absurde qu'inutile qui lui rappelait aux Mille les piles de briquettes qu'on leur demandait sans raison de charrier d'un bout à l'autre de la cour.

– Pourtant, reprit Vidourle rêveur, mes ancêtres cultivaient la terre.

– D'après ton surnom (Werner hésita), ils ne doivent pas être enterrés bien loin.

Surpris, l'étudiant éclata de rire.

– Perspicace. Ma famille est de Saint-Jean-du-Gard, comme Conqueyrac, l'instructeur des réfractaires. Une Cévenne moins austère, celle des petits hobereaux et des soyeux prospères qui ont eu la chance de faire fortune à la fin du siècle, comme les miens montés depuis deux générations à Paris.

– Mais alors, s'exclama Werner, tu n'es plus tout à fait d'ici !

– Exact. Je suis devenu un « estranger », comme tu dis. Tu te demandes comment j'ai atterri à la Loubatière, n'est-ce pas ?

Bleus, les yeux de Vidourle. Bleus comme le mont Aigoual un jour de mistral.

– Eh bien, poursuivit-il sans attendre sa réaction, suppose qu'un beau jour j'en ai eu marre de voir planer la croix gammée au-dessus de la place de la Concorde et que j'ai franchi la ligne de démarcation...

– Pour te mettre au vert dans le pigeonnier de ta grand-mère !

Vidourle sourit.

– Pas tout à fait. En vérité...

Sa voix se perd comme si le poids de la neige et du silence avait le pouvoir d'étouffer l'émotion.

– ... c'est mon frère que je suis venu retrouver.

*
* *

– Plutôt sympa, hein, le chouchou à Danton !

Sans se faire entendre, Passe-Muraille, fusil en bandoulière et béret basque enfoncé jusqu'à l'arcade sourcilière, s'est rapproché au moment où Vidourle s'éloignait.

D'un air entendu, il mouille son index en feignant de tester la direction du vent, puis saute du talus en jurant grossièrement.

– Pas étonnant... Le chef a toujours affiché un faible pour les fils de famille. Tout le monde sait que le père à Vidourle est préfet et qu'il a ses entrées auprès du Pépé.

Agacé, Werner ne relève pas. Une odeur triste et aigrelette se dégage du grand corps de Passe-Muraille. Mieux valait encore la compagnie d'un Pisse-Dru puant franchement le bouc et la nicotine plutôt que cette petite sueur pleine de rancœurs qui lui rappelait la grisaille des villes.

– Court en tout cas toujours derrière l'ombre du grand frère, l'étudiant en médecine. Normal, peu d'entre nous lui arrivaient à la cheville, conclut l'ancien loufiat à regret... À propos, ça me calmerait drôlement l'asticot de savoir si les gendarmes du bourg qu'on va visiter demain sont oui ou non des copains.

– Comment ça ? demande Werner qui ne comprenait plus rien.

– Parce que, sur cette putain de terre, les repères flottent désormais comme étrons sur la mer, plaisante

Grenade en surgissant du sous-bois en compagnie de Guernica... Ici, tu apprendras vite qu'un ennemi peut être en réalité un ami, quand à l'inverse (l'Espagnol se déchaussa en grimaçant), rien ne prouve que ton voisin de paillasse n'est pas un traître...

– En somme, rétorque lentement Werner, plus de blanc, plus de jaune, y a plus qu'à se taper une omelette !

Les hommes rigolèrent.

– Ma parole, mais on dirait que le Breton en pince pour le jambon de Westphalie !

La voix railleuse de Pisse-Dru les fait se retourner tandis que les regards convergent sur Musette qui sautille de pierre en pierre au-dessus de Panzer.

– Arrête tes conneries, Pisse-Dru, tu sais très bien que ces deux-là ont pissé dans la même gamelle à la caserne Lénine.

– Mouais..., raille le Basque, plus velu et trapu dans la lumière qu'un fauve à bandes molletières. Paraît même qu'ils ne se sont pas quittés depuis.

– Et alors ? le coupe Werner. Ça te dérange ?

Interloqué, le Basque fait volte-face.

– Oh, du calme, monsieur l'Artiste, si on n'a plus le droit de rigoler...

– Rigoler ? De quoi ?

Mouché, Pisse-Dru s'éloigne en bougonnant. Grenade tend alors à Werner son paquet de petit gris.

– Dis, tu crois pas que tu exagères ? Faut pas lui en vouloir au gosse. Laisse-le donc se défouler comme il peut.

Werner secoue la tête.

– Non, je ne suis pas d'accord. Je connais trop de gens qui se sont fait fusiller pour une étiquette... Même mal collée !

*

* *

Grâce à ses notions de patois, Werner était de plus en plus sollicité par les Vétérans pour se faire comprendre des réfractaires, pour la plupart fils de paysans.

Impatients de bouffer du Boche, ces derniers se prêtaient volontiers au maniement des armes et à l'instruction tactique, même si les Anciens d'Espagne, amers, leur reprochaient leur manque d'idéal politique.

– Toi, au moins, tu nous comprends, lâcha un jour Chiendent, un petit rouquin à tête de musaraigne qui semblait apprécier la compagnie de Werner. Si j'suis pas parti en Allemagne pour leur putain de STO, c'est que j'allais pas laisser aux Boches le soin de me dicter ce que je devais faire. Mais, personnellement, je serais mieux à travailler à la ferme qu'à rester ici à faire le zigoto.

Werner lui demanda ce qui lui laissait penser qu'il les comprenait.

– J'sais pas. T'es différent. Tu ne nous bassines pas les oreilles avec des trucs politiques... Et puis, tu es toujours à l'écoute.

Le garçon fixa la grappe de merles qui s'était agglutinée d'un coup sur le même sorbier.

– Putarasse. Comme si on n'avait pas les pieds assez mouillés. Voilà qu'il va se remettre à neiger...

Il leva les yeux.

– ... Abel nous a raconté qu'un jour t'as insisté pour que son père te laisse sa faux.

– Exact.

– C'est vrai aussi ce que tu lui as dit ? Que tant que tu n'y aurais pas touché, tu ne pourrais prétendre connaître celui qui te l'avait prêtée ?

– Ça me paraît logique, non ?

– Plutôt barge, oui. Parce que, franchement, faut être fada pour vouloir se taper un champ entier à la seule force du poignet.

Les deux hommes éclatèrent de rire.

– Au fait, Chiendent, reprit Werner à voix basse (au contact de l'air, leur haleine formait comme de petits choux blancs), tu n'aurais pas été poser un petit piège dans la nuit par hasard ?

Le garçon rougit, estomaqué.

– Comment tu le sais ?

Werner le dévisagea, moqueur.

– Comme ça. En fait cette nuit, je ne dormais pas : les émotions, le clair de lune, va savoir. Toujours est-il que je suis allé m'en griller une à la fenêtre et que je t'ai aperçu. À tournicoter comme ça dans la neige, je me suis dit alors que pour repasser dans tes traces comme un lièvre qui « remise », fallait avoir été faire un petit tour en douce dans les bois !

Chiendent siffle entre ses dents.

– Toi alors ! T'es pire que Coucougnous. Avec lui, impossible de tricher. C'est pas artiste que t'aurais dû faire, mais maître d'école !

Chapitre 14

– L’entrepôt, une ancienne filature, se situe en contrebas de la gare, précisément entre la scierie et l’école...

Le doigt mutilé de Lobo s’immobilise sur le plan et désigne un groupe de maisons sous la jonction de la route et du Gardon.

– D’après le maître d’école, c’est dans ce bâtiment que transite une partie du matériel destiné aux entrepôts des mines. Avouez que priver notre brillant arsenal de quelques caisses de poudre et de détonateurs serait franchement couillon, surtout quand deux sentinelles allemandes seulement en ont la garde...

Il y eut un murmure d’approbation. Jusqu’ici les opérations de réquisition – quand elles ne visaient pas à agrandir le parc automobile – se cantonnaient surtout dans le détournement de pâtes et de haricots secs. L’objectif du jour, c’est sûr, était nettement plus folichon.

L’action était prévue pour la nuit. Retenu par Danton qui devait rencontrer d’autres chefs de maquis, Lobo annonça qu’il déléguait la responsabilité de l’opération à Vidourle.

– Quatre hommes, expliqua-t-il, s’introduiront dans l’école qui jouxte la filature. Ceci grâce à la complicité de l’instituteur qui nous laissera sa porte ouverte. Postés aux fenêtres d’une classe qui donne directement sur la cour de l’entrepôt, deux d’entre vous couvriront Toto et Polka qui tenteront de neutraliser les gardes en passant par le toit. Un guetteur, posté à l'extérieur du portail côté scierie, aura pour tâche de bloquer toute tentative de fuite de la part des petits gris, tandis qu'enfin, planqué dans la venelle qui contourne l'école, le chauffeur du gazo n'aura qu'à attendre votre signal pour venir récupérer hommes et matériel quand vous lui aurez ouvert la grille du château.

– Du gâteau, observa Toto.

– Ou presque. À part ça, le coupa Lobo, n'oubliez pas en partant de briser un carreau ou deux de l'école, histoire de couvrir l'Éducation nationale !

– Et le proprio de la scierie ? s'inquiéta Musette. Des fois qu'on ferait un petit peu trop de musique.

– Rien à craindre de ce côté-là. Le vieux crèche au-dessus mais l'instit m'a assuré qu'il était sourd comme un pot. Quant aux gendarmes (Lobo se leva), ces messieurs jouent *a priori* notre jeu. Quelques coups de feu simulant une attaque suffiront donc pour qu'ils nous fassent la fleur de se barricader tout seuls, et comme vous aurez coupé les fils du téléphone en arrivant, ils auront un bon alibi face aux Allemands. Toutefois (le Catalan releva la mèche d'un noir luisant qui lui donnait un faux air de Cyrano), si pour une raison ou pour une autre, ça rechignait du côté des poulets, n'hésitez pas, abandonnez.

Il y eut un court silence. Chacun avait en mémoire l'incident qui avait coûté la vie au frère de Vidourle et à ses hommes. La brigade, cette fois aussi, semblait acquise. Mais c'était sans compter sur le nouveau muté qui, lui, n'avait aucunement l'intention de coopérer. Et personne, ici, n'avait vraiment envie de se faire trouer le dos.

*

*   *

On avait tiré à la courte paille pour savoir qui conduirait le gazo. Cet honneur avait échu à Werner.

Clin d'œil de Musette. Bourrade de Panzer.

– Ça tombe bien, on dirait, vu que tu préfères la pédale à la gâchette, avait ricané le Yougo.

*

* *

Le camion s'était arrêté à l'entrée du village, en bordure d'un champ gelé, pour permettre à Musette, hissé sur les épaules de Panzer, de sectionner les fils du téléphone.

– Drôle de couple, avait murmuré Polka.

Dans le rétroviseur, le sourire entendu de Toto n'avait pas échappé à Werner.

Lui était revenu en tête le sourire ambigu que la petite postière du dernier bourg visité – une fille aux gros yeux myopes qui portait des chaussettes de laine roulées sur ses bas – lui avait adressé lorsque, toutes lignes coupées, il s'était mis en devoir, pour la forme, de la ligoter.

– Serrez surtout, n'hésitez pas, ça fera plus vrai.

La fille haletait. Sa jupe s'était relevée. Gêné, Werner avait eu le temps de remarquer le bleu qui lui tatouait l'intérieur de la cuisse juste au-dessus de la marque imprimée par la corde. Pas une seconde, ses yeux ne l'avaient quitté, même quand il l'avait bâillonnée. Werner se souvenait à présent qu'elle avait les lèvres gercées.

Il tapota sur le volant en cuir dont le rembourrage partait en lambeaux. Quelle heure pouvait-il être ? En réponse, deux coups sonnèrent au beffroi tandis qu'une lune froide se levait au-dessus de la montagne, inondant la petite cour d'école jusque sous l'auvent du préau. Encore heureux que la pente depuis le pont lui ait permis de descendre la venelle au point mort. En attendant, l'affaire pouvait prendre du temps. Il leva les yeux et fixa le toit dans l'espoir de voir surgir les ombres de Toto et de Polka. Sous la triple génoise, de la brique de Toulouse cintrait les fenêtres toutes équipées de volets intérieurs en bois. Comme à Saint-Amand, les mas les plus reculés envoyaient-ils leurs moutons tasser la neige en avant afin de permettre aux enfants d'accéder au savoir par n'importe quel temps ?

À côté, son enfance paraissait si tiède ! Copiée sur le modèle de Wickersdorf, son école à lui avait depuis longtemps supprimé cours magistraux et horaires contraignants pour laisser écoliers et éducateurs batifoler au gré de leurs humeurs d'atelier de reliure en virées dans les bois. Une école nouvelle pour une Allemagne nouvelle ! Werner grimaça. De la paille bouchait l'œil-de-bœuf fiché sous le faîtage comme un trou de chevrotine sanguinolent. Postés à l'intérieur, Vidourle et Panzer auraient-ils à tirer sur l'Occupant ?

À cet instant, deux coups de feu retentirent de l'autre côté du bâtiment.

*

* *

– Regardez-moi ça, ronchonnait Toto en désignant l'un des soldats allemands que ligotait Musette, ça se la ronflait au chaud. Il a fallu en jeter des petits cailloux avant que ça ne se décide à sortir de son trou ! Quant à ce putain de muret, ajouta-t-il en se massant le ventre, ne m'en parlez pas. Je me suis à moitié décroché les burettes en sautant du toit !

– La ferme, cria Vidourle. Tes glandes, on s'en fout !

Le garde avait été assommé aussi sec comme il passait la porte de l'entrepôt. Quant à son compagnon, accouru aussitôt à la rescousse, une première balle de

Panzer l'avait touché à la cuisse au moment où il s'apprêtait à tirer sur Polka. Une seconde lui avait cloué définitivement le bec.

– Pure prévention, ricana doucement le Polack. Celui-là, au moins, on a la certitude qu'il ne mouftera pas. En tout cas (songeur, il repoussa du pied le corps qui s'affala mollement sur le gravier), fallait voir sa bobine quand il a entendu Panzer l'interpeller en allemand.

Écœuré, Werner détourna la tête. Une flaque sombre s'étalait déjà sous le soldat.

– Et l'autre, qu'est-ce que vous en faites ?

Vidourle haussa les épaules.

– On n'est pas des chiens, on lui laisse la vie sauve.

– Avec le coup qu'il a reçu sur le crâne, pas de danger qu'il se souvienne demain en quelles circonstances il a perdu son pantalon, renchérit Toto.

*
* *

Mission accomplie, chacun y allait de sa petite euphorie.

À l'exception de Werner qui se concentrait sur la route à cause de la peinture bleue qui recouvrait les phares du camion. Un coup violent contre la vitre arrière de la cabine le tira de sa rêverie.

– Dis Martin, on se les gèle, c'est pas une trottinette que tu pousses, tu conduis un gazo !

– Il regarde peut-être s'il n'y a pas des p'tits culs cachés dans le fossé.

Quelqu'un s'esclaffa. Grassement. Mais Werner n'écoutait pas vraiment. Il fixait les lacets.

Les yeux du mort, eux, fixaient le gravier. Des petits cailloux blancs, tout lisses comme ses pieds d'adolescent. Au fait, qui allait hériter des godillots du soldat allemand ?

Un peu avant le col, Vidourle lui tapa sur l'épaule.

– En redescendant, sur ta droite, tu verras une pompe au prochain croisement. Tu t'arrêteras, on fera le plein.

– Surtout qu'on le connaît le gars, renchérit Polka.

– Un sacré collabo.

*

* *

Le gazo s'immobilisa devant un toit de lauze rapiécé de tôle ondulée, perdu au milieu d'une demi-douzaine de carcasses de voiture.

Jaillissant du camion, les hommes se précipitèrent pour se soulager contre le tas de charbon, tandis que Toto, piaffant comme un enfant, avisait l'escalier en béton encombré de bidons.

– Magnez-vous les gars. On va lui faire sa fête au pépé et se saouler la gueule avec son carburant.

Au bout de quelques minutes, une voix endormie se fait entendre de l'intérieur.

– Qu'est-ce que c'est ?

– Les gendarmes. Réquisition d'essence.

– À cette heure de la nuit, vous êtes fada ou quoi ?

– Ouvre, merde, et vite, ou on t'enfonce ta jolie petite serrure dans le cul.

Grincement de verrou. Un petit vieux mal rasé, veste de pyjama tire-bouchonnée dans un pantalon enfilé à la hâte, apparaît dans l'entrebâillure. Hébété. N'a pas le temps de réaliser ce qui lui tombe sur le coin du béret qu'un coup de pied magistral fait valdinguer sa porte.

– Alors, tu nous la débloques ta pompinette.

Un instant, Werner crut que le vieux allait céder. Mais c'était sans compter sur sa fierté. Ce dernier croisa lentement les bras et les toisa un à un avec un air mauvais. Plus plissée qu'une bourse aux cordons tirés, sa bouche sans dents avait pris une teinte de figue séchée.

– Plutôt crever, oui...

Histoire de marquer son camp, le matou perché sur le tas de bois vint se frotter contre sa jambe.

– ... cette essence, elle est à moi. Vous pouvez m'abattre, personne n'y touchera !

– Menteur, tu étais pourtant prêt à fournir les gendarmes, non ?

– Eux, c'est différent, ils font la loi.

– Ah, tu crois. Eh bien, c'est ce qu'on va voir.

Toto s'énerve, un doigt crispé sur la détente. Panzer à ses côtés n'a pas le temps d'intervenir que le coup part aussi sec, tandis que le chat s'écroule en miaulant, petite boule chiffonnée aux pieds de son maître.

Se produit alors l'inattendu. Le vieux s'est effondré. Littéralement. Comme si ses défenses implosaient. Sans mot dire, il leur a jeté les clés qu'ils réclamaient. Il a pris son vieux chat dans ses bras, dégagé avec douceur la plaie trempée de sang, puis tout en le berçant, s'est mis à pleurer comme un enfant. Loin de tout, surtout d'eux. Coupé du monde par cette alchimie intime qui reliait celui qui n'attendait plus rien de la vie à l'âme envolée de son ancien compagnon.

En silence, les hommes s'étaient éloignés pour remplir leurs bidons.

Seul en haut de l'escalier, indifférent, le Yougo sifflotait en se soupesant les roupettes comme s'il venait de les vider.

*

* *

– Ben quoi, vous faites la gueule ?...

En réponse aux états d'âme de Toto, le couinement des essuie-glaces. Lancinant.

– ... Merde, ce con a bien eu ce qu'il méritait, non ? Vous n'allez pas me faire tout un plat parce que j'ai flingué un chat !

– Si, répond Werner en sortant de sa réserve, justement. Parce que c'était gratuit et parfaitement inutile.

– Comme si on n'avait pas encore remarqué que les Allemands étaient de grands sensibles ! (Toto ricana, légèrement pisseux.) Je vous signale au cas où, que j'aurais pu buter cette ordure, mais que je ne l'ai pas fait.

– Et tu en es fier ?

– Là, faut pas exagérer, Martin, s'interposa Musette, tu ne vas quand même pas prendre la défense de cette graine de salaud !

Werner pila et se tourna cette fois vers le Breton.

– Parce que refuser de céder son gagne-pain sous la menace signifie pour toi qu'on est « contre » le maquis ? Mais ça crevait les yeux, qu'il était hors du coup, le grincheux. Un de ces célibataires aigris qui vit au fond de son trou par haine du monde et qui ne demande qu'une chose : qu'on lui foute la paix et, surtout, qu'on touche pas à ses sous. C'est tout. (Hors de lui, Werner repassa la première.) C'était pas grand-chose de la lui demander gentiment son essence. Tiens, et puis moyennant un reçu contre remboursement, ça se fait, ça. Et quand bien même, le type se serait braqué, c'était à nous de le convaincre que c'était pour la bonne cause...

Il y eut un silence. Le moteur toussa.

– Il a pas tort, Toto a fait l'andouille, lança Polka à l'arrière du camion. Et nous, c'est sûr, on s'est pas fait un ami.

Découragé, Werner se laissa envelopper par l'ombre de la montagne, le nez enfoui quelque part dans son pelage sombre.

Qu'est-ce qui lui avait pris ? Dans cette lutte pour la survie, son discours avait-il même un sens ? Furieux contre lui-même, il se pencha vers Vidourle.

– Et toi ? Tu n'as pas pipé mot. On pourrait au moins savoir ce que le « chef » pense.

L'étudiant leva sur lui une paupière fatiguée.

– Le « chef » pense que tu es trop romantique, Martin, et qu'au bout de ta troisième opération, tu la fermeras comme tout le monde en te disant que tu as sommeil et que, de toute façon, ça ne sert à rien de monter sur tes grands chevaux.

– Et moi, je dis que le plus con dans l'histoire, conclut une voix sous la bâche, c'est qu'on n'a pas idée de tirer sur un chat noir.

*

* *

Le gazo ne pouvant accéder à la Loubatière, il avait été convenu par l'entremise d'Abel qu'on entreposerait l'essence et les caisses de munitions à Claveyrolle en attendant de les monter à dos d'homme. Le matériel déchargé et réparti à l'intérieur des deux épaves qui rouillaient au bord du chemin, Werner conduisit alors les hommes vers la grange où un peu de paille leur permettrait de récupérer quelques heures.

Comme il s'effaçait sur leur passage, préférant rester sur le seuil à bâiller aux étoiles, Musette le retint par la manche.

– Tu vas pas dormir ?

– Non, je préfère prendre l'air.

– Tu crois pas que t'en as eu assez pour aujourd'hui ?

Le béret enfoncé sur une oreille, le Breton hésita, puis le dévisagea avec chaleur.

– À propos, faut pas lui en vouloir à Vidourle. C'est rapport à la mort de son frère... Un optimiste, l'Aigoual... Détestait la violence et l'argument physique autant que toi...

Dos tourné, le Breton s'était mis à arroser consciencieusement les fourrés.

– ... Partait du principe qu'il suffisait de savoir convaincre... Que patriotisme et jugeote devaient avoir raison des petits intérêts. Manque de pot, c'est lui qui dirigeait l'opération ce jour-là. Ses compagnons, bien sûr, étaient armés, mais il leur a interdit de tirer. Sauf que le nouveau muté, lui, ne s'est pas laissé persuader. Tu connais la suite... Depuis, Vidourle refuse de faire du sentiment, poursuivit-il en se raclant la gorge... et il a raison. Nous, on le comprend.

Là-dessus, Musette lui avait donné une tape sur l'épaule avant de regagner la grange où l'on entendait Panzer tousser. Et Werner s'était retrouvé seul dans la nuit, avec la montagne obscure et haletante derrière lui, à contempler l'ombre ventrue de la maison dont il devinait sans peine remugles et craquements. À quelques mètres, dans l'âtre de la cuisine, quelques braises devaient encore rougeoyer. Sentir cette vie palpiter si près, et à la fois si loin, le remplit soudain de nostalgie.

Sans réfléchir, il se dirigea à tâtons vers la bâtisse endormie.

*
*   *

Un peu de lune mouillait les dalles froides... Assez pour voir dans l'obscurité. Mécaniquement, sa main saisit le tisonnier et entreprit de réveiller le foyer.

Quand il n'était encore qu'adolescent, Werner ne rêvait que d'une chose : fuir le domicile paternel. Il y était parvenu au point, aujourd'hui, d'avoir oublié ce qu'un « chez soi » signifiait. De temps à autre, comme au manchot le froid restitue la sensation de retrouver ses doigts, une vague odeur de pommes chaudes en restaurait l'entité. Fugitivement. À ne plus savoir si ce parfum gelé appartenait au futur ou au passé. Un jour, peut-être... Oui, un jour, quand tout ce cauchemar serait terminé...

Une marche craqua.

Avant même qu'il n'eut le temps de se retourner,

Élise avait surgi à ses côtés. Elle portait un drôle de pull tyrolien sur une longue jupe brodée et ses cheveux étaient dénoués.

– Je vous ai entendus arriver, chuchota-t-elle. J'étais au-dessus, dans la chambre du Papet.

L'apparition de sa mère en gants du soir signés Poiret ne lui aurait pas fait plus d'effet. Pendant un moment, Werner demeura muet, incapable de détacher ses yeux du feu.

– Je suis restée à le veiller pour décharger Zulma et relayer Abel, poursuivit Élise d'un air détaché en se laissant glisser sur la chaise la plus proche.

Oui, à présent, Werner se souvenait. La semaine d'avant, Abel lui avait raconté que le vieux s'était enrhumé.

– Le médecin dit qu'il s'en remettra, mais je pense qu'il n'en a pas pour longtemps. En réalité, cela fait un moment qu'il a décidé de partir. À présent, il attend.

Tout en contemplant son profil éclairé par le foyer, Werner songea avec cynisme qu'il n'y avait guère aujourd'hui que les femmes et les vieillards pour savoir encore apprivoiser la mort.

– Mes mains ont paraît-il le don d'apaiser, se justifia-t-elle comme si elle devinait ses pensées... Et puis, les grands-parents d'Abel ont beaucoup aidé ma mère quand elle est arrivée. Vous savez, à sa manière, c'était aussi une exilée.

Un instant, ses yeux, telles deux flammes claires, se posèrent sur Werner, puis buste penché, bras tendus de part et d'autre de la chaise, elle parut s'envoler vers d'autres cimes, d'autres rêves, au-delà de la cheminée.

Werner pensa alors qu'il avait envie de prendre sa main et son incapacité à faire un geste le fit rire intérieurement. Non, personne ne touchait à la « Vierge aux melons ».

Pourtant, il en était sûr. À elle, il aurait pu tout dire, ouvrir son ventre, hurler son dégoût, avant que la bête à moitié crevée ne pourrisse à jamais son cœur. Au lieu de quoi, il restait là, immobile comme un couillon à méditer sur le temps qui se mordait la queue au rythme des ronflements et des spasmes du feu.

Ce fut Élise qui rompit le silence en premier. Il était temps pour elle de remonter d'autant qu'il devait être fatigué.

Fatigué ? Werner se leva à regret. Si elle savait à quel point il se sentait tout à coup réveillé. Dos à lui, la jeune femme fixait l'âtre d'un air absent. Devait-il ou non prendre congé ? Il hésita.

Élise se retourna alors, puis, sans un mot, se jeta dans ses bras.

*

* *

La grande gifle de la nuit l'accueillit. Cette fois pourtant, ce ne fut pas sa brûlure glacée qui le surprit, mais son immensité.

De petits os craquaient sous ses pas. Désorienté, Werner s'immobilisa. Retrouver pour une heure la sueur des hommes dans la grange ? L'idée seule le révulsait.

Il se laissa alors tomber sur une souche et contemplant les minuscules edelweiss dessinés par le givre sur les branches, se demanda s'il n'avait pas rêvé. À l'est déjà, le ciel blanchissait. Dans le fond, peut-être même que cette journée n'avait jamais existé.

Il sourit.

C'était oublier ce parfum d'été et de fougères froissées qui flottait encore dans ses narines que le froid pinçait !

Chapitre 15

Le lendemain, Werner dessinait dans son hamac lorsque Lobo, guêtres crottées, le calibre douze bringuebalant dans son étui rafistolé, vint interrompre son temps de repos.

– Paraît qu'on a eu des états d'âme hier au soir dans le gazo ?

Werner hausse les épaules.

– J'ai dit tout haut ce que je pensais, c'est tout.

– J'disais pas ça pour te braquer, Martin.

– Je sais, répond Werner.

Balayant la poutre faîtière, l'œil du Condor se pose sur l'Allemand avec la rectitude du fil à plomb.

– Au fait (un instant, l'iris sombre se paillette d'or), Danton voudrait te voir, illico.

– Pour le coup (Werner saute de sa toile), ça tombe bien, parce que moi aussi, Lobo.

*
*   *

Danton lui dirait en le zieutant du coin de l'œil comme un chien prêt à se jeter sur un os :

– Qu'est-ce qui vous turlupine, Martin ? C'est quand même pas la mort d'un de ces zigotos ?

Et Werner lui répondrait :

– Non, mon commandant, je crains seulement de ne pas être dans mon élément.

C'était aussi simple que ça. Il s'était trompé. Rien ne servait de forcer la nature. Des Pisse-Dru prêts à appuyer sur la détente de toute la sève de leurs vingt ans, il y en avait partout. Leur manquait peut-être l'idéal comme le déploraient Conqueyrac ou Lobo, mais entourés de briscards aussi aguerris, la maladie se soignait. Quant à lui, d'autres horizons l'attendaient.

*

* *

– Ah, vous voilà Martin !

Danton n'était pas seul. Les bottes de l'inconnu – un homme de belle prestance, revêtu d'une culotte de cheval et d'un élégant veston couleur rouille à martingale – s'immobilisèrent au sol avec un petit soupir martial et impatient.

Le chef du camp ouvrit alors un placard vermoulu dont les planches croulaient sous les livres pieux et en extirpa une bouteille couverte de poussière.

– Le commandant Brissot, ici présent, nous fait l'honneur de venir s'installer avec ses hommes à la Loubatière, ajouta-t-il un tantinet ironique. Unir nos forces au fameux maquis des Girondins se fête. Un petit coup de tord-boyaux ?

Médusé, Werner le regarda remplir les verres.

– À dix heures du matin ?

Le chef des Girondins, qui était resté jusque-là silencieux, éclata de rire tout en portant le liquide ambré à la lumière.

– Avez-vous déjà goûté aux vertiges de l'absinthe, Martin ?

Ses yeux se plissèrent tandis qu'il faisait tourner le contenu de son dé à coudre comme s'il s'était agi par miracle d'un précieux Armagnac.

– ... Un rite, l'ami. D'abord le cône profond, puis le sucre logé dans sa cuillère qui se creuse au fur et à mesure qu'on verse l'eau et que tourbillonne au-dessous un « lait » opalescent comme du foutre... Une véritable tempête dans un verre, Martin, une spirale sans fin. L'orgasme des pauvres de mon enfance, le nirvana d'une armée de l'ombre et de la misère, bref, la résistance d'une France profonde qui vous est inconnue...

– Une drogue, aussi, se hasarda Werner à qui ce lyrisme matinal en bouchait un coin.

– Toute résistance est une drogue...

– Mais celle-là rendait fou et dangereux !

Brissot rit : une poignée de cailloux jetés dans une poêle.

– Il n'y a pas d'engagement sans excès, Martin.

Au côté de Brissot, le regard de Danton soutient un instant celui de Werner.

– ... Je crois que nous nous sommes compris.

*
* *

Brissot n'avait pas tort : cette gnôle locale datant des guerres de Religion vous réveillait un mort ! Ça aidait en tout cas à tenir quand on n'avait pas fermé l'œil de la nuit. À éviter aussi à Werner de se demander ce qu'il fichait là à attendre Markus en compagnie des deux autres. Tout en les écoutant disserter sur la nécessité de regrouper les maquis, il se mit à observer Brissot que la mâle assurance et le côté fantasque rendaient à la fois séduisant et odieux, faisant du coup apparaître le coco – qui venait d'arriver – presque sympathique avec son écharpe tricotée, ses oreilles rouges et son long nez pelé.

L'œil malicieux, Danton se tourna alors vers Werner :

– Je pense que vous avez maintenant saisi votre utilité ! Votre don des langues ne sera pas de trop pour permettre à nos hommes de communiquer avec ceux de Brissot. Par ailleurs, si je dois m'absenter, Markus aura besoin d'un interprète pour se faire comprendre du commandant. Et puisque je crois deviner que cela vous arrange, disons que vous serez suffisamment occupé à partir de maintenant pour vous passer en partie des opérations de Lobo.

– Moi qui allais vous demander de m'affecter aux cuisines, bredouilla Werner.

Son regard se posa sur le trio auquel les circonstances allaient le lier contre son gré pour le meilleur et pour le pire.

– ... Mais puisqu'on ne m'en donne pas le choix (il soupira), je me débrouillerai tout aussi bien à éplucher votre salade de mots.

*

* *

« Mourir pour la patrie, quel sort est plus beau, plus digne d'envie ! »

– Quèsaco ? questionne Musette en fronçant les sourcils tandis que déboulent en chantant les hommes de Brissot.

– *Le Chant des Girondins*, Rouget de Lisle, 1792, murmure Passe-Muraille sans lever les yeux du clope qu'il se roule... Girondins, nom donné à un groupe de députés de la Convention opposé aux Montagnards qui, comme chacun sait, soutenaient la Commune et sa dictature de fait, poursuit-il pince-sans-rire. Principal orateur ? Brissot... Je vous en bouche un coin, hein ?

– Plutôt, oui.

Regard admiratif de Werner.

– C'est qu'avant de vendre des petites culottes, j'ai vendu des encyclopédies. (Passe-Muraille rit.) Jamais eu la mémoire des visages. Par contre, imbattable question horaires de trains. J'peux aussi vous réciter le Bottin.

– Markus aurait dû t'envoyer infiltrer les services de la Transport Kommandantur d'Alès, alors !

– J'y avais songé, bougonne Passe-Muraille, penaud. Le binz, Martin, c'est que j'ai jamais pu me fourrer vos déclinaisons dans le ciboulot.

– Moi, les Kinder, j'me demande bien à quoi ça sert de nous unir aux Girondins, rouspète Polka en se reprisant la chaussette à même le pied.

– À récupérer des armes en échange, banane.

– À perdre notre âme, oui. Regarde Danton (le Polonais jure en se piquant l'orteil), ça nous répète que chaque maquis doit garder son indépendance sauf en cas d'attaque, mais le résultat, purée de foie, c'est que ça n'arrête pas de rouler des palots au grand Brissot... Pas fou, le Roi-Soleil, c'est quand même Sa Majesté qui a décrété que le QG s'installerait dans la ferme du haut !

Musette fait la moue, philosophe.

– Moi, j'trouve qu'en tirant au sort la ruine du bas, on n'a pas fait le mauvais choix. Primo, rapport à la tranquillité, deuzio, à cause des rats.

– T'as raison, souffle Passe-Muraille, on avait bien besoin de se faire les bras. Depuis qu'on se déguise en charpentiers, c'est fou ce qu'on voit plus le temps passer !

Chapitre 16

En deux semaines, je ne suis monté à la Loubatière qu'une fois, vu qu'il nous faut, ma mère et moi, veiller sur le Papet qui n'en finit pas de prendre congé. À croire, le pauvre, que la mort n'en veut pas, avec ce qui lui reste de peau sur les os et encore, plus fine que du papier.

Ses idées pourtant n'ont jamais été aussi claires, comme ses yeux malgré la cendre qui se tasse chaque jour un peu plus au fond de ses orbites creuses comme des jasses. On dirait qu'il en a presque retrouvé sa raison. Sauf quand il commence à nous bassiner avec sa nouvelle armée d'Israël. Ma mère, elle, ça lui sort comme les poux de la tête, alors, elle m'appelle : « Tiens, qu'elle dit, voilà que ça lui reprend, moi j'en peux plus de me taper les sauterelles du Sinaï... » Alors j'accours, c'est comme un rituel. Je suis sûr que le vieux fait exprès, parce que, quand j'entre dans la chambre, il se redresse sur son oreiller et me lance un clin d'œil tandis que sa main attrape en tremblant sa canne posée à la tête du lit.

– Té, ouvre les volets, petit, qu'on se croirait déjà dans la Vallée des Morts.

Ça, c'est le signal.

Et le soleil d'hiver de chasser les remugles de légumes bouillis et de la maladie. Et moi de l'écouter me psalmodier ses histoires de soldats de l'Éternel qui ont choisi l'épée des Forts et se cachent dans la montagne de Galaad pour mieux cracher sur la paix des faibles.

À force toutefois de l'entendre me demander quand le glaive vengera son petit-fils Esaïe du joug des prêtres de Baal, j'ai reçu, un matin, l'illumination. Bon sang, mais oui, le Papet n'attend qu'une chose : que je lui donne des nouvelles du maquis !

Je profite alors d'une brèche et je me lance, je lui raconte qu'une drôle de fièvre s'est emparée du camp de l'Éternel, qu'une nouvelle vague de soldats, cette fois tous français, est venue gonfler ses rangs, que les armes affluent, bref qu'on sent à quelque chose dans l'air qu'on se prépare à casser du Boche. Et là, je le vois, mon Papet, rigoler, à ses paupières plissées comme celles d'un vieux Chinois. Et à sa canne qui s'agite avec impatience près de l'oreiller, je sais que j'ai deviné juste et que j'ai le devoir de lui conter par le menu tout ce que mes yeux ont vu et mes oreilles entendu.

Un autre maquis s'est donc installé à la Loubatière. Des gars de toute la France qui ont déjà sévi, à ce qui se dit, du côté de Pont-Saint-Esprit. Les Moïses ont du coup emménagé dans la ferme sans toit, pour leur céder la magnanerie. Faut voir comme en un rien de temps, ils ont tout retapé, j'en suis resté sur le flanc.

– Dizipline, a ricané le frère à *Rabassou*.

Il peut toujours se moquer. En tout cas, les gars qui viennent d'arriver feraient mieux d'en prendre de la graine. Parce que, l'honneur de la France, il est en jeu. Faudrait pas qu'on passe aux yeux de la Brigade étrangère pour des glandus en béret rapport au laisser-aller. Tiens, par exemple, question rangement dans les dortoirs. Comparé aux Allemands, paraît que c'est le vrai foutoir. Faut toutefois voir l'allure. Des téméraires, ces Girondins ! Le petit fanion tricolore planté sur le devant des véhicules avé la croix de Lorraine peinturlurée sur le capot, « y a pas à dire, répète Pèle-Figue, ça impressionne ». Sans parler du récit de leurs exploits. Moi je pense que le renard qui se cache, il évite le tapage... M'enfin, c'est mon opinion à moi.

Un rayon de soleil caresse les mains du Papet, posées comme deux papillons de nuit sur le drap rugueux. Peut-être bien qu'il dort : il a fermé les yeux.

Mais moi, je continue sur ma lancée, je « soliloque », comme dit Werner. Je lui dis par exemple que j'ai été surpris de découvrir mes nouveaux amis sapés comme des généraux dans des tenues kaki.

– Un petit cadeau du maquis de Lasalle, m'a soufflé Guernica.

En effet, on ne parle plus à Saint-Amand que de « l'exploit » de Saint-Jean-du-Gard. Seize tonnes d'uniformes destinés au 1er régiment de France piqués à la barbe des Établissements Paulhan. Même si les mauvaises langues prétendent qu'il n'y a pas grand risque à piller les commandes de Vichy quand les gardiens de nuit ont reçu l'ordre de fermer les yeux. Toujours est-il que de se sentir épaulé dans l'ombre de partout, ça vous fait chaud au buffet, tout comme les deux mille paquets de petit gris rapportés par les hommes de Lobo après une réquisition miracle chez un buraliste de Saint-Énimie. Bref, les nouilles baignent dans l'huile, ce qui est bien le cas de le dire vu qu'en échange de leur part de tabac, le maquis de la Salvetière vient de faire parvenir à la Loubatière quelques bonbonnes de la plus pure olivette initialement destinées à l'Occupant...

Je reprends mon souffle. Par la fenêtre qui donne sur l'arrière, je peux apercevoir mon père qui travaille au potager. Mais mes yeux se perdent vite plus haut, toujours plus haut, au-delà du rocher du Pelé. Que ne donnerais-je pas pour me trouver parmi les soldats de l'Éternel, loin de cette pièce qui bourdonne encore des prières de ma mère et sent la pisse du vieux !

– Et le saisonnier ? Est-ce qu'il reviendra ?

J'ai sursauté. Comment le Papet – que je croyais décidément en train de roupiller – sait-il que je pense au même instant au Werner ?

– Té, marmonne le vieux en patois, dommage qu'il soit parti. Moi, je l'aimais bien celui-là !

*

* *

Comme un fait exprès, Werner est apparu le lendemain. Les hommes avaient besoin d'outils. Le gazo était tombé en panne non loin. Un jeune homme brun au regard rieur et aux traits fins l'accompagnait.

– Pierre, présenta-t-il. Pierre est étudiant en théologie à Montpellier. Notre futur pasteur (il rigola) est venu rejoindre le maquis, bible à la main, grenade dans la poche.

– Alors, c'est sûr qu'il plaira au Papet, je dis en me marrant moi aussi.

Ma mère a levé les yeux au ciel. Des yeux chauve-souris parce qu'elle n'a pas dormi. Le concerné, lui, a souri. Un sourire, mazette, à faire pâlir plus d'une vedette. Et baraqué avec ça. C'est pas du muscle mais de l'acier que l'homme de Dieu cache sous son blouson bleu !

– À propos (Werner baisse la voix), Élise m'a dit pour le grand-père. Je m'inquiétais. En fait (il hésite), je suis surtout venu prendre des nouvelles.

– Ça tombe bien...

La cafetière sifflait. J'ai regardé ma mère qui sortait la miche de la huche et le pot de raisiné.

– ... le grand-père ne va pas fort mais faut croire que tu as le don parce qu'il a demandé après toi tantôt.

Tout tourneboulé, j'ai pris sa main, puis je l'ai guidé là-haut.

*
* *

Jésus a la tête de Werner.

Autour de la table, les apôtres, parmi lesquels, Guernica, Panzer et, à sa droite, le nouveau, Pierre. D'un côté, ça parle l'allemand, de l'autre français. Girondins contre Brigade étrangère. Toujours est-il que l'ambiance sent la gueule de bois un lendemain de torchée.

– Qu'est-ce que vous voulez, soupire Musette à l'adresse de Werner, on a beau dire, vous resterez toujours des Boches pour les Français...

– Et vous, des bouffe-grenouilles, rétorque ce dernier.

– Qui coursent les poules et se badigeonnent la queue d'ail pour mieux les attraper.

Les hurlements de rire de Toto et de Polka me réveillent net. Dans la pénombre, Élise me secoue.

– Abel... Fais vite, lève-toi, le Papet est au plus mal !

*
* *

Le vieux a trépassé dans la nuit.

Les femmes l'ont lavé et lui ont mis son beau costume noir, celui qu'il portait le jour de son mariage. Le seul qu'il ait jamais eu.

Et puis ma mère a dit : « Il faut prévenir les voisins. » Et elle est allée s'agiter en reniflant derrière ses fourneaux. Parce que ça consomme, les vivants, surtout quand il s'agit de veiller un mort, et puis c'est exigeant : pas question de ne leur offrir que des châtaignes bouillies.

Mon père, lui, est parti s'occuper du cercueil. Mais quand il est revenu en fin de matinée pour faire prendre les mesures au menuisier, j'ai bien vu à sa mine ravagée que quelque chose le turlupinait.

– Vois-tu, petit, ça me fait mal de penser que le vieux s'en est allé tutoyer Dieu et qu'on n'a même pas de pasteur ici-bas pour lui faire nos adieux, a-t-il finalement lâché en détachant le mulet.

J'ai songé alors à Pierre, l'étudiant en théologie.

– Bon sang, mais oui, lui pourrait faire l'affaire, me suis-je écrié tout excité, sinon, pourquoi le Bon Dieu nous l'aurait envoyé hier avec le Werner ?

*

* *

– Puisque j'te dis que ton gars, il est parti en mission avec les hommes à Brissot...

Le réfractaire me toise, tout boursouflé d'importance. Ce petit péteux n'en peut tellement plus de tenir un fusil que la morgue lui sort par les trous de nez.

– Quant à l'artiste, il est à la Salvetière avec le chef teuton. Maintenant, pousse-toi de là, j'ai à faire !

Peuh, trouer une boîte de conserve, la belle occupation !

Je quitte le bâtiment, déçu. Soudain, la fatigue de la journée, les émotions, et puis l'image du Papet, là, tout raide dans son costume empesé, et surtout cette odeur douceâtre qui flotte dans la chambre et que rien, même le formol du docteur, n'arrive à effacer, tout ça se brouille, me remonte à la gorge comme un trop-plein de mousse tiède, je me laisse tomber sur une pierre prêt à pleurer.

Ça se met alors à bourdonner dans ma caboche. Bon Dieu, ne voilà-t-il pas que les bribes d'un psaume familier, celui-là même qu'entonnaient les soldats de l'Éternel, viennent maintenant me chatouiller les oreilles.

« Que Dieu se montre seulement

Et l'on verra dans un moment... »

Mon cœur bat. J'écarquille les yeux. Cette voix puissante, ce timbre grave...

« ... Le camp des Ennemis épars
Épouvanté de toutes parts
Fuira devant sa face... »

C'est Pierre, j'en suis sûr.

Le chant monte de la hêtraie. En un saut, j'ai dévalé le pré. Sous les premiers fayards, effectivement, je n'ai aucun mal à repérer la silhouette de « mon » pasteur galvanisant une troupe de jeunes recrues en armes.

« Hé, hé ! » rigole le Papet.

À quelques mètres devant moi, l'un occupé à un vague travail d'aiguille, l'autre à se raser devant un bout de miroir ébréché, Pumpernickel et Otto le Tatoué me hèlent gentiment avant de reprendre le refrain en sifflotant

« ... Comme la cire fond au feu
Ainsi des méchants devant Dieu
La force est consumée ! »

Leurs cheveux et leurs cils sont si blonds qu'on les croirait blancs.

Et mon cœur, cette fois, fond comme la cire de la chanson.

*
* *

C'est donc Pierre qui enterra le Papet.

Son oraison bien tournée fut même plutôt gaie. Parce que, ma foi, une vie bien remplie qui s'en retournait sans drame ni regret, par les temps qui couraient, ça se fêtait. Et puis quelques pelletées de terre, un psaume ou deux d'égrenés, et vaï, adieu grand-père, tes nuits, tu les passeras désormais à fixer le carreau noir de ta chambre, allongé sous le squelette blanchi du vieux cyprès.

J'étais quand même inquiet. Malgré les consignes laissées à la Loubatière, aucune trace du Werner. Son absence, je l'avoue, me procurait un léger soulagement.

C'est qu'au village des choses se disaient qui étaient tombées dans mon oreille et que, bien que n'y accordant guère d'importance, leurs regards à tous me gênaient un tantinet.

C'est Élise qui a mis les pieds dans le plat après le service comme on restait tous deux en arrière avec Pierre tandis que les gens, pressés de taper dans l'omelette ou de s'humecter la gargoulette, se dispersaient vers le mas. Tout en resserrant son fichu, elle a demandé timidement au maquisard s'il connaissait la raison qui avait empêché l'Allemand d'être présent.

– Tout ce que je sais, c'est qu'il devait raccompagner l'Espagnole à la gare de Jalcreste, a répondu ce dernier en relevant le col de sa vareuse. Faut pas lui en vouloir (là, il éclata d'un rire franc), si j'avais été à sa place, c'est sûr que moi aussi j'aurais un peu tardé !

Élise a levé un sourcil. J'ai vu ses yeux devenir violets. Et l'autre de se rattraper comme il pouvait.

– Enfin, a-t-il bredouillé, je voulais dire que c'est pas de chance, il avait vraiment reçu l'ordre de l'escorter.

*

* *

Le lendemain, Werner est venu faire sa « visite du mort ». Il était désolé : aux cuisines, on ne lui avait transmis le message que dans la matinée.

Tandis qu'il bavardait avec mes parents de tout, des petits riens qui lui rappelaient le Papet, j'ai toutefois remarqué qu'il cherchait une présence et tressaillait au moindre bruit dans la maison comme s'il était ailleurs. Puis le jour est tombé. Alors, il s'est levé et a embrassé mon père avec effusion sans parvenir à franchir le seuil de l'entrée.

– Élise doit être bien affectée, a-t-il dit en hésitant. Je pensais la trouver à vos côtés après ce grand malheur.

Le nez plongé dans la Bible à côté de la chaise vide du Papet, je me suis bien gardé d'intervenir. Avais-je le cœur, moi, de lui avouer qu'Élise était justement sortie quand ma mère nous avait crié du jardin qu'il arrivait et que je l'avais vue disparaître à l'entrée du chemin d'un pas un peu trop rapide, comme si, une fois de plus, elle le fuyait ?

Chapitre 17

– Alors, Martin, on a les *cambalasses* ! Rien à signaler ?

– Rien à signaler.

– Pas même un p'tit sanglier ?

– Désolé, messieurs...

Werner qui rentre de patrouille avec Vidourle se rapproche d'un pas souple des réfractaires.

– ... paraît que « les Boches » les ont tous bouffés !

Main en visière, les recrues qui ont fini leur exercice de tir se marrent. Avec cet Allemand-là, au moins, on peut plaisanter. Parce qu'avec les vieux de la guerre d'Espagne, entre l'entraînement quotidien, le maniement des armes, les simulations d'attaque, et la fabrication de leurs putains de bombes artisanales, pas question de chômer.

De son côté, Werner apprécie la compagnie des gosses qui se relaient à la Loubatière pour des périodes de trois semaines avant de regagner leurs fermes. Un roulement qui apportait son franc-parler et surtout un peu d'air frais.

– Alors, tu nous le sors ton crayon ? s'impatiente Cagarolle.

Le jeune berger s'assure au passage de l'absence de tout Moïse dans les parages.

– Puisque tu es libre maintenant, on pourrait se la continuer ta galerie de portraits...

Assentiment général.

Le jeu avait commencé avec les caricatures de Hitler et de Mussolini pour tourner au jeu de massacre des figures locales de la milice dont chacun fournissait la photo en défroissant les feuilles de journal qui garnissaient l'intérieur de ses godillots.

– Et si tu nous dessinais des nichons pour changer !

Bézuquet, le nouveau venu, a une tête à claques et des dents étincelantes de jeune loup qui tète encore sa mère. Le torse gonflé tout comme sa musette remplie de munitions, le salopard insiste.

– Oh hé, les gars, hurle alors Mourguette en crachant son brin d'herbe, on en a de la chance, voilà son modèle préféré...

*
* *

Au loin, Anna – qui, basée à Alès, montait régulièrement ces temps-ci – héla Werner en faisant de grands signes. Deux étrangers, cette fois, l'accompagnaient.

L'Allemand sauta alors sur ses pieds et se tourna en souriant vers Bézuquet.

– Tu permets que j'aille me rafraîchir la mémoire ? Des nichons, tu n'as peut-être pas souvent eu l'occasion d'en reluquer, mais moi, depuis le temps, j'ai oublié comment c'était fait.

*
* *

L'un des hommes, le plus petit, est arménien. Incorporé de force dans l'Ost Légion, il s'est évadé voilà une semaine de sa garnison à Mende et demande à combattre aux côtés des résistants. Le second, Autrichien, se dit comédien. Sa veste d'été trop courte, ses pantalons de velours grenat coupés à mi-mollet, tout trahit en lui le clandestin. À trop charger la caricature, toutefois, il arrive que les effets s'annulent. En effet, couronné de cheveux d'un noir de jais maladroitement teints, l'ensemble tiendrait plutôt du distimbourlé de la ville, genre gentil fada à qui on laisse volontiers passer son chemin.

– Tu ne me reconnais pas ?

Le jeune homme sourit puis, d'un geste sec, décolle sa moustache et caresse du pouce sa lèvre supérieure endolorie.

– Les Mille, souffle-t-il, Oskar, le fils du chef d'orchestre, souviens-toi... Ton voisin de paillasse avec Heinz, notre coiffeur ventriloque, et Ari, le syndicaliste polyglotte de génie, ça fait un bail, hein ?

Ébahi, Werner cherche, derrière les traits burinés prématurément vieillis, le visage du jeune adolescent pâle et presque transparent qui s'était fait convaincre par les officiers français du camp de s'engager dans la légion étrangère en échange de la libération de son père atteint d'une maladie du foie. Sacrifice filial qui n'avait aucunement empêché l'administration d'interner une seconde fois le vieux musicien viennois.

– Tu as bronzé ou quoi ?

– Un peu, oui. Le soleil d'Afrique. Tanger, Sidi Bel Abbes, etc. Les Français m'ont bien eu, hein... Le reste ? (Le jeune homme chasse le passé d'un revers de main condescendant.) C'est une trop longue histoire.

Narines frémissantes, il embrasse alors le panorama du regard.

– Dis donc, on respire ici.

*

* *

– Tu me raccompagnes au col ?

Sûre de sa réponse, Anna s'est rapprochée. Tout près. À le coller.

Werner sent son parfum. Violent, échauffé par l'effort. Et soudain, cette féminité offerte, triomphante, l'écœure. Elle lui rappelle – pourquoi ? – la bière qui coule à flots sous cette tente dressée au bord de l'Isaar, les chopes qui s'entrechoquent, les rires veules, la sueur qui ruisselle sur les tempes. Il a douze ans. Tout ce bruit, cette foule... Oncle Josef lui a dit : « Tu es un homme maintenant, tu as le devoir de savoir, de refuser ce qui t'attend. »

Mais Werner n'écoute pas. Werner ne voit pas. L'orateur peut bien gesticuler et postillonner sur l'estrade, tout ce qui l'obnubile, ce sont les seins de la serveuse, mouettes rieuses, chapons blonds et gras, qui dansent et débordent de son corset.

– Juifs, nous vous pendrons... Sales cochons de Juifs, aboie l'illuminé...

– Juifs, on vous transformera en jambon, beugle l'assemblée au comble du délire.

Ses yeux croisent ceux de la serveuse. Elle a de jolies canines quand elle sourit. Car elle scande, elle aussi, bouche ouverte, babines humides, de toute son âme et sa chair extasiées. Au-dessus du plateau, ses seins rient, palpitent, un peu de mousse s'est renversée. Et pour un peu, hypnotisé, entraîné par cette liesse en crue, Werner se serait joint à tant de ferveur déployée. Un petit coup de canne entre les omoplates l'avait rappelé à une autre réalité.

– Viens, avait dit l'oncle d'une drôle de voix, je ne sais pas pourquoi je t'ai amené, on n'a rien à faire ici.

L'air froid l'avait dessaoulé.

À l'entrée de la tente, toutefois, un groupe de chemises brunes avait interpellé l'oncle Josef.

– Pour te tirer ainsi, tu ne peux être qu'un de ces chiens galeux.

– Ou un sale pédé, ce qui revient au même, s'esclaffa une voix. Juifs et tapettes, on vous encule, même combat.

Tête haute, l'oncle avait encaissé l'insulte. Dents serrées, il ne s'était pas retourné. C'est alors qu'une petite boulotte sanglée dans l'uniforme des jeunesses hitlériennes s'était ruée sur lui, ivre de haine, et lui avait craché au visage tandis qu'une de ses camarades, qui exhibait fièrement son brassard à croix gammée, arrachait son chapeau pour le piétiner.

– Laissez tomber les filles, avait-on ricané dans leur dos. Vous avez bien entendu ce que Hitler a dit : « Un peu de patience, tout vient à point pour qui sait attendre ! »

– Alors ? s'impatiente Anna.

Sur le terre-plein non loin de la grange, les réfractaires, doigts rougis sous leurs mitaines, jouent aux dés sans perdre miette de la conversation.

– Désolé, répond brusquement Werner. Une autre fois peut-être, ce soir je suis de patrouille.

En contre-jour, les oreilles décollées de Bézuquet. Le salopard arrive à les froncer comme des museaux de lapin.

– Demande à être remplacé !

Anna et sa voix de gorge. Chatte, enjôleuse. Persuadée d'arriver à ses fins.

Werner ne relève pas.

Son regard s'esquive en direction de la bâtisse, s'attarde sur Oskar qui discute en compagnie de Panzer le géant de Westphalie, d'Otto le Tatoué et de Pumpernickel l'un des anciens bûcherons des Baronnies. Souvenirs. Petits morceaux d'Allemagne échangés. Accoudé à l'une des fenêtres, les yeux dans le vide, Guernica, lui, doit errer avec son taxi dans les rues de Berlin du temps où Anton et ses camarades jetaient leurs tracts du toit des usines et se communiquaient leurs consignes en les roulant dans leur papier-tabac.

Décidément, une petite nostalgie violette plane ce soir chez les Allemands.

Werner prend alors le bras de la jeune femme et fait signe à Vidourle de lui adjoindre deux hommes.

– Ton rouge a débordé, Anna, dit-il doucement. Tu devrais sortir ton poudrier.

*

* *

Mains sur les hanches, Werner regarde Anna et son tailleur bleu disparaître sous le couvert des châtaigniers. Panzer en arme et Pisse-Dru, enveloppé dans sa cape de berger, l'accompagnent. Plutôt contents de cette escapade impromptue. D'autant qu'il leur faudra passer la nuit en bas puisqu'ils ont à charge d'escorter l'Espagnole jusqu'à sa montée dans le premier car du matin.

En attendant, Werner s'en veut. Pourquoi avoir menti ? Pourquoi ce petit jeu puéril ? Anna ne mérite-t-elle pas mieux ?

Il soupire. L'air sent la fumée et le bois de cade. Parfois, il en vient à regretter les réquisitions tambour battant de Lobo. L'action évitait de se morfondre. De trop penser à Élise.

Ce soir, il aurait au moins la consolation de jouer aux échecs avec Markus.

*

* *

Depuis quelque temps, en effet, le doctrinaire se veloutait. Laissait même ses sermons sur tonton Marx au vestiaire pour mieux le complimenter sur ses dessins ou discuter avec lui des philosophes allemands. Pure stratégie destinée à amadouer l'interprète ? Ou à le disséquer sournoisement ? À moins que Werner – bien que quelque chose dans son œil perçant de maître d'école lui permette d'en douter – ne dût ses bonnes grâces au fait d'être le seul de tout le camp à savoir déplacer un pion.

– Échec et mat !

Penché au-dessus de l'échiquier, l'ancien député du Reichstag jubile. Pour un peu, Werner s'attendrait à le voir battre des mains comme un petit garçon.

– Argh ! concentration, Martin ! La vôtre vagabonde, je le vois bien, sans quoi jamais vous ne vous seriez laissé prendre votre reine. Auriez-vous quelques petits problèmes ?

– Pas vraiment.

Werner hésite : si Markus savait à quel point il se fiche de perdre aujourd'hui. Peut-il comprendre qu'il y a des jours comme ça ? Des jours où cette odeur de terre mouillée pleine d'échos tremblants et de hurlements de chiens dans le lointain vous retourne l'âme. Des jours couleur de bile où ne se reflète aucun ciel.

Prenant son courage à deux mains, il se lance.

– Enfin, si. Musette a pris froid. Je me demandais si vous m'autoriseriez à descendre au bourg à sa place et accompagner Pierre pour la corvée de pain de demain.

*

* *

Faveur accordée : Markus a le triomphe généreux.

Chargé en douce de surveiller Werner, Pierre a toutefois à se faire pardonner. Aussi, mis dans la confidence, ne fait-il pas grand cas quand ce dernier le supplie de l'attendre chez le boulanger le temps d'aller frapper chez sa fiancée.

*

* *

Une envie vague, de plus en plus précise depuis des jours, de serrer Élise dans ses bras. D'oublier l'odeur âcre de l'homme et la rusticité de la guerre. De s'imprégner de son monde à elle, doucement végétal, à la fois étranger et familier, grave et léger, rupture dans le temps, senteurs mêlées d'été, loin, très loin de la tanière des sangliers...

Et puis la porte s'ouvre. Et d'un seul coup, le regard d'Élise, froid, absent, gèle sur-le-champ son formidable élan.

Elle le laisse tout de même entrer. Penaud avant même de deviner ce qu'elle a à lui reprocher.

Un fauteuil raide à haut dossier, la cheminée qu'elle se refuse à allumer. Debout, dos à la croisée, la voilà qui prononce quelques banalités du bout des lèvres, évoque le Papet et ces vies qui ont la chance, elles, de se laisser cueillir achevées. Puis, elle se tait, comme gênée d'avoir tant parlé.

Silence minéral. Se soucie-t-elle même de savoir si Werner l'a écoutée ?

– Enfin, conclut-elle brusquement, à présent, rien ne me retient plus vraiment au bourg...

Elle le fixe, cette fois. Un regard qui se veut détaché. Son cœur à lui fait des bonds. Grincement de scie qui n'en finit pas de découper des ronds.

– J'ai donc décidé de partir, annonce-t-elle très doucement.

*

* *

Elle a accepté un emploi à Florac. À la sous-préfecture. À veiller des nuits, assise au chevet du Papet, elle a eu de longues heures pour réfléchir. Depuis le temps qu'elle se demandait comment être utile au maquis ! Le hasard a bien fait les choses, le fils Alric, lui, était présent à l'enterrement.

Elle n'en a pas dit plus à Werner. Elle ne lui a pas raconté à quel point il lui en a coûté d'aborder le papiste entre deux plateaux de bougnettes, boudiné qu'il était dans son costard hypocritement barré d'un brassard noir. Ni à quelle comédie abjecte elle a dû se prêter afin qu'il consente à l'aider. Une occasion sur laquelle le rustre s'était bien sûr rué, oubliant d'un seul coup les larmes pieuses qu'il était en train de verser à l'unisson avec les grenouilles de bénitier.

Procédé immonde, elle est même allée jusqu'à renier son géniteur lorsque le Pesoul revengu est revenu le lendemain déposer les fruits de sa requête à la sous-préfecture. Elle a dû le supplier de ne pas mentionner le nom de son père dans ce lieu sacro-saint, au cas où les hommes du commissaire Rispoli feraient le rapprochement et la priveraient d'un si précieux gagne-pain. Elle en a rajouté, jouant les effarouchées, et l'imbécile, du moins l'espérait-elle, avait plongé.

Plus tard, elle est allée vomir son dégoût dans les cabinets. Mais c'était sa seule chance, elle le savait. L'enjeu le méritait.

À présent, elle dévisage Werner. Quand elle a prononcé le nom du fils Alric, il n'a pas bronché. Il s'est seulement levé sans qu'elle parvienne à comprendre ce qui pouvait le mettre en colère. Car c'est bien de la colère qu'elle sent poindre, maintenant, sourde, comme une douleur immense. Un coup de poing qu'il se serait lui-même donné en plein ventre.

Alors, soudain, elle se met à le détester. Pour qui la prend-il ? Faut-il qu'il soit aveugle pour ne pas deviner qu'elle n'avait pas d'autre solution. Qu'elle n'a soutiré la protection du fils Alric que pour mieux poursuivre la tâche de son père. Comme elle l'a écrit dans ce message confié à Almir à l'adresse du maquis où elle explique son intention de se mettre à sa disposition et de lui fournir de son poste à la sous-préfecture tous les renseignements l'intéressant.

*
* *

– Hé, les gars, vous savez pourquoi le Corse se fait appeler 51 ?

Assis sur des rondins dans la cour, un petit groupe de Girondins bavarde au soleil. De loin, à côté de la silhouette dégingandée du Royaliste – un rescapé des chantiers de la jeunesse aux rouflaquettes bien garnies – et de Mortaise le menuisier, Werner repère aisément aux rires Pétrolette, un ancien des mines de pyrite du Soulier, et Pollochon, l'infirmier lorrain. Plutôt marrant d'apprendre que lui, l'athée, s'est évadé du convoi qui le destinait aux travaux de fortification des îles anglo-normandes déguisé en curé.

Toujours est-il que les regards convergent vers ce dernier.

– Parce qu'il boit trop de pastaga ?

– Loupé ! D'après le Chtimi (l'infirmier cligne de l'œil), paraît qu'il l'a fort longue. Au prochain accrochage, ça pourra p't'être lui servir de jambe de bois...

Leurs rires bon enfant écorchent les tympans de Werner.

– À propos (Mortaise lève son nez en pied de marmite au-dessus du trépied qu'il est en train de se fabriquer), vous connaissez la dernière du Corse au repas de noces donné par la Brigade étrangère ? « On pourrait p't'être parler cul ! qu'il a dit à son voisin, histoire de pimenter l'ambiance, comment qu'on dit "chatte" dans ta langue ? » Et le Teuton qui pigeait pas un pet de français, eh bien, vous savez pas ce qu'il lui répond ? J'vous l'donne en mille : « Bitte » qu'il lui balance ! ...

Werner les fixe les uns après les autres. Méchamment.

Envie de meurtre. Envie parfois et spécialement ce matin de tous les flinguer.

« En réalité, vous êtes un violent, lui a un jour lâché Brissot, c'est ce que j'aime en vous. Chassez le naturel, et croyez-moi, il revient toujours au galop. »

– Alors la Bavière, tu vas nous la chercher cette bière ! lance joyeusement Pétrolette en regardant Werner s'éloigner.

– Laisse tomber. (Pollochon hausse les épaules.) Tu vois pas que le type a envie d'être seul ?

– Porte-mine ? renchérit Mortaise. Plutôt, oui, ça fait deux jours qu'il a ses ragnagnas.

*

* *

– Pas toujours évident, hein ?

Dos au rocher à l'abri du vent, Pumpernickel, de garde avec Werner, roule sa cigarette pensivement tandis que ce dernier inspecte les environs.

– J'ai bien remarqué que tu recherchais l'isolement. Note que je comprends. Parfois, c'est la tête que je me fous sous l'oreiller pour oublier la compagnie. On a beau l'apprécier, y a des jours où ça pèse...

Du tabac gris semble sortir de ses oreilles. Sa langue lèche le papier tandis qu'il jauge Werner de ses gros yeux de vache bouillie.

– ... des jours où le passé vous bouffe les entrailles. Va savoir le pourquoi du comment ? Est-ce que j'aurais eu le courage de quitter l'Allemagne si ma femme ne m'avait pas trompé avec mon meilleur ami ? L'éternelle question. Bien sûr, la haine du Führer, l'idéal politique, tout ça me hantait, mais qui sait si mon engagement dans la guerre d'Espagne n'avait pas aussi d'autres raisons ?

Pumpernickel se tait. Suit des yeux la traînée de nuages gris qui barbouillent le ciel de glaire et poursuit un ton plus bas.

– Tu ne me croiras pas, mais ce que je ne supportais plus à l'époque, ce n'était pas tant la hargne des SA que cette euphorie sauvage qui régnait dans les rues de Breslau, cette foule survoltée qui se déchaînait aux seuls cris de Heil Hitler ! et qui me rappelait trop bien ses hurlements à elle, quand je les avais surpris dans mon grenier. Non, tout ça c'était trop pour le seul cocu que j'étais. Du coup, je préfère ne pas penser à demain. (Le cordonnier grimace.) Qu'est-ce qui m'attend en Allemagne quand tout ce merdier sera fini, je te le demande ? Franchement, crever ne me ferait aucun effet. Et toi ?

Werner suit du regard le petit avion de reconnaissance qui tourne en rond depuis quelques minutes au-dessus d'eux.

– Franchement ? (Il sourit.) Moi, si. Beaucoup.

Chapitre 18

– Je sais qu'une réunion de chefs du maquis doit se tenir ici.

Le poing s'abattit sur la toile cirée grasse.

Le très redouté « Monseigneur » (comme nous appellerons ici l'intendant de police de Montpellier) fulminait. Il n'avait pas dormi de la nuit. Après le message codé qui lui était parvenu en milieu de soirée – à l'instant même où son petit concombre blanc en main, il s'apprêtait dans un demi-rêve à retrousser la nuisette d'une certaine Josette –, il avait fallu alerter le commandant régional des GMR, c'est-à-dire, pour commencer, tenter de retrouver ce dernier. Insister ensuite pour que l'imbécile envoie au pied levé une vingtaine d'hommes à Jalcreste – dont les véhicules, du moins ceux en état de marche, se trouvaient bien entendu immobilisés pour vidange ! –, puis envoyer quérir son chauffeur – comme par hasard de congé – dans tous les bordels de la région afin que le drôle consente à l'acheminer dans cette montagne à ploucs où il n'était arrivé qu'au petit matin – because routes verglacées –, fourbu et non rasé, juste à temps pour superviser le dispositif de surveillance censé bloquer les alentours de l'hôtel Nogaret. Mais depuis – fou de rage, le très redouté « Monseigneur » fusille du regard la cinquantaine de SS qui se déploient au bord de la route pour cueillir les passagers du car en provenance d'Alès –, pas la moindre petite ombre de terroriste. Et pour cause !

Comme si une colonne de chars allemands pouvait passer inaperçue ! Ces trous du cul de Boches n'avaient-ils donc rien de mieux à faire que de se fourrer dans ses pattes à Jalcreste, non d'une couille de chien véreux ! À coup sûr, les chefs des maquis avaient été prévenus !

L'intendant passa en revue les profils hagards des rares clients qu'on avait plaqués, bras levés, face au mur de la salle de restaurant.

Il étouffa un bâillement. Un relent âcre d'ail et d'œuf pourri lui submergea les narines, lui rappelant désagréablement les remarques acides de sa maîtresse quant à la fraîcheur de ses boniments. Dire qu'en plus il fallait qu'il aille se faire soigner les dents ! Se tournant vers l'hôtelier dont le mutisme et l'arrogance frisaient l'insolence, il le menaça de tout faire sauter si ce dernier ne cédait pas rapidement à son interrogatoire musclé.

– Je veux des noms, hurla-t-il exaspéré.

En file indienne, les voyageurs à destination de Mende furent introduits dans la salle. Des paysans pour la plupart, hébétés, ou plutôt feignant de l'être, car ces Cévenols, il les connaissait : une sale race d'insoumis, poussant même la ruse jusqu'à jouer les demeurés dans l'unique but d'avoir la paix.

Un homme aux cheveux blancs le toisa sans sympathie. Un professeur sans doute, un de ces intellectuels rabougris qui compensait son manque d'ambition en donnant des leçons d'humanisme. Du bord des résistants, à coup sûr, par déontologie. Sûrement pas, hélas, le profil recherché d'un chef de maquis.

Derrière ce dernier, se profila une sorte de singe déguisé – un Annamite ? –, en tout cas un bâtard de quelque sous-race qui avait eu l'indécence de tomber de son cocotier (comment avait-il atterri au fin fond de ce trou du cul du monde ? Mystère... Un soyeux qui avait ramené dans ses bagages quelque kongaï pour lui souffler sur le bambou ?). N'existait-il pas de camp pour exterminer cette insulte à la nature ? Car, à bien y regarder, ce mufle épaté n'appartenait-il pas à un mongolien tout comme ces paupières trop bridées ?

Dégoûté, il détourna les yeux. La paire de lolos qui lui succédait était en revanche de taille à impressionner. Il nota toutefois que la passagère portait des chaussures de marche qui détonnaient avec l'élégance de son tailleur. Ce détail le fit tiquer.

– Étrangère ? demanda-t-il brutalement.

– Espagnole, répondit la jeune femme sans sourciller.

Elle pouvait faire la fière, la salope, le narguer avec ses grands airs, ce n'était pas une bonniche de son espèce qui allait l'intimider.

– Et où l'on va comme ça ? lança-t-il tout d'abord sirupeux. Dans la montagne, peut-être, voir si « le loup tu y es » ?

Ne lui laissant pas le temps de réagir, il se rapprocha, menaçant cette fois :

– Nom d'une bannette, tu vas me le dire oui ou non où il se trouve ton maquis ?

Une fraction de seconde, il se vit lui fourrant sa viande jusqu'à la glotte au point qu'elle le supplie, yeux révulsés, de se retirer, étouffant sous la pression de son membre que son imagination fertile avait le don de décupler... Oui, elle était prête, prête à lui cracher le morceau, à lui livrer sa planque de terroristes et les noms de ceux qui s'y cachaient avec son sublime cul en prime, large, profond, comme une forêt enchantée...

Une légère suée recouvrit son visage couperosé. Il croisa son regard. Cinglant. La pouliche se rebiffe, se dit-il ravi de son effet.

– Désolée de vous décevoir, cher monsieur, mais je vais sur Mende où l'on m'attend...

À la fois féroce et brûlant, l'œil noir d'Anna se posa un instant sur son bas-ventre, poulpe mou, aux tissus relâchés comme celui d'une vieille femme sans dents.

– ... Demandez donc confirmation à l'Obersturmführer...

Son fantasme se rétracta aussitôt comme tête de tortue sous la brûlure d'un morceau de charbon incandescent.

Ainsi, la garce se faisait bourrer par les Boches. Il aurait dû s'en douter avec son tailleur de poule et cette assurance à gifler.

Cette fois, c'est avec sa petite cravache de chevet (celle qu'il utilisait parfois pour forcer la cour arrière de sa maîtresse, « l'entrée des artistes » comme il disait) qu'il aurait voulu caresser sa croupe de jument, punir cette putain, cette outre à foutre tout juste bonne à faire dégorger l'Occupant. Une image vint à point nommé se frayer chemin entre adrénaline et désir frustré : celle de ce porc d'Obersturmführer se faisant fouetter jusqu'au sang par cette furie échevelée.

Il ricana, sa fureur retombée.

– Eh bien, donnez-lui mon bonjour à votre Obersturmführer...

Sur ce, agacé par son échec, il intima l'ordre de relâcher clients et passagers, se réservant toutefois l'hôtelier – à qui on n'avait pas ôté les menottes – pour un aimable petit tête-à-tête sur la façon d'accommoder le sanglier.

Saloperies de Fritz. Depuis l'arrivée de la 9e Panzerdivision SS « Hohenstauffen », ces messieurs se croyaient tout permis. Encore qu'ils se montraient timides et hésitaient à s'aventurer loin des grands axes pour une incertaine chasse au lion. C'était sa seule chance !

Car « Monseigneur » ne doutait pas à cet instant qu'il fût le seul capable de terrasser cette maladie pernicieuse qui rongeait et anémiait la France, la couvrait de cloques et multipliait ses chancres, et qu'on nommait plus communément « maquis ».

*

* *

Brissot, prévenu à temps avec Danton de la montée des SS à Jalcreste, ne décolère pas. La coïncidence est trop frappante pour ne pas en tirer de conclusions, d'autant qu'aux derniers renseignements, les GMR ont eux aussi répondu présents, et que cette ordure d'intendant ne se serait jamais déplacé de Montpellier s'il n'avait été sûr de les coincer. Reste maintenant à prier le Dieu des résistants pour que le message téléphoné à la gare routière d'Alès ait dissuadé à temps les chefs du département d'emprunter le car, et que le père Nogaret n'ait pas craqué. Reste surtout – Brissot sort de sa vareuse la flasque en métal qui ne le quitte jamais – à espérer que le mouchard n'appartienne pas au camp.

Collant ses lèvres au goulot, le commandant aspire longuement. Une rasade tranquille, interminable, tandis qu'il laisse défiler dans sa tête les visages de ceux qu'il pourrait considérer comme suspects.

*

* *

C'est une petite vieille accompagnée d'une jeunesse accorte qui a arrêté le gazo à 1 km du col.

– Y a du grabuge plus haut, a-t-elle prévenu en faisant mine de surveiller ses chèvres. M'étonnerait que vous puissiez aller bien loin. Y a des barrages partout. Même qu'une colonne d'Allemands est passée ce matin.

Elle porte, outre un fichu noir serré sous le menton, une barbiche à faire pâlir un bouquetin.

– La pègue ! Qu'est-ce qu'on fait ?

Les hommes interrogent le Catalan du regard.

– On n'a pas le choix.

Tête hors de la portière, Lobo crache alors sa chique et enclenche la marche arrière. À regret, Pierre quitte des yeux la jeunesse qui exhibe sous son tablier trop court sa chair de poule et ses genoux égratignés tandis que Pisse-Dru tripote rageusement son chargeur. La nouvelle a cassé l'ambiance. À quoi sert-il de rapporter trois fusils-mitrailleurs et vingt pistolets automatiques déterrés dans le jardin d'une villa à Nîmes quand on ne peut pas s'en servir ?

Il n'empêche, ça joue aux osselets dans les caboches. Personne ne parle de la réunion à l'hôtel Nogaret, mais tout le monde y pense. Pour une simple coïncidence, ça sent plutôt le vilain coup fourré.

*

* *

À présent, Pierre fixe sans les voir les ornières du chemin de traverse dans lequel le gazo, faute de mieux, vient de s'engager. À ses côtés, le doigt sur la détente, Panzer semble surveiller les bas-côtés avec la nonchalance d'un vieil alligator fatigué.

D'après Werner, cet ancien des Brigades internationales évadé du camp disciplinaire des Salins de Giraud s'est fait les biceps dans la Drôme en jouant les bûcherons clandestins avec bon nombre de ses compagnons, avant de se laisser cueillir comme ramasseur de fleurs de tilleul et envoyer à grands coups de pied dans le cul en prison.

« Il paraît qu'à l'interrogatoire, une colère noire l'a pris. Cent dix kilos de muscles hurlant que oui, il était un antifasciste allemand et qu'il ne voyait pas le mal à s'échapper de sa compagnie de travail quand pour tout service rendu dans sa lutte engagée contre Hitler et Mussolini, on n'avait rien trouvé de mieux que de le livrer à l'Allemagne nazie !

Eh bien tu ne me croiras pas, le type a été relâché, avait ajouté Werner. Le juge tout tremblant a rappelé les gendarmes. Il leur a fait la morale, les a accusés de souiller l'honneur de la France, bref leur a passé un beau savon ! Après ça, comme dirait Musette, comment veux-tu trier les bons des méchants ? »

Werner avait ri.

Pourtant, sans qu'il puisse se l'expliquer, Pierre avait ressenti dans son désenchantement comme une sorte de pitié vis-à-vis de lui-même. C'était à leur retour du bourg, peu après leur escapade dans les ruelles de Saint-Amand. À présent, c'est le souvenir de la balade qui sent le poisson. Juste assez pour flanquer à Pierre un début de nausée dans les tournants. Pourquoi, mais pourquoi donc, cette obstination ce jour-là à passer chez la fille du pasteur, et ce changement d'humeur suspect après ?

Pierre voudrait bien chasser son arrière-pensée. Joue au tape-mouche avec, visualise un instant les yeux pâles de la chevrière et ses genoux écorchés. Rien à faire, tourne autour et n'arrive pas à s'en débarrasser. En fait, c'est cette enseigne qui l'embête, PTT, ces lettres bleu charrette à moitié délavées qui indiquaient l'emplacement du bureau de poste dans la ruelle d'à côté.

Bon sang, fallait-il vraiment que cette fichue poste se trouve sur le trajet de Werner, entre la maison d'Élise et l'arrière-boutique du boulanger où ils devaient se retrouver ? Bien entendu, derniers à être descendus au bourg, ils ne manqueraient pas tous deux d'être interrogés par Danton à ce sujet après ce qui venait de se passer.

Les ronces fouettent le pare-brise. Cette fois, la pente aidant, Lobo, arc-bouté sur son volant, négocie les épingles à cheveux de plus en plus laborieusement.

Bon d'accord, il n'y avait que lui pour se fourrer dans pareille situation. Mais à bien cogiter, ce qui l'agace depuis l'entrée du pont, c'est bien plutôt la percée de la petite bébête qui monte, autrement dit qu'il en arrive, sous le prétexte que le col est cerné, à soupçonner aussi lâchement son compagnon.

Pierre crache par la vitre ouverte.

À cet instant, Panzer, qui s'est redressé sur son siège, pousse un juron et désigne, à la faveur d'une trouée, le véhicule noir qui longe la rivière deux cents mètres plus bas et s'apprête à monter dans leur direction.

*

* *

– On a le temps de les surprendre !

La perspective de se trouver nez à nez avec les Allemands dans leur chiotte bourrée d'armes étant le meilleur moyen de couper à toute réflexion, Pierre, Pisse-Dru, Passe-Muraille et Panzer ont déjà sauté du camion.

*

* *

En dépit de leur retard (officiellement dû aux indications fallacieuses d'une population résolument réticente à collaborer, en réalité au fait qu'il ne s'est pas réveillé), le lieutenant Katz fait montre d'une humeur étonnamment primesautière. Il faut dire que cette nuit, la belle Mireille s'est surpassée.

– Que voulez-vous Müller, s'adresse-t-il à son second que son embonpoint coince contre la portière, la seule pensée que son milicien de mari puisse torturer des prisonniers au moment où elle se fait – passez-moi l'expression – empapaouter, l'excite... Les femmes sont si sadiques ! Et qui plus est, les Françaises, elles, ont de l'imagination... Savez-vous où donc a atterri la bouteille vide de dom pérignon ?

– Dans le seau à glace, répond le sous-lieutenant en étouffant un bâillement.

– Le seau à... Ha, ha, ha ! Je ne vous connaissais pas cet humour...

Écœuré, Günther quitte des yeux son rétroviseur. Ces sempiternelles histoires de baise, de bouffe et de pinard quand, sur le front Est, l'armée du Grand Reich se fait littéralement saigner et que ses hommes en sont réduits à bouffer leurs souliers, tout ça le fait gerber. Le plus drôle dans l'histoire, c'est que la grande rosse (« Bite à clous » pour les intimes), tout à ses juteux trafics, n'en a rien à cirer de savoir si le sac de farine se les est vidées, le marché noir étant la seule chose à le faire bander !

Ah, elle était belle, la vie des gradés.

L'œil du chauffeur se détourne un instant de la piste et fixe rageusement la montagne déserte. N'y a-t-il dans ce fichu trou que les chiens et le vent pour hurler leur haine à l'Occupant ?

Non qu'il ait envie de voir le sang couler. Des atrocités en tous genres, des femmes, des bébés éventrés dans la neige, des villages bolcheviques pillés et brûlés – et tout ça, au nom de la sauvegarde de l'humanité –, merci, il en avait soupé. Simplement, depuis qu'on l'a renvoyé du front Est, son dégoût des siens est parfois si profond qu'il en arrive à souhaiter tomber comme à cet instant sur une embuscade de partisans. Rien que pour leur flanquer une petite secousse au fondement et leur rappeler à ces deux-là « qui » ils sont vraiment. Rien que pour casser ce silence que les obscénités de Katz, décidément, rendent encore plus terrifiant.

Un sifflement à main droite (du côté de son oreille qui a gelé) interrompt ses pensées.

« Encore ma veine, se dit-il, un pneu crevé... »

Il n'a pas le temps de pester. Prise sous une rafale, la voiture fait une embardée et va s'écraser contre le rocher.

*

* *

– Mouchés, hurle Pisse-Dru en levant le nez de son fusil-mitrailleur.

Les hommes se regardent. Ils ont eu chaud. Par chance, la route en contrebas se présentait à découvert à cet endroit-là. L'un des passagers de la banquette arrière a été tué sur le coup. Le second, mortellement blessé, vient de s'écrouler sur le talus en ouvrant sa portière.

– Le chauffeur est parvenu à s'extirper du véhicule, jure Lobo, empêchez ce trou du cul de se tailler.

De l'autre côté de la route, Günther a réussi à se glisser sous le parapet sans être touché. Plaqué contre la pierre humide, il rassemble furtivement ses esprits. Doit-il tenter sa chance et s'élancer dans la broussaille et le fouillis de ronces qui tapissent le ravin ? Bien sûr, il pourrait essayer d'atteindre la rivière et se faufiler jusqu'à l'autre versant où il ferait de toute façon une cible magnifique. C'est toutefois sans compter sur la cheville qu'il vient de se fouler, et sur les partisans, il les entend, qui dégringolent de rocher en rocher pour mieux l'achever.

*

* *

Pierre, suivi de Panzer, s'est rapproché. Pistolet au poing, il inspecte les abords du ravin et fait signe que le soldat ne peut être loin. Sans hésitation, le Moïse, prêt à tirer, enjambe alors le parapet, mais d'un geste, Pierre a le temps de l'en empêcher.

– Non, laisse-moi y aller.

Recroquevillé dans la boue, Günther, l'œil fixe, n'a pas bronché. C'est à peine s'il entend le Français lui intimer l'ordre de se rendre. Il se revoit, à la lueur des torches, prêtant solennellement serment à son Führer tout comme il revoit du côté de Dantzig les flammes engloutir les visages des enfants de cette petite école, et la neige recouvrir doucement les charniers. À quoi bon ! Combien reste-t-il de toute façon de ses compagnons ? Mécaniquement, il a levé les bras sans un regard vers l'homme qui l'a rejoint d'un bond et qui, étonné, n'a même pas eu à le neutraliser.

Pour qu'un soldat de la Wehrmacht se rende aussi facilement, doit penser le partisan, c'est que l'armée du Grand Reich n'est pas loin de capituler.

Sur le mont Aigoual, un peu de neige est restée accrochée. Günther serre les dents pour ne pas pleurer.

*

* *

Après un petit tour aux porcheries qui servaient maintenant d'infirmerie, on avait conduit le prisonnier au QG. Manifestement surpris par un tel traitement, l'homme, non sans maîtriser un léger bégaiement, répondait aux questions mécaniquement, comme si l'interrogatoire ne le concernait pas vraiment.

Plus que les tics qui parcouraient son visage, c'était son regard qui intriguait Werner. Un regard vide, comme brûlé, où rien ne transparaissait. Pas plus la peur que l'animosité. Il quitta des yeux le prisonnier et s'adressant à Brissot et à Pollochon qui les accompagnait en sa qualité d'infirmier, traduisit tranquillement :

– D'après l'homme, l'opération du col de Jalcreste était programmée depuis longtemps... Une action de pure intimidation, semble-t-il, sans rapport avec l'intervention des GMR, il en est certain.

– Et qu'est-ce qui lui permet de l'affirmer ?

Un sourire méprisant se dessina sur la lèvre inférieure de Günther.

– À son avis, poursuivit Werner, mais il ne s'agit là que d'une opinion personnelle, le capitaine n'aurait pas pris tant de temps pour avaler son petit déjeuner s'il avait eu rendez-vous avec les Français (il hésita), et encore moins si on lui avait annoncé qu'il risquait de tomber sur du gros gibier !

Werner s'interrompt brusquement. Depuis le début de l'interrogatoire, il n'est pas sans remarquer l'imperceptible manège auquel se prêtent Brissot et Pollochon, et les discrets mouvements de menton du Lorrain ponctuant sa traduction.

En l'absence de Danton, le commandant n'a-t-il demandé à l'infirmier de rester que pour vérifier s'il ne trahissait pas les réponses de l'Allemand ?

*

* *

– Il comprend aussi ma langue, n'est-ce pas ?

– Qui ?

Agacé, Werner s'est tourné vers le prisonnier qu'on l'a chargé de conduire aux cuisines.

– L'infirmier.

– Je suppose, répond-il sèchement, puisqu'il est lorrain.

Günther marche un moment en silence.

– Et toi ?

Où veut-il en venir ? Excédé, Werner hâte le pas.

– Écoute, si tu veux vraiment savoir, oui, je suis allemand, ça te va ?

Le soldat dévisage Werner, horrifié.

– Deutscher !

– Deutscher, oui. Antinazi plus précisément. Ici, tu es bien tombé, les compatriotes ne te manqueront pas.

– Des... Des bolcheviques ? bredouille le chauffeur, défait.

– Pas seulement, le coupe Werner.

Le petit soldat émet un sifflement.

– Si je m'attendais à ça, ne cesse-t-il de répéter, si je m'attendais à ça...

Dans son indignation, il utilise le dialecte bavarois. Des R qui roulent, grondent en fond de gorge comme l'Isaar à la fonte des premières neiges. Petit pincement de cœur. Depuis quand Werner n'a-t-il pas entendu la langue de cette brave Frau Peters, sa nourrice ?

La tiédeur des galets ronds qu'enfant il réchauffait dans ses paumes remonte en lui, confusément associée aux vocalises de sa mère accompagnant un clavecin.

Étrangement remué, Werner observe le prisonnier à la dérobée. Quel âge peut-il avoir ? Dix-huit, dix-neuf ans ? De profil, il ressemble à son frère cadet. Même implantation du cheveu, même front gâté. Sevré sans doute aux Jeunesses hitlériennes comme ce dernier, le chouchou, l'enfant prodigue, la fierté de ce père détesté.

À la mort de leur mère, Werner, lui, avait trouvé modèle auprès de l'oncle Josef, le trublion, le contestataire-né ; Aloïs, un sens même à sa révolte de gosse dans sa fascination pour l'Hitlerjugend, qui promettait de faire table rase du présent et de détruire les cadres d'une société fossilisée. À la différence qu'en partant se battre sur le front russe, le plus cher désir de Günther était sans nul doute de se sacrifier pour son chef vénéré alors que Werner imaginait plus facilement son frère planqué, jouissant des protections inavouables que leur père en temps choisi avait si bien su s'attirer. Mais qu'avait-il fait pour son frère sinon l'abandonner ?

– Moi aussi, je suis né en Bavière, lâcha-t-il sourdement.

Chapitre 19

Avec un sang-froid qu'elle ne se connaît pas, Élise referme soigneusement le grand classeur noir. Plus que quelques minutes avant que les mouches de la sous-préfecture ne se remettent à grasseyer sous ses plafonds lambrissés. Peu lui importe à présent : mouvements de troupes, listes des suspects, dernières arrestations, mises à l'écoute, elle a tout épluché. Ce matin, justement, un message laissé chez sa logeuse par la mère Faïsse des Adrets qui monte chaque semaine livrer ses châtaignes sèches à la Kommandantur lui demande selon le code convenu de se présenter ce soir au café de la mairie. Le maquis lui fait signe. Il était temps. Comme elle vient de l'apprendre, plusieurs chefs de réseau ont été appréhendés par la Gestapo quelques jours seulement après l'opération ratée de la Jalcreste. À Marvejols, Langogne, Barnassac, Florac... La répression s'intensifie d'autant que les Français, visiblement, travaillent cette fois de concert avec l'Occupant. Depuis l'arrivée de la 9e Panzerdivision SS « Hohenstauffen » dans la région, le préfet, lui, s'agite, multiplie ronds de jambe et visites auprès de l'état-major allemand, quand il n'est pas en relation téléphonique fébrile avec le commissaire Rispoli, l'âme damnée des renseignements...

Machinalement, Élise jette un coup d'œil vers la pendule. Étrange de trembler pour ceux de la Loubatière en suivant leurs faits et gestes consignés dans les dépêches de gendarmerie. Frustrant de crapahuter dans la bruyère sous les chênes verts par la seule procuration d'un papier carbone entre ces murs si désespérément gris. Mais enfin... Si sa maigre contribution pouvait au moins leur éviter le pire et surtout l'épargner, lui.

Distraite, elle ouvre le dossier à étiquette bleue « Courrier anonyme » : une montagne de lettres qui arrivent chaque jour et qu'elle se doit de trier par municipalité. Sur deux d'entre elles, le cachet de Saint-Amand attire son attention. Même écriture anguleuse et tremblée. Le délateur zélé s'indigne dans la première de ces mauvais patriotes qui, à l'instar de la famille Mazel du mas Claveyrolle, ne se contentent pas seulement d'héberger de dangereux terroristes étrangers, mais fricotent éhontément avec les résistants en leur fournissant des caches pour leur armement. Fait curieux, la seconde missive lui est adressée personnellement. Cinq mots, pas un de plus, qu'elle lit le cœur battant avant de filer aux toilettes détruire les deux documents tandis que l'heure du déjeuner terminée, des pas se font déjà entendre dans le grand escalier.

Quel âme intentionnée a bien pu envoyer ces torchons ? Les suppositions – un oisif, une aigrie du bourg, claquemurés derrière leur ennui – ne manquent pas. Mais de là à en vouloir aux Mazel tout en la visant elle, personnellement... Cinq mots, pas un de plus, dansent sans relâche dans sa tête tandis qu'une pluie de confettis tournoie au fond de la cuvette : « Méfions-nous des agents doubles ! »

Qu'est-ce que le délateur veut dire exactement ?

*

* *

On lui a dit la table la plus à droite au fond de l'établissement. Aveuglée par les trombes d'eau, Élise pénètre dans le café et s'efforce de garder son naturel en passant devant le bar où ouvriers et habitués se réchauffent en discutant. L'arrière-salle semble déserte. Il ne lui sera pas difficile de localiser son correspondant.

Elle a juste un petit choc en le découvrant.

Coiffée d'une toque en drap bleu marine épinglée d'une broche en forme de serpent, Anna, resplendissante, sirote un Picon en l'attendant.

– Surprise, n'est-ce pas ?

– Un peu.

Gênée, Élise s'assied sans retirer son manteau (celui qu'elle s'est elle-même taillé dans une vieille couverture militaire) et tire discrètement une enveloppe brune de son sac à provisions.

Aujourd'hui, curieusement, elle ne se sent ni gauche ni gourde face à Anna. Juste agacée, parce qu'elle a de l'eau dans ses souliers et que ce détail sans importance en prend soudain quand elle se remet à penser à Werner.

– Je vous ai apporté ce que j'ai pu recopier, lâche-t-elle à voix basse, notes, communiqués, plus les rapports téléphoniques du préfet au commissaire Rispoli et sa correspondance la plus récente échangée avec l'intendant de police Marty et les autorités allemandes.

Anna la dévisage avec une attention forcée.

– Rien de neuf sur l'opération de Jalcreste ?

– Pas grand-chose. (Élise hésite, étonnée.) Pourquoi ?

L'Espagnole repose son verre avec un geste étudié.

– Tu ne t'es donc pas fait de souci pour Werner ? Il aurait pu s'y faire coincer en compagnie de Markus puisqu'il sert d'interprète !

– À quoi bon, puisqu'ils n'y étaient pas.

Anna soupire.

– Toujours est-il que quelqu'un a vendu le lieu et la date de la réunion et qu'il fallait bien en être informé...

– Effectivement, la coupe sèchement Élise, cela a été mentionné, mais je n'ai relevé aucun nom.

Anna inspecte un instant la rue à travers le *trapistou* protégé de son écorche-chat, puis fixe Élise étrangement.

– En es-tu certaine ?

– Douteriez-vous de ma conscience professionnelle ?

– De ta conscience professionnelle, non...

Anna a un sourire ambigu.

Avant qu'Élise n'ait pu saisir le sens de ses sous-entendus, elle enchaîne, cette fois primesautière.

– Personne ne t'empêche de me tutoyer, non ?

*

* *

Elles ne se sont pas attardées. Élise prétextant qu'il n'était pas nécessaire qu'on la voie discuter trop longtemps au café. En réalité, les sous-entendus d'Anna l'ont troublée. En outre, sa mise élégante pour ne pas dire voyante en temps de restrictions commençait à attirer les regards, même si tout dans le comportement de l'Espagnole semblait minutieusement calculé.

Dehors, l'orage s'est calmé. Élise n'a même pas pris la peine d'ouvrir le grand parapluie de berger qui ne la quitte jamais. À présent, l'eau clapote dans les caniveaux, dégueule des gouttières. Elle n'a qu'une envie, abandonner derrière elle son ombre qui s'étire sur le pavé à la lueur des réverbères et laisser cette pluie fine laver son visage, noyer ses idées, encore et encore, jusqu'à ne plus penser.

Mécaniquement, elle repasse devant la sous-préfecture où quelques lumières sont encore allumées. Elle n'a pas fait trois pas dans la ruelle adjacente qu'une silhouette surgie d'un porche bondit derrière elle et lui saisit le poignet. Abasourdie, Élise a juste le temps de reconnaître Werner. Un doigt posé sur ses lèvres, ce dernier l'attire alors par le bras sous la voûte.

– Tu es fou ?

– Je devais te voir.

– Pas ici.

Il hésite.

– Je voulais m'excuser pour l'autre jour.

Sa voix s'est faite murmure, comme l'eau qui suinte entre les pierres. Un instant, les yeux d'Élise se perdent dans ceux de Werner. Elle ne se demande même pas ce qu'il fait à Florac, ni comment il a réussi à la trouver. Elle songe qu'il est là, que c'est l'essentiel et que plus rien n'a d'importance puisqu'il va tout lui expliquer. Comme si, dans ce drôle de rêve, son apparition n'était qu'une suite logique aux événements de la journée. Alors, subitement, elle fond. Elle se laisse envelopper par ces muscles, cette odeur chaude et sèche et cède au poids des émotions.

Non loin, une patrouille s'est rapprochée. Un bruit de bottes qui enfle et martèle le pavé tandis qu'Élise entend seulement leurs deux cœurs battre à tout rompre, suspendus dans l'obscurité pendant une éternité. Werner, lui, n'a pas bronché, pas même relâché son étreinte comme si cela avait le pouvoir de les préserver du danger. Il lui semble même qu'il la serre jusqu'à l'étouffer.

Quand le bruit décroît toutefois et que les hommes en armes au coin de la rue les ont dépassés, il se détache brusquement.

– Les autres m'attendent, lâche-t-il à regret. Je dois y aller.

*

* *

Ils n'ont pas eu le temps de se parler.

Sans doute jamais ne se rapporteraient-ils tout ce

que leurs solitudes se racontent en secret. Tout s'est passé si vite !

Col relevé, Élise remonte la rue sans se retourner. Werner sait-il seulement qu'elle vient de rencontrer Anna ? Anna dont les piques acides, tout comme le contenu des deux lettres anonymes, s'estompent peu à peu telle la craie de cette marelle que la pluie finit de délaver.

Arrivée devant la librairie des Conduzorgue, elle vérifie machinalement que la lumière est bien allumée au premier, puis pénètre rapidement dans l'immeuble par la petite porte qui ouvre sur le côté et dont l'escalier grimpe jusqu'à la chambre sous les toits qu'elle leur a louée.

Chaque soir, elle a pris l'habitude de frapper chez le couple de bouquinistes et de partager leurs patates bouillies agrémentées du gros morceau de lard que les Mazel lui ont remis. Une compagnie qu'elle apprécie. Le pasteur allait souvent à Florac échanger des livres anciens avec le vieil anar : une sorte de gnome fluet à barbiche de Calvin, toujours revêtu de noir comme son épouse Noëlie. Mais aujourd'hui, elle ne se sent pas le courage d'aller écouter Radio-Londres, l'oreille collée au poste de TSF camouflé sous la couverture en crochet.

Elle n'a qu'une envie.

Se jeter tout habillée sur son oreiller, et monter là-haut, tout en haut, sur la crête où moutonnent à l'infini les rochers mauves et les touffes de buis.

*

* *

Furieux, Pisse-Dru passe la tête par la portière de la Traction (celle du chasseur de zébu au castelet rose bonbon), tandis que Werner et Passe-Muraille débouchent au fond de l'impasse.

– Bon sang, vous en avez mis du temps !

– On a fait ce qu'on a pu.

Passe-Muraille – qui a en réalité faussé compagnie à Werner pour aller payer en nature la belle charcutière qui l'a un temps hébergé – rit sous cape et lance un clin d'œil entendu à ce dernier.

– Le pharmacien était parti cueillir des champignons...

Pas dupe, Pisse-Dru s'impatiente.

– Déconnez pas les gars. Alors ? Les médicaments de Pollochon ?

– Impeccable.

Werner se tasse à côté d'Amour à l'arrière de la voiture.

– Il pourra regarnir la trousse d'urgence de l'infirmerie : trois caisses de pénicilline et de pansements nous tendent les bras derrière la pharmacie. Et vous ?

– Belle balade...

Pisse-Dru, une main sur le volant, se détend.

– Je vous conseille l'aller-retour Florac-Mende sous la pluie. Amour a repéré les alentours de la garnison pendant que je vérifiais les renseignements de l'Arménien...

D'après le soldat de l'Ost Légion passé au maquis, certains de ses camarades – enrôlés de force par les Allemands – étaient mûrs pour l'insurrection.

– Et alors ?

– Une aubaine pour le maquis surtout si on récupère leurs armes...

– Le problème et j'en sais quelque chose, lâche prudemment Amour qui n'est pas du genre bavard, c'est que ces dernières ne sont distribuées aux soldats étrangers qu'en cas d'alerte. Quand on était stationnés à Castres, nous les Russkofs, on était les seuls à se déplacer les mains dans les poches malgré l'uniforme.

Le Russe baisse la voix, l'œil fixé sur le va-et-vient des essuie-glaces.

– ... Pour ça, une seule solution : simuler une attaque de la caserne à partir des hauteurs et espérer que l'alarme soit donnée pour que nos Arméniens puissent maîtriser les sentinelles et s'échapper. À condition, bien sûr, que tous les gars soient de notre côté...

– Reste à établir le contact, soupire Pisse-Dru.

Werner se tait. Si les autres savaient qu'il faisait le pied de grue devant la sous-préfecture pendant que Passe-Muraille tronchait sa veuve !

Par chance, c'est vrai, les affaires à la pharmacie s'étaient vite réglées, du coup, il avait eu du temps à tuer. Mais comment expliquer ce qui s'était imposé comme une nécessité. Cette envie d'aller se poster sous les fenêtres d'Élise, à deux pas qui plus est de la Kommandantur, sans même l'espoir de l'apercevoir puisque les bureaux de la sous-préfecture venaient de fermer.

La suite – la silhouette familière sortant d'un café – tenait du hasard. Disons que son attente sous la pluie avait été récompensée... Rêveur, Werner regarde sans les voir les dernières maisons du faubourg s'écarter.

L'amour semblait si simple parfois, pour peu que les Dieux rigolards décident de s'en mêler. Pour peu aussi qu'on sache taire son amour-propre et le réconcilier avec un cœur blessé.

*
* *

Cela avait commencé dès le premier soir. Dérangés dans leur sommeil, les hommes se plaignaient : le prisonnier hurlait chaque nuit en proie aux mêmes cauchemars.

Jusqu'à présent, personne n'avait réussi à le faire parler, même Pollochon en sa qualité d'infirmier. Du reste, le jour, les hommes faisaient peu de cas du prisonnier. On s'arrangeait pour l'oublier, tandis que prostré derrière le fenestron de la cuisine, ce dernier s'absorbait dans les tâches ménagères. Le seul peut-être à deviner ses souffrances était Martin, cet antifasciste qui venait comme lui de Bavière. Günther n'aurait su dire pour quelle raison. Tout les différenciait. Pire, avec les autres, les bolcheviques du groupe, il savait au moins à quoi s'en tenir, une méfiance réciproque, pour ne pas dire une haine viscérale, les liait.

Mais ce type-là, impossible de le situer. Pas vraiment intégré. Un coup chez les Français, le lendemain avec les « Étrangers », mais jamais quand on s'y attendait. Du reste, on sentait chez lui une volonté farouche de rester à l'écart, et c'était bien cet individualisme-là qui le fascinait. Exactement le contraire de ce que lui, Günther Freitag, fils de pasteur, issu à sa plus grande honte d'une famille anti-national-socialiste, avait justement recherché en adhérant avec enthousiasme aux Jeunesses hitlériennes : se fondre dans un groupe soudé par le même idéal, se frotter à cette chaude camaraderie qui célébrait avec fougue le culte de la jeunesse et le renouveau du pays et dont l'armée, cette grande famille, n'était que le trop évident prolongement.

Mais au fait, qu'en savait-il ? À force de ressasser son passé, peut-être bien que la psychologie des autres lui échappait. Qui sait si le dénommé Martin n'avait tout bonnement pas quelque chose à cacher ?

Un matin, justement, alors que personne encore n'était debout, l'antifasciste avait débarqué dans les cuisines où, lui, s'efforçait de raviver le feu pour chauffer la soupe du petit déjeuner. De méchante humeur parce que jouer au larbin pour ces traîtres lui répugnait, il lui avait lancé que ce n'était pas encore prêt. Mais l'autre avait répondu que ça lui était égal.

– Puisque je suis réveillé, autant rester.

Puis, il s'était assis sur une caisse à côté de la cheminée pour le regarder vaquer. Ce qui n'avait manqué de l'agacer. Ce regard qui le scrutait le gênait. Est-ce que cet abruti ne pouvait pas lui flanquer la paix ?

– Tu en as soupé, n'est-ce pas ?

Surpris, Günther s'était retourné.

– Qu'est-ce que ça peut te foutre ?

– Rien, avait dit l'autre sans se laisser démonter.

– Tu veux me faire dire que j'ai eu de la chance d'être tombé dans vos pattes plutôt qu'entre celles des Russkofs qui n'auraient fait de moi qu'une bouchée, c'est ça ? avait ricané Günther. Et d'abord, qu'est-ce que t'en sais ?

– Moi ? (Werner avait sorti un crayon et griffonnait tranquillement, son calepin écorné posé sur le billot.) De toute façon, en exil ou sur le front, où qu'on se trouve, à chacun sa prison...

Puis il s'était levé et avait quitté les cuisines non sans avoir accroché au clou qui pendait au-dessus de la cheminée le croquis qu'il venait de terminer.

Günther y avait reconnu sa propre caricature : une tête coupée dans une cage représentant la carte de Russie, qu'un officier, genou en terre, tendait en offrande à son Führer. Le type aurait pu suggérer les gants blancs et le monocle du commandant Pielzucker tant qu'il y était. Cela aurait complété le tableau. Troublé, il avait vite arraché le dessin pour le balancer au feu. Avant que ne déferlent ces images dont il ne parvenait à se défaire qu'au petit matin : pillage, viols, exécutions à la chaîne, massacres de villages entiers, toutes ces atrocités perpétrées en dehors des combats, sous prétexte que tout Juif, tout bolchevique, devait être froidement exterminé.

« Écrasons le Diable, hurlait le commandant Pielzucker, anéantissons la barbarie asiatique et ses hordes purulentes de sauvages sanguinaires ! »

« Cette sous-race d'animaux..., vociférait la voix de Dieu en liaison radio dans les bunkers. Ces écorcheurs d'êtres humains qui menacent de dévorer l'Europe et les bienfaits de notre civilisation... »

Et lui, tuait dans la ferveur. Lui, étripait dans l'ivresse de sa juste mission. Dieu, qu'il en avait zigouillé des civils pour sauver son père, sa mère, ses sœurs, pour épargner le Monde de la terreur...

Devant l'enclave de Demyansk, il y a quelques mois encore, forcés d'appliquer la tactique de la terre brûlée devant l'avancée de l'Armée rouge, ils avaient dû en fusiller un paquet. La neige, brusquement, était devenue écarlate. On avait alors chargé son unité d'évacuer femmes et enfants, c'est-à-dire de les chasser, loin, au nord de leurs villages incendiés dont les puits avaient été empoisonnés, ce qui équivalait – sans vivres et par moins quarante degrés – à les envoyer vers une mort bien plus atroce encore. Il y avait là des mouflets, des femmes enceintes qui titubaient.

Émergeant du groupe, digne et droite, une vieille drapée avec grâce dans un châle à grosses fleurs pourpres s'était retournée juste à temps pour brandir son poing en signe d'imprécation. Günther n'oublierait jamais son masque de haine et ce bras décharné qui semblait vouloir le maudire jusqu'à la fin des temps. « Que Dieu nous préserve d'une défaite », s'était-il dit en frissonnant. Instantanément, il avait appuyé sur la détente, étoilant de cervelle l'immense linceul blanc qui s'étendait à l'infini sur des centaines de kilomètres.

Mais les yeux de la vieille, eux, n'avaient pas fini de le poursuivre. À partir de ce jour, quelque chose en lui changea. Il commença à se demander si Dieu, celui auquel son père lui avait appris à s'adresser en prière, ne se trouvait pas finalement de l'autre côté. Ce doute le remplit d'effroi. Satan, par cette épreuve, ne cherchait-il pas insidieusement à ébranler sa foi ? Aveugle, son ardeur à casser du rouge redoubla. Jusqu'au jour où, assistant à l'exécution sommaire de deux de ses compagnons coupables d'une tentative de désertion, force lui fut d'admettre que sa ferveur, depuis longtemps déjà, s'était muée en peur.

Peur de l'Ennemi entretenue par ses supérieurs, peur des sanctions qui s'abattaient pour un oui ou pour un non, peur de la faim, du froid, de la vengeance, et pire que tout – même de la mort –, et soigneusement occultée, celle du remords.

Chapitre 20

– Psst...

Aïe. Abel, qui sort de chez la Paparelle, grimace. Le fauteuil roulant calé dans l'encoignure d'une porte, Boufigue, le paralytique, l'observe en clignant des paupières au soleil. Constellé de points noirs, son visage ressemble à une grosse orange piquée de clous de girofle. Ce dernier désigne du menton son sac de pelotes.

– Ta mère a des paletots à tricoter cet hiver ?

Abel hausse les épaules. Il n'a jamais aimé le fils de Sévère, le garde champêtre, un ancien de la coloniale qui la ramenait de son vivant avec ses histoires d'Indochine et de femmes faciles. Mêmes petits yeux de furet. Bien obligé toutefois de ne pas l'ignorer. Chez les Mazel, on se sent vaguement redevable du sort de l'infirme : même s'il n'y était pour rien, c'est Esaïe qui conduisait la charrette quand l'accident est arrivé.

– Y a du monde là-haut ? s'enquiert Boufigue comme si de rien n'était. Note bien (un petit sourire se dessine sur ses lèvres goulues), t'es pas forcé de répondre, hein. À chacun sa vie privée... À propos, l'Étranger...

– Quel Étranger ?

Depuis quelques minutes sur ses gardes d'autant que la Clède abrite en ce moment plusieurs réfractaires, Abel, brusquement, sent son dos se mouiller.

– Tu sais bien (Boufigue se tortille sur sa chaise comme un gros ver de terre), celui que vous avez hébergé avant la Noël. Même qu'il est resté plus longtemps que les autres, celui-là.

Abel continue de faire le bouché. Cela lui laisse le temps de réfléchir : le paralytique et sa mère assistaient-ils en même temps que Werner au culte donné l'été dernier par le pasteur en plein air ? Probablement. C'est fou ce que la cabucelle peut tourner vite dans ces cas-là. De plus, les fenêtres de la *Tataragne* (« Toile d'araignée » pour les initiés, vu que, sans plumeau, l'intérieur de la veuve ne doit pas souvent être astiqué !) donnant sur la placette, l'infirme a très bien pu le voir sortir de chez Élise en compagnie de l'Allemand qu'il montait au maquis... Prudence donc...

– Ah... (Abel se tapote le front de l'index comme si la mémoire lui revenait d'un seul coup.) Le cousin du pasteur, tu veux dire.

– P't'être bien.

Un instant dépité, le garçon observe un à un ses ongles tout rongés, puis lève la tête vers Abel et le scrute avidement.

– ... En tout cas, la *Boufarelle* l'a aperçu l'autre jour à Florac. Elle a dit à ma mère qu'elle se demandait bien ce qu'on pouvait faire sous la pluie à rôder comme ça autour de la Kommandantur avec un air aussi bizarre...

À cet instant, une vibration intense secoue le bourg, faisant tintinnabuler devant les portes casseroles, *toupinas* et seaux percés, préparés à l'intention du rétameur dont la voiturette fait deux fois l'an le tour de la vallée.

– Les Boches ! s'écrie Boufigue qui, dans sa terreur, cherche désespérément à débloquer le levier de son fauteuil.

En effet, un défilé de side-cars, de voitures et de camions bourrés d'Allemands vient de traverser le pont. Quitter l'axe principal n'est pas dans l'habitude des Feldgendarmes. Pourtant, Abel se retient. Il ne doit pas courir chez Almir. Du moins pas tout de suite. Aucune envie de faire plaisir à ce saligaud qui épie sa réaction du coin de l'œil, il le sent. Angoissé, il observe le convoi cahoter sur les pavés, puis s'immobiliser le long du Gardon sans couper les moteurs. En bondissent une dizaine de soldats qui, aussitôt, s'engagent dans les ruelles et investissent les rares commerces de Saint-Amand.

– Des SS, siffle Boufigue avec un vilain frisson.

Il n'a pas le temps de s'extasier. Gantée et chapeautée de noir, la Tataragne, qui a surgi de chez la Boufarelle, empoigne d'autorité le fauteuil de son fils et disparaît aussi vite que lui permettent ses bottines, voilette rabaissée pour ne pas attirer la concupiscence de ces grands et beaux garçons si musclés.

*

* *

« Quand à l'aube sur la bruyère,
Il aperçoit le braconnier,
Dissimulant, avec mystère,
Une perdrix dans son carnier... »

Chiendent a le hoquet. Il rigole tout seul, dégage délicatement le passereau encore chaud qui s'est laissé prendre à son *ferrou*, puis se remet à fredonner l'hymne au garde-terre d'une voix de fausset.

À cette époque, les « petits pieds » pullulent. Évidemment, ça nourrit moins son homme qu'un beau lapin de garenne qui vient la nuit se soulager au pétadou, mais avec deux ou trois de ces bestioles rôties dans la braise chacun, ça va être la fête au Cabanon.

Chiendent lève la tête, il a entendu un froissement de feuilles – sans doute un mulot.

En redescendant de la Loubatière, ses trois semaines d'instruction terminées, il serait bien rentré travailler au mas, mais Vidourle et les autres l'en ont dissuadé. Un insoumis, ça reste planqué. Et puis, au Cabanon, le mazet qui appartient à son oncle – en réalité un tas de cailloux au toit percé par un gigantesque sorbier mais suffisamment isolé pour ne pas être repéré –, le maquis pouvait les contacter à tout moment, lui, Capellou, Mourguette, Fleur de Courge et Rabassou. C'est ce qu'on appelait « être mis à disposition ». Toujours est-il qu'à attendre en se les gelant et à tournicoter comme loup en cage entre deux touffes de genêts, Chiendent, lui, a fini par s'organiser son petit espace de liberté...

Absorbé dans ses pensées, ce dernier s'est rapproché du chemin pour relever ses deux derniers pièges. Cette fois, il dresse l'oreille, son petit mufle froncé comme s'il flairait brusquement un danger. Pas d'erreur, il a bien entendu un moteur gravir la pente puis s'arrêter à la bifurcation des deux sentiers. Comment n'a-t-il pas perçu le bruit plus tôt ? La brise qui colle sa chemise soudain trempée le renseigne aussitôt – le vent. Cette saloperie de vent qui a tourné.

Son premier réflexe est de fuir à toutes jambes par le sous-bois. Puis il réfléchit. Qui peut venir ici ? Mieux vaut en avoir le cœur net avant de retourner au Cabanon où il sera trop tard pour donner l'alerte de toute façon.

En se faufilant entre les buissons et les troncs de la hêtraie hélas dénudés, il aura tôt fait d'atteindre le gros cade qui surplombe la piste et de s'y cacher pour se rendre compte de la situation. Chiendent se tapit, se coule comme il peut. Au milieu de toutes ces feuilles mortes, il lui semble que ses pas à lui – capables pourtant de surprendre un renard à l'entrée d'une baume – font tout à coup un bruit exagéré. Soudain, c'est la catastrophe. Une pierre échappée d'un *clapas* entraîne dans sa chute une pluie de cailloux.

– Halt !

Au même instant, deux soldats SS prêts à tirer viennent de déboucher dans le chemin.

Piégé pour piégé, Chiendent décide alors de prendre les devants, lève les bras et, sautant à pieds joints de rocher en rocher, descend cette fois à découvert à la rencontre de l'Occupant.

– Messieurs...

Il n'en mène pas large. Ça fait tout de même un sacré drôle d'effet de se trouver nez à nez avec des Boches, des vrais... Le mieux, se dit-il sans quitter des yeux l'arme pointée vers sa poitrine, c'est encore de jouer les innocents.

– Réfractaire ?

Chiendent parvient à maîtriser son tremblement. Roulant des yeux d'indignation, il nie farouchement.

– Non, moi, braconnier. Bra-co-nnier, vous comprenez. Lapin, belette, sauvagine, miam-miam, moi, faim, moi vouloir manger.

Ahuri, l'un des SS regarde ce paysan bouffon mimer le lièvre, deux doigts dressés de chaque côté des oreilles, puis lui arrache sa musette en rigolant.

– Réfractaires, répète-t-il. Ici beaucoup ?

L'adolescent se détend imperceptiblement. Il a réussi à les faire rire, c'est déjà ça. Mais la partie n'est pas gagnée pour autant.

– Réfractaires ? Ça m'étonnerait.

Le doigt sur la tempe, il signifie aux Allemands qu'il faudrait être fada pour se cacher dans le coin.

Les soldats s'impatientent (ils sont donc au courant), désignent le bout du sentier.

– Ici, maison ?

– Alors là, non ! s'exclame Chiendent qui a retrouvé son aplomb. Mais là-bas, oui.

Du geste, il pointe la montagne. Indication plus que vague.

– Enfin, pas vraiment maison, poursuit-il, ruines...

Échange de regards. Les deux SS commencent à s'agacer.

– Loin ?

– Je pense bien, oui.

– Toi, nous conduire.

Le dos caressé par le canon du fusil, Chiendent ne se fait pas prier. Puisque les Boches veulent marcher, eh bien, leurs bottes vont s'user. Il va leur faire contourner le Cabanon en empruntant la piste forestière utilisée par les *bouscatiers*, celle qui grimpe si abruptement que le bâtiment caché en contrebas n'est repérable du chemin à aucun moment.

La pente est rude. Les soldats en sueur ahanent dans son dos. Avec un peu de chance, Chiendent parie qu'ils feront une pause en haut de la côte avant de s'enfoncer sous les sapins. Ce qu'ils font. Surplombant le mazet de quelques mètres seulement, il profite alors de ce que l'un des SS se soulage le dos tourné, pour imiter le coucou selon le signal convenu avec la bande en cas de danger.

– Cuckoo ?

Le visage levé dans une brève extase bucolique, l'Allemand, main à la braguette, pousse du coude son compagnon.

– Cuckoo, argh, es wird bald Frühling.

L'autre, occupé à récupérer son souffle, hausse les épaules, les doigts crispés sur l'arme qui tient toujours Chiendent en respect. Comme si le coucou poussait sa rengaine début mars ! Chiendent s'essuie le visage. Encore heureux qu'il soit tombé sur deux crétinas de la ville. Pire que des « Paris-me-voilà », ces deux ostrogoths. En attendant, il lui faut impérativement gagner du temps. Espérer que Rabassou, Mourguette et les autres l'ont bien entendu et plient bagage sur-le-champ...

Vingt minutes de suée au terme desquelles il peut enfin déclarer, bredouille, que té, il a dû se tromper, s'engager ensuite dans la hêtraie, tournicoter, puis finir par rebrousser chemin. Le subterfuge est grossier. Mais qu'importe, le Cabanon, ils le retrouveront vide, il le sait, parce que le coucou vient de répondre à hauteur de l'Espinchounette, le rocher tout là-haut qui a une forme d'oreille cabossée.

Effectivement. Une demi-heure plus tard, les deux soldats hors d'eux ont vite fait le tour du Mazet : aucun doute, les oiseaux se sont envolés et pas depuis longtemps. En témoignent les bols de chicorée et les miettes qui traînent encore sur la table. Fous de rage, les SS ont ligoté Chiendent à une chaise à l'aide de leurs ceinturons. Ils en sont à briser le mobilier à coups de crosse lorsque l'un d'eux tombe en arrêt devant une pièce de métal qu'il brandit sous le nez de ce dernier. Chiendent reconnaît avec horreur le « chausse-pied » qu'il bricole avec amour depuis deux jours, une vraie paire de mâchoires en acier, sa fierté.

– Braconnier, hein !

Des coups de bottes dans le ventre lui arrachent un hurlement. Et puis sec, le déclic d'un chien qu'on arme contre sa tempe, le froid du canon prêt à lui déchiqueter la cervelle.

Chiendent a fermé les yeux. Cet instant, il l'attend. Depuis la pause pipi. Quand il a vu que ces salauds ne le lâcheraient pas d'un pouce. Par la suite, c'est comme ça, pardon papa, pardon maman, il n'a pas pu ou su déjouer leur attention.

– Halt.

L'ordre claque dans sa tête, résonne comme une explosion. D'un geste, « l'âme bucolique » a stoppé son compagnon.

Conciliabule.

Que se passe-t-il ?

Sans un mot, le soldat le détache, lui adresse un large sourire, et à l'instant où il s'y attend le moins, le propulse à l'autre bout de la pièce d'un uppercut au menton. Sous la violence des coups, Chiendent n'est bientôt qu'un tas d'os brisés pissant le sang.

Leur hargne assouvie, les deux SS le soulèvent alors chacun par un bras et le traînent jusqu'au bas du chemin.

Encore conscient, le réfractaire sent qu'on le hisse à bord d'un véhicule qui sent l'essence et le caoutchouc brûlé.

Où l'emmènent-ils ?

Pourquoi les deux Têtes de mort ne l'ont-ils pas laissé crever tranquille ?

Chapitre 21

Une tête, puis deux, ont réapparu aux fenêtres. Le bourg s'ébroue sur la pointe des pieds, chuchote d'abord sans trop y croire, puis se remet à *babalouler*, pressé d'en finir avec ce silence de macchabée.

Depuis le soupirail de la boulangerie, j'ai moi aussi vu les SS remonter dans leurs camions. Des ordres ont claqué, puis les véhicules se sont ébranlés, l'un en direction de Saint-Germain, les deux autres vers la route de Florac.

D'après Almir, ils n'en veulent qu'aux réfractaires, mais ils peuvent toujours chercher. Toutefois, je n'ai pas descendu la ruelle qui mène au temple que le père Jean-Jean, les mains pleines de terre, me hèle par-dessus le muret de son potager.

– File vite, petit. J'en ai entendu un qui demandait le chemin de Claveyrolle. Il n'a recueilli, cela va sans dire, que des informations contradictoires, mais les bougres ne sont pas fous, ils ont une carte d'état-major !

Sur le coup, je ne sais plus si mon sang caille ou bout. Et le père qui est parti de bon matin pour affaires à Saint-Frézal ! Quand je pense à ma mère toute seule là-haut avec l'Émile, j'en *djingouline* de partout. Ce qui est sûr, c'est que le vieux ne m'a pas plus vu filer qu'une queue de comète lui passant entre les mollets. Je grimpe à Claveyrolle d'un trait. Je *m'embronque*, je m'escranque, je m'escarougne aux ronces, maman, je cours, je cours comme un distimbourlé...

*

* *

Bouillie écarlate, une poule agonise sous l'évier de pierre. Et partout dans la cour, barbouillant les grandes dalles de schiste, du sang. Des éclaboussures de sang et des plumes qui collent au silence bourdonnant.

Les monstres ! Et moi qui n'ai rien pu faire pour sauver ma mère et mon frère ! Moi qui suis arrivé trop tard. Anéanti, je m'effondre devant le tas de bois et le billot renversé. Les coups de feu, eux, me sont parvenus très clairement comme j'atteignais le chêne « à la langue de bœuf » qui marque la limite de nos châtaigniers. Quant à ces lâches, j'ai eu tout le temps, ça oui, de les voir redescendre tranquillement le chemin où leurs gros pneus, en patinant, ont creusé de larges sillons dans la terre molle. Mais, Maman, Émile... J'en chiale de rage ou de chagrin, je ne sais pas encore. Jamais je ne me pardonnerai leur mort. Relevant la tête, je réalise alors que je n'ai pas même osé faire le tour de la maison de trouille de tomber sur leurs corps, quand de la cuisine me monte un gémissement étouffé qui me rappelle étrangement celui de la grille du cimetière quand on s'avise de la pousser.

– Maman ?

D'un bond, j'ai sauté sur mes pieds, mon cœur tambourine, petite pluie drue et fine, pressée de tout effacer.

– Maman ? Réponds-moi, tu es là ?

*

* *

Au même instant, ma mère est apparue sur le seuil, hagarde et décoiffée. Interdit, je la regarde se masser les reins tel un ivrogne tout surpris d'être sorti indemne d'une échauffourée.

– Aï, drôlet, mon drôlet, marmonne-t-elle d'un air égaré.

– Et l'Émile ? j'ai crié.

J'ai trop peur de comprendre. Maman, ma petite douce, ma cardonille, dis-le-moi qu'on en finisse, c'est donc vrai qu'ils l'ont tué ?

– Ton frère ?

Sans même prêter attention au carnage, ma mère esquisse un geste vague, puis se tasse sur elle-même comme si tout ça l'avait vidée.

– Il aura été caguer sa *fouïre* au potager, finit-elle par lâcher, après tout ce qui s'est passé...

Rassuré, je me jette alors dans ses bras, j'enfouis mon mufle sous son aisselle, et je serre, je serre son fantôme de chair jusqu'à l'étouffer, je me laisse engloutir par l'odeur et la chaleur de celle que j'ai crue perdue à jamais.

– Mon Dieu, ne cesse-t-elle de me répéter dans l'oreille. Mon Dieu, on peut le dire que j'ai eu la peur de ma vie...

Ses baisers sur mon front, mes joues, ont la douceur humide d'un cœur de laitue flétrie. Mais quand une fois ressaisi, je me dégage de son étreinte, je ne reconnais plus ma mère.

Sous le coup de l'émotion, je n'ai même pas remarqué que ses cheveux noirs sont devenus tout gris.

*

* *

– Ils ont demandé après les réfractaires, explique ma mère après que je lui eus apporté un grand bol de café, avec une goutte de gnôle dedans comme j'ai vu faire mon père. Moi, j'ai dit que je ne savais rien, et que Mimile, il n'était pas apte, cela se voyait bien. Et comme ils insistaient, je me suis fâchée tout rouge : « Vous avez déjà mon aîné en Allemagne que je leur ai crié, alors ne vous amusez pas à me rabattre les oreilles avec vos insoumis. Si vous ne me croyez pas, faites le tour de la maison, fouillez, allez-y. » Ce qu'ils ont fait. Tout retourné, même la paille dans la grange. Et moi qui tremblais, mon Abelou, à cause des explosifs dont les épaves sont bourrées, parce que pour les deux jeunes planqués là-haut à la Clède, du souci je ne m'en suis jamais fait. Toujours est-il qu'ils n'ont rien trouvé. Alors de rage, ils sont revenus dans la cuisine, ils ont forcé la porte de la salle à manger et, là, ils ont tout cassé. Du moins, ce qu'ils n'ont pas pillé, poursuivit-elle avec un soupir mouillé, car cela ne les a pas empêchés d'emporter les assiettes en barbotine de la tante Berthézène, les chaudrons à confiture et la montre à gousset du Papet qui tenait à son gilet avec une chaîne d'évier, plus quelques souvenirs, pécaïre, qu'ils ont enveloppés, les bourniquets, dans un des draps qu'Émile avait souillé !

Là, on se regarde, et le fou rire nous gagne, mais pas longtemps. Je vois bien à ses pauvres mains qu'elle triture que l'horreur a déjà pris le pas sur l'indignation.

– Et puis (Zulma baisse la voix), l'un d'eux a mis l'Émile en joue que le gosse claquait des dents, c'était pitié à voir, pire qu'en présence d'une armée de revenants, tandis qu'un autre (elle hésite, rougit, boit son café à petites lampées sans me regarder), tandis qu'un autre défaisait ses brailles en rigolant...

Cette fois, je fixe ma mère, horrifié. Je refuse de voir les étagères dévastées, la pendule fendue de tout son long, les débris de vaisselle qui jonchent le pavé, mais, par-dessus tout, je ne veux pas entendre...

– C'est alors, reprend-elle sans me laisser le choix, que leur chef, un grand, très blond, qui me rappelait Werner, leur a crié d'arrêter et leur a donné à tous l'ordre de l'attendre dans la cour. Les autres ont ri en faisant des gestes obscènes dans ma direction, tu te rends compte, moi ! Cette pauvre vieille avant l'âge...

Je la regarde déglutir, gêné, parce que, jusqu'à cet instant, jamais l'idée ne m'a effleuré que ce corps desséché par les grossesses et les travaux ménagers ait pu être appétissant. Comme si – c'est donc la vie – la sève de l'amour et toutes ces belles rondeurs étaient passées un beau jour dans les joues de ses enfants !

– En tout cas, soupire-t-elle, j'ai vraiment cru que ma dernière heure était arrivée, que cet être sanguinaire allait me torturer puis me violer. Au lieu de quoi, il est resté un moment devant la fenêtre à scruter le paysage et il m'a dit dans un mauvais français : « Je devrais vous tuer pour l'exemple car je sais que vous mentez, mais aussi curieux que cela va vous paraître (ses yeux se sont posés sur moi presque gentiment), je ne le ferai pas... » Et tu sais pourquoi ? Tiens-toi bien mon Abel, ou tu risques de recracher les boutons de ta culotte tout comme je suis partie à la renverse en entendant ça ! : « En souvenir de mes ancêtres, qu'il a ajouté, parce qu'ils se sont battus dans cette montagne pour leur liberté... » Le tout-puissant soit loué ! Je crois qu'à cet instant je l'aurais presque embrassé !...

Ma mère qui s'est jusqu'ici maîtrisée saisit alors ma main au-dessus de son bol de café et éclate en sanglots.

– Tu te rends compte Abel ? L'Éternel a choisi de nous épargner en nous envoyant un huguenot. Un descendant de nos frères Camisards, peut-être même un parent, qu'en sais-je, une semaille de l'oncle Gédéon en pays teuton ! L'homme s'est ensuite retourné, poursuit-elle toute chamboulée, il a ramassé mon bouquet de mariée que ces soudards avaient piétiné après avoir brisé son globe de verre contre le manteau de la cheminée. Puis il l'a posé sur la table comme pour s'excuser et il est sorti en criant assez fort pour que les siens entendent : « Saloperies de Français, nous reviendrons ! Rira bien qui rira le dernier, vous entendez ! »

Tous deux, on reste un moment à mâchonner du silence, à digérer des images qui éclatent dans nos caboches comme de grosses bulles crevées.

– Mais maman, le sang ? j'insiste. Tout ce sang plein la cour ?

– Les poules. (Zulma hausse les épaules.) Furibonds qu'ils étaient. Alors, ils ont tiré sur les malheureuses, puis ils les ont emportées. Sans doute pour leur dîner.

*
* *

L'inquiétude commence à me gagner.

J'ai beau visiter chaque bancelle, fouiller de long en large *bartas* et fourrés, et même pousser jusqu'à la Clède où j'en profite pour raconter à nos planqués ce à quoi ils ont échappé, pas plus d'Émile au fond du potager que sous les châtaigniers.

Où donc le drôle est-il passé ?

Je n'ai pas dégringolé la pente que la silhouette de Coucougnous en gilet, grimpant en toute hâte le raidillon derrière son vélo, débouche devant la maison.

Livide, le maître d'école.

À le regarder tous les deux mètres s'éponger le front du revers de la main, les traits plus figés que graisse d'oie derrière ses bésicles embuées, j'ai comme le pressentiment du pire.

– Ah mes amis, quel malheur ! s'écrie-t-il en voyant ma mère surgir sur le terre-plein... Ils ont osé, ils l'ont pendu.

– Pendu qui ?

Mes jambes flageolent. Ma mère, elle, s'est avancée, toute droite dans son sarrau noir, comme si elle portait déjà le deuil d'Émile.

– Ils l'ont accroché à une branche bien en évidence à l'entrée du bourg..., poursuit Coucougnous, accablé.

Il lâche alors son guidon et nous fixe tous deux d'un air affligé qui me glace le dos.

– ... Chiendent, le petit Ribanel de cabane Nègre. Vous vous rendez compte ? (Sa voix se brise, étranglée par l'émotion.) Un enfant ! Ils ont osé pendre un enfant !

Chapitre 22

La nouvelle, grâce à Dieu, ne concerne pas Émile. Passé toutefois les quelques secondes d'atroce soulagement, une chape d'effroi nous enveloppe ma mère et moi : Chiendent ! Un gosse si vif et si intelligent, un des nôtres, un innocent... Pourquoi ? Ça *baroule* drôle dans ma tête. Ce qui est sûr, c'est qu'après tout ce qui s'est passé aujourd'hui, débarquement des Alliés ou pas, rien ne sera plus tout à fait comme avant !

Coucougnous reparti prévenir les mas d'à côté sans même boire le café – mais non sans avoir béni le ciel de ne pas nous avoir retrouvés la gorge tranchée –, on s'est occupés, ma mère et moi, de remettre un peu d'ordre dans la cuisine, vite, vite, avant que le père ne rentre et ne nous fasse – déjà qu'il est sujet aux *arcanettes* – une crise d'apoplexie en découvrant la ferme dévastée.

Pendant un moment, manier l'*escoube* et la balayette nous évite de trop nous *basséger* pour Émile. Mais au fur et à mesure que le jour baisse, l'angoisse repointe son museau de belette et creuse de plus belle son terrier dans nos têtes. Que faire ? Chercher les hommes au village ? De toute façon, il est trop tard pour organiser une battue. Pourquoi n'a-t-il pas encore donné signe de vie ?

– C'est étrange, soupire ma mère en frissonnant comme elle allume la lampe à huile, lui qui a si peur de la nuit !

Chacun tait ses pensées mais sait à quoi l'autre songe. À l'ogre. L'ogre en bottes qui dévore les enfants jusqu'au cœur de Saint-Amand.

*

* *

La porte s'est ouverte en grand.

Brutalement.

Pour livrer passage au père – qu'on n'avait pas entendu arriver à cause du vent –, tenant par le col Émile entièrement recouvert d'excréments.

– Dieu soit loué ! s'écrie ma mère. Mais qu'est-ce que c'est que ça ?

– Ton fils, tonne mon père. Je viens de le trouver grelottant de froid du côté de la fosse à merde.

À la vue de mon frère dégoulinant de purin, le fou rire me prend. Sans crainte de me souiller, je le saisis par la taille, l'attrape par la main et le fais tourner, tourner, tout à ma joie, dans une valse sans fin.

– T'es pas fada, non ? *rondine* le paternel prêt à exploser.

– Tais-toi, gronde doucement Zulma. Assieds-toi et attends de comprendre avant de flamber telle une touffe de genêts !

Et moi, qui pleure et qui ris en tenant Émile qui sourit, j'ai compris. J'ai compris que mon frère qui est resté caché tout l'après-midi, n'a rien trouvé de mieux dans sa trouille que de s'enduire de merde comme tout animal cherchant à tromper l'odorat de l'ennemi.

*

* *

Les Allemands ont interdit de décrocher le pendu avant le surlendemain. Ils ont même ajouté qu'en cas de désobéissance le bourg serait passé au fil de l'épée, ce dont personne, ici, n'ose douter. Tout ça, pour que le sort de Chiendent nous serve d'exemple. Comme ils l'ont fait il y a deux jours à Nîmes et plus près, en pays cigalois, quand la plaine se heurte aux premiers contreforts de schiste et de calcaire rongés par les chênes verts.

Des pendus au coin des carrefours, sur les boulevards de la ville gallo-romaine, aux parapets des ponts, sous les arcades des viaducs... Douze en tout. Y compris ces deux maquisards blessés lors de la fusillade de Saint-Hippolyte-du-Fort que les Feldgendarmes sont allés jusqu'à cueillir à l'hôpital pour mieux les arracher à leur lit de douleur et accrocher leur viande subclaquante à des crocs de boucher ! Au cas où l'envie nous démangerait encore d'aider les partisans. Bande de maroufles ! Mais que croyez-vous ? Qu'on va courber l'échine ? Après ça, allez vous étonner que la population tout entière prenne les armes pour venger ses enfants !

Je me suis approché du gibet au pied duquel s'amoncellent des petits riens – une poupée en chiffon, un bouquet de fleurs séchées – déposés furtivement par les passants. Pas d'attroupement, pudeur oblige. Certains – les papistes – se signent, d'autres accélèrent le pas. Peu osent lever la tête. Sauf moi, parce que je suis venu te saluer Chiendent, mais aussi vaincre ma trouille en me forçant à regarder de face la mort à laquelle ma mère et Émile ont échappé.

Si tu savais comme te voir te balancer, estranglé comme un lièvre à son lacet et tout *gisclet* dans ton treillis trop grand des Chantiers de la jeunesse, ça me transforme les guibolles en gelée ! Depuis un moment, je fixe ton visage tuméfié avec son arcade sourcilière défoncée et sa pommette éclatée pire qu'un fruit talé. Ce qui est sûr, c'est qu'ils ne t'ont pas loupé. Et encore, tu verrais ton œil droit tout violacé et plus plissé qu'un anus de poulet, qui tire vers le bas telle une lune décrochée tandis que le gauche m'observe grand ouvert, non, tu n'es pas Chiendent. Toi qu'on appelait aussi la Comète ou le Feu follet, dis-moi que tu t'es tiré. Qu'à l'heure qu'il est, tu pêches les étoiles à la ligne ou que tu t'amuses à les attraper à mains nues comme de gros brochets...

Du coup, des cris de corbeaux me remplissent la tête. Des ailes, des becs, qui crissent, qui claquent pire qu'une toux sèche qui arrache et me brouillent la vue d'une suie grasse. Si tu savais comme je les hais, Chiendent. De la peine, j'en ai, ça oui, mais rien à voir avec la rage que je sens me monter au-dedans. Cette envie de cogner, de tous les buter. Pour tout ce massacre, pour cette vie qu'ils t'ont enlevée, mais aussi parce que, avec toi, c'est mon enfance que ces salauds ont pendue en haut de cette branche.

À jamais.

*

* *

Recueilli sur son malheur, le village au complet était rassemblé sur le pont pour assister à la descente du corps.

On a alors vu le père s'avancer très digne, suivi du vieux Ribanel tassé sur ses béquilles, la poitrine truffée de ses médailles d'ancien combattant. Voyait rien le papet. Pas plus la foule compatissante que le fouet des branches qui égratignaient le ciel trop bleu au-dessus de Chiendent. Insensible au chœur des pleureuses, les doigts serrés sur son *capeou* de feutre noir, il se contentait de fixer son fils, la lèvre féroce, tremblant sous le jaune pipi de la moustache, comme pour lui dire qu'il ne tenait qu'à lui qu'on en finisse.

Alors, Almir – en sa qualité de maire – a détaché la corde, et le bouscatier de père, repoussant toute aide du geste et bandant ses muscles de colosse, sa barbe rougeoyant au couchant comme un buisson ardent, a réceptionné le corps et l'a fait doucement glisser entre ses bras puissants. C'est à peine s'il a vacillé, le chêne du mas Nègre. Le Vieux nous a alors crié de nous écarter, puis le fils, devancé du père qui claudiquait en mâchouillant son dentier, s'est éloigné avec la dépouille sur l'épaule d'un pas pesant.

Le village du coup en est resté muet, presque désemparé. Comme si, l'écartant du rituel, les Ribanel l'avaient soudain dépossédé de SON mort, ce mort que sa mémoire s'était déjà accaparé, même si c'est leur bon droit de ne pas vouloir le partager.

En regardant la procession de fichus et de châles noirs s'ébranler sur le pont, je me suis toutefois demandé lequel de ces visages fermés avait la corde de Chiendent nouée autour de la conscience. Car ces jeunes du Cabanon, il fallait bien qu'on les ait dénoncés, tout comme ceux de Claveyrolle ! Alors qui ? La Boufarelle qui croupette comme chatte en chaleur dès qu'uniforme passe ? Le rejeton du Castellas, germaniste distingué ou le Rougnous, ennemi héréditaire des Ribanel et du Papet ? Qui le saura jamais ? À moins que chacun de nous dans cette histoire en portât un peu, de cette responsabilité, mais de cela, qui voulait en manger ?

*

* *

Le pauvre Chiendent n'était pas encore porté en terre qu'on apprenait la tragédie des Crottes, ce hameau soupçonné d'avoir hébergé des maquisards dont les miliciens et les SS – non contents de le réduire en cendres – ont poussé le plaisir à fusiller tous les habitants.

Là-haut à la Loubatière, le commandant Brissot à qui j'ai débité il y a deux jours mon récit sur l'irruption des Têtes de mort à Saint-Amand, m'écoute à nouveau sans mot dire, sourcils froncés. L'étau se resserre. D'après Almir, cette chasse locale aux réfractaires n'est que pure stratégie. Un prétexte destiné à isoler le maquis par la terreur en dissuadant la population de soutenir ces terroristes qui ne leur provoquaient que des ennuis.

– Ils espèrent ainsi recueillir des dénonciations, murmure Pollochon à ses côtés, preuve qu'ils ne nous ont pas encore localisés !

– Eh bien, vous pouvez être assurés que nous ferons l'impossible pour les en empêcher. Du moins, nous, les Mazel de Claveyrolle, ai-je bredouillé tout bouleversé.

– On te croit, a répondu le commandant gentiment.

– Le problème (l'infirmier a ricané), c'est que le maquis ne peut se fier à personne. Même plus à ses hommes...

Sa petite phrase m'a claqué à l'esgourde comme un soufflet tandis que Brissot demandait à Otto le Tatoué – monté emprunter les cisailles de Mortaise – de me trouver Werner pour avertir les Allemands.

En m'invitant à le suivre, l'ancien combattant de la guerre d'Espagne m'a donné une petite tape dans le dos. Elle m'a fait du bien.

On a traversé le camp jusqu'à la ferme du bas, puis le Moïse m'a invité à l'attendre dans la pièce principale, là où les murs n'avaient jamais vu la chaux. Un de ces froids polaires vous y suçait les os, malgré la présence aux quatre coins d'un minuscule foyer de pierre. Sur la table bancale, des munitions. À travers la porte entrouverte qui donne sur l'étable à cochons, quelques bardas bien empaquetés, alignés le long du mur comme des souliers de Noël. Les Étrangers, m'a-t-il dit, sont de corvée de bois. Toujours est-il que le Tatoué sorti pister Werner, un autre Allemand – j'ai trouvé ça rigolo parce qu'il portait des sabots – est entré en se courbant pour passer la porte (nos ouvertures n'étant pas prévues, il faut le dire, pour de tels géants !).

Il s'est dirigé vers la table, a retiré d'un geste sec sa cartouchière et s'est tourné vers moi en souriant pour me demander si j'attendais Martin. Puis il a couché son fusil et je l'ai regardé en retirer la culasse et la graisser soigneusement avec un bout de gras de jambon.

– Otto, le trouver sûrement en compagnie du prisonnier, a-t-il lâché au bout d'un moment. Eux pas tarder.

Le prisonnier ? La seule idée de me retrouver en face d'une de ces sales Têtes de mort me hérisse le poil jusque sous la plante des pieds.

– Prisonnier, très bon cuisinier, a ajouté le partisan en rigolant.

À cet instant le chant des Moïses rentrant au bercail a retenti à l'entrée du petit bois. Ils fredonnaient, je crois, l'hymne anarchiste espagnol. Machinalement, je me suis rapproché de la fenêtre. J'ai alors aperçu Werner qui montait dans notre direction en compagnie d'un type au crâne couturé. L'homme traînait la patte, une charge de bajanas sur le dos. Ça m'a fait un peu drôle. Surtout quand ce dernier s'est arrêté pour souffler et que j'ai vu Werner empoigner le sac de châtaignes à sa place pour le délester. Ce geste m'a laissé muet. Depuis quand se souciait-il de la santé du prisonnier ? Quelque chose de sale m'a rempli la bouche, tandis que le fauteuil roulant de Boufigue grinçait dans ma caboche plutôt odieusement.

*
* *

– Tous fusillés, femmes, vieillards, enfants. Quatorze cadavres alignés le long du mur du vieux cimetière, tu entends. C'est là que le cousin Astruc, monté de la Bastide avec le maire et les gendarmes, a découvert le carnage. Dieu seul sait ce qu'ils ont enduré. Toute la matinée, à ce qu'il paraît, on pouvait entendre à trois kilomètres à la ronde les cris de ces malheureux suppliciés. Et tout ça pour avoir donné un peu de pain et de soupe à ceux du maquis de Bir Hakeim qui avaient déjà filé. Ne parlons pas du pillage. De toute façon (je hausse les épaules), il ne reste rien du hameau des Crottes, à part quelques décombres fumants...

Plus je sens Werner bouleversé même s'il fait un effort pour ne pas le montrer, plus je prends un malin plaisir à détailler les faits, à farfouiller dans la plaie. Tandis qu'il traduit mon récit par petites phrases brèves, sans émotion apparente, j'espinche le prisonnier. Assis à l'écart des autres, dos au bassin, ce dernier trie sans mot dire ses bajanas. Que pense-t-il de tout ça, ce bédigas ? Apparemment pas grand-chose. Seuls ses doigts s'agitent, triturent les châtaignes, grouillent dans la bassine comme de gros asticots blancs.

J'aimerais le secouer, projeter son crâne d'œuf contre la pierre, pour qu'il écoute jusqu'à ce que le pus jaillisse de ses esgourdes, bon sang. Quatorze innocents, tu m'entends, qu'as-tu fait de ta conscience ? En as-tu jamais eu une, ou avez-vous décidé de tuer Dieu en égorgeant les enfants ?

*

* *

Cette fois, Werner ne m'a pas raccompagné. Pâle, les mains enfoncées dans les poches de son treillis, il regardait ses souliers.

– Abel, m'a-t-il dit, Markus a besoin de moi. Je suis désolé, une fois encore, les circonstances ne me permettent pas de descendre embrasser tes parents. Serre les fort dans tes bras pour moi.

– On n’a pas besoin de toi, Hugo...

Ses yeux gris m’ont fixé, décontenancés. C’était la première fois que j’employais son surnom.

– ... encore moins de ta pitié pour nous consoler. Tu as déjà à t’occuper de ton prisonnier.

Et puis je l’ai laissé. Tout *estambourdi*, qu’il était.

Je l’ai entendu m’appeler, chercher désespérément à me rattraper. Mais on ne rattrape pas le lièvre vexé.

Quand je fus certain qu’il eut abandonné, je me suis laissé couler le long d’un rocher et je suis resté là un moment à écouter mon cœur cogner contre la pierre froide jusqu’à ce que son baroufle s’éteigne, recouvert par la rumeur des hommes au-dessus de moi qui allaient et venaient.

Comment avais-je pu douter de Werner ? Mon ami, mon grand frère, le seul qui me restait.

*

* *

– Vous allez m’exécuter, n’est-ce pas ?

Adossé à la fontaine, Günther, qui n’est pas sans remarquer le changement d’humeur de Werner, le fixe avec intensité.

– Pourquoi ? (Ce dernier jette au prisonnier un coup d’œil las.) Tu as peur de mourir ? T’inquiète pas, va. Ici, c’est pas la Wehrmacht, on ne risque pas de te faire ce plaisir.

L’homme n’a pas cillé. Son regard s’attarde sur les fumées qui s’estompent dans la vallée tandis qu’il reprend sa tâche, lentement, jambes écartées de part et d’autre de sa bassine comme les branches d’un compas fatigué. L’exacte position d’Aloïs lorsque ce dernier boudait. Pourquoi songe-t-il à son frère chaque fois qu’il côtoie le prisonnier ?

– Probable qu’ils n’ont jamais reçu d’ordre, entend-il l’autre murmurer.

– Quel ordre ?

Surpris, Werner s'est radouci.

– Celui de brûler le hameau et de tous les zigouiller, lâche Günther d'une voix atone. Sur le front russe, c'était courant... De toute façon, ce genre d'action demeurait impuni.

– Tu veux dire qu'aucune sanction ne suivait !

– Disons que les pillages restaient à notre convenance (le prisonnier hésite), mais que les supérieurs fermaient les yeux quand ça dégénérait en carnage, parce qu'ils savaient trop bien, les salauds, que ça nous défoulait.

Werner dévisage Günther, horrifié. Le soleil bas déverse à présent son beurre fondu sur l'oreille mutilée.

– Normal, vous ici vous ne pouvez pas comprendre, poursuit le prisonnier, le regard halluciné. Avez-vous déjà entendu le son cristallin produit un jour de grand vent par plusieurs corps gelés pendus au même arbre ? Des « arbres à musique », il y en avait plein les squares à Stalingrad... Et encore, péter de trouille devant les Russkofs sans rien bouffer par moins 40° n'était rien en regard de leur putain de discipline...

Günther déglutit.

– ... Ça te paraît pas incroyable, à toi, d'être autorisé à massacrer tout un village et de finir fusillé parce que t'étais de garde et que t'as piqué un petit roupillon ? Eh bien ça, tu vois, c'est arrivé à quelques-uns de mes compagnons. L'un n'avait fait qu'allumer un clope, manque de pot, le camp s'est fait attaquer au même moment par une bande de partisans. Il a peut-être échappé aux cocos, mais sûrement pas au peloton d'exécution...

Insensible à la plaidoirie involontaire de Günther, Werner n'écoute plus. L'air tout autour sent trop la suie et le sang à peine séché des quatorze fusillés. Force lui est cependant d'admettre que d'entre tous ces moules soigneusement garnis de chair à pâté par le Grand Boucher, pouvait parfois en sortir un pauvre oiseau fou aux yeux encore ouverts, malgré ses prunelles rongées par les mouches et les vers.

Mais était-ce une raison pour pardonner ?

*
* *

La trogne de Passe-Muraille surgit au-dessus du muret.

– Alors la Wehrmacht, tu nous fais bouffer quoi ce soir ?

– De la blanquette de Russe congelé sauce remords, lâche Werner pince-sans-rire. (Et puis tout bas :) Je me demande si on ne devrait pas chercher Amour pour chanter une berceuse au prisonnier ce soir.

*
* *

Chez les anciens des Brigades internationales, l'impatience a pris le pas sur l'indignation. On ne pouvait rester plus longtemps sans agir.

– D'autant qu'on a un devoir vis-à-vis de la population, s'insurge Pumpernickel en frappant la caisse qui lui sert de table avec le manche de son couteau. Décevoir son attente serait la trahir !

Et de ressasser ce qu'ils se tuent depuis le début à expliquer aux Français : qu'il faut harceler les troupes allemandes sans relâche, les provoquer à la Camisarde, multiplier raids et sabotages, puis se retirer quitte à s'enfoncer dans la montagne, toujours plus haut, plus profond. Compenser ainsi l'ascendant numérique de l'Occupant en jouant aux insaisissables, voilà la véritable tâche sans laquelle on ne peut se prétendre partisan.

Un point de vue nullement partagé par Brissot, soucieux d'assurer avant tout la protection du camp, et taxé du coup d'« attentiste » par le député du Reichstag.

– Éviter un nouveau massacre doit être bien entendu l'objectif numéro un, scande ce soir-là l'Allemand d'une voie suraiguë, mais rester les douilles dans les poches à attendre le jour J, cher ami, limite à mon sens l'utilité du maquis.

– Visez-vous donc l'ennemi avec un chargeur vide ? rétorque le commandant en encaissant l'affront avec un sourire froid. Allons, relisez donc *L'Art de la guerre*, mon cher Markus, armez-vous de patience et soyez un peu plus oriental, de grâce, cela vous débridera.

– Justement (non sans hauteur, Markus, à qui décidément les paupières plissées donnent un faux air de Sun Yat-Sen, s'empresse d'attraper la balle au bond), ne devrions-nous pas déjà être fixés sur la date de la prétendue insurrection des Arméniens qui devait faire pleuvoir sur la Loubatière sa manne d'armes ?

Bref échange de regards entre Danton et Brissot qui n'échappe pas à leur interprète. Werner se crispe. Il sait par Anna – qui servait ces derniers temps de contact à Élise – que cette dernière est en liaison avec l'aumônier de la garnison de Mende et que le maquis l'utilise à l'intérieur de la ville comme relais auprès des locaux sympathisants. Tâche risquée qui le fait soudain craindre pour elle d'autant qu'Anna – ce n'est un secret pour personne – semble s'être évanouie dans la nature. L'idée insensée de rejoindre Élise lui traverse l'esprit. Pourquoi n'est-il pas à Florac pour la protéger ?

– Nous ne pouvons passer à côté de l'aubaine, c'est un fait, entend-il alors Danton murmurer. Sans nouvelles de l'Espagnole et devant l'urgence de la situation, je suggère que nous la remplacions sans tarder.

Partir pour Florac, oui, s'assurer que rien ne lui est arrivé. Tout ça était inespéré. Werner toussote : et si lui-même se proposait ?

*
* *

Sceptique, Danton suit du regard Werner qui s'éloigne dans la cour.

– Laissez-le y aller, intervient alors Pierre qui a surpris la conversation. Si c'est une question de confiance, je peux l'accompagner.

Danton lève la tête.

– Qu'est-ce qui vous fait dire ça ?

– Rien (l'étudiant hésite), ou plutôt si. Sachez qu'il en pince pour la fille. Je disais ça... au cas où vous auriez des doutes sur ses motivations.

Chapitre 23

Élise était déçue.

Son troisième entretien avec l'aumônier était un fiasco. Enthousiaste au départ, l'homme n'hésitait pas aujourd'hui à douter de la réussite d'une telle opération. De nombreux éléments étaient mûrs pour l'insurrection, c'était certain. Mais s'assurer du ralliement sans faille de tous les Arméniens à la cause du maquis lui semblait prématuré.

– N'oubliez pas les deux cents soldats allemands qui les encadrent et qu'ils côtoient quotidiennement. Convaincre ces hommes de déserter en bloc n'est pas impossible mais demandera du temps.

Qu'ajouter devant de tels atermoiements. Du reste, le vieil homme ne semblait pas enclin à poursuivre la conversation. Gagnée par l'abattement, Élise se laissa absorber par la blancheur dépouillée de la cellule qui lui rappela brusquement qu'elle ne s'était jamais sentie aussi seule. Face à elle, pensif, l'aumônier triturait sa barbe en la fixant d'un œil humide. À son sens, la guerre du jour comme celle de l'ombre était affaire d'hommes. Qu'on utilise de si jeunes filles à des fins de renseignements – où d'ailleurs elles excellaient – le gênait. Lui risquait gros à ce petit jeu. Mais qu'avait à y perdre le vieillard qu'il était. En revanche, une femme aussi jeune et aussi belle était faite pour se marier et avoir des enfants, non pour offrir son sang, telles ces vierges sacrifiées sur l'autel d'obscures coutumes barbares ! Quand donc songerait-on enfin à repeupler l'Europe ?

Il soupira et se leva pour confier Élise au garde qui attendait au bout du couloir, non sans lui demander à voix forte de remercier ces dames de la paroisse de Florac pour leur générosité envers les soldats de la Wehrmacht.

Décidément, il avait hâte de retrouver son chapelet. Il était fatigué.

*

* *

Devancé par un Allemand en armes, Élise traversa la vaste cour jusqu'au poste de garde.

Le bâtiment et son crépi usé, les petites grilles aux fenêtres bordées de brique rouge, avaient fini par lui devenir familiers, tout comme les quolibets des soldats qui sifflaient sur son passage. La première fois, leurs regards insistants l'avaient exaspérée. Mais par la force des choses, elle s'y était habituée et répondait aujourd'hui à leurs remarques par un sourire poli seyant davantage à la représentante des bonnes œuvres de Florac qui poussait le zèle à porter en main propre ses colis de gâteries destinés à l'Occupant !

L'alibi, naturellement, lui venait de Noëlie.

« Dommage qu'on ne puisse pas leur truffer ces pots de confiture de grenades », avait-elle dit. Elles avaient ri. Dire qu'il y a seulement deux semaines, elle se sentait la force de déplacer plusieurs montagnes. Qu'en penser aujourd'hui ?

Le Feldgendarme de faction devant la porte lui rendit son sourire. Il était jeune et la peau bronzée de son poignet, celui qui tenait l'arme, ne portait pas l'ombre d'un duvet.

Sans s'en rendre compte, Élise rougit. Elle passa le portail et respira imperceptiblement malgré son découragement. L'affaire piétinait. En ville, l'enthousiasme n'était plus ce qu'il était, on commençait à craindre les représailles. Qu'allait-elle dire au maquis ?

*
* *

– Dis Janine, ça te dirait d'aller pique-niquer avec des amis, ce midi ?

L'intéressée jette un coup d'œil vers Élise. Veine, sa collègue de bureau n'est pas aussi bégueule qu'elle le pensait. Au-dessus de la vieille Olympus, sa bouche luisante s'arrondit :

– Où ça ?

Avec sa peau fraîche et ses rondeurs faciles, la nouvelle recrue de la sous-préfecture a tout de la brave fille. Élise songe au seul alibi qu'elle ait trouvé pour rencontrer les deux contacts que lui envoie cette fois le maquis.

– On pourrait aller du côté de la source du pêcher, au pied du « chapeau de gendarme », ça te va ?

Puis rapprochant sa chaise de celle de Janine et baissant la voix :

– C'est mon fiancé (elle hésite), il est en ville pour la journée avec son cousin. Alors, comme il fait beau et qu'on a nos vélos, j'ai pensé...

Positivement ravie, Janine frappe des mains avant de farfouiller fiévreusement dans son sac à main.

– Mince alors, et mon pif qui brille ! T'en as de bonnes, toi, t'aurais pas pu me prévenir plus tôt !

*
* *

Sous les platanes, le vent souffle par bourrasques légères. Fait danser la robe neuve de Janine et son imprimé tout plein de primevères. Cette dernière glousse tout en tirant le tissu que la brise plaque généreusement sur ses cuisses.

– Dis, tu crois qu'ils viendront ?

Contractée, Élise fixe un par un les voyageurs qui descendent du car en provenance d'Alès. D'habitude c'est avec Anna qu'elle a à faire. Pourquoi ce changement de programme ? Et que dire de cette mise en scène suggérée de manière sibylline dans le message déposé par la mère Faïsse chez Noëlie ? Au début, c'est vrai, l'idée l'a amusée. L'heure de la rencontre approchant, elle se trouve maintenant grotesque à devoir jouer les énamourées en compagnie de la grosse Janine et de sa robe à fleurs trop serrée. Si encore elle était sûre de reconnaître « son » fiancé !

Soudain, elle a un mouvement de recul. Derrière un jeune paysan baraqué au visage caché par une casquette de coutil, la silhouette du fils Alric, narine palpitante de bête à l'affût, vient de surgir à l'arrêt du car.

– Allez, fais pas cette tête va ! lance Janine devant son air paniqué. Je disais ça pour plaisanter.

Elle n'a pas fini sa phrase qu'Élise l'a déjà saisie par le bras et l'entraîne dans la première ruelle.

– Tu es folle ou quoi ?

– Non (Élise reprend son souffle), mais ça ne sert à rien d'attendre. J'ai dû me tromper d'horaire, tu as bien remarqué qu'il n'y avait personne au car.

– Parce qu'on vous attendait de l'autre côté de la place, chuchote alors une voix derrière.

Les deux filles font volte-face.

– J'ai faim, dit Pierre.

Mais Élise ne l'entend pas. Médusée, elle fixe l'ombre d'où vient de surgir Werner.

*

* *

C'est irréel, le blanc des causses, planté là au-dessus d'eux, écran minéral entre la rouille incertaine des toits au loin et la transparence du ciel, et puis ces deux vélos couchés au bord de l'eau à côté des reliefs d'un déjeuner sur l'herbe comme une drôle de nature morte défendue.

Irréelle, oui, cette journée glanée à la barbe des hommes en colère et des dieux paresseux, instant trop parfait, euphorie suspendue...

Immobile, Werner boit des yeux le paysage habité par la présence de celle qui garde le silence à ses côtés. Une chance qu'ils aient renoncé à la dernière minute à prendre le car. Parce que lui aussi a vu le Pesoul revengu descendre à l'arrêt. L'occasion pour lui d'apprécier le sang-froid d'Élise tout comme son sens de l'organisation. La balade à vélo ? Plus comique que romantique. Pierre ahanant dans les montées. La petite boulotte gloussant sur son porte-bagages, les mains coincées entre les cuisses pour retenir sa robe du dimanche dont l'ourlet n'avait pas manqué de se prendre dans les rayons. Lui, garderait seulement le goût des cheveux d'Élise, femme-sirène installée à l'avant de sa selle...

Tout à l'heure, après qu'ils eurent tous quatre partagé le contenu du panier improvisé par Noëlie, cette dernière lui a chuchoté son rapport, petite source claire, précise, les yeux perdus dans ses yeux. Troublant. Impossible de deviner si l'exercice, chez elle, tenait du simple simulacre ou d'un vrai jeu amoureux. Quant à Pierre, sous le prétexte de distraire Janine, il n'avait pas perdu de temps. Tout d'abord gêné par les piaillements de la fille, Werner à présent n'y prêtait plus attention. C'était comme si le ruisseau qui se jetait en cascaillant dans le Tarnon avait absorbé tout bruit, englobant les ronronnements de Janine dans l'harmonie du moment.

Élise, soudain, s'est tournée vers lui. À peine. Assez pour lui livrer son profil sur lequel danse l'ombre clairsemée d'un buis.

– Parfois, t'arrive-t-il de penser à ce que tu feras après la guerre ?

Werner a rougi. C'est dit sans intention particulière, d'un ton léger mais suffisamment brusque pour que la réponse évidente il y a trois minutes lui apparaisse tout à coup saugrenue. Télépathie ?

– Je ne sais pas, s'écoute-t-il mentir tranquillement. Courir le monde, voyager... peut-être...

Les yeux d'Élise fixent sans vraiment les regarder les deux bicyclettes noires couchées dans le fossé. Le temps avait-il le pouvoir de s'arrêter comme leurs roues figées ?

– Quand j'étais petit, poursuit-il lentement, je rêvais de partir pour la Chine, fouiller des sites inconnus. Plus tard j'ai même commencé des études d'archéologie (il rit), les nazis avaient malheureusement à mon goût une idée un peu trop pangermaniste de la chose. Il m'aurait fallu affirmer que Lao Tseu avait des ancêtres germains ou rejoindre mon professeur en camp de concentration. J'ai donc renoncé. Mais la petite cabane d'ermite qui m'attend là-bas, je la vois très bien. (Werner plisse les yeux.) Un bout de toit vernissé derrière une branche de pin torturé, tout en haut d'une colline bleue, avec... oui c'est ça... une grande véranda de bois sombre qui dégage un parfum de santal et sur laquelle glisse sans bruit...

– ... Une servante docile aux longs cheveux de jais.

– Non (Werner éclate de rire), même pas. À moins peut-être, qu'elle veuille bien s'entretenir de peinture ou de philosophie avec moi... Et toi ?

– Oh moi ? (Élise a un petit sourire mélancolique.) Attendre le retour de mon père s'il revient un jour, en fabriquant des pélardons dans le salon, c'est ce qui me pend au nez, non ?

– Élise ?

Évitant son regard, Werner l'a saisie par le menton. Peu importe ce qu'elle va dire. Il voudrait l'attirer dans ses bras, lui crier qu'il n'a qu'un désir, qu'il est prêt, qu'après la guerre, oui bien sûr, il la suivra où elle ira.

– Bon, c'est pas le tout de palabrer (la voix stridente de Janine retentit au-dessus d'eux), faudrait aussi songer à ne pas faire attendre le sous-préfet. D'ailleurs (elle pouffe), vous aviez tout le temps de vous embrasser.

Janine s'est déjà repomponnée. Sans un mot, Élise s'est levée. Elle tapote sur sa jupe et se tourne vers Werner comme à regret.

– Dommage, dit-elle en souriant, j'ai cru un moment que le temps nous avait oubliés. Admettons que je me sois trompée.

Ses yeux brûlent comme de l'acier.

*

* *

Une fois arrivés devant le portail du couvent de la Présentation, épargné on ne sait comment par les ravages des guerres de Religion, les deux hommes sautent de vélo.

– Et voilà, plaisante Pierre, faisons en sorte d'écourter ces adieux déchirants.

Pensif, Werner rend la bicyclette noire à Élise. Cette dernière attrape le guidon qu'il lui tend distraitement et l'observe un instant : l'espace d'un éclair, il lui paraît impénétrable. À la fois dur et vulnérable, irrémédiablement distant de toutes les façons.

– C'est drôle, dit-elle, on devrait t'appeler le « Chinois ». Oui, c'est un surnom qui te va. Il y a tant de choses que ni moi ni personne ne sauront jamais sur toi.

*
* *

– Il est d'où ton fiancé ?

– Belfort, souffle Élise qui peine dans la montée.

Elle a dit ça au hasard. Pourvu que Pierre n'ait pas parlé de Mulhouse ou de Colmar.

– En tout cas, renchérit Janine, il est p't'être beau comme un canon, mais pas très entreprenant.

– C'est un poète, hurle Élise, la voix recouverte par le vrombissement d'un camion.

– Mouais, ben si tu veux savoir (Janine se retourne), le Pierre est peut-être moins joli et plus noiraud, mais lui, au moins, il sait se servir de ses mains mieux qu'un mécano.

Les deux filles ralentissent.

– Tu sais, rougit Janine, ses ongles roses étalés comme de petits radis sur le guidon, il m'a même promis qu'on se reverrait s'il ne lui arrive rien. (Elle freine tout à coup comme une malade.) S'il ne lui arrive rien ? Bon sang, Élise, mais dis-moi que c'est pas vrai, qu'il a pas dans l'idée de monter au maquis, mon biquet !

Élise ne répond pas. Elle a d'autres soucis en tête : devant la sous-préfecture, le « fils Alric » fait les cent pas tout en regardant sa montre, un gros bouquet de mimosa à la main.

*
* *

Au loin, un brelan de toits noirs surplombant la Mimente sur fond de roche à pic. Une drôle de pente herbue hérissée d'un amas ruiniforme. À gauche, quelques terrasses, un champ de millet, des pommiers rabougris. À droite, la châtaigneraie en bataille, tout en idéogrammes ivres et griffus.

– On y est.

Pierre saute sur le talus et tente en jurant de décoincer la portière de la camionnette.

– Dis donc, Vieux, c'est plus le moment de rêver aux bergères. Je te signale que ce coup-ci, c'est toi qui conduis.

Werner quitte des yeux la faille abrupte des causses tout aussi impromptue au milieu du paysage qu'un baisser de rideau.

Petit coup d'œil en biais de Pierre, occupé à récupérer la mitraillette soigneusement cachée sous le siège avant.

– Joli coup, la balade pique-nique, hein ?

Werner sourit.

– J'ai apprécié. Question digression « pastorale », je dois dire que tu es plutôt doué.

Pierre hausse les épaules tout en vérifiant rapidement le mécanisme de l'arme.

– Je n'ai fait que mon devoir de chrétien, non ?

– Dis donc (Werner s'amuse), tu as toujours été aussi... comment vous dites ?... déconneur ?

– J'aime la vie, répond Pierre en prenant cette fois soin de détacher ses mots. Pour moi, ce n'est pas incompatible avec le respect de Dieu. Quant à ceux qui me trouveraient un peu leste de la gâchette pour un futur pasteur, je réponds : « œil pour œil, dent pour dent, mes frères », comme le clamaient mes ancêtres, les pasteurs du Désert.

Un temps. Celui d'une traînée mauve filant entre deux nuages.

– Le massacre de Crottes et la mort de Chiendent, tu sais, je ne suis pas près de les oublier.

Concentré sur la route dont les lacets se font de plus en plus serrés, Werner ne répond pas. Soudain ses mains se crispent sur le volant.

– Scheiss.

– Quoi ?

– Un barrage !

À quelques mètres du premier hameau, quelques véhicules arrêtés. Des Feldgendarmes s'agitent en ombres chinoises en partie cachés par une charrette disloquée sur le bord du tarmac.

– Qu'est-ce qu'on fait ?

– On n'a pas le choix, on fonce, hurle Pierre en sautant à l'arrière.

Tout en grimaçant Werner enclenche la vitesse supérieure. Vrombissement de moteur. D'un coup de crosse, Pierre, lui, a déjà brisé la lunette, tandis qu'il brutalise les pignons. Devant eux, les Allemands zigzaguent, tentent d'éviter le véhicule en se jetant sur le bas-côté.

– Touché !

Une rafale a fauché le premier sur pied qui bascule comme un sac de millet éventré. Confusion, hélas rapidement maîtrisée. Ça canarde à présent des deux côtés quand, dans son rétroviseur, Werner aperçoit au ralenti un des Feldgendarmes enfourcher sa moto et s'élancer aussi sec derrière eux.

– Gott verdammt noch mal !

L'engin n'a pas fait dix mètres que le feu craché par la mitraillette atteint de plein fouet son conducteur à la tête.

– Et de deux, rugit Pierre.

Werner émet un petit rire nerveux en voyant la grosse cylindrée pencher et poursuivre sa course dans le fossé. Plus que quelques secondes. Avec un peu de chance, le virage une fois amorcé, ils seront hors de portée. À condition toutefois de ne pas être pris en chasse par d'autres Feldgendarmes.

En dehors des vibrations dans la cabine, le calme, brusquement, est revenu. Werner se détend imperceptiblement. Déjà, dentelle sinistre, les ruines du château de Saint-Julien-d'Arpaon émergent sur une hauteur.

– On a gagné, Pierre, tu les as eus...

Un grognement sourd lui répond.

Werner se retourne.

Couché en chien de fusil à côté de la sulfateuse encore chaude, Pierre sourit.

– Et de trois, grimace-t-il. Sur le coup... je n'ai rien senti, la salope était si chaude qu'elle me brûlait les doigts...

Une tache rouge s'élargit sur sa poitrine, cape de torero qui s'agite devant les yeux de Werner, lui brouille la rétine...

– Tiens bon, Pierrot.

Werner a accéléré. Comme un fou. Trouver un médecin, vite. Derrière, Pierre s'est tu. Grâce à Dieu, il l'entend toujours respirer. Des fermes amies prêtes à le recevoir, à le soigner dans le coin, il y en a, oui, mais comment savoir ? Avec un peu de chance, peut-être, le père Nogaret à Jalcreste... Pierre, Pierre ? S'il te plaît, ne me fais pas le coup. Tu as encore tant de belles filles à sauter, tant de psaumes à gueuler, tant de... Boches à flinguer...

– Pierre ?

– Oui... (Pierre rit. Un horrible gargouillis.) T'en fais pas pour moi, va... Un mauvais moment à passer... Martin ?

Les mots se chevauchent, bouillie inaudible.

Des larmes plein les yeux, Werner ralentit. Par bouffées, remontent les effluves de l'après-midi, brisure de temps dompté, le gourd et ses reflets, avec en fond le rire de Janine, son rire contagieux de fille chatouillée.

– Martin ? (Les yeux de Pierre sont si clairs, presque joyeux.) Ne crains pas... aime-la, vas-y.

– Qui ?

– La vie.

Pierre a souri.

*
* *

– Brrrrrrrrrroooooooooomm, fait Émile.

L'avion de reconnaissance décrit de grands cercles dans le ciel. C'est beau un avion, les ailes déployées brassant l'air comme une grosse buse grise en plein vol !

À force de l'imiter, bras écartés, à plat ventre sous la futaie, Émile sent sa tête tourner. Il est triste. Parce que là-bas, étendu sur la table de la cuisine, Pierre, celui qui a enterré le Papet, ne risque plus de l'écouter.

C'est le Werner, hier au soir, qui l'a amené. Tout pâle qu'il était.

– Boun Diou, a crié la mère en voyant le sang qui gouttait sur sa chemise comme s'il avait égorgé un goret.

Alors le Werner – preuve qu'il était choqué parce qu'il en avait perdu son français – a tout expliqué, puis s'est excusé. C'est que seul, il ne pouvait transporter le corps jusqu'à la Loubatière. Le père, qui avait déjà compris, a coupé court à son embarras.

– Laisse le mort, Werner, laisse-le ici, va. La mère va lui faire sa dernière toilette, le temps que tu ailles prévenir là-haut et chercher des hommes s'il y en a qui veulent le saluer. Et puis demain matin, on lui trouvera une place dans le pré. Il l'a bien mérité, celui-là. Ne serait-ce qu'en souvenir du Papet.

La mère a sorti du linge propre et un grand drap blanc de l'armoire, puis elle a tiré la toupine d'eau chaude de la cheminée et demandé à Abel de l'aider.

Coincé entre le dressoir et le potager de pierre, Émile, lui, a tout regardé. Fasciné. Pour sûr, c'était pas beau à voir, mais l'expression du mort, mazette, cette expression-là, il n'est pas près de l'oublier. C'est que le Pierre, lui, souriait. Devait déjà être aux portes du paradis, celui-là...

Un bruit au loin. Une sorte de grondement surhumain. Émile dresse l'oreille. Il grogne. Colle son visage contre le sol. C'est vrai que la terre tremble comme chaque fois que passent les anges de la mort !

À cette évocation, le fils Mazel se lève d'un bond, file à cloche-pied vers un premier bartas, écarte les ronces, escalade un clapas derrière lequel s'étale une petite terrasse soigneusement débroussaillée, et se met à gratter le sol furieusement.

L'endroit, doté d'une vue imprenable sur la route, ne doit rien au hasard. Choisi pour son herbe lisse et bleue, Émile en a fait son périmètre magique, un carré qu'il a lui-même balisé de jolis cailloux blancs – « du quartz que ça s'appelle », a dit Abel, et même que ça scintille de mille feux au soleil – et sous lequel il a pris l'habitude de cacher ses trésors : une plume de geai, un couteau suisse ébréché, cadeau d'Esaïe, avec un poinçon pour évider les truites, la pièce d'or reçue pour sa confirmation qu'il a dû récupérer en cachette dans la chambre de ses parents et plus précisément, là, à deux pas du terrier à blaireau qui fait saillie sous les chênes, le lance-pierre qu'il vient de déterrer et qu'il serre maintenant contre lui amoureusement. Là-bas, tout en bas, le vrombissement se rapproche. Armant alors son trophée, Émile, ivre de vengeance et d'air, saute la bancelle et dégringole la pente en poussant un rugissement de guerre.

*

* *

Couché sur sa moto, le vent fouettant son visage malgré ses grosses lunettes en cuir, le caporal Fritz Weigel a la tête vide.

C'est toujours la même chose. Après une demi-heure de course dans ces nids-de-poule à bouffer de la poussière, plus moyen de se concentrer sur son ode, la plus belle, celle qu'il adressera personnellement à son Führer, la guerre terminée.

Au bout d'un moment, les vibrations de la bête qui fait le gros dos et ronronne entre ses cuisses l'absorbent tout entier au point de le vider de son jus créateur. Le voilà donc qui ne pense à rien. Ou plutôt si, à un bon lit sur lequel étendre ses membres endoloris.

Mein Gott, et ces lacets qui n'en finissent pas. Cette route qui tournicote, s'entortille, tergiverse et louvoie. Putain de pays où même les arbres ne prennent pas la peine de pousser droit... Argh ! Rectitude des sapins noirs s'élançant dans le ciel de toute la rigueur et la perfection de leurs troncs rois, rectitude des hauts-fourneaux et des cheminées d'usine de sa Rhénanie natale ferraillant à la verticale, vertu ô combien rassérénante de l'angle droit ! Comment un peuple ignorant jusqu'au principe du fil à plomb – voir leurs murs tout de guingois – pourrait-il se targuer de marcher droit ?

La portée de cette puissante réflexion a pour mérite de le détendre et de lui rappeler une envie pressante. Ma foi, pour une fois qu'il a un peu d'avance sur le convoi...

La cible est idéale.

Debout, bien campé sur ses jambes, sans plus de souci de se faire surprendre, Émile, qui a observé l'homme descendre pesamment de sa monture, en gémit de plaisir. Le projectile siffle dans les airs, décrit une courbe parfaite et vient frapper au front le Feldgendarme occupé à fourailler dans ses culottes. Pan dans le mille.

Surpris, le soldat lève une main pour la porter à son visage, marque un temps, bouche bée, puis s'écroule en avant, son geste inachevé.

Un peu de bave coule à la commissure des lèvres d'Émile. Tête penchée, il regarde de loin le corps inerte et le sang pisser par le petit trou noir qui forme une étoile sur le côté de la tête entre la bride du casque et le cuir épais des lunettes. Soudain, il a un mouvement de recul. Malgré le bruit de la moto dont le moteur continue de tourner, il lui semble que le grondement de tout à l'heure revient, lointain encore mais comme démultiplié.

Avec l'agilité d'un chat, Émile bondit alors de pierre en pierre jusqu'à la route et se glisse avec méfiance près du corps. Curieusement, il n'a pas peur. C'est que l'homme ne porte pas l'uniforme des chauves-souris avec les petits éclairs d'argent cousus sur le revers de la manche. Avec ses yeux de verre protubérants, sa paire de jumelles qui lui bat le flanc et sa drôle de plaque de métal en forme de lune qui se détache sur sa casaque, on dirait bien plutôt une sorte d'insecte étrange, fauché par le vent. Il tend le bras, va pour toucher le mort.

Ses doigts tremblent.

Et si l'Allemand était encore vivant.

Chapitre 24

Ayant appris l'imminence d'un parachutage d'armes du côté de Lussan, Lobo n'avait pas attendu que barbe lui pousse pour lancer une petite expédition dans la plaine, histoire de récupérer les jolis containers gardés au chaud par quelques gendarmes sympathisants.

L'attaque simulée de la gendarmerie s'était hélas déroulée pour peau de balle. Plus prompte, la Wehrmacht cantonnée à Uzès avait déjà battu son beurre, et ses camions, englouti les mignons paquets cadeaux !

– Merde, jure Passe-Muraille, six containers, quand même... Adieu mitraillettes Sten et grenades offensives, les gars.

– Adieu boîtes de sardines et pâté anglish, tu veux dire, murmure Mortaise que Brissot a adjoint au commando.

– Bref ! (Pisse-Dru exorcise rageusement le fond de sa pensée d'un splendide jet de chique.) Peut pas tirer gagnant à chaque coup...

Il se tourne alors vers Werner, resté jusque-là silencieux :

– Enfin pardon, vieux... ça m'a juste échappé. Voulais pas remuer la merde, ça non. Va pas penser ça, ce serait trop con.

Sa grosse tête noire se balance, gigue désolée du derviche tourneur. Sans rétorquer, Werner saute dans le camion. La délicatesse du Basque le touche. Se peut-il que celui dont il a toujours exécré les manières soit le seul à avoir noté à quel point la disparition de Pierre le peine ? Même si plus que l'indifférence générale, c'est surtout le climat de suspicion à son égard qui le blesse depuis son retour. De la part de Brissot envers lequel il n'éprouve aucune sympathie particulière, passe encore. Mais venant de Danton ? Et des copains ?

*

* *

En arrivant en bas de la Loubatière, les hommes ont toutefois retrouvé leur bonne humeur. Un incident – le gazo arrêté en chemin par les gendarmes avec contrôle d'identité et promesse de fouille en bonne et due forme – a suffi à ranimer la flamme. Interrogé sur la nature du chargement, Mortaise qui se partageait la cabine avec Werner s'était contenté, avec son flegme habituel, de fixer le brigadier-chef à travers la portière tout en se grattant le crâne à l'aide de son crayon : « Des parapluies, mon commandant ! »

Amour en rit encore :

– Si vous aviez vu la tronche du pandore quand il a soulevé la bâche et qu'il a découvert Pisse-Dru derrière le fusil-mitrailleur ! Il a fait « ah ! » en ouvrant si grand le garde-manger qu'on pouvait lui compter les poils des roustons, mais le pompon, c'est quand il a reculé, le con, en écrasant de tout son poids les arpions de son supérieur...

Poussé par le marin, un brouillard dense a fondu sur eux, dévalant les pentes, engloutissant, en moins de deux, arbres et paysage dans un néant laiteux.

Amnésie irréelle. Fatigue blanche...

Après une dernière cigarette, les rires soudain se sont tus.

– Faudrait tout de même songer à la grimper, cette côte, grommelle Amour en écrasant son clope à regret.

– D'autant que pour une fois, pépère, on est léger de la soute.

Un craquement derrière eux les fait sursauter.

– Qui c'est ?

– Abel ! lâche Werner en s'élançant vers la silhouette familière qui trébuche à l'aveuglette entre les troncs des sorbiers.

Aux traits décomposés du gosse, quelque chose brusquement lui dit que ce dernier ne monte pas leur annoncer que du bonheur.

*

* *

– C'est au sujet d'Émile...

Abel hésite, passe en revue les visages hirsutes qui l'entourent et reconnaît avec soulagement Pisse-Dru et Amour.

– Ça s'est passé hier. On revenait des poules avec ma mère quand on l'a vu rappliquer avec sa tête des grands jours. « Que ma langue tourne bleue et que les orties me poussent aux fesses ! L'aura fait une cagasse, a marmonné ma mère... et même une grosse ! Qu'est-ce que tu caches sous ta veste ? qu'elle a crié, montre voir, drôlet. » L'Émile, lui, fait comme s'il n'entend rien. Passe son chemin, longe la baraque comme un chien pisseux, la queue entre les jambes. Ma mère a beau tonner, hurler, s'espoumoner, rien n'y fait. Alors, elle change du tout au tout et prend sa voix de doucette, « Té, mon Bézuquet, viens, montre-le donc ton petit trésor à mamounette, mon cépounet, mon pétoulet... » C'est que l'Émile, elle le connaît, pour preuve qu'en entendant ces mots tout dégoulinants de sucre, il a craqué. Il la lui a montrée.

– Quoi ? s'impatiente Amour.

– L'arme, pardi, le pistolet. Doux qu'il était... (un instant, le regard d'Abel se perd), doux et froid comme le pied d'un mort.

– Mais encore...

Abel hausse les épaules.

– Fallait pas être instituteur pour voir que l'inscription sur le canon était gravée en allemand...

Petit sifflement de Pisse-Dru.

– Tu veux dire que ton frère a chouravé un Luger ?

Acquiescement gêné d'Abel tandis que les hommes se consultent du regard.

– Sur ce, poursuit-il, mon père qui venait de rentrer a pris le coup de sang. Fou qu'il était. Voulait aller le rendre aux Boches. Alors, ma mère lui a conseillé de mettre sa gapette et de filer voir le maire. (Abel baisse la voix.) C'est Almir qui m'envoie. Il a reçu la visite des Feldgendarmes.

Une petite pluie fine mouille le cou de Werner.

– ... Les Allemands ont trouvé l'un des leurs encore chaud dans le fossé sans arme, le front troué par un lance-pierre... Ils ont dit au boulanger qu'ils lui laissaient deux jours mais que, s'il ne leur dégottait pas le coupable, c'était lui en sa qualité de maire qu'ils emmèneraient.

– Pas de temps à perdre les gars, grogne Amour en attrapant sa musette, d'autant que les Walkyries vont pas se déplacer à trois.

– On va même avoir droit à plusieurs cars touristes...

– Le problème, bredouille Abel d'une voix blanche, c'est que mon père a décidé de conduire lui-même Émile aux autorités.

Les hommes se sont arrêtés dans un ensemble parfait. La goutte au nez, les partisans ressemblent davantage à des épagneuls trempés. Mortaise, sous son capuchon, à un énorme nain de jardin effaré.

– Dis donc, ton père, il aurait pas un peu forcé sur la piquette, des fois ?

– Je redescends sur Claveyrolle, annonce alors Werner resté en retrait. Abel, toi tu montes avec les autres raconter là-haut ce que tu sais. C'est moi qui convaincrai ton père de ne pas bouger.

*

* *

– Monsieur Mazel, vous ne pouvez pas faire ça !

L'œil froid fouille les braises, se concentre sur la bûche incandescente. Obstinément tourné vers la cheminée, le père Mazel, ignorant avec superbe la présence de Werner, rumine sa douleur en silence.

– Il ne veut rien entendre, gémit Zulma en s'essuyant la figure avec son tablier.

– Monsieur Mazel, cet incident n'est qu'un prétexte, vous n'empêcherez pas les Allemands de sévir, vous ne les connaissez pas.

Un léger tremblement parcourt le lobe de l'oreille de Mazel. Fasciné, Werner détaille le duvet qui recouvre l'excroissance écarlate, plus charnue qu'une groseille.

– Mais vous ne comprenez donc rien (cette fois, le père d'Abel consent à tirer sa chaise). Vous ne comprenez pas que le petit a commis une faute et qu'il doit la payer... Qu'il en va de mon honneur comme celui des Mazel qu'il aille se dénoncer, même si je ne suis pas un sans-cœur, va, et que c'est moi, son père, qui irai le remplacer... (Bouillonnant de rage, Clovis Mazel s'est levé.) Parce que ce n'est pas au maire, vous m'entendez, pas plus qu'au maquis ou à la communauté de trinquer. (Silence.) Si le maquis attaque, il y aura des morts, et puis des représailles contre le village, vous le savez.

– Des morts, murmure Werner qui sent ses forces fondre devant la cheminée, il y en aura de toute façon.

Puis à regret, prêt à abandonner la partie, parce que, même désespérée, l'attitude du patriarche solitaire force au respect :

– Votre fils n'était peut-être pas conscient de son acte... je veux dire par là qu'il ne pouvait en mesurer les conséquences, mais, à sa façon, il la faisait sa résistance. Mieux...

Werner s'interrompt la gorge nouée. Face à lui, le père Mazel le regarde comme s'il le découvrait.

– ... n'avez-vous pas songé qu'il nous donnait là l'occasion inespérée de venger la mort de Chiendent ?

Coup d'œil d'Émile, accroupi l'oreille basse dans les jupes de sa mère, tandis que Zulma frotte la queue de son poêlon un peu plus frénétiquement.

Le père Mazel lève alors un sourcil, et se racle la gorge puissamment.

– Et le maire ? Qu'est-ce qu'il va faire le maire ?

– Rien, lâche Werner. Le maquis s'en charge déjà.

Chapitre 25

À l'agitation dans l'air qui montait par la fenêtre tandis que les chefs achevaient de se concerter, Werner pouvait deviner qu'on se préparait au combat alors qu'aucun ordre n'avait été encore donné. Une tension qui l'avait frappé lorsqu'il était passé à la ferme du bas où les Moïses regroupés autour de la table de la cuisine vérifiaient sans hâte mais avec détermination l'état de leur armement. Sauf que chez eux, elle s'y mesurait au silence, un silence aussi insupportable qu'un crissement de dents, et qu'ici, au pied de la magnanerie, c'était plutôt à celui qui cherchait son mousqueton. Une sorte de flottement dans l'attente d'une décision, ponctué de jurons et de petits rires nerveux accompagnant le claquement des culasses, surtout chez les réfractaires qui rêvaient déjà à leur baptême du feu.

En suggérant de placer leurs effectifs aux points stratégiques qui commandaient l'entrée de Saint-Amand, Brissot cherchait-il à contenter ses hommes, ou pensait-il vraiment que les Allemands profiteraient de l'occasion pour envoyer un convoi ?

*

* *

Markus, toujours soucieux des représailles, se montrait réticent.

Les Feldgendarmes pouvaient se déplacer chez le

maire à deux ou trois, hypothèse qui méritait quelque considération ! À quoi il lui fut rétorqué avec quelque hauteur, que si les Allemands n'avaient pas dans l'idée de mettre Saint-Amand à feu et à sang, ils n'auraient pas promis de revenir mais plutôt convoqué Almir à la Kommandantur.

Après une courte mais âpre discussion tempérée par Danton, une solution fut trouvée pour chaque cas de figure. Dans celui peu probable où la Feldgendarmerie n'enverrait qu'une voiture légère, il allait de soi qu'il fallait éviter la provocation. Au maire de ne pas se laisser emmener, de gagner du temps, trois hommes postés dans le village n'intervenant qu'en cas de pépin.

On était ensuite passé au partage des hommes et des tâches. Werner traduisit distraitement : côté est, de part et d'autre de la route, à cinq cents mètres des dernières maisons, les gars désignés par Brissot. Côté sud, un groupe de Moïses commandé par Pumpernickel chargé de couvrir ces derniers à partir du vieux pont...

Sur le rebord de la fenêtre, une trace couleur de rouille. Le volet de châtaignier qui aura dégorgé son tanin, étrange flaque de sang.

Le débat clos, Werner, ne se sentant plus d'aucune utilité, avait demandé à se retirer.

Bref coup d'œil de Brissot en direction de Markus :

– Pas avant de nous expliquer pourquoi vous avez enfreint le règlement.

Ahuri, Werner fixe les maxillaires bleus du commandant, puis les bésicles embuées de l'Allemand.

– Le règlement ?

– Oui, s'impatiente Brissot, vous m'avez très bien compris. Qui vous a donné l'autorisation de descendre sur Claveyrolle ?

(Passe, saugrenue, la silhouette de l'oncle Josef longeant les corridors de la Berghausstrasse, drapé dans un rase-pet de satin violet.)

Ils étaient devenus fous. Qu'est-ce qui leur prenait ?

– Personne, répliqua-t-il d'un air absent. Je n'ai fait que ce que j'estimais être mon devoir : ramener un homme à la raison avant qu'il ne se livre à la place de son fils aux Allemands.

– Ce n'était pas à vous de décider d'une telle action... sachez qu'en d'autres circonstances votre comportement individualiste appellerait une sanction.

La bouche en cul-de-poule de Brissot. Et tout à côté, l'œil myope de Markus qui le fouille, le passe au crible. Deux fentes, éclat métallique d'une pince disséquant la grenouille.

Une sanction ? Werner n'écoute plus.

Un drôle de fou rire remonte dans sa gorge. Il revoit le visage pâle de son père, le toupet éclairé par la lampe verdâtre du bureau, les lèvres trop fines, l'arête luisante du nez qui pendouille au milieu des bajoues comme un petit navet. La cause de sa colère, il l'a oubliée. Les sermons de son père portaient de toute façon toujours sur le même sujet. Mais pourquoi avait-il fallu qu'à l'instant précis où tombe la sanction, l'oncle Josef serrant frileusement les pans de son peignoir chamarré surgisse à la porte tel un faune égaré ?

Sourire.

Le fils pouffe. Le père explose. Et plus le père s'emporte, grotesque et violacé, plus le fou rire monte. Obscène. Irrévérencieux. Derrière le fauteuil du père, encadrée par les boiseries austères, la danse des moustaches, pointes cirées embrochées de leurs ridicules papillotes : l'oncle Josef, roulant les yeux du Dieu de la Colère, genoux fléchis, dans une improvisation outrée d'une danse kathakali.

Après cet épisode, l'oncle n'était plus revenu à la maison. Mais à bien y réfléchir, n'était-ce pas lui, Werner, qui aurait dû en partir ?

*

* *

Dehors, la lumière grise l'aveugle. Sans éclat.

Sur le terre-plein, des hommes s'agitent, soldats de plomb, figurines de papier mâché se désintégrant dans la brume qui, plus loin, s'épaissit comme laitance de poisson.

Son regard s'accroche alors à la seule silhouette dans le paysage qui se distingue par son immobilité. Celle du prisonnier assis non loin des cuisines qui lui renvoie bizarrement son reflet : celui d'un être éternellement en retrait.

– Tu sais ce qu'il y a de plus con qu'un militaire ?

L'homme qui dessine d'incompréhensibles hiéroglyphes avec une brindille sursaute, étonné de se faire aborder par Werner en français.

– Un autre militaire, Günther.

Le soldat le regarde sans comprendre. Il a un sourire usé. Puis soudain, dans un geste sans conviction qui ressemble à s'y méprendre à de l'autodérision, il lève le bras et crache par terre vigoureusement.

*

* *

Fan de purge, un vrai ciel de printemps. Du bleu charrette partout, avec de ces bouffées de miel liquide et des oiseaux en sus qui ont la pépie comme pour mieux accueillir l'Occupant !

Almir jure, évalue la courbe du soleil. Une demi-heure déjà que la voiture des Feldgendarmes – qu'il distingue parfaitement du cabanon où il remise les outils du potager – s'est arrêtée devant la maison. Il imagine son aînée minaudant dans son tablier en vichy rose : « Mais faites comme chez vous, messieurs, installez-vous, bitte... » (Bitte, mon cul, oui, la garce, c'est qu'elle sait y faire, faudrait jamais voir sa fille grandir, c'est pas humain pour un seul père.) S'essayer donc à faire patienter le Boche, à grand renfort de fricandeau...

Almir s'appuie sur sa binette, dégage la sueur qui lui trempe le front plus que de raison. Puis, machinalement, histoire de vérifier que sa notion du temps ne s'est pas déréglée sous le coup de l'émotion, sort pour la troisième fois son oignon : nul doute, il peut redescendre. Les gars se sont monté le bourrichon, aucun danger à présent qu'un convoi ne fasse irruption.

*
* *

Rester maître de la situation. Tout faire pour éviter la casse, la provocation inutile, le sang qui appelle le sang. Prier donc pour que pèsent ses arguments.

Almir respire un bon coup. Bref coup d'œil circulaire dans la salle à manger qui sent l'encaustique. Loin de manifester quelque impatience – la Raïolette aura expliqué qu'il a été leur cueillir quelques primeurs –, ses hôtes, au nombre de trois, se restaurent consciencieusement dans une atmosphère bon enfant, risquant de temps en temps un regard attendri vers la croupe déjà nerveuse de la jeune enfant.

– Messieurs !

Almir retire sa gapette, s'essuie les pieds longuement, accroche sa canne au bout ferré à la patère, puis s'avance, un zeste bourru, histoire de masquer son appréhension.

– Té, c'est tout ce que j'ai trouvé. (Dépose son panier de légumes sur la table.) Pour les frisées, faudra repasser, elles étaient trop montées...

(Bon Dieu, de pète, voilà qu'il déraille. Qu'est-ce qui lui prend de jouer à touche-pipi avec les mots ?)

Almir esquive une quinte de toux.

– Ma fille vous a-t-elle bien soignés, au moins ?

– Monsieur Aubanel...

L'officier, rasé de près, le dévisage. Le timbre, à l'image du physique, n'est pas déplaisant, mais le ton exagérément poli a quelque chose d'inquiétant.

– ... votre pâté est excellent, vous devriez le savoir... Tout comme vous ne pouvez ignorer que notre temps est précieux. Où se trouve le coupable ?

– Justement, grommelle l'intéressé, j'allais y venir... (Fait signe à sa fille de disparaître à l'étage.) Qu'est-ce que vous croyez ? Que ça se cueille comme les poux au fond du chapeau ?

Les regarder au fond des yeux. Jouer la carte de la sincérité quitte à s'emporter un peu, à forcer sur l'indignation.

– Une entreprise pareille, ça bouffe du temps. Faut se déplacer, parler aux gens, les amadouer, leur tirer les vers du nez... mais j'ai peut-être quelque chose qui va vous intéresser.

D'un mouvement lent, contrôlé, se tourner vers le buffet. Trois paires d'yeux qui le mitraillent. Ignorer la sensation. Ouvrir le tiroir, puis la boîte à chaussures pour en extirper son unique cartouche. Calmement. Mordra, mordra pas à l'hameçon ?

– Une femme m'a apporté ce Luger...

Le pistolet pend, pincé entre le pouce et l'index, comme une chaussette sale. Une onde parcourt de part en part le buste des trois Allemands.

– Elle l'a trouvé devant témoin, posé bien à plat sur la pierre du lavoir. À part ça, le désert. Les gens d'ici ne savent rien. Aucune piste, aucun renseignement.

Une pause. Almir jauge ses interlocuteurs. L'un d'eux étouffe un bâillement.

– C'est qu'il faut comprendre, poursuit-il rapidement. La route est un lieu de passage, n'importe qui l'emprunte. Pas seulement mes concitoyens. Or cette découverte me chiffonne : une arme qui tombe du ciel si je peux me permettre, par les temps qui courent, ça se garde ! Qui vous dit que celle-ci n'a pas été déposée de l'extérieur dans le but précis de discréditer les habitants de Saint-Amand ?

Il parle, parle. S'étonne lui-même de débiter sans rougir pareil fatras cousu de fil blanc. Qu'importe, il aura tout tenté pour sauver son village de la curée.

– Naturellement, je suis bien décidé à poursuivre mon investigation. (Il baisse d'un ton.) À moins que vous ne désiriez m'emmener. Dans ce cas, je suis prêt.

Sourire froid du gradé.

– Ne vous donnez pas cette peine, monsieur Aubanel. Nous sommes des gens compréhensifs.

Almir sent l'étau dans sa poitrine se desserrer sans toutefois parvenir à se persuader que la partie est gagnée.

L'arme empochée, l'homme s'est levé.

– Continuez donc vos recherches, l'idée est excellente. Adieu, monsieur Aubanel.

Arrivé devant la porte, l'officier se retourne, mine radieuse :

– Et merci encore pour votre succulent pâté.

Claquement de doigts. Aussitôt, les deux Feldgendarmes en armes investissent l'escalier.

– J'espère toutefois que vous permettrez à votre grande fille de nous suivre. En gage de vos belles intentions... Naturellement. J'ai personnellement beaucoup apprécié vos touchants efforts de collaboration.

*

* *

– J'aime pas ça, grommelle Pisse-Dru coincé derrière son volet. Primo, rien ne dit que le petit père réussisse à s'en tirer. Deuzio, j'ai les arpions en purée.

Le menton mal rasé, un doigt crispé sur la détente, Amour se contente de fixer la porte d'Almir, tandis que

Toto, embusqué dans la maison d'en face, leur fait un signe discret.

– Doivent se taper le pâté du maire en entier, ricane le Basque. Merde, pourvu qu'on n'ait pas à tirer !

Mâchoires tendues, les deux hommes s'immobilisent. La porte vitrée vient de s'entrouvrir. Apparaît l'officier allemand, visage détendu, suivi du troufion casqué qui lui sert de chauffeur.

– Ouf, on dirait que le boulanger s'en est pas mal sorti, chuchote Pisse-Dru.

Puis désignant du canon de son Mauser la Raïolette qui vient de surgir sur le perron, un bras replié devant les yeux comme si le soleil l'aveuglait.

– Nom de Dieu, mais ils embarquent la fille. Qu'est-ce qu'on fait ?

– À ton avis ? répond le Russe calmement.

Rapide coup d'œil en direction du balcon de Toto. Sous la treille de la Paparelle, un pouce levé répond à son signal. C'est fou ce que ça pue, les roses pompons, en cette saison.

*

* *

La Raïolette se tâte la joue. Renifle. Si elle s'attendait à ça ! Parce qu'elle refusait de le suivre, le soldat qui est venu la chercher dans sa chambre lui a flanqué une gifle ! Pour tout remerciement. En récompense de ses « bitte par ci, bitte par là » et que je t'en refoutrais du fricandeau maison, oui, oser porter la main sur son visage et la menacer ensuite de son arme, un vrai soudard ! C'est du moins, elle le sent, un acte que ne se serait jamais permis le joli officier si galant.

« Jamais de troufions, Clairette, ceux-là c'est de la racaille », lui a un jour confié sa cousine, celle qui nettoie les pots de chambre à l'hospice de la Charité de Montpellier. « En revanche, taper dans l'œil d'un gradé, c'est différent, ça connaît les manières, même si c'est allemand ! »

C'est en tout cas ce que lui répètent ses copines. C'est vrai qu'avec son bec-de-lièvre, la malheureuse, pas de risque qu'elle se fasse aborder par l'Occupant. Quoique les hommes, elle en connaît bien à s'adouber avec une naine ou une boiteuse, c'est bien là le mystère du genre humain... N'empêche, il faudra qu'elle le lui dise à l'officier ce que ses hommes se sont autorisés, parce qu'elle en est sûre, l'homme est bon. Elle renifle de plus belle. D'ailleurs son père a bien tort de faire ces gros yeux de vache bouillie, il ne lui arrivera rien, de quoi les Allemands pourraient-ils bien l'accuser, elle qui n'a aucun acte à se reprocher ?

Sa vue se brouille. Plus que quelques mètres. De près, la voiture ressemble à un long cercueil argenté. Pourquoi donc a-t-elle envie de chialer ?

Devant, l'officier s'est retourné. De profil, son nez est un peu cabossé. Elle voudrait lui crier qu'elle est innocente, et puis, zut, qu'elle aimerait se baisser, qu'on lui laisse remonter ses socquettes, mais l'arme pointée dans son dos l'en empêche. Tétanisée, elle est.

Comme avec le fils Astruc... La Raïolette cligne des paupières. Comme si l'inavouable, ça pouvait s'oublier, le souvenir de ces mains, là, toutes glacées sur son corps, elle, plaquée les bras en croix contre la mangeoire, la paille qui pique et, sous son tablier, la quenelle chaude du saligaud, ce truc poisseux, ce zizi de chien qui joue l'anguille du Malin, furète, et se faufile d'un coup sec, sans prévenir, dans le creux de ses reins. Fan, la moure qu'il ferait le père, s'il savait qu'elle est enceinte...

Derrière la portière qu'il lui tient, l'officier s'impatiente. La Raïolette le dépasse, trébuche. Bon sang, mais oui, comment ne pas y avoir pensé plus tôt ? De soulagement, elle en sourit bêtement. Pourquoi ne pas prétendre à son retour qu'elle s'est fait violer par les Fridolins ?

À cet instant, deux rafales brèves suivies de la détonation d'un Mauser la font s'aplatir sur son siège. Maman !

Lâchant sa mitraillette, le cerbère casqué s'est écroulé comme une chique sur le pavé, tandis que le corps de l'officier penché au-dessus de la portière s'affaisse lentement derrière la vitre éclaboussée de sang. Un cri ou plutôt une supplique, celle du chauffeur, aussitôt fauchée par une déflagration sèche.

*

* *

Clairette !

Almir est sorti comme un fou de sa cuisine. Tête nue, hagard, les yeux pleins de piquants d'avoir suivi la scène derrière son rideau en se maudissant. Un volet claque, puis deux. Au balcon, le tout Saint-Amand compte les morts. Regarde sans broncher ce pauvre boulanger courir comme un crabe sur la chaussée, enjamber les corps, pour s'engouffrer dans le véhicule abandonné.

– Clairette, ma Clairette, tu es blessée, es-tu morte ? Réponds-moi !

Des éclats de verre partout.

Flageolante, la Raïolette se redresse. Se touche le visage, lèche le filet de sang sur sa lèvre. Elle tremble. Voudrait se boucher les oreilles, dire à son père d'arrêter de la secouer comme un prunier.

C'est alors qu'elle sent quelque chose de chaud couler entre ses jambes. Quelque chose de rassurant, de très doux. Et la voilà, contre toute attente et sous le regard ahuri d'Almir, qui farfouille sous sa jupe, se palpe l'intérieur des cuisses, se pince le bas-ventre comme si elle n'en revenait pas d'être toujours en vie.

Alors elle sourit. Un sourire immense, infini, qui fait scintiller son appareil dentaire et la rend presque jolie.

– Papa, papa (elle sanglote), tu vois, je le savais bien que je n'étais pas enceinte.

*
* *

Grenade zieute le réfractaire du coin de l'œil. Tapi comme lui derrière l'énorme rocher qui s'avance en bec d'aigle au-dessus de la route, son casque de mineur hérissé de rameaux de chêne vert, Mourguette fait carrément la gueule.

– Qu'est-ce qu'on fait ?

Après l'énervement, la déception. C'est que le môme a bien dû vérifier dix fois si son arme était correctement chargée, ne parlons pas de la position de son cran d'arrêt. Grenade grimace. Triture sa molaire avec le gras du pouce.

– On attend, vieux. On attend que la voiture repasse, histoire de s'assurer que le maire n'est pas avec eux.

– Mais les hommes que Lobo a planqués au bourg.. ?

L'Espagnol hausse les épaules. Commence à lui courir sur le haricot, le marmot. Curieux, fut un temps où il faisait montre d'un petit peu plus de patience envers les chiquitos. P't'être bien qu'il vieillit, faudrait faire gaffe. P't'être bien aussi qu'il en a ras la calebasse de cette charogne de vie à se taper de la bouillie de châtaignes et des nouilles à l'eau de vaisselle soir et midi... Cabrone, et cette puta de chicot pourri !

À cet instant précis, déboule du grand virage un véhicule blindé léger précédant de peu deux camions bourrés de Feldgendarmes.

– 22, v'là les Fritz, hurle le garçon, sa voix aussitôt recouverte par le fracas des tôles et le rugissement des moteurs entrecoupés d'une première série de détonations.

Le gosse s'agite, passe deux doigts poisseux dans l'entrelacs feuillu de sa coiffe avant de se cramponner à son fusil sans que cette ultime vérification, superstition oblige, ne parvienne à calmer une bordée de tics nerveux.

– Du calme, du calme, petit, grommelle alors Grenade, surpris cette fois par la douceur de son ton. Pense à tirer utile, compris. Les Boches, eux, ne compteront pas leurs munitions.

*

* *

La sueur coule sur les tempes de Musette.

Depuis combien de minutes, de secondes, l'assaut dure-t-il ?

D'abord surpris, les Allemands ont eu tôt fait de reprendre leurs esprits. Le chauffeur du blindé tué sur le coup par une grenade, les hommes ont sauté schnell schnell des camions dont les vitres implosaient sous l'impact des balles, se jetant à plat ventre dans le fossé, se faufilant entre les roues des véhicules immobilisés. Musette recharge son Mauser. Putain de culasse mobile ! Et le bois de la sous-garde qui est fendu ! Pire qu'en Espagne. Autour du fusil-mitrailleur rapidement mis en position par l'ennemi, ça s'agite en bas comme fourmis dans une poêle, tirant à l'aveuglette vers les rochers, arrosant arbustes et broussailles.

Pour le moment, ceux de la Loubatière ont encore le dessus, position imprenable oblige, miracle d'épaulement rocheux, mais pour combien de temps encore ? Non loin au milieu des éclats de schiste arrachés par les balles, l'Arménien jure : l'unique FM vient de s'enrayer.

– Cabrone, mais qu'est-ce qu'ils foutent les renforts ? Z'attendent qu'on soit transformés en boulettes de viande hachée ?

Soucieux, Musette sonde les hauteurs de l'autre côté de la route d'où devraient les rejoindre les hommes de Brissot, initialement postés à l'entrée du pont commandant la seconde sortie de Saint-Amand. Effectivement, que peuvent leurs quelques fusils rouillés contre cent hommes armés jusqu'aux dents ? Le petit Breton serre les poings. Ne pas s'avouer vaincu. Ceux d'ici, qui ont traîné leurs poux dans les cagnas pleines de boue et de merde de l'Aragon sous le sifflement des obus, le savent.

À côté de lui, bouche tordue, rage de vaincre suintant par tous les pores, ses cheveux dressés en couronne d'écume au-dessus du bandeau rayé taillé dans un vieux drapeau du Poum, Pumpernickel, le cordonnier de Coblence, tressaute derrière son arme.

Le visage noir de suie, la joue mal rasée et déformée par la crosse de son fusil, Barre à Mine beugle, histoire de se donner du courage : « Tiens, voilà du boudin. Et pan, en voilà un de moins. »

Le claquement sourd des mousquetons, les balles qui ricochent, l'écho en soubresaut plus bas des mitraillettes boches, trépidations de mort et de haine en morse... Oui, il y a de la hargne dans le désespoir. Mais qu'importent le manque de munitions, le FM qui crachote, les autres qui tardent à faire diversion, Musette est confiant, ils doivent, ils vont gagner. Soudain un reflet attire son attention, celui d'un casque, là, derrière les premiers rochers en contrebas.

– Mourguette !

Musette hurle.

Le gosse, un peu plus bas, juste dans la ligne de mire du Boche (qui a réussi à grimper jusqu'à eux, on ne sait comment), roule sur le côté mû par un réflexe étonnant.

Aussitôt, Musette épaule. Appuie sur la détente, précis. Voit le Fritz vaciller, mordre les genêts. Et ressent au même instant une brûlure extrême. Claquement aveuglant. Le ciel qui bascule comme un œil tout blanc.

En une fraction de seconde, Werner – préposé aux munitions – a eu le temps d'englober la scène : le canon pointé sur Mourguette dévié de justesse par Musette, puis presque simultanément, le deuxième Feldgendarme, arme au poing, qui a surgi à découvert derrière la butte qui coiffe la pente. N'écoutant plus ses principes, il dégaine. La crosse du 6,35 confié par Lobo au cas où il serait fait prisonnier brûle entre ses doigts. Il doit tirer. Oui, il faut qu'il tiiire...

Le coup est parti. Traits déformés par l'effort, le jeune soldat, en face, le regarde d'un air hébété. Trop tard. Musette, lui, s'est déjà écroulé.

Décidément le ciel est trop bleu. Satané bleu – les yeux ouverts, Musette respire faiblement –, bleu de Brest, de la mercerie paternelle rue de Siam. Bleu de la mer, bleu d'Espagne. Huesca 1937. L'odeur d'une tranchée, l'ombre bleue de la montagne, les balles perdues qui sifflent dans l'air froid du petit matin, et toujours cette fichue envie de pisser à chaque fois que du côté fasciste leur clairon de merde se met à beugler.

« Toi pas bouger, chuchote Panzer. Pas laisser tête se découper en contre-jour au-dessus du parapet. » C'est pourtant ce qu'il avait fait. Mais cette fois-là, il avait eu plus de chance, seule son épaule avait été touchée. Panzer... La vue de Musette se brouille... Le bleu des yeux de Panzer penché à ses côtés, ange gardien qui le porte sur son dos sous les obus, de l'autre côté du front à travers les champs d'orge et les vergers abandonnés...

– Panzer ?

Werner, lui, s'est précipité. Dans sa tête, des images claquent, tarot aux cartes brouillées, haché par les rafales des sulfateuses en crachats saccadés.

Pourquoi n'a-t-il pas tiré plus vite sur le second Feldgendarme ?

– Panzer ? implore à nouveau Musette. (Sa main tâtonne, effleure le bras de Werner.) C'est toi ? Réponds-moi !

Werner ne répond pas. Il revoit le Feldgrau partir en arrière, viandé façon « bolognaise », un trou à la place de la tête. Curieux, dans l'herbe fauve, un peu de cervelle a giclé. « Kleine Buddha, ricanait le gros Klaus, Kleine Buddha ne tuera jamais une mouche, il a trop peur de chier dans son froc à la vue du sang », répétaient en hurlant les autres enfants... C'est drôle, à présent, il ne lui en veut même pas.

Doucement, il saisit la main de Musette et se penche au-dessus du visage où se retirent déjà les vagues dans un fracas de mouettes.

– Oui, Musette, s'entend-il alors murmurer. C'est moi. Ne crains rien, je suis là.

Au même moment, une salve d'armes automatiques part des bartas opposés. Un feu nourri sur une centaine de mètres, fusant des châtaigniers qui leur font face en contrebas.

Pris en étau de chaque côté de la route, les Allemands, qui estiment sans doute leurs pertes suffisantes pour la journée, tentent de battre en retraite.

– Ils se tirent, ils se tirent, hurle alors Mourguette, visez donc moi le carton ! Ça alors, quand ma mère saura que j'ai flanqué la pétoche aux Boches grâce à mes potes allemands !

Chapitre 26

Abel ne tient plus en place. Fouille les replis de la montagne, inspecte ses saillies, ses aspérités, palpe ses bourrelets d'ombre d'un œil inquiet.

De la Clède où son père les a fait monter au cas où les Allemands mettraient à sac les fermes des environs, il a très distinctement perçu les premières détonations rabattues par le vent.

Le père est devenu livide. « Veille sur ta mère et garde un œil sur Émile, a-t-il dit, je pars aux nouvelles, je n'en ai pas pour longtemps. »

Puis, une seconde fusillade a éclaté, écho assourdi et confus, cette fois bien après la sortie de Saint-Amand, du côté de la grande épingle à cheveux. Mais ce coup-ci, ça canardait sérieux, ça se battait même pour de vrai, avec des tirs ininterrompus et d'interminables rafales.

À présent, tassé dans la paille, Émile dodeline du chef tout en continuant de se boucher les oreilles tandis que Zulma marmonne ou psalmodie, en profonde conversation avec son fils Esaïe, l'unique moyen qu'elle ait trouvé, assure-t-elle, pour le maintenir, où qu'il soit, en vie. Abel, lui, tressaille au moindre son. En vient à se demander s'il ne regrette pas tout compte fait celui des déflagrations. Car ce couvercle de plomb qui semble maintenant étouffer tout signe de vie dans la vallée a quelque chose d'insupportable.

« L'armée de l'Éternel est la plus forte, scande-t-il, dents serrées, l'Esprit l'anime, il ne peut rien nous arriver... »

Bon Dieu, et son père qui n'est pas encore rentré.

*

* *

Le soir a fini par tomber et les deux par s'assoupir, serrés l'un contre l'autre, sa mère ronflant légèrement bouche entrouverte, la tête avachie sur l'épaule d'Émile, petite chose anéantie, désagrégée par la fatalité.

– T'inquiète pas maman, murmure Abel, le cœur étrangement serré.

Puis il allume la lampe-tempête et sort sans se retourner.

La montagne devant lui exhale son fumet familier. Son vieux cuir animal sent la sève et la fumée. Ivre d'odeurs, Abel dévale la pente aux bruyères. Il pourrait se diriger droit sur le bourg, mais la curiosité l'emporte.

Bien sûr qu'il a abandonné frère et mère pour aller retrouver le père, c'est du moins ce qu'il a convenu avec sa tête, mais c'est plus fort que lui, il lui faut se rendre sur les lieux, imaginer qu'il y était, même s'il sait pertinemment qu'il ne verra qu'un bout d'asphalte bordé de quelques arbres glacés. Si son oreille a perçu juste, l'affrontement a eu lieu du côté des Passadoires, là où le « Bec d'aigle » fait un joli promontoire.

Alors, Abel se glisse sans bruit dans la nuit. Il connaît chaque rocher, interpelle les troncs par leurs surnoms, répond à la chouette, contourne les terriers. Curieusement, il s'est toujours senti en sécurité dans l'obscurité. Que pourrait-il craindre en effet, protégé qu'il est par les yeux innombrables de la forêt ?

Abel se baisse, ramasse une douille. Le sol, ici, en est jonché. Soudain, il s'immobilise, non, il a rêvé. Reprend sa marche à tâtons, doucement en prenant soin de ne faire craquer aucune branche entre les sapins.

C'est alors que le spectacle, faiblement éclairé par la lune entre deux nuages, le saisit de plein fouet à la faveur d'une trouée. En contrebas, un véhicule de l'armée allemande vient de s'immobiliser sur la route, tous phares éteints. En descendent, comme d'une énorme ruche, un essaim de soldats silencieux. Des hommes avec des civières qui courent, enjambent les talus, ramassent les morts, puis courent encore, ballet irréel projetant tout autour ses ombres blêmes, enfournent les corps qui s'entassent dans le camion avec un bruit mat et spongieux...

La vallée de Joshua... Abel se frotte les yeux. Peut-être bien qu'il a rêvé. La route est toute nue à présent. Évanouis, les cadavres. Volatilisé, le camion. Psshuit, l'armée fantôme s'est évaporée en effaçant ses traces comme tout bon meurtrier.

Malins les Boches, grâce à ce subterfuge, sûr que personne n'ira compter leurs macchabées ! Soudain, Abel songe que du côté du maquis, il doit y en avoir aussi. Il frissonne. À force de le vouloir invincible, l'idée ne l'avait pas même effleuré.

À cet instant, un faisceau jaune et puissant balaie brutalement le tournant.

Coup de frein. Carrément aveuglé, Abel a juste le temps de faire un bond sur le côté. Son cœur s'arrête : Au-dessus du capot, il a cru reconnaître l'ombre d'une croix gammée.

– Fan d'estron...

Abel vacille. Impossible !

Dans un rugissement de stentor, la silhouette familière du père vient se profiler devant le phare avant.

– ... mais qu'est-ce qu'il fout dehors à une heure pareille, le merdouset ? (Fou de rage, Clovis empoigne Abel par l'oreille.) Dis donc, qui t'a permis de quitter la Clède en mon absence ?

– Et toi ? rétorque ce dernier avec insolence, qui t'autorise à faire le monsieur important dans un véhicule allemand ?

Désamorcée, la colère du père Mazel retombe. Sans même relever, il relâche son fils et éclate de rire.

– *Cougourle*, va, cette voiture, elle appartient depuis tout à l'heure au maquis ! Ces messieurs souhaitent la cacher en lieu sûr, et puisqu'on est partant pour nous pousser en bas du chemin...

Abel regarde son père, ahuri. Puis découvre Toto, tout sourire, au volant.

– Évidemment, poursuit Clovis en désignant le pare-brise brisé d'un air apitoyé : il leur faudra la ravaler, la bestiole, avant même de la maquiller, hi, hi ! (Le père a bu, Abel en est sûr maintenant.) Té, petit, monte si tu ne veux pas rentrer les pieds devant.

Impressionné, Abel prend place aux côtés des deux hommes sur le siège avant. Tout en cuir, il n'en revient pas !

– S'emmerdent pas les Allemands !

– Qui ? Les trois cons ? (Toto jette un œil distrait par-dessus son épaule.) En tout cas, ceux-là, risquent plus de nous casser les bonbons...

Effectivement. Sur la banquette arrière, trois Feldgendarmes déjà froids sourient aux anges, revêtus en tout et pour tout de leur caleçon long !

– Tu crois quand même pas qu'on allait balancer d'aussi beaux uniformes dans le ravin ! rigole doucement le Yougo devant l'air égaré du garçon.

*

* *

Élise fixe la cuvette ébréchée : on dirait qu'y trempent deux petites carpes gelées. Un bain de pieds, voilà bien le seul luxe qu'elle s'autorise chaque jour, avec l'eau que Noëlie réchauffe sur son poêle émaillé. Mais ce soir, le rituel a quelque chose de déplacé : la matinée, elle l'a passée sur les charbons ardents, à décrypter pour le sous-préfet les messages de gendarmerie relatant l'accrochage de Saint-Amand, puis les informations fébriles échangées entre Mende et l'état-major allemand. Ces messieurs s'excitent, qui plus est depuis le témoignage téléphonique d'un anonyme décrivant avec moult détails l'élimination sauvage de trois « officiers » de l'armée d'occupation grâce à la complicité indigne de la population !

Information confirmée par la mère Faïsse passée tout à l'heure contre toute mesure de prudence chez Noëlie.

– Ce pauvret d'Almir ! Il ne lui aura fallu qu'une nuit pour vieillir de dix ans !

Malgré la gravité de la situation, Élise n'a pu s'empêcher de sourire parce que ces deux-là, on le savait, se consolaient mutuellement de leur veuvage depuis un moment.

Toujours est-il que le sauvetage audacieux de la Raïolette, lui, a marqué les esprits de Saint-Amand. D'indignation, la brave femme, appuyée sur sa canne, s'est mise à s'éventer furieusement. Car enfin, qui aurait pu imaginer l'Occupant assez vicieux pour enlever la gosse du maire ! Qui aurait eu le cœur de laisser une innocente se faire violer quasiment sous leurs yeux par les Frisés !

– Mais le maquis ? insiste Élise, en évitant de fixer les jambonneaux écartés, solidement sanglés dans leurs bas à varices. Racontez-moi, a-t-il subi autant de pertes que l'affirment les Allemands ?

– Des pertes ? Peuchère ! (La gigantesque poitrine bascule en avant, tandis que les poiluchons qui frisottent sur la lippe supérieure lui agacent l'oreille.) Un tué, un seul ! Quand je vous dis qu'ils sont chanceux, ces gars-là... Rendez-vous compte, un mort contre des dizaines et des dizaines...

– Un Français ? s'est-elle enquis un peu trop vivement.

– Ça (la mère Faïsse esquisse un geste vague), personne ne sait. D'après les renseignements d'Almir, ce serait plutôt un des étrangers...

Élise lève la tête, cherche à boire un peu de ciel derrière la fenêtre. Werner est-il vivant ?

*

* *

Étendu sur sa paillasse, Werner ne trouve pas le sommeil. Vu avec quelle insistance l'avion de reconnaissance persistait dans ses repérages cet après-midi, il y a tout lieu de croire que le maquis sera attaqué une fois localisé. Et déjà, comme il faut s'y attendre, anciens d'Espagne et Girondins ne sont pas d'accord sur la manière de les réceptionner : Faut-il défendre jusqu'au bout ses positions ou au contraire déplacer le camp pour mieux contrer l'ennemi par l'embuscade, comme le préconise Markus ? Éternelles divergences tranchées par le ton sans appel du Girondin qui a su leur rappeler ce soir qu'ils étaient libres, mais que, sans armes, ils n'étaient rien.

Dans la cuisine, devant les bajanas à la confiote de gratte-cul (innovation culinaire de Günther), les Moïses regroupés autour de l'unique lampe ont laissé éclater leur fureur. Une fois de plus, Brissot avait gagné. On ne pouvait participer à une telle folie. Amour et Otto le Tatoué étaient d'accord pour se séparer au plus vite des « Français », mais Markus avait attiré l'attention sur le fait qu'outre le problème des armes le moment était mal choisi de se désolidariser.

– De plus, si les jeunes Français et le commandant tombent sous le feu de l'ennemi, pour qui passerons-nous aux yeux de la population ? En conséquence (l'ancien député du Reichstag prit une longue inspiration), tous ensemble nous nous battrons, à la Loubatière, nous resterons.

– Il veut plutôt dire : « À la Loubatière, nous mourrons », ricana alors Passe-Muraille. Moi, les Kinder, dizipline ou pas, j'ai pas envie de crever en défendant des arbres et des rochers.

Un blanc a suivi. Markus, lui, n'a pas relevé. Il a souhaité bonne nuit à tous et s'est retiré, et Werner s'était dit en croisant le regard de Vidourle que la petite voix de Musette, qui savait si bien calmer les tempêtes, décidément leur manquait. Maintenant qu'ils se retrouvaient seuls dans le dortoir où pleuvaient les étoiles et que les conversations avaient cessé, sans doute chacun songeait-il aux paroles que Panzer avait prononcées au moment de recouvrir son corps d'une pelletée de terre :

« Camarades, cette mort n'a de sens que si nous gagnons ! Personnellement, je me suis promis qu'après cette putain de guerre j'irai à Brest m'occuper de ton frère, Musette, et ça, c'est déjà une bonne raison pour me battre comme un lion... »

Si ses mots avaient touché, ils n'avaient fait qu'accentuer une impression de vide et de gâchis irrémédiable chez Werner...

– Jeu de con, murmure-t-il en ouvrant les paupières.

Un ronflement ponctue l'obscurité.

Devant lui, paquetage sur le dos, habillé de pied en cap, Passe-Muraille vient d'entrouvrir la porte silencieusement.

Il pourrait réagir. Lui dire que c'est moche de fuir, d'abandonner les autres en se tirant comme un lapin. Au lieu de quoi, il ne dit rien.

Quitte à avoir ce goût de vase plein les narines, le geste de Passe-Muraille lui ferait presque du bien.

*
* *

« Demain, première heure, soyez prêts à réceptionner les médicaments du petit Faïsse dans leur totalité. »

Cœur battant, Élise tire derrière elle la porte de la pharmacie : le message rédigé à la hâte avec l'aide de Mme Arbouset parviendra-t-il à temps jusqu'au maquis ?

Ses pas l'entraînent rapidement vers la placette aux toits de lauze où les platanes commencent à bourgeonner. En admettant que la pharmacienne contacte comme promis la poste de Saint-Amand, peut-on compter sur la vieille Amélie et sa surdité ? Sur sa promptitude à prévenir Coucougnous qui habite – fortuitement – la maison d'à côté ? En priant, bien sûr, pour que l'instituteur ne soit pas parti caresser les petits pois de la *Clouque* qu'il fréquente depuis peu assidûment. Ou que son vélo n'ait pas un pneu crevé. Qu'il pige l'urgence et la destination du message et qu'il réussisse à joindre sur-le-champ la mère Faïsse dont le petit-fils était jusqu'à hier en parfaite santé...

*
* *

La mouche s'entête. Tourne autour du canon qu'astique Grenade. Asticote le pif de Barre à Mine avant d'aller inspecter l'orteil douteux qu'Amour, armé d'un couteau de cuisine, entreprend très consciencieusement de récurer.

– Bizarre, la vie, plaisante Toto en train de se raser. On pourrait rester des jours sans se laver, et puis, voilà qu'au moment d'y passer, on se dit qu'il faudrait peut-être se présenter au Créateur un brin décrassé !

Le bide. Aucune réaction. Juste le grésillement de l'insecte qui a fini par se poser sur le calot déchiré de Pisse-Dru, un calot de la guerre de 14 d'un bleu pisseux naguère horizon.

– Putain de culasse, jure Barre à Mine sans relever.

– Saloperie de Boches, Guernica lui répond.

Y a de la grogne dans l'air. Déjà que l'imminence de l'attaque ne donne pas vraiment envie de se poiler, la désertion de Passe-Muraille a fichu un sacré coup au moral général. Pour qui passaient-ils maintenant, eux, les Étrangers, dont on avait toujours envié au camp le bel esprit de solidarité ?

Hypnotisé, Werner, lui, se contente de fixer la mouche. Songe comme ça, en passant, que dans quelques heures sa propre viande lui servira peut-être de festin. Pour ne pas penser à Günther. Ne pas suivre par la porte de la cuisine ses consciencieux va-et-vient. Werner ravale sa salive. Revoit Vidourle ce matin faire signe à Panzer et à Amour de le suivre au QG ; puis les deux, équipés d'une pelle et d'une pioche, s'enfoncer sans raison dans le sous-bois en traînant les pieds.

Intuition ? Il s'était précipité.

Face à lui, le corps de ferme comme un long pain cramé. Envie de l'éventrer, de le vider de ses hommes comme d'un tas de charançons mort-nés.

Où se trouvent Brissot ? Danton, Markus ?

Geste d'impuissance de Vidourle.

Assis au soleil sur un trépied, Brissot se fait rafraîchir la coupe par le Marseillais.

– Vous n'avez pas le droit...

Haussement d'épaules du Français. S'il est venu parler du « prisonnier », le problème n'est plus de son ressort. C'est à Markus de s'en charger. Werner s'était indigné.

– Vous voulez dire : de le supprimer ?

– De s'en débarrasser.

– Mais cet homme s'est rendu lui-même, vous l'avez dit, c'est un prisonnier !

– Et alors ? (D'un geste sec, Brissot décroche sa serviette et invite du même coup le Marseillais à disparaître.) Veux-tu que le Russe se fasse une joie de t'expliquer le sort que réservent les petits copains de Günther à leurs prisonniers de guerre ?

– Ce n'est pas une raison, s'est-il alors insurgé. Ce ne sera jamais une raison pour imiter dans leur barbarie ceux que nous combattons. De quel côté de l'humanité avez-vous donc choisi de vous trouver ? Sûrement plus de celui des donneurs de leçon !

– Il est des circonstances où la survie se passe de principes, avait rétorqué le commandant.

– Dans ce cas, nous ne menons pas le même combat. Je me suis trompé.

Werner, tête haute, s'était détourné...

Des mouches plein le crâne, il se redresse maintenant. À côté de lui, Amour et Panzer se sont levés. Prêts à emboîter le pas du prisonnier qui va pour se taper la corvée d'eau, encombré de tous ses seaux.

– S'il te plaît (sans réfléchir, il bondit vers la porte, barre le passage du Russe qui, tranquillement, empoche son pistolet), c'est important, laisse-moi y aller.

Surpris, Amour consulte Vidourle du regard, hésite un peu, finit par obtempérer. Autour d'eux, personne n'a bronché. C'est tout juste si les yeux se tournent pour suivre celui qui tient tant à régler le sort du prisonnier.

Après tout, Günther, ça toujours été l'affaire de Werner. Personne n'en a jamais douté.

*

* *

Sur le conseil de Werner, Günther a abandonné ses seaux.

– On va t'emmener aux Clarets, explique-t-il d'un ton faussement détaché. Avec ce qui risque de nous tomber sur le nez tout à l'heure, c'est plus sage, on n'aurait pas pu te garder.

La cadence mal assurée, le prisonnier marche devant Panzer, membres raides, comme ligoté par des liens imaginaires.

– C'est encore loin ?

– Non...

Le ton plaintif, vaguement inquiet d'Aloïs. Aloïs, les yeux bandés, ses petites jambes grêles dépassant de la culotte de peau, guidé par la bande des grands vers un simulacre d'échafaud.

– On y est presque, avait répondu son frère.

Rires. Le gosse était tombé à l'eau...

Gêné, Werner évite de regarder à droite, là où la terre a été fraîchement retournée.

– Maintenant, il te faut grimper sur le talus, là, sur la gauche.

– Martin ?

Günther se retourne, un sourire pâle lui éclaire le visage.

– J'ai toujours su que ce serait toi qui m'accompagnerais. Dommage, tu m'excuseras auprès des autres, le dîner n'était pas prêt.

Le coup est parti. Doucement. Comme si, après tout, la chose avait été convenue entre eux depuis longtemps.

Déséquilibré, Günther tournoie sur lui-même.

Brasse l'air du bout des ailes, s'affaisse au ralenti, un dernier éclat de conscience lui renvoyant comme le reflet de ce corps qui s'enfonce loin, très loin, dans la neige de l'oubli.

Froissement de feuilles. Perdu dans ses pensées, Werner n'a même pas entendu Panzer s'approcher.

– J'ai connu autrefois une petite fille qui avait perdu l'usage de ses jambes en passant sous un tramway, murmure-t-il. Elle habitait une maison rose qui donnait sur le Starnberger See. (Panzer qui, sans ménagement, a déjà saisi le prisonnier par les pieds, regarde Werner bêtement.) Un jour, elle m'a demandé pour rire de la tuer.

– Et tu l'as fait ?

– Naturellement, non. Curieusement, peu avant de fuir le pays, j'ai appris qu'elle s'était suicidée... Panzer...

Werner soulève la tête de Günther.

– ... faudra pas trop m'en vouloir, si jamais...

Panzer n'écoute pas. Intrigué, il semble scruter la hêtraie. Soudain, un uniforme vert-de-gris, puis deux se détachent d'un tronc.

– Putain, Martin, j'en crois pas mes yeux, les Boches sont déjà là.

Les deux hommes ont à peine le temps de se jeter à plat ventre derrière un buisson de genêts qu'une détonation, puis deux, claquent dans leur direction. D'après le message intercepté, l'attaque devait avoir lieu au petit matin. C'est à ne rien piger. Que fout le tour de guet ? Toto, l'Arménien ? Pourquoi l'alerte n'a-t-elle pas été donnée ?

– Y en a un derrière chaque arbre, frissonne Werner. Regarde, ils sont partout, ça bouge même entre les deux rochers.

– Fonce jusqu'à la ferme, je te couvre. (Panzer arme son Mauser.) De toute façon, tu n'irais pas loin avec ton pistolet.

*

* *

Le capitaine Schneeball (boule de neige pour les intimes) se frotte les mains : une petite décoration de rien ne serait pas pour lui déplaire, même si, évidemment, aucune ne pourra égaler le prestigieux ordre des « Combats d'hiver »... m'enfin ! Quand il songe à cette belle énergie gâchée à tenter d'arracher à toutes ces bouches édentées la moindre information sur ce fichu maquis et ses voies d'accès. Peau de balle, oui. D'authentiques têtes de mulet même sous la menace, qui plus est fourbes et rusés !

Et puis, ne voilà-t-il pas qu'en fin de matinée, miracle, le sort s'en mêle en lui dégueulant tout cuit en travers du chemin un de ces terroristes à la mords-moi-le-machin qui manifestement s'est fait la belle dans la nuit. Du sur-mesure. Pas besoin de lui caresser des heures les poils des roubignolles au chalumeau à celui-là. L'affaire menée un doigt sur la détente s'était vite réglée, sans chichi, ni fioriture, tout juste comme il aimait ! La vie sauve contre tout ce que le traître savait : enfin, à un petit détail près, histoire de bien montrer qu'avec l'Occupant, on ne traitait jamais donnant donnant : la Gestapo ferait donc ses choux gras de ce minable résistant. Une fleur que l'Ost Légion se faisait grand plaisir d'offrir à sa französische maîtresse !

En attendant – le capitaine consulte sa montre, écrase un pet puis se carre confortablement à l'arrière de la Citroën noire –, grâce à son savoir-faire, l'attaque a été avancée.

Là-haut, si ses calculs sont bons, ça doit commencer à chauffer.

Chapitre 27

Werner est parvenu à regagner la ferme du bas en zigzaguant entre bruyères et genêts. Indemne grâce à Panzer qui lutte comme un damné contre le rideau de feu qui déchire les châtaigniers. Il faut que ce dernier tienne, coûte que coûte, pour retenir la vague, l'empêcher de déferler. Le temps du moins que leurs compagnons se ressaisissent et sortent des bâtiments avant d'être encerclés.

De leur côté, alertés par les premières détonations, les Moïses n'ont pas mis longtemps à lever le camp, ordre leur étant donné par Markus de s'égailler par petits groupes afin de gagner tant bien que mal leurs positions. Guernica, Amour, Polka et Barre à Mine chargés de voler au secours de Panzer en titillant l'ennemi à revers derrière le premier muret, tandis que Werner se joint aux hommes de Pumpernickel en dévalant de buisson en buisson.

*

* *

Jouant de leur parfaite connaissance du terrain, multipliant les tentatives de diversion, les hommes de Markus sont presque parvenus à semer la confusion. La preuve : déboussolé par la mobilité de cet ennemi invisible et la dispersion des ripostes, ne parlons pas de ce relief accidenté dont les subtilités lui échappent totalement, l'assaillant n'a pas tardé en effet à se déployer en petits détachements.

– Regardez ces cons, ils se canardent dessus ! chuchote Grenade.

Son foulard en lambeau, Pumpernickel sourit.

– On va les attirer dans le ravin, lance-t-il à la cantonade.

– Comment ?

– En utilisant la langue que nous avons en commun, c'est notre seule chance si on veut regagner l'autre versant vivants.

– Chut...

Du menton, Grenade désigne le détachement armé de mitraillettes et de mortiers qui avance précautionneusement dans la broussaille.

– *Mein Leutnant*, gémit l'un des troufions qui visiblement traîne des pieds. Y a pas à dire, y sont organisés. Vous avez vu le dépôt de vivres de ces cochons !

– *Sei still*, mon pif me dit que ça pue le Youpin par ici.

– *Genau.* Tout juste, mon p'tit gus !

Interloqué de s'entendre interpeller dans sa langue, le lieutenant s'est arrêté. Fauché aussitôt par le tir du cordonnier. En explosant dans le tas, la grenade de l'Espagnol plus quelques coups de feu bien ajustés ont achevé de mettre un zeste d'ambiance au milieu des corps déchiquetés.

– Foutons le camp, hurle Oskar devant la nouvelle vague d'assaillants qui se profile au pied de la colline.

Les hommes ne se le font pas dire deux fois. Toutefois, en jaillissant de son bartas, comme par réflexe, Werner s'est retourné : touché à la jambe derrière lui, Pumpernickel ne parvient pas à se relever.

– Viens, je vais t'aider.

– Laisse tomber...

Tout en grimaçant sous la douleur, le cordonnier a arraché son bandeau pour se faire un garrot.

– Prends plutôt le Mauser, je garde le pistolet...

– Tu es sûr ?

Pumpernickel hausse les épaules.

– Allez, va l'artiste, arrête de tergiverser.

– Pumpernickel ?

Le visage renversé en arrière, l'ancien combattant de la guerre d'Espagne, yeux fermés, ressemble soudain à un drôle de Christ abandonné.

– Dis ? (Werner hésite.) Tu te souviens de ce que tu m'as un jour raconté ?

– Oui. (L'Allemand soupire.) Si c'est ce que tu veux savoir, j'ai pardonné à ma femme, depuis. Allez, va, tire-toi. Bonne chance Martin !

Plaqués par la sueur, les cheveux gris ont gardé l'empreinte du bandeau. Comme une invisible couronne d'orties.

Werner se coule dans l'herbe pour atteindre la première ligne de chênes blancs qui déboulent dans le vallon. Rattrapé par le fracas d'un tir au mortier, il s'apprête à s'élancer dans la touffeur d'encre du ravin, lorsqu'une détonation sèche claque en provenance du fourré qu'il vient de quitter.

Une main s'abat sur son épaule. Celle d'Oskar, l'Autrichien des Mille avec sa salopette trop courte sur ses éternelles chaussettes rayées.

– Dépêche, Martin, on t'attendait.

– Pumpernickel, bredouille Werner.

– Il avait ses raisons. Grouille, allez.

Son compagnon l'empoigne d'autorité par le bras.

– Peut-être qu'il n'avait pas très envie de tomber entre les mains des nazis. À sa place, qu'est-ce que tu aurais fait ? Réfléchis.

*

* *

Les Allemands n'ont pas pris la peine d'investir les bâtiments. C'est tout juste s'ils ont fouillé la ferme du haut avant d'en détruire une partie au canon, à distance cependant, au cas où les maquisards en auraient piégé les locaux.

En revanche, débouchant de la piste de tous côtés, encerclant la zone des crêtes dans un réseau de plus en plus resserré, de nouveaux renforts ne cessent d'arriver. Aguerris, flamboyants, malgré l'énorme effort déployé pour dénicher la bête et se hisser jusqu'à son terrier tant ils sont convaincus de lui flanquer une mémorable raclée.

Combien d'hommes les Allemands ont-ils mis sur le pied de guerre ? Pour Markus, cela ne fait pas de doute, toutes les routes de la région sont cernées. Reste à tenir jusqu'à la dernière extrémité, avant de décrocher et de fuir par la montagne comme on peut.

*

* *

Attelé à la vieille Hotchkiss, Pisse-Dru tressaute comme une feuille de tôle se chopant le mistral de plein fouet : arroser la pente, balayer tout ce qui se présente à sa portée.

La rage, une rage sourde et désespérée déforme ses traits. Encore une chance qu'il ait pu regagner sa position soigneusement choisie la veille avec Markus. Attaque prévue à l'aube, mon cul ! Dire qu'il n'y a pas une heure, ils étaient tous à se regarder les doigts de pied, à profiter pour ainsi dire de la « dernière récré », les plus pessimistes à s'inventer une épitaphe, les autres à se revisionner les bons moments de leur petite existence en accéléré, histoire de se préparer à la grande Bocherie avant l'ultime raz de marée.

En contre-jour, ombre chinoise découpée dans le papier froissé d'un rocher, un corps bascule. Joli plongeon. Le type, sûrement un gradé, en a lâché ses jumelles. Des corps qui tombent ou qui titubent, d'ailleurs, il y en a partout. Mais c'est comme le sifflement des balles, on s'habitue. Pisse-Dru ricane. Devoir sortir de la ferme en courant, le fusil dans une main, la serviette dans l'autre, de la mousse à raser plein la trogne... Ah, on peut dire qu'ils se sont bien fait blouser. Bande de communiants va, puceaux à bretelle, rien que des clowns blancs...

À bout de souffle, ensanglantés d'avoir rampé entre les ronces, Amour et Polka qu'une explosion a séparés de Barre à Mine et de Guernica ont fini par retrouver le petit groupe qui a suivi Markus.

– Et Panzer ? souffle Otto.

– A réussi à se tirer en déviant une grenade qui lui était destinée.

– A abattu le Boche au moment précis où ce dernier dégoupillait, renchérit Polka d'une voix saccadée. Du coup, ça a fait du joli travail, quatre vert-de-gris défigurés.

Vidourle sourit. Se fait pas trop de bile pour Guernica ni pour Panzer. Un lion enragé, ce type, surtout depuis la mort de Musette.

– À propos, quelqu'un a vu Lobo ? hurle Pisse-Dru au milieu des détonations.

– Jouait aux cartes avec les hommes à Brissot, baragouine Amour en aidant le Polack à recharger les bandes.

– C'est peut-être sa chance. M'étonnerait pas qu'ils aient déjà franchi le rideau d'encerclement, ceux-là !

À cet instant, comme en réponse à la légère médisance de ses propos, une balle perdue lui touche le bras.

Pisse-Dru lâche la mitrailleuse sous la douleur. Aussitôt, Vidourle le relaie.

– Faites-lui un garrot, bon sang, et décrochez, tant qu'il est encore temps.

– Vidourle a raison, crie Markus qui s'est rapproché. Ça commence à sentir trop mauvais.

– Je vous couvre.

Bref coup d'œil vers le Français.

– Tarde pas, murmure Polka.

– T'inquiète, à plus tard au plan de Fontmort. Bonne chance, les poulets.

*

* *

Le regard de Werner sonde le sous-bois rouillé et son chaos de souches noires et de chênes torturés.

Apparemment, les derniers assaillants à s'aventurer à leur poursuite de l'autre côté du ravin ont vite renoncé. Probablement bien inspirés. Poste d'observation idéal que l'escarpement rocheux en forme de grandes orgues au sommet duquel ils se sont réfugiés. En témoignent les corps criblés de balles qui gisent à leurs pieds, abandonnés à la pourriture végétale et aux paquets de feuilles foulées.

À présent fourbus, les membres en gelée, chacun se tait. Pense à la fin de Pumpernickel qui ressemelait leurs godillots en chantant la Madelon en allemand. Que dire des autres ? Combien s'en sont tirés ? Combien se retrouveront au plan de Fontmort où Markus a choisi d'établir leur nouveau campement ?

Le soir a fini par tomber, et avec lui, la clameur des détonations et le crépitement intense qui déchiraient il y a peu la forêt. Déjà, quelques signaux balaient l'obscurité, enjoignant les troupes à se retirer pour la nuit du secteur boisé.

– Routes et villages doivent être verrouillés, soupire Grenade.

Oskar sourit.

– Après ce qu'on s'est essuyé, marcher pendant deux jours ne me fait pas peur, même avec du verre pilé dans les souliers.

– Alors, allons-y.

L'Espagnol a remis son béret non sans avoir craché dans ses mains pour se lisser les tifs.

– J'ai un rancart après la guerre. Il s'agirait pas de le louper.

Dans la pénombre, son visage craquelé ressemble à une figue séchée.

– Je crois qu'on devrait attendre, murmure Werner.

– Attendre quoi ? Le raz de marée ?

– Non, Martin a raison. Traverser la zone bouclée maintenant est encore risqué. (Les grosses paluches d'Otto artistiquement tatouées de sirènes bleues et de dauphins entrelacés se crispent sur la crosse du Mauser.) D'un autre côté (il hésite), je me sens inutile. Rester là comme un con à ne rien faire, c'est pire que de passer la paille de fer.

– Moi les gars, c'est tout vu, je me tire. Le plus vite on décanille, le mieux on digérera. Qui m'aime me suive !

L'œil perçant de Grenade effectue un dernier tour d'horizon. Quelques tirs en rafale continuent à leur parvenir dans le lointain. D'une coulée souple, l'Espagnol, tout en muscles, se propulse alors en bas du rocher suivi d'Oskar qui, encombré de ses musettes, préfère procéder à quatre pattes, arc-bouté aux aspérités de la roche comme une drôle d'araignée.

Otto se tourne alors vers Werner.

– Tu ne viens pas ?

Rêveur, Werner désigne la cigarette qu'il vient d'allumer.

– Je vous rattrape. Celle-là, je préfère la finir, je la garde au chaud depuis ce matin.

À cet instant, un coup de feu très présent retentit dans le sous-bois.

– D'où ça vient ?

– J'en sais rien, hurle Otto, j'y vais.

Sans plus attendre, les deux mains en appui contre la paroi, ce dernier se laisse basculer lourdement dans le vide. Clope aux lèvres, Werner arme son fusil et regarde, la gorge étrangement sèche, la silhouette de pachyderme réapparaître en contrebas entre les branches, hésiter, puis faire quelques pas dans l'obscurité en direction du couvert où ont apparemment disparu Grenade et Oskar.

Il a à peine le temps de le voir contourner ce qui de loin ressemble à un corps. La forme se déplie à moitié, et dans un geste fulgurant, un bras au bout duquel pend un pistolet se détend et tire sur le Tatoué avant de s'écrouler définitivement, tandis qu'Otto, souffle coupé, titube comme un ours ivre et se prend les pieds dans une souche de genévrier.

Werner a dégringolé dans la broussaille et s'est précipité vers les deux corps qui maintenant se font face. Otto, yeux grands ouverts, l'air étonné. Le Feldgendarme, la bouche tordue, vengeance non digérée.

Le nazi et le docker qui se regardent désormais par étoiles de glace interposées.

– Non, répète Werner, non, Otto, désolé, je n'irai pas au plan de Fontmort.

*

* *

Zut, c'est bien sa veine. Du revers de la main, Vidourle essuie ses lèvres en sueur. Comme si la vieille Hotchkiss n'avait pas pu trouver meilleur moment pour s'enrayer ! Maîtrisant les battements de son cœur, il tend l'oreille. Piétinement de feuilles. Là, en contrebas, derrière les châtaigniers, sa cible, surprise par ce silence inopiné, en profite pour progresser.

Pas une seconde à perdre.

Vidourle, sans refaire son lacet, se jette dans le premier fourré, roule sur lui-même, déboule à moitié de la pente en rampant sous les genêts.

Au-dessus de lui, ça s'agite. Les Allemands n'ont pas mis longtemps à investir la position abandonnée.

– Chef, la salope est encore chaude.

– Ratissez le coin, le type ne doit pas être très loin.

Pas besoin de comprendre le teuton. Un instant à découvert, Vidourle jauge la situation. Sur cinquante mètres, l'herbe du pré domine en légère dépression. Aucune chance d'échapper à leur attention.

En revanche, adossé au muret branlant d'un traversier, un gigantesque tas de branches élaguées par les bûcherons des Baronnies pour tromper leur ennui lui tend les bras. Pas le choix. Malgré sa stature, Vidourle se coule en souplesse sous la ramée, s'enfonce entre les fagots en s'aidant des mains et des pieds, se tapit, ne bouge plus.

*

* *

Accroupi sur un caillou en forme de losange, Werner contemple l'eau du gourd qui ruisselle sur les pierres. Tête vide. Sans prêter plus d'attention aux ordres diffus et aux coups de sifflet qui s'élèvent çà et là autour de la Loubatière.

À cet instant précis, peu lui importe d'être surpris, ni même de perdre la vie. D'ailleurs, une vie n'a-t-elle pas cessé de battre en lui ?

– Vous est-il un jour arrivé de sentir votre âme se détacher de votre corps ? lui a une fois demandé Élise.

Il l'avait regardée avec un œil rond avant de demander une explication, et elle avait ri, un rire en cascade, de ceux qu'on imagine entendre en reluquant les belles hétaïres qui décorent les boîtes de savon.

– Eh bien, imaginez que vous soyez perché en haut de cette branche et qu'en même temps vous vous regardiez me parler.

– Chez moi, s'était-il moqué, on appelle ça « se dédoubler ».

Son ton l'avait vexée et la conversation s'était arrêtée à peine commencée, alors qu'en réalité il n'y avait rien pigé. Après ça, il s'était même longtemps creusé la cervelle pour comprendre ce qu'elle voulait dire par là. Jusqu'à ce qu'il tire aujourd'hui sur le prisonnier. Oui, c'est exactement ça. Il s'était regardé tirer sur Günther ou plutôt sur Werner. Werner von Lindenborn, abhorré de son père parce que fils de sa mère et d'un inconnu de passage, peut-être un Juif, un beau gosse en tout cas, plutôt musclé et prolétaire de préférence, ce que sa mère appelait en riant faire son devoir de classe et montrer sa tolérance comme d'autres se vantaient de donner dans les œuvres de charité ou de bienfaisance.

Werner von Lindenborn, le bâtard, le métèque, le rebelle malgré son très pur physique d'Aryen...

Werner inspire profondément. À grandes goulées d'air froid. Se nettoie les poumons tout en caressant des yeux la fourrure de la nuit et son silence inquiétant.

Depuis qu'il a laissé ses compagnons devant, il lui semble que son âme, peu à peu, cherche à réintégrer son corps. Maladroitement d'abord, par petites poussées légères. Comme ivre devant tant d'espace à elle.

Mais Kleine Buddha n'a jamais eu peur face à l'infini.

*
* *

– Il doit se cacher sous le fagot.

Coups de bottes rageurs dans le tas de bois.

Vidourle se tasse, fait le mort, rêve qu'il n'est qu'une bûche flottant à la dérive d'un fleuve incertain aux eaux boueuses couleur chocolat. De toute façon, il ne ressent plus ses membres, alors une morsure de piranha !

– Mets-y le feu, va, ce genre de gibier est meilleur fumé.

Craquements d'allumettes. Jurons. Miracle, le bois encore vert et, qui plus est, mouillé par la bruine qui s'est mise à tomber en début de soirée, refuse de s'allumer.

Soudain, une exclamation avait interrompu la série d'efforts infructueux.

– Laissez tomber, il a dû partir par là.

Ça l'avait fait sourire ou plutôt grimacer tant ses crampes frisaient la torture. Étaient-ils tombés sur les traces du vieux couple de sangliers qui avait élu cette partie du pré bien fangeux en son creux comme lieu de prédilection pour leurs ébats amoureux ? Toujours est-il que la meute s'était éloignée.

Le silence revenu, il avait risqué un œil en soulevant le treillis de branches là où il était le moins serré. Aucune sentinelle. Il s'était alors dégagé tant bien que mal de sa prison végétale, les jambes tellement ankylosées qu'il avait dû s'y reprendre à trois fois avant de pouvoir poser le pied sans tomber.

Depuis combien de temps marche-t-il depuis ? Ce qu'il y a de sûr, c'est qu'il s'est paumé. Comme si en perdant momentanément l'usage de ses jambes, sa propre notion de l'espace s'était dérobée sous ses pieds.

Vidourle sonde la profondeur du ravin. En le longeant plus haut, il a une chance de croiser le lit du torrent et passer plus facilement de l'autre côté du vallat en s'aidant des grosses pierres sur lesquelles court le filet d'eau.

Le vent s'est levé, et rabat un parfum d'aiguilles de pin et de fougères toutes neuves sur fond d'éternels genêts. « Bon vieux mistral », murmure-t-il attendri. Comme lorsqu'il était gosse, il humecte son index et le tend pour vérifier la direction du vent. Le sot ne regarde-t-il pas le doigt qui indique la lune ?

Son pied, lui, a regardé à côté. Sous son poids, le remblai fragile a cédé, l'entraînant dans sa chute sous un éboulis de pierres et de plantes arrachées.

Quand Vidourle reprend ses esprits, cinquante mètres de dénivellation le séparent de la piste qui surplombe la combe. Au-dessus de lui, le ciel, trouée inaccessible. Son corps monstrueusement meurtri. Comment peut-on échapper aux Boches au péril de sa vie et glisser ainsi sur une malheureuse pierre comme le dernier des abrutis ?

Il bouge la jambe, grimace. Une douleur fulgurante lui fait monter les larmes aux yeux. Impossible de se relever. Au prix d'un effort surhumain, il parvient néanmoins à se déplacer sur les fesses et à faire quelques mètres en direction du cours d'eau.

À moins de trouver de l'aide, ce qui semble hautement improbable vu l'encaissement de ce trou pourri, il ne pourra aller bien loin. Ça ferait presque suffoquer, l'idée, comme ça, de toucher du bout des doigts l'inéluctable, le fond glissant de son destin. Ça vous noie les poumons. Et puis, on se dit finalement qu'on n'y peut rien, on respire un grand coup et cette pensée même, toute lisse, toute nue comme une paroi qui se dérobe, procure quelque chose qui ressemble à du soulagement.

*
* *

Soudain, le miracle.

Cent mètres plus haut, se découpant sur la crête contre l'acier poli de la nuit, une silhouette réveille en Vidourle l'espoir insensé d'être enfin repéré.

S'agirait-il d'un Boche... Mieux vaut encore être cueilli par l'ennemi que de croupir les os glacés dans ce suaire de branches à se faire déjà bouffer par les fourmis.

Vidourle hurle. Appelle à l'aide.

Qu'irait fabriquer de toute façon un de leurs soldats là-haut ? Non, Vidourle en est sûr, il ne peut s'agir que de l'un des siens. Aucun Allemand, même paumé, n'aurait les couilles de s'aventurer sur la draille.

Mais l'homme est loin. Vidourle a beau s'époumoner, perdu dans ses pensées et tout à sa fuite, l'homme n'entend rien, comme si sa voix ne portait pas.

Un instant pourtant, il reprend espoir. L'inconnu s'est arrêté, intrigué, son profil éclairé par la lune. Puis il s'est remis à marcher, comme une ombre solitaire flottant sur les dunes. Vidourle se tait alors, hors de souffle.

Le vent, bien sûr, qui doit souffler là-haut sur la crête comme dans une forge. C'est drôle, en un éclair, il lui a semblé reconnaître Martin. Quelque chose dans la silhouette, la solitude qui en émanait, l'allure même, à la fois errante et décidée.

Car Werner, même dans sa dérive, semblait être de ceux qui savaient toujours où ils allaient. Pourtant, s'étonne Vidourle qui s'est résigné à attendre la mort, ce n'est sûrement pas par là-haut qu'on atteint le plan de Fontmort.

Alors brusquement il comprend. Et cette complicité qui l'unit une dernière fois à ce compagnon énigmatique lui arrache un sourire aussitôt gelé par le vent.

Chapitre 28

Ce serait peu de dire que l'arrivée des Boches nous a surpris cet après-midi-là. Chacun l'attendait comme le jugement dernier en s'y préparant à sa façon, soit en levant le camp, soit en rentrant le bois et en faisant des provisions comme si le ciel durant des semaines allait cracher des glaçons. Mais tout de même, tout ce déploiement rien que pour nous, cette machinerie de guerre hissée en grand pavois... Ça en a laissé plus d'un coi.

« C'est simple, répétait à qui voulait la Cabucelle, j'ai pas eu le temps de faire le signe de croix qu'il y avait autant de Fridolins autour de Saint-Amand que la Galinette et la Clouque comptent d'amants ! »

Le long des routes, de la rivière, barrant les ponts et les chemins de terre. Des colonnes et des colonnes de camions, des automitrailleuses, des canons de montagne, des mortiers, une véritable invasion. Combien d'hommes ? Mille ? Deux mille ? On murmure au bourg qu'il s'agirait là de la 9e Panzerdivision SS « Hohenstauffen » venue tout exprès d'Alès et de Nîmes où elle tient garnison ; trois détachements, pas moins, fusant de tous points cardinaux pour mieux encercler notre pauvre nombril et y enfumer la poignée d'hommes terrés derrière les quelques châtaigniers de la Loubatière.

Mais à qui croient-ils donc avoir à faire ? À l'armée de Napoléon !

*

* *

Alertés par les voisins du bas, on a préféré quant à nous monter à la Clède en emportant le strict nécessaire au cas où les Allemands auraient dans l'idée de venir piller la ferme ou, pire, de nous forcer à les conduire à la Loubatière. Mais très vite, à entendre le barouf même assourdi qui s'élevait de l'autre côté de la montagne, on a su que les vert-de-gris s'étaient fait vendre la mèche.

Ça a tiré comme ça, longtemps, des salves ininterrompues, tout l'après-midi. Et puis la nuit est tombée et Émile, tout excité, est venu me tirer par la manche. Je l'ai suivi dehors, agacé, et là, je n'en ai pas cru mes yeux : là-haut, sur la montagne, c'était le 14 Juillet. On aurait dit que des feux de Bengale illuminaient la crête : mauves, blancs, orange, à quoi donc jouaient ces messieurs ?

Derrière nous, j'ai alors entendu mon père murmurer :

« Vont les massacrer jusqu'au dernier, les salauds », et mon émerveillement est retombé aussi sec, ça m'a flanqué un grand frisson dans le dos. Comment n'avais-je pas imaginé plus tôt que ce spectacle innocent annonçait les prémices d'une redoutable chasse à l'homme ? Et puis, qui nous disait que Werner s'en était sorti indemne ? Les pensées me tournaient dans la tête, pile et face comme crêpes, quand j'ai commencé à voir des ombres dégringoler la montagne par petits groupes. De loin, en contre-lune, on aurait dit des colonnes de fourmis : les Schleus se repliaient-ils ?

*
* *

Le lendemain à l'aube – peut-être m'étais-je quand même assoupi –, j'ai entendu Émile, poil hérissé, grogner, le mufle collé contre la porte. Mon sang n'a fait qu'un tour.

Armé de mon lance-pierre, je me suis précipité derrière le trapistou. Dehors, la montagne engourdie, encore noire, avec un bout d'ongle de lune flottant comme une décalcomanie contre le ciel pâle. Rien que du silence, pas même le cri d'agonie d'un mulot ou la plainte d'une chouette au-dessus des *rebouls*. Et pourtant, mon Émile qui s'agite, tourne sur lui-même à quatre pattes, indécis, plus qu'apeuré.

Je vais pour le recoucher lorsqu'un mouvement imperceptible, une toute petite houle sombre loin, très loin sous la herse des sapins, attire alors mon attention. Je retiens mon souffle, les yeux écarquillés à force de fixer le point qui grignote mon champ de vision.

Nul doute, il s'agit bien de deux silhouettes encadrant un brancard et descendant avec leur charge dans notre direction.

Ce sont deux Feldgendarmes.

Caché derrière mon rocher préféré, je peux les regarder tout à loisir trébucher sur les pierres, mi-jurant, mi-blaguant, preuve en tout cas que les Allemands traînent toujours dans les parages et qu'il nous faut rester vigilants. Sont-ils remontés terminer leur ratissage ? Toujours est-il que je ne parviens pas à distinguer les traits du blessé. S'agit-il d'un des leurs ou d'un de nos partisans ?

Je ne me suis pas longtemps posé la question : quelques mètres plus bas, l'un d'eux, butant sur une souche, a manqué d'*escamper* le brancard. Déséquilibré, le corps a glissé, tandis que la tête a roulé sur le côté en rebondissant comme une drôle de cucurbitacée, ce qui a fait rire l'autre troufion qui en a profité pour lâcher son fardeau carrément. J'ai vu alors l'indicible, mes deux compères échanger quelques mots en se massant les reins, s'assurer d'un rapide tour d'horizon qu'ils étaient bien seuls dans les environs. Puis le plus petit a saisi son pistolet et a tiré vite fait deux balles dans la nuque du blessé qui avait le visage tourné.

J'ai voulu m'élancer, leur crier « arrêtez », mais mes jambes étaient coupées et ma gorge pleine de sang caillé.

Tout autour, le temps s'est figé sous le ciel immense que la brise molle ridait comme une peau de lait.

*

* *

Comment effacer l'horreur ? Comment remonter le cours du fleuve ?

Je suis resté comme un couillon derrière mon rocher et j'ai attendu, tout estambourdi, que les types disparaissent en sifflotant de l'autre côté du versant, pour m'approcher de celui qu'ils venaient de flinguer. Timidement d'abord, parce que la mort force au respect, mais aussi – mon cœur s'était mis à battre – parce que l'homme était blond et que j'en étais à tout imaginer.

La tête du prisonnier baignait dans le sang, un sang visqueux qui mouillait la toile du brancard et le col de sa vareuse délavée. Mais sa vareuse, à mon grand soulagement, n'appartenait pas à Werner. J'ai osé alors, j'ai glissé un œil vers le visage tuméfié et j'ai reconnu avec un certain détachement le second de Danton, celui qui se faisait appeler Vidourle et que tous les Moïses appréciaient. Sa jambe droite avait doublé de volume et ses bras étaient couverts d'égratignures et de traces violettes.

Avait-il fait une mauvaise chute ? Nul ne le saurait jamais. Cette constatation m'a soudain rempli de remords. J'ai regardé sa main qui pendait. Une main comme je n'en avais jamais vue, nerveuse, aux ongles coupés court, incroyablement blanche et soignée. Une main de seigneur, je me suis dit. Et puis mes yeux sont remontés le long du poignet tout éraflé, là où les veines saillaient et le sang avait séché en rigoles. Cette vilaine plaie, ça faisait désordre comme si la perfection n'avait pas le droit d'être souillée, et ma gorge, elle, s'est subitement serrée : cette main, tout à coup, semblait m'appeler, m'implorer une dernière fois de la toucher, je le devais pour me punir, je le savais, ne serait-ce que d'avoir ressenti du soulagement en reconnaissant le blessé. Maîtrisant alors ma répulsion devant ce bout de viande morte, je me suis forcé à la saisir.

Les doigts de l'homme étaient incroyablement doux. Si doux au creux de ma paume, que j'en ai profité pour pleurer. Puisque personne ne me voyait.

*

* *

On a décidé d'enterrer le Vidourle à côté du Pierre, sur la bancelle aux mûriers face au vieux cyprès calciné. « Le plus vite possible, pour ne pas attirer les mouches », a dit mon père, comme s'il parlait des Boches. Puis, tout en crachant son mépris, il décréta qu'à présent, danger ou pas, il s'en moquait. Qu'on n'allait pas chichouiller et attendre que ces messieurs finissent d'épouiller un à un chaque châtaignier pour retourner vaquer. Les champs et les chèvres, eux, s'impatientaient.

*

* *

C'est en rentrant dans la grange chercher mon *poudet* que je suis tombé sur l'autre Moïse. Maman, la pète que j'ai eue en trébuchant sur ce corps recroquevillé dans la paille. Le type ronflait. Il s'est aussitôt dressé sur son séant en murmurant d'abord quelques bribes d'allemand, puis en frottant ses yeux d'albinos : c'était un rescapé de la Loubatière.

J'ai détaillé sa salopette trop courte et ses chaussettes de clown rayées et je l'ai aussitôt conduit à la cuisine tout en redoutant, bien sûr, la réaction du père parce que la montagne derrière était à nouveau truffée de Boches et qu'on pouvait s'attendre à ce qu'ils viennent fourrer leur gros nez chez nous d'un moment à l'autre. Mais le père, sur lequel décidément la scène du matin avait produit un drôle d'effet, l'a accueilli à bras ouverts. Et ma mère de bricoler l'omelette et de sortir saucisse sèche, pélardons et oignons crus – le tout arrosé de clinton à dix heures du matin ! – en s'excusant pour la soupe qui n'était pas prête.

Quelque peu étonné par un accueil aussi chaleureux, l'Oskar – c'est comme ça qu'il nous a dit qu'on l'appelait – ne s'est pas fait prier pour raconter par le détail ce qu'il avait vécu la veille. Se repliant dans les bois avec son compagnon Grenade, ils étaient parvenus par miracle à passer à travers le rideau d'encerclement. Non sans émotion. Une fois même en se précipitant presque en droite ligne sur un groupe d'Allemands.

– On a fait demi-tour, explique-t-il bon enfant et on est remonté entre les arbres en courant. Les Boches ont eu l'air aussi stupéfaits que nous. L'instant de surprise passé, ils se sont mis à nous tirer dessus comme des forcenés, les balles ricochaient à nos pieds, mais on a fini par leur échapper.

Et d'ajouter qu'il gardait de toute façon sa grenade à petit quadrillé serrée dans la main, sans la béquille, précise-t-il, de sorte que s'il était touché, il explosait sur-le-champ... Puis, il nous explique qu'en fuyant chacun de son côté il a perdu de vue son compagnon, qu'il a réussi à se planquer dans un arbre et qu'une fois redescendu de son perchoir tout grelottant, la fatigue et la tension ont eu raison de son sens de l'orientation.

– Je me suis mis à tourner en rond, avoue-t-il un peu honteusement tandis qu'Émile, fasciné par ses chaussettes, tire sur les siennes en émettant de petits couinements. Je ne comprends pas. J'ai dû revenir sur mes pas. Je croyais avoir vraiment trouvé la bonne direction...

Moi, l'œil fixé sur l'almanach des armes et cycles de Saint-Étienne vieux d'il y a déjà trois ans, je n'écoute à vrai dire plus depuis un bon moment.

Où est Werner ?

Puisque Oskar est le dernier à l'avoir côtoyé, il doit bien savoir ce qui s'est passé : ce dernier se gratte le menton, embarrassé.

– C'est qu'avec Grenade on a entendu derrière nous deux coups de feu.

Silence.

Le père toussote. Les mains de Zulma s'affolent au-dessus de son tricot, tandis que ça fait zuuuiiiit dans ma poitrine, un bruit de drap qui se déchire, avec mon palpitant qui galope pire qu'un couple de sangliers piétinant la hêtraie.

Mailles en l'air, le beau paletot caca d'oie d'Émile gît maintenant sur les genoux de ma mère comme une grosse bouse abandonnée. Alors, j'éclate d'un rire nerveux. Werner ? Non. Werner ne s'est pas fait flinguer. Werner ne se fera jamais abattre.

Touche-t-on l'oiseau qui n'a pas même besoin d'ouvrir ses ailes pour voler ? Non. Celui qui parviendra un jour à l'attraper n'est pas encore né.

*
* *

C'est Coucougnous, notre ange Gabriel en bésicles, qui est monté nous prévenir : À la stupeur générale, les Allemands venaient de se retirer en deux temps trois mouvements.

– C'est à ne rien comprendre, bégaye-t-il en triturant le galon de son béret.

Des patrouilles ennemies ont circulé sur la nationale toute la nuit. Puis au lever du jour, les soldats ont repris leur ratissage de l'autre côté de la montagne à la recherche des maquisards qui ont réussi à traverser le Gardon. On a même entendu tirer au canon. On dit que le Castellas a été touché, en tout cas qu'une partie a été incendiée. Dans la foulée, les Allemands ont fouillé quelques fermes dont le mas Nègre, mis le feu à la Baraquette et emmené le fils Astruc et le père Genestoux.

Toujours est-il que, vers midi, des motocyclistes ont déboulé en trombe dans Saint-Amand, on a vu un type sauter de son side-car et apporter un pli au commandant. Puis ça a commencé à aboyer sec, à hurler des ordres tous azimuts tandis que des fusées étaient lancées pour rappeler la meute, lui intimer de se replier. Ce qui n'a pas tardé. Sous les yeux ahuris de la population qui suivait chaque va-et-vient collée derrière la fente de ses volets, les Schleus ont remballé. Aussi vite qu'ils sont arrivés.

L'explication, c'est Almir qui nous l'a donnée bien plus tard : paraît que les Boches avaient mal compris un message lancé par les Alliés et cru à un débarquement imminent en Méditerranée.

La blague, en tout cas, nous a sauvés du pire. Preuve que Saint-Amand et la Vierge aux melons veillaient sur leurs enfants.

*
* *

Une semaine est passée.

À Saint-Amand, on a repris son souffle sans trop y croire, avec tout de même l'impression de se coucher chaque soir avec le canon d'un Mauser pendu au-dessus du verre à dentier. Et ma mère de sursauter chaque fois qu'un mulot fientait dans le grenier ou que le vent frissait entre deux lauzes mal jointées : c'est qu'elle avait cru, misaïre, que les Boches revenaient. Propos invariablement ponctué d'une furieuse pétarade de l'Émile qui n'avait pas son pareil pour imiter le crachin d'une mitraillette en postillonnant du fondement.

Il n'empêche : à force de s'oublier dans les petits riens auxquels ne peut faillir le quotidien – la plus vieille des biquettes avait un abcès, le temps trop doux laissait à craindre un retour de gelée... –, le danger a commencé peu à peu à déserter les têtes. Des maquisards, aucune nouvelle. On disait que certains s'étaient planqués au-dessus du plan de Fontmort dans des cabanes de bouscatiers. D'autres prétendaient qu'ils avaient rejoint le château des Fons ou qu'ils avaient élu résidence dans le grand hôtel abandonné du Fangas qui se dresse au sommet du mont Aigoual.

En fait, personne ne savait. Ou ne voulait pas savoir comme si – et c'est grande honte à dire – l'incident, d'une certaine façon, avait débarrassé Saint-Amand d'une grosse épine dans le pied.

Sauf à moi qui me faisais tant de mauvais sang pour l'Étranger...

*
* *

Ce qui me chagrinait, c'est que Werner aurait trouvé le moyen de nous prévenir s'il s'en était sorti. Alors que penser ? Même si ma caboche refusait d'en parler au passé, je me réveillais souvent la nuit tout en suées, poursuivi par les coups de feu qu'avait entendus Oskar. À cela s'ajoutait une constatation qui ne cessait de me navrer : qu'est-ce que je connaissais de Werner, de son enfance, des souffrances qu'il avait endurées ? Si le destin avait choisi de nous séparer, que me resterait-il de lui à part le souvenir d'un parfait estranger !

C'est peut-être la gêne – que lui aurais-je annoncé ? – qui m'a empêché d'aller frapper chez Élise quand j'ai aperçu ses lumières allumées un soir en rentrant de chez Coucougnous qui me faisait étudier. On a pourtant fini par se croiser un matin devant la camionnette du boucher. Élise était de dos. La place était déserte et le vent soulevait de partout une poussière pleine de brins de paille emmêlés. Le nouveau boucher, un type venu de l'Aveyron, lui, blaguait. Je voyais ses paluches rougeaudes soupeser amoureusement ses côtelettes, et sous leur filet de crépine, ses grosses joues flasques trembler comme deux morceaux de barbaque tandis qu'il la baratinait.

Élise portait un châle mauve autour des hanches sur un drôle de jupon de ballerine et ses cheveux dénoués flottaient librement sur ses épaules. J'ignore si c'est à cause du tissu si léger qui dansait sur ses jambes, toujours est-il que brusquement, elle m'a semblé venir d'ailleurs. D'un monde de lutins et de fées auquel mon esprit frappé par les derniers événements n'avait décidément plus accès.

Je n'ai pas eu le temps de lui demander ce qu'elle faisait à Saint-Amand. Sans crier gare, Élise s'est éloignée précipitamment de l'estafette sans même prendre les déchets que lui tendait le boucher pour son chat.

En me retournant, j'ai alors aperçu, débouchant d'une ruelle, le fils Alric qui faisait le paon tout en inspectant la place d'un air narquois.

*
* *

J'aurais dû m'en douter. Une force mystérieuse unissait bel et bien ces deux êtres jusque dans le hasard.

Voilà que je rentrais les chèvres en fin d'après-midi lorsque Werner titubant et non rasé a surgi du bas-côté.

J'ai d'abord eu un mouvement de recul en le prenant pour l'un de ces *parlo-soulet* qui arpentent la montagne avec le ciel pour tout toit.

– Tu ne me reconnais pas ?

J'ai mis un temps à me ressaisir et puis j'ai rigolé. Saumâtre. Parce que tout s'embrouillait.

– C'est qu'on s'est fait du souci et qu'à te voir là, devant moi, j'ai du mal à réaliser que c'est le même Werner. Du moins, celui que j'ai connu et qui était en vie !

Werner a laissé alors tomber sa musette. Elle a fait un drôle de bruit mat sur la pierre.

– Tu m'avais déjà enterré, n'est-ce pas ?

*
* *

À la maison, il n'y avait personne, mais dans l'âtre, la soupe chauffait.

J'ai profité de ce qu'il se détendait, assis à la table, les coudes posés sur la toile cirée, pour le presser de me raconter l'assaut en détail, mais il me répondit à demi-mot et s'excusa, la fatigue le terrassait. Que s'était-il donc passé ?

– D'après ta barbe de berger, tu n'as pu venir directement du maquis, ai-je plaisanté, pas très à l'aise parce que, décidément, je n'aimais pas la gêne qui commençait à s'installer.

– Je n'ai jamais rejoint les autres au plan de Fontmort, avoua-t-il alors.

Puis, coupant court à mes questions, il m'annonça

qu'il devait partir et qu'il ne savait pas quand il reviendrait.

Le mont Lozère s'effondrant sous mes yeux comme un pâté en gelée n'aurait pas provoqué plus d'effet, tandis qu'un soupçon des plus inavouables commençait à me grignoter. J'ai quand même levé le menton prêt à le défier. Son regard du coup m'a surpris. Ce n'était pas celui d'une bête traquée. Seule une profonde lassitude s'y lisait, comme si, de ses prunelles, la flamme habituelle s'était retirée.

– Tu pars en mission ? j'ai lâché.

– En quelque sorte, oui.

La glace était rompue. Ça faisait comme un trou de vie au milieu d'un grand lac gelé sur lequel un drôle de ciel triste se reflétait.

Et puis, on s'est souri parce qu'on savait que ni l'un ni l'autre n'y croyait.

*

* *

Werner a presque eu l'air soulagé d'apprendre qu'il ne verrait pas mon père. En revanche, il a tenu à aller saluer Zulma au jardin, puis m'a demandé de l'accompagner sur la tombe du Papet.

– En souvenir de Verdun ? ai-je blagué.

Il a souri, puis m'a donné une chiquenaude sur la joue comme dans le temps, sauf que, ce coup-ci, il paraissait distrait.

– J'ai rencontré Élise ce matin, ai-je alors glissé en me cramponnant désespérément au dernier fil qui nous reliait.

– Je sais qu'elle est ici. (Werner marqua un temps.) Je me suis même dit que j'y passerais quand j'ai vu ses volets ouverts.

J'ignore pourquoi, j'ai alors pensé à une phrase du pasteur qui m'avait frappé lors d'un sermon : « Les ragots préfèrent tisser leur toile autour de la solitude d'un homme », et j'ai songé qu'effectivement jamais Werner ne m'avait semblé aussi seul. Une solitude de mal aimé. Et tout à coup, j'ai eu la certitude qu'en lui donnant toute ma confiance, je ne m'étais pas trompé.

*
* *

C'est bien simple. À force de me faire bouillir la cervelle et d'en triturer les pis, la visite de Werner me laissait des picotis au fond de la gargoulette comme si on me l'avait frottée avec une poignée d'orties.

Le nez dans ma frigoule, j'en étais donc à tenter d'y voir clair, lorsque, coup de théâtre, voilà qu'Anna – que personne n'avait aperçue depuis des lustres – débarque comme un charme dans la cuisine et qui plus est en bonne compagnie.

Bonjour la bobinette ! Je m'étrangle, manque de renverser une chaise, appelle la mère au poulailler et vais tirer le père du lit.

Anna, toujours à l'aise, en profite pour me présenter ses nouveaux « amis » en mission spéciale auprès du maquis. Avec leurs blousons clairs et leur pantalon de golf, mazette, je les trouve plutôt bien mis, tandis que l'Espagnole, elle, me semble pâlotte et amaigrie. Sans doute à cause de son manteau trop large couleur de fougère morte.

En tout cas, elle le dit, ces messieurs sont pressés. Et elle me demande si, par hasard, on sait dans la région où se trouve le nouveau maquis.

– Pourquoi tant de précautions, me suis-je récrié. Tu sais bien, Anna, que si je pouvais je serais le premier à vous aider.

Et d'expliquer que oui, bien sûr, des bruits, il en courait, mais rien que du vague. Qu'au village on disait que ceux de la Loubatière s'étaient séparés, d'un côté les Français, de l'autre les étrangers, que certains même avaient quitté la région. Mais que, quel que soit l'emplacement du nouveau camp, l'éloignement géographique ne me permettait plus de faire la navette comme auparavant et qu'en conséquence...

Là-dessus, mon père est entré tout crotté et les gars, décidément polis, se sont levés.

Anna a paru s'impatienter.

– Vous ne savez vraiment rien alors.

– Écoute (j'ai renchéri de plus en plus conscient de l'importance que mon rôle revêtait), tes copains ont vraiment de la chance et même à une demi-journée près. Sais-tu qui est passé cet après-midi ?

– Qui ?

J'ai contemplé le profil hautain d'Anna qui se découpait contre la faïence du potager. À la fois sur la défensive, et bizarrement comme absente, peut-être parce que nous n'étions plus à ses yeux que de simples étrangers.

– Je te le donne en mille ! Werner !

– Werner ?

Anna a froncé les sourcils.

– Oui, et même qu'avec un peu de chance vous le trouverez encore chez Élise.

J'ai aussitôt regretté ma spontanéité parce que l'un des zigs a ricané et aussi à cause du regard qu'elle m'a lancé. À clouer, clac, une chouette en plein vol sur la porte d'entrée. Subitement son visage s'est fermé. Elle a échangé deux ou trois paroles de courtoisie avec mon père qui faisait mine de ne rien piper, puis elle s'est adressée aux trois types, mais cette fois avec un mépris qui ne m'a pas échappé.

– Eh bien, leur a-t-elle lancé. Qu'est-ce que vous attendez. Allez-y !

Qu'est-ce qui m'avait pris, Bon Dieu. Mais qu'est-ce qui m'avait pris ? Si Werner avait foutu le camp du maquis, la plus grande des vigilances s'imposait.

Chapitre 29

Werner longea le muret du cimetière. Il avait menti. Il n'était pas passé devant chez Élise. C'est en montant dans l'après-midi vers Claveyrolle, tout en jetant un coup d'œil machinal vers Saint-Amand comme il soufflait à l'ombre du grand pin, qu'il l'avait aperçue errant entre les tombes minuscules. Ce n'était pas la première fois.

« On devrait aller plus souvent consulter ses morts, avait-elle coutume de dire. On apprend beaucoup de choses à les entendre commenter nos affaires. »

Werner sourit : les bizarreries d'Élise... Lubies qui, chez elle, passaient – on ne sait par quel don – pour on ne peut plus naturelles, et avaient même le chic pour rendre tout autre comportement si artificiel ! Élise comprendrait donc. Élise comprendrait qu'en s'enfuyant du maquis il acceptait enfin de s'affronter lui-même en refusant ce genre d'action.

Il s'enhardit. Déboucha sur la place et retrouva intacte la tiédeur du heurtoir en bronze tandis que, sur sa droite, le laurier sauge, comme il y a un an, bruissait légèrement.

*

* *

Élise n'avait manifesté aucune surprise en le voyant.

Étrangement lisse et comme trop sereine, elle l'avait escorté comme si de rien n'était dans les profondeurs de la maison. Sans lui poser de questions. Comme si, attendue, cette visite devait s'inscrire dans le cours des événements. Et puis tout à coup, ils s'étaient retrouvés en silence, un peu gauches, dans un coin du salon. La pièce était froide. Élise s'excusa. Seule, elle n'avait pas eu le cœur à allumer la cheminée, et puis, sans homme pour le fendre, il lui fallait faire des économies de bois.

– J'ai senti que tu n'étais pas loin, ajouta-t-elle brusquement en tirant les rideaux. Cela ne s'explique pas, chez moi, c'est comme ça. Peut-être est-ce en réalité la raison pour laquelle j'ai volontairement négligé le feu. Cela nous obligera pour une fois à nous regarder dans les yeux...

Bien qu'il n'y eût aucune amertume dans sa voix, Werner crut détecter dans son ton une pointe de désenchantement. Une résignation douce qui ressemblait à du détachement.

Imperceptiblement, quelque chose en lui se crispa.

– De toute façon, je ne fais que passer, répliqua-t-il sans la regarder.

La pièce paraissait plus nue. Plus visibles aussi les traces de moisissure et la frise Napoléon III qui se décollait au mur. L'aspect désespérément austère de son univers le frappa.

Découragé, Werner commençait à se demander pourquoi il était venu si ce n'est pour constater que le charme était rompu quand ses yeux, machinalement, se posèrent sur les coupes de communion démontables qui faisaient, il n'y a pas si longtemps, la fierté du pasteur. Naguère utilisés dans leur culte clandestin par quelques prédicants du Désert, ces vestiges d'une résistance farouche lui parurent soudain vidés de sens sur leur étagère couverte de poussière.

Brusquement, il eut envie de l'arracher à cette misère, à ce confinement mortifère.

– Élise...

Il sentit son regard l'effleurer. Du bout des ailes.

– ... Élise, je suis venu...

– Pour me dire que tu pars, je sais...

Tranquille, elle s'est rapprochée de sa démarche d'oiseau funambule et s'est assise sur l'accoudoir du fauteuil, comme si elle se posait sur un fil.

– S'il te plaît, ne dis rien. Peu importent les raisons qui t'ont poussé à tourner le dos au maquis, n'explique pas.

Élise a posé son index sur ses lèvres. Elle pourrait lui raconter les ragots, les lettres anonymes, les sous-entendus méchants d'Anna, mais tout ça paraît tellement dérisoire, c'est si loin.

– Si je ne te faisais pas confiance, murmure-t-elle, je ne t'aimerais pas.

La pièce bascule. Werner ferme les yeux. Tout lui semble soudain si léger. Aérien.

– Viens, lui dit-elle.

D'autorité, elle lui tend la main.

*
* *

L'espace d'un instant, Werner s'imagina qu'il avait les yeux bandés et qu'une main inconnue l'aidait à remonter son passé à cause de cette odeur familière d'encaustique et de pain d'épice qui flottait dans la cage d'escalier. Mais quand Élise l'entraîna vers les premières marches, Werner pria pour que leurs pas ne les conduisent pas dans sa chambre. « Non, pas maintenant, pas maintenant, se répéta-t-il. Il ne faut pas. »

La porte qui leur faisait face était basse. Son bois écaillé, légèrement mordoré lui rappela brusquement un beau vert scarabée. Celui d'une autre porte. Un autre lieu, une autre vie : la porte du salon à musique de Berghausstrasse derrière laquelle il avait surpris un après-midi comme des pleurs d'enfant, oui c'était cela, une sorte de gémissement insoutenable, de plus en plus strident, si déchirant tout à coup qu'il en semblait inhumain tant il évoquait les vagissements d'un animal qu'on noie : les hurlements de plaisir de sa mère s'adonnant à des jeux clandestins avec Ari, son meilleur copain.

La porte céda.

*
* *

Une onde de vie puissante aspira Werner. Le visage giflé par un brusque appel d'air, ce dernier se sentit transporté vers un ailleurs inconnu, gorgé d'ombre et de lumière.

Invisible de la rue, flottait devant ses yeux un minuscule jardin suspendu, où se mêlaient les essences les plus déconcertantes dans un fouillis inattendu. Élise désigna la jungle inextricable derrière laquelle Werner reconnut les fleurs écarlates d'un cognassier.

– Mon arrière-grand-père a ramené ces bambous de Chine en y allant quérir des vers à soie, souffla-t-elle à mi-voix.

Et puis, l'œil vague, obstinément braqué vers on ne sait quelle ligne de mire intérieure.

– Petite, j'aimais me réfugier dans cet orient extrême, lui confier mes révoltes, mes chagrins, mes secrets... même mon père n'y a jamais eu accès...

Elle releva le menton, un peu vindicative :

– Vous voyez que l'Asie se niche même jusque dans nos Cévennes... C'est drôle, dire qu'il me suffisait de passer cette porte pour que dragons et phénix peuplent mes chimères. Mais de là à imaginer que je tomberais un jour amoureuse d'un Chinois...

La vivacité de son ton, cette fois, masque mal son émotion.

Werner ne répondit pas.

*
* *

Une bordée de pâtés gicle du porte-plume et vient enjoliver le beau paraphe que Boufigue, langue tirée, finit solennellement d'apposer. Qu'importe : le paralytique contemple son œuvre avec jubilation. Dans ce cas, c'est sa rapidité d'exécution qui compte et le fils Alric, à qui sa bonne mère remettrait le message sans plus tarder, en serait plus qu'épaté.

La langue de Boufigue clapote non sans gourmandise sur ses lèvres gercées : parfois, le hasard faisait bien les choses : oui, vraiment. Surprendre en fin d'après-midi la Pissarelle en train d'ouvrir tout grand sa porte au cousin alsacien, mon cul, au grand Schleu de Claveyrolle, et bing, une demi-heure plus tard, tomber sur le soupirant de service qui fait le pied de grue devant la garçonnière du Fontanel chez qui on bat les cartes jusqu'au petit matin, si ça ce n'était pas un coup de pouce inespéré au petit plan qu'il mène depuis des mois du haut de son balcon : observer, oui, à observer patiemment va-et-vient, petits vices et cachotteries de chacun, c'est fou ce qu'on apprenait sur la nature humaine. Mais rien de comparable à la délectation qu'on y puisait à défaire les destins.

Une rougeur subite colora ses larges oreilles. Ah qu'il était bon de sentir frémir ce petit monde dans son poing, puis de le regarder s'affoler sous ses yeux comme une poignée de fourmis jetées dans le feu ! Certes, le Bon Dieu lui avait ôté l'usage de ses jambes. Certes, lui, le fils de Sévère, n'endosserait jamais le bel uniforme de la milice et ne paraderait pas, le béret tiré sur l'œil, devant les petites garces de la ville... Mais enfin – il soupira –, à chacun sa guéguerre. Ne lui restait qu'à la faire à sa manière.

De sa plume alerte, il ne désespérait pas un jour de mettre le tout Saint-Amand à feu et à sang.

*
* *

Quelle heure peut-il être ? Werner scrute la pénombre. S'est-il assoupi ?

À ses côtés, un bras replié au-dessus de la tête, Élise semble dériver dans un monde proche de l'oubli. Élise à présent plus mystérieuse et plus transparente aussi. Finalement, tout semble si simple. L'entente de leurs corps, la grâce du désir, du temps aboli... À moins que tout ne fût irréel, ses seins doux et chauds, cette euphorie fugitive, la soie rêche du lit... D'ailleurs, depuis qu'Élise lui a livré la clé de son jardin, ils ont quitté le monde des apparences, c'est évident.

Werner se relève sur un coude. Son visage à elle est mouillé par le clair-obscur. Sensation d'apesanteur.

– Connais-tu l'histoire de l'empereur qui se transforme l'espace d'un songe en papillon ?

Élise remue doucement, puis se retourne, une queue de lune tatouée sur chaque bras.

– Non, pourquoi ?

– Rien. (Werner fixe la tulipe poussiéreuse de la liseuse.) Je me demande simplement comme lui à son réveil si je ne suis pas plutôt un papillon en train de rêver qu'il est l'empereur de Chine.

– Malheureusement (Élise se redressa, elle eut un sourire triste et enserra avec force ses genoux entre ses bras), la réalité finit toujours par l'emporter. Je me demande, moi, si les papillons pleurent quand ils se réveillent sous une couverture moisie au milieu des fils barbelés ?

Le silence s'abattit. Un peu de poussière tomba comme de la cendre des replis du ciel de lit.

À cet instant, trois coups retentirent à la porte. Trois

coups brefs et distincts. Une odeur de tabac froid, de sueur et de suint submergea aussitôt Werner.

– Qui est-ce ?

– Je ne sais pas.

Le visage décomposé, Élise s'est levée.

Werner la regarda s'envelopper à la hâte dans une robe de chambre trop grande. Une robe de chambre qui avait dû appartenir à son père.

– Ne bouge surtout pas. (Élise se pencha vers le volet qui bâillait.) Il peut s'agir d'une voisine. Quelqu'un de malade. Toutefois, si tu entends quelque chose d'anormal, file sur la terrasse par le grenier.

*

* *

Élise était revenue cinq minutes plus tard.

– Habille-toi, vite, chuchota-t-elle, c'est pour toi. (Ses yeux brillaient. Quelque chose pourtant d'imperceptible altérait ses traits.) Ce sont des jeunes... Trois. Ils disent que toi seul peux leur indiquer l'emplacement du nouveau maquis, poursuit-elle d'une voix atone. (Werner fronce les sourcils.) C'est Anna qui les envoie.

Les pieds d'Élise dessinent de drôles de fleurs blanches sur le plancher. Werner pense tout à coup à son corps nu sous la robe de chambre trop grande, à la chaleur de sa peau, à ses lèvres tout à l'heure brûlantes, tout ça maintenant englouti, anéanti par le froid.

– Comment savent-ils que je suis là ?

– Abel... Ils m'ont dit qu'ils revenaient de Claveyrolle.

Élise hésite. Elle voudrait lui demander de ne pas suivre ces types, elle ne sait pas pourquoi, une sorte de pressentiment, mais sa décision lui appartient. Comme d'écouter son destin.

Sans mot dire, elle le regarde se rhabiller. Ses gestes vifs, précis. Sa force, sa souplesse. Son dos lisse, émergeant du bord du lit.

Empereur ou papillon ?

En silence, quelque chose se brise en elle.

*

* *

Au bout d'une éternité, Werner a fini par remonter. Quand il lui a annoncé qu'il partait escorter les jeunes un bout de chemin et qu'il ne savait pas quand il la reverrait, Élise n'a pas bronché.

Ils se sont juste regardés.

Werner semblait chercher ses mots mais il a vite renoncé. Renoncé même à trouver le geste, le seul geste qui aurait permis à cette nuit volée de rallier le monde de la réalité.

Il a attrapé sa besace. Il lui a dit au revoir comme ça, platement, à la va-vite comme un étranger. Comme si le souvenir n'avait plus le droit d'exister. Mais ce pouvoir, qui pourrait jamais le lui ôter ?

Élise s'approche de la fenêtre.

Dessine des ronds dans la buée, le cœur serré. Puis accoudée à la croisée, respire la fraîcheur de la nuit. Contemple sans les voir les étoiles qui pleurent, qui rient. Finalement, rien n'a d'importance, puisque Werner a choisi sa voie et qu'il a la force derrière lui. Quoi qu'il puisse arriver, il s'en tirera.

Elle ferme les yeux. En d'autres temps, il n'y a pas si longtemps, elle lui en aurait voulu de lui préférer une fois de plus l'appel d'Anna. Plus aujourd'hui.

Élise sourit.

*

* *

La fenêtre d'Élise se referma. Jusqu'à présent, tout fonctionnait à merveille. Cœur battant, Boufigue décolla un instant son visage de la vitre tandis que le fauteuil roulant émettait un petit couinement.

Ce qu'il avait pu la fixer cette fenêtre d'en face, hiver comme été, à toute heure de la nuit comme de la journée. Cette lumière douce découpée par le fusain du lilas derrière lequel il devinait son lit défait, quand son imagination du matin ne galopait pas à l'idée d'entrevoir la Pissarelle en train de mettre ses bas.

À la regarder en tout cas bouffer les étoiles avec de grands yeux de vache bouillie depuis le départ précipité du bel Allemand, il y avait fort à croire qu'un drôle de feu de la Saint-Jean s'y était embrasé ce soir.

Un frémissement mauvais parcourt l'échine de Boufigue. Le plus drôle, ç'avait été de la voir sursauter en entendant pour la deuxième fois le heurtoir. D'assister à l'arc-en-ciel tout chamboulé de ses émotions. Un picotement lui gagne le fondement.

À nouveau, Boufigue se penche. Se tord le cou, colle son front moite contre le carreau noir. C'est qu'il ne veut pas perdre une miette de la confrontation.

*

* *

Avec son feutre enfoncé sur l'œil, Élise ne reconnut pas tout de suite le fils Alric. Instantanément, elle pensa : Gestapo, et remercia le ciel de l'arrivée inopinée des maquisards quand la voix s'élevant du perron lui fit l'effet d'une hydrocution.

– Je peux entrer ?

Ce dernier avait bu. En témoignait quelque chose de flottant dans son comportement à la fois sirupeux et menaçant. Toutefois, malgré sa répulsion, Élise hésita à le chasser sans ménagement.

– J'étais couchée, répliqua-t-elle froidement. Que désirez-vous ?

Une lueur de triomphe au fond des yeux, le fils Alric la dévisagea tranquillement :

– Devine...

Élise n'eut pas le temps d'esquisser un geste. Un coup de pied violent fit valdinguer la porte.

– ... alors, on refuse l'hospitalité à son grand cousin, on lui préfère les visites de l'Occupant, c'est ça ?

Élise accusa le sous-entendu sans broncher. Avait-il vraiment aperçu Werner quitter la maison ? La mort dans l'âme, elle tenta de lui barrer l'entrée du salon.

– Monsieur Alric, je reçois qui je veux. Aussi vous conseillerai-je de déguerpir d'ici au plus vite. Votre intrusion chez une femme seule à une heure aussi avancée ferait jaser au bourg et nuirait à coup sûr à votre réputation.

– Regardez-moi ça (le fils Alric ricana), mais la pouliche se cabre ! Petite garce, va, susurra-t-il entre ses dents.

Terroriser les petites grues avait toujours eu à ses yeux un pouvoir hautement excitant. Les voir céder à ses avances, fesse docile, leur grande culotte en pilou mouillée de trouille avait même quelque chose de galvanisant. Mais la résistance de la Pissarelle, à n'en pas douter, rendait le jeu bien plus passionnant.

Soudain radouci, il s'avança, conquérant, et la saisit par le menton. Cette dernière se dégagea avec violence. L'idée alors qu'elle n'avait peut-être pas tant fait la fine bouche avec l'Allemand lui fit monter une bouffée d'adrénaline. Une gifle magistrale fit choir Élise contre la crédence du vestibule.

– Salope ! Et en plus tu te paies ma tête : si tu ne crois pas que tout le village a vu le Boche entrer ici. Demande donc au fils de Sévère qui suit tout de son balcon. Tu piges ?

Une douleur fulgurante traverse le plexus d'Élise tandis qu'elle se protège au mieux le visage d'une pluie de coups.

– Me trahir, moi, qui ai volé à ton secours, aboya le fils Alric, qui plus est avec une saleté de terroriste, autant dire un espion, un traître à sa nation. Ah, elle est belle la France !

Arrachant le peignoir d'Élise, il entreprit de se déculotter.

– En tout cas, on peut dire que la rumeur est bien meilleure patriote que les filles de pasteur, hein. Et puisque tu viens de te taper un Boche, je ne vois pas où il y aurait le mal à te faire sauter par un Français.

*

* *

Élise remue faiblement. Bat des paupières sans se décider à garder les yeux fermés ou ouverts. Affronter la lumière ? À quoi bon. L'horreur cognera toujours dans son ventre. L'horreur, prisonnière de ce corps, boursouflure, bouillon de crachats et de glaire, dont les images, fichées à jamais dans sa chair, crissent en hurlant et s'entrechoquent maintenant comme des éclats de verre.

À commencer par ces yeux ; les yeux jaunes du fils Alric et leur lueur sale pleine de démence... les lèvres trop minces couleur de foie cru, l'odeur de nicotine sur ses doigts, sa salive dans son cou, sur son corps, partout. Et puis la déchirure. Ses cris à elle, ses cris bâillonnés de coups, la violence aveugle, l'innommable qui ébranle son être, ce sexe, son sexe trop long qui la laboure, la défonce, fait exploser son bas-ventre, pour mieux souiller l'Amour, le Sacré, et tuer à jamais le plaisir.

Repu et soudain indifférent, le fils Alric s'était reculotté aussi sec, puis il l'avait quittée en laissant derrière lui la porte grande ouverte.

À cet instant, le trille d'un hochequeue avait rayé l'air. Élise avait pensé à Werner. Elle aurait voulu mourir. Boucher un à un chaque orifice de son corps avec des fleurs de crêpe noir comme du sang et l'obliger à se taire.

*

* *

Surpris par l'air vif, Werner rabat son col sur ses oreilles. Rejoindre le plan de Fontmort leur prendra toute la nuit. Naturellement, l'idée de revenir symboliquement sur ses pas ne lui plaît guère. Mais peut-il agir autrement ? Renoncer à suivre ses amis n'a jamais signifié qu'il ne puisse rendre service au maquis.

Déjà le paysage change. Au loin, apparaît la ferme des Daubettes, tassée contre le flanc de la montagne hérissée en cet endroit de petits chênes verts : autre roche, autre végétation, autre mystère. Ainsi en allait-il des couleurs de l'esprit s'il en juge par les vieux réflexes qui l'ont aussitôt assailli, chassant les souvenirs de la nuit. Enfin, pas tout à fait.

Werner respire l'humus gras sous le couvert. Une senteur froide de mousse et de fougère mouillée. Il se sent différent. Apaisé. Plus riche aussi. Comme si, tout au fond de son être, ses deux moitiés s'étaient retrouvées.

Brusquement, il sourit. Faut-il qu'il ait la tête ailleurs pour avoir oublié de demander des nouvelles d'Anna. Le plus grand des trois maquisards, un échalas au visage truffé d'acné, hausse les épaules :

– Pour sûr qu'elle va bien, elle se portait en tout cas comme un charme tout à l'heure.

Il a l'accent pointu. Une voix nasillarde qui sonne désagréablement à l'oreille.

Werner s'étonne.

– Elle était donc avec vous ?

– On lui a pas laissé le choix, rigole le plus petit resté à l'arrière.

Dans son dos, Werner entend les deux autres tousser. Quelque chose cloche. Pas tant l'assurance de ces blancs-becs qui commencent à l'agacer que le déroulement de l'histoire : si Anna a fait tout ce chemin jusqu'à Claveyrolle, pourquoi n'est-elle pas montée au maquis avec eux ? Où est-elle donc passée ?

Il n'a pas le temps de se le demander. À cet instant, son regard tombe sur la mitraillette que tient négligemment celui qui marche maintenant à ses côtés : une Skoda, une mitraillette tchèque ! Aucun partisan n'a jamais reçu ce genre d'arme-là.

Une décharge lui parcourt l'échine, son instinct de survie. Coup d'œil à gauche : une chance ! Grâce à l'ombre portée de la montagne, la partie dénivelée qui s'élance entre les fayards est encore plongée dans la nuit.

Werner n'hésite pas. Il plonge. Saute en direction du ravin, gageant sur l'effet de surprise et sur la méconnaissance qu'ont les faux maquisards du terrain.

Presque aussitôt retentit le crépitement de la Skoda, tandis qu'un buisson plus bas amortit sa chute. Roulé en bogue, il reprend sa respiration, écoute : jurons, éboulis de pierres. Déconcertés, ses compagnons semblent hésiter à se lancer à sa poursuite. Patience. Une chouette ulule, lancinante, et ponctue une plage de silence suivie d'un conciliabule agacé. L'un d'eux, celui à l'accent pointu, hurle qu'il ne perd rien pour attendre, qu'ils auront sa peau de salopard aujourd'hui ou demain. Piétinement de feuilles. Les éclats de voix s'éloignent. Puis, plus rien.

Le temps que les types retrouvent leur chemin ! Werner grimace. Porte une main au visage. Ses doigts sont pleins de sang. C'est alors, seulement, qu'il réalise que sa jambe lui fait un mal de chien.

Chapitre 30

Les deux types qui discutent avec Almir dans l'arrière-boutique sont espagnols. Je pourrais le jurer en les entendant chuchoter par la porte entrebâillée du fond. Des partisans ? Il y a des chances : quand j'ai soulevé le rideau de perles de la boulangerie qui a fait clic-clac en retombant, j'ai vu Almir glisser un œil inquiet dans ma direction tandis que son torchon chassait vigoureusement les mouches au-dessus des miches qu'une paire de bras velus faisait glisser dans un filet à provisions.

L'un des hommes, celui aux boucles de pâtre, porte des espadrilles nouées en spartiates, l'autre a une tête en pain de sucre et la peau olivâtre. Ils seraient partis il y a deux jours de la région de Pont-Saint-Esprit pour rallier le nouveau maquis mais auraient vite changé d'avis. D'après leurs renseignements, le secteur là-haut grouille de barrages, mais cette fois, GMR et miliciens se sont joints à la partie, les Français se la jouant fébrile depuis qu'un haut gradé de la Panzerdivision a été découvert assassiné dans sa piaule d'hôtel. C'est ce que j'apprends plus tard après leur départ, quand Almir vient me rejoindre en s'éventant derrière son comptoir.

– M'étonnerait pas que le maquis se fasse à nouveau attaquer, lâche soudain le boulanger.

Almir a le teint jaune comme le Pastis. Décidément, il doit avoir le foie fatigué !

– Les « moutons », ça pullule, poursuit-il alors en me regardant bizarrement du coin de l'œil. Paraît que le Werner était dans les parages hier au soir ?

Sur le coup, j'en reste coi. Je dirais même que le sous-entendu me passe carrément au-dessus de l'oreille tant je me fais depuis quelques minutes du mouron pour ce dernier !

– Tu vois, tôt ou tard, tout se sait, rumine Almir en se méprenant sur mon silence. C'est quand même bizarre, hein, qu'on l'ait vu disparaître dans la nuit avec trois inconnus.

Là, je sursaute.

– Mais Almir, c'étaient des maquisards !

– Des miliciens, tu veux dire. (Il me dévisage, peiné.) Sache, petit, qu'on en apprend des choses par coïncidence. Tu connais le cousin Malignas, tu sais, celui qui a un garage aux Angles ? Eh bien, c'est lui qui a reconnu le fils de son voisin quand les petites frappes ont traversé hier le bourg en voiture.

Je ne dis rien. Comme sucé par le cagnard.

– Mais alors, ai-je bredouillé, Werner est sacrément en danger.

Almir a haussé les épaules.

– Demande-toi plutôt pourquoi il a déserté !

Cette fois, je sais très bien pourquoi son petit air apitoyé me donne envie de l'étrangler. Envie d'arracher par touffes ses marguerites toutes blanches et de les lui faire bouffer.

*
* *

Tout s'embrouillait. La visite d'Anna, les faux maquisards, et puis le pompon de l'histoire : Almir qui m'avouait maintenant avoir toujours eu des soupçons sur Werner. Eh bien – je crachai au pied de la fontaine –

que le tout Saint-Amand se réjouisse de l'avoir enfin trouvé son bouc émissaire !

Mais ma rage qui enfle au fur et à mesure que je m'éloigne des relents de pisse de la ruelle a toutefois du mal à ne pas se retourner sur moi-même. Au fait, qu'avais-je donc fait pour défendre Werner ? Pourquoi ma langue était-elle restée collée contre mon palais, plus gonflée que celle d'un noyé ? Purée de lâcheté. Comme si je n'avais pas pu lui *babouléguer* la vérité toute bête au boulanger ! Ah ça, j'avais de quoi la nourrir ma colère, et même qu'elle me faisait fuir Saint-Amand comme un dératé. En quelques foulées de chèvre, je me retrouvai vite au-dessus de leurs petites vignes chétives, de leurs poiriers rabougris et de leurs minuscules potagers aux sillons ridés. Et soudain, alors que le bourg s'étiolait de chaleur à mes pieds, il m'apparut – aussi clair que Jésus à Paul sur le chemin de Damas – que l'honneur des Mazel et celui de l'Allemand étaient liés.

Car, bon sang, n'avions-nous pas pris la peine de le nourrir et de l'héberger. N'avait-il pas quasiment fermé les yeux du Papet et sauvé la peau de l'Émile en amadouant le père dont la raison s'était égarée ! Dès lors, la thèse du complot n'était plus loin de m'effleurer. Oui, c'était cela : qui sait si Saint-Amand ne se liguait pas derrière son boulanger de maire pour régler ses comptes à nous autres parpaillots que les méchantes langues n'hésitaient pas à traiter de bouffe-papistes !

Le soleil commençait à cogner. Du coup, j'ai fait la pause sous le grand pin, histoire de profiter de l'ombre. Et peu à peu, le bruit de la mer qui le faisait tanguer depuis sa cime, la fraîcheur de son tapis d'aiguilles et l'odeur entêtante de sa bonne résine, tout ça a fini par m'apaiser.

C'est là que toute cette bile tournée qui me valsait au-dedans depuis la boutique du boulanger – et qui sans que je veuille l'admettre m'avait empêché de raconter la vérité – m'a submergé d'un coup comme d'une poche crevée : Anna, que fichait donc Anna avec les miliciens ? Almir avait beau soupçonner Werner d'avoir vendu la résistance, d'un autre côté, qui aurait songé qu'un jour Anna le ferait ! Mes certitudes étaient ébranlées. Le boulanger n'avait peut-être pas tort : en temps de guerre, on ne pouvait croire en rien, ni personne. Seul le Malin s'y retrouvait.

C'est en bas de notre chemin que j'ai aperçu la chaussure qui avait roulé dans la poussière. Un escarpin en cuir rouge au talon tout *escampé* dont on ne pouvait douter de la propriétaire. J'ai frissonné tandis que me remontait comme un drôle de rot à la viande avariée la scène tout entière, l'air gêné d'Anna, ses réticences comme autant de minuscules signaux alors que gonflé dans ma toute-puissance, j'étais tombé comme un abruti dans le panneau.

*

*   *

Le canon de la mitraillette balaie négligemment la toile cirée, puis l'homme intime l'ordre à mon père de se baisser à quatre pattes pour ramasser les épluchures qui viennent de tomber.

Moi, je me tasse un peu plus contre le potager en pierre. Quand les miliciens – ou les Waffen SS, tout le monde parle de la bande à Harry ou des « Parisiens » qui sèment la terreur à Alès – ont cogné à notre porte, je n'ai pas été surpris. J'ai juste eu une pensée pour Élise qui par ma faute allait aussi trinquer. Mais maintenant, à voir mon géniteur forcé de s'exécuter sous les quolibets, tout ça parce que les types s'énervent de ne pas pouvoir le faire parler, je sens la trouille me faire suer par tous les pores comme un vieux beignet.

– Ordure, tu veux voir comment on les traite chez nous, les traîtres !

Sans crier gare, l'une de ces brutes vise le fondement de mon père et, pan, lui balance un énorme coup de pied au derrière.

Bien évidemment, c'est sans compter sur sa fierté.

Le voilà qui se relève plus hérissé qu'une bête sauvage, prêt à se ruer de toute sa masse énorme sur son adversaire afin de l'étriper.

Je vois alors le type plutôt fluet faire un bond sur le côté et à ma grande horreur son doigt chercher à atteindre sa détente, lorsque la porte de la cuisine s'ouvre toute grande et qu'un ordre gicle du seuil en allemand.

– Halt, laissez cet homme tranquille !

Visiblement, la langue de l'Occupant fait son effet : coupés dans leur élan, les miliciens ont l'air encore plus surpris que nous devant l'intrus qui vient de faire irruption dans la pièce : glacial, Werner les a toisés. Il était tout blanc et semblait se tenir debout avec difficulté. Toutefois, la dureté qui émanait de ses traits ne manqua pas de m'impressionner.

– Vous n'avez pas honte ! Traiter vos compatriotes de la sorte ! Ces gens n'y sont pour rien.

Puis après une courte respiration, la voix sourde, mâchoires serrées à se briser :

– Je suis venu me rendre, je suis l'homme que vous recherchez.

Stupeur générale. Quatre mains se crispent aussitôt sur la crosse d'une arme. Werner s'est alors tourné vers ma mère qui se mouchait bruyamment dans son tablier et lui a dit non sans douceur :

– Voyez, je vous ai menti, je vous ai toujours dit que j'étais alsacien. Eh bien, je ne suis qu'un sale Boche !

Il y a tant de sincérité dans sa voix que, pour un peu, on se prendrait réellement pour les dindons de cette farce, d'autant que Werner, coupant, a pris maintenant le parti de se houspiller les miliciens comme s'il hachait du boudin.

– *Los, macht schon.* Emmenez-moi puisque je suis votre prisonnier.

Incroyable, les jeunes types s'exécutent. On les dirait même intimidés par son autorité. C'est à ne rien comprendre. Comme si d'entendre parler le schleu les avait complètement tétanisés !

Sans se concerter, on s'est tous les trois retrouvés à fixer le menton de l'Émile sur lequel un peu de bave a séché. Pour ne pas regarder Werner qui s'éloignait dans le pré en boitant, dûment encadré. Werner qui n'avait pas hésité à revenir nous prévenir et qui n'avait pas non plus rebroussé chemin en découvrant au-dehors la traction des miliciens.

– Ça alors, ils l'ont cru..., répète mon père, prostré sur sa chaise. Pauvres fadas, ils ont cru que c'était notre Werner le meurtrier. En tout cas (sa moustache tremble), on lui doit une fière chandelle au « saisonnier », faudra jamais l'oublier...

Soudain, sa voix se perd dans un sanglot, voilà que le grand chêne craque et se fissure, ses branches secouées de frissons comme autant de grelots. Et ma mère l'effarouchée, Zulma à tête d'oiseau, de prendre contre toute attente les choses en main. Sort la carthagène, va, vient, aère, astique, récure, époussette, balaie comme si de rien n'était... Puis décroche les « choses du cochon » qui pendouillent à leur clou depuis la poutre, sort dans la cour à petits pas affairés, dépose son trophée sur une pierre (la plus plate), et arrose précautionneusement son pourtour de cendres chaudes et de gros sel.

– Maman, qu'est-ce que tu fais ?

Petit sourire en coin. Qu'elle est belle ma mère malgré ses cheveux blancs !

– Le Bon Dieu nous a sauvés deux fois, me chuchote-t-elle alors. Je m'assure que le Malin ne l'empêchera pas de nous rendre service une dernière fois...

Et comme je la regarde, incrédule.

– ... Je pensais bien sûr au Werner. Quant à ton père, ne t'inquiète pas, ça lui passera.

*

* *

Remis de ses émotions, mon père décréta que j'accompagnerais ma mère et Émile chez la tante Berthézène. Ce à quoi Zulma s'opposa : si l'on devait crever fusillés au pied du muret, ce serait tous les quatre ou jamais ! D'autre part, fit-elle remarquer avec une véhémence qui nous laissa cois, son mari ne sachant se faire cuire un œuf, elle ne tenait aucunement à retrouver un squelette déplumé à son retour et ce, par manquement à ses devoirs domestiques.

À mon grand effarement, mon père, vaincu par cet argument massue, obtempéra, preuve que le pouvoir dans une maisonnée n'appartenait pas toujours à celui qui criait.

D'ailleurs, comme par miracle, nous n'eûmes plus de raison d'être inquiétés. À croire que Werner avait entraîné derrière lui, tel l'essaim, la milice et la maréchaussée dans leur totalité !

Fin mai, en revanche, des événements graves se déroulèrent sur le causse.

Ceux du maquis Bir Hakeim décimés à la Borie Parade le lendemain de leur arrivée, et avec eux, à ce qui se disait, quelques-uns des Moïses et autres rescapés de la Loubatière qui s'y étaient ralliés. Ceux qui se sont rendus aux Allemands, en tout cas, ont été bien remerciés : le train qui passait dans le ravin de la Tourette, paraît-il, a dû s'arrêter à cause de tous les cadavres qui jonchaient la voie ferrée : vingt-sept maquisards passés par les armes, mazette, et avec ça, mutilés de partout et atrocement défigurés.

C'est Coucougnous, comme d'habitude, qui est monté nous l'annoncer en même temps qu'on apprenait qu'une partie de Nîmes avait été bombardée par les Alliés. Ce qui nous a fait un drôle de choc, même si, je l'avoue, la famille, malgré l'ampleur du drame, se souciait davantage ce matin-là de la mort du mulet qu'un coup de sang venait d'achever.

Ainsi allait la vie.

Qui se serait imaginé quelques jours plus tard qu'aurait enfin lieu le fameux débarquement en Normandie !

Chapitre 31

– C'est pourquoi ?

– Un bouquet... de la part du commandant Schulze.

Werner toussote. Avec sa véranda en verre coloré et son entrée flanquée de palmiers, cette villa du faubourg de Nîmes n'est pas des plus moches.

Idem, malgré son visage luisant de crème de beauté, la créature en peignoir de soie qui vient de s'encadrer dans la porte. S'il avait imaginé trois mois plus tôt qu'il en serait réduit à livrer des fleurs aux poufiasses de l'Occupant !

– Posez ça dans le vestibule, voulez-vous (moue dédaigneuse de la dame), de toute façon, je déteste les glaïeuls, ce con n'a encore rien compris.

Gêné par ce regard qui le palpe sous toutes les coutures, Werner s'exécute de mauvaise grâce.

– Vous êtes du coin ?

Dénégation de la tête. Ne pas répondre. Jouer à l'imbécile, faire l'Émile.

– Pas causant, hein !

Instinctivement, Werner se tasse. Rentre les épaules avec humilité. Se demande une fois de plus si avec sa moustache taillée à la gauloise et sa nuque tannée par le soleil, il passe vraiment pour un jardinier.

En tout cas, il est fort à parier que la femelle frétillera moins en le voyant claudiquer.

*

* *

« Une veine pareille, ça n'existe pas ! » avait grommelé Mallerargues en soignant sa guibolle.

Sans doute, oui. Tomber pile sur un barrage de partisans armés jusqu'aux dents, alors qu'on vous emmène vous faire arracher la langue et découper les testicules comme si vous étiez la bête du Gévaudan, ce genre de chance n'arrivait qu'une fois.

Werner se revoit encore, menottes aux poings, dans la Citroën des miliciens, à compter les platanes au bord de la nationale :

Nombre pair, je m'en tire, nombre impair... La route, ensuite, avait fait une large courbe tandis que le type à côté de lui retirait son blouson en fredonnant *Ma ritournelle* et que les deux autres, le Mas 36 posé en travers des genoux, piquaient du menton sur leur insigne gamma.

– Bon sang, les cons !

Soudain, le franc-garde au volant avait appuyé brutalement sur le champignon. Mauvais calcul.

Aussitôt arrosé par quelques partisans planqués derrière le talus, le véhicule avait fait un bond sans laisser à ses occupants le temps de répliquer.

Miraculeusement protégé par le corps de « Ma Ritournelle » tué sur le coup, Werner était le seul à s'en être sorti indemne. Bien sûr, il avait fallu s'expliquer.

D'abord circonspects à cause du physique et de l'accent – jamais Werner ne s'était senti aussi chanceux de porter des menottes –, les maquisards, sympas, avaient conduit le blessé sans tarder chez le comte de Mallerargues, un vieil hurluberlu féru d'étymologie, curé défroqué et qui plus est franc-maçon dans l'âme qui n'avait pas hésité à le cacher avec sa jambe en bouillie dans son donjon en ruine qui dominait la route de Saint-Christols.

Plus tard, c'est au cours d'une discussion sur les racines de l'occitan que ce dernier avait eu l'idée d'envoyer Werner faire l'aide-jardinier chez le père Branous qui possédait des serres non loin de Nîmes.

– Je connais l'homme. Il se fait âgé. Depuis le départ de son neveu pour le STO, je sais qu'il a besoin de quelqu'un pour livrer ses gerbes et ses bouquets. En plus, tu baragouines le patois et tu m'as l'air aussi *reboussier* que ce drôle d'ideïous qui ne vit que pour l'amour des fleurs. Cela suffira pour t'attirer la sympathie du vieil horticulteur. Assez en tout cas pour qu'il ne te pose pas de questions !

– Mais je ne serai jamais crédible, s'insurgea Werner qui ne s'imaginait pas vivre aussi rapidement exposé.

Mallerargues l'avait alors sondé de son œil vif :

– Un rôle de composition, ça s'étudie. Et dans ton cas, il te sera plus facile de passer inaperçu en évoluant aux yeux de tous comme si de rien n'était.

*

* *

Le père Branous avait été séduit.

Il faut dire que Werner avait passé le reste de sa convalescence à se glisser dans la peau de Hugo-Martin-jardinier, jeune homme gauche, boiteux de naissance et un peu simple d'esprit. À apprendre à simplifier ses gestes à l'extrême, à quitter – du moins en apparence – ses réflexes de bête aux aguets, bref à oublier qu'on l'avait naguère dressé à se maintenir droit à l'aide d'un manche à balai calé sous les bras. Efforts inutiles : à force de se casser le dos au grand air, les mains dans la terre, et de traîner derrière lui sa patte folle, le personnage s'était installé de lui-même.

L'esprit vide juste habité par celui des fleurs. Et comme hanté peu à peu par une étrange et paradoxale paix intérieure.

*

* *

Après une période d'adaptation durant laquelle Werner avait fait son apprentissage en serre, au milieu des herbes folles de ce drôle de terrain vague occupé par les chiens et les poules, où poussaient aussi bien orchidées que carcasses de voitures rouillées, il avait bien fallu se résoudre à faire le livreur. À traverser la ville truffée de panneaux bordés de noir et de Feldgrau attablés sur les boulevards. À affronter le claquement des drapeaux à croix gammée, les relèves de la garde au pas de l'oie et la pesante musique militaire offerte par des tankistes en tenue sombre sous le kiosque de l'Esplanade.

D'autant qu'outre bouquets de mariée et inévitables décorations mortuaires, le gros de la commande venait surtout de l'Occupant. C'était même fou ce que ces messieurs pouvaient offrir comme fleurs, sans parler de leurs tables à garnir quai de la Fontaine ou rue Briçonnet, hôtel Colomb de Donnant !

Une collaboration qui ne semblait guère gêner le père Branous auquel avait échu la responsabilité de fabriquer la gigantesque couronne offerte par la Kommandantur aux 271 victimes des bombardements alliés de mai. « Les fleurs ne se mêlent pas de politique, avait-il coutume de dire. Quand j'ai tressé ce jour-là mes roses et mes œillets, j'ai davantage pensé aux morts qu'aux Boches qui me les avaient commandés ! »

C'était peut-être aussi cela, être habité par l'esprit des fleurs. Ce qui dans un sens ne déplaisait nullement à Werner puisque de la vie et des humains, ce dernier n'attendait plus rien. Le plus dur était quand même d'oublier Élise.

*
* *

Juste avant de partir pour Nîmes, Werner avait demandé une dernière faveur à Mallerargues – celle de contacter Élise à la sous-préfecture, ce dernier devant se rendre à Florac pour affaires au volant de sa vieille Citroën.

– Je peux même faire mieux ! (Il avait souri malicieusement.) Si tu es d'accord pour m'accompagner et patienter dans un café, je me fais fort de te la ramener.

Hilarité de farfadet devant l'incrédulité de son protégé.

– Cela ne posera aucun problème. (D'un petit air mystérieux, Mallerargues flatta le museau de sa levrette lovée sur son plaid rapiécé.) J'y ai mes entrées. Quant au trajet, il suffira d'emprunter la piste de la corniche par La Camp de l'Hospitalet et nous ne serons pas inquiétés, à condition que tu me donnes un coup de main dans les côtes pour pousser ma « beauté ».

*
* *

Picotis sous le plexus, vague tournis, au fur et à mesure qu'il s'attend à voir Élise apparaître dans l'arrière-salle du café.

Que lui dirait-il ? Il a pourtant eu le temps de réfléchir entre les courants d'air et le roucoulis des tourterelles qui habitent avec lui le sommet de la tour : s'il s'est sorti vivant des pattes des miliciens, c'est d'une certaine façon grâce à elle. À cet élan inexplicable, cette envie de vivre féroce, qu'elle lui a offert cette nuit-là. Oui, c'était cela qui l'avait sauvé, sans quoi il en était sûr, la chance ne se serait jamais laissé apprivoiser.

– Bonjour !

Werner sursaute. Accaparé par ses pensées, il n'a pas vu Janine plus frisottée et rosissante que jamais s'approcher. Sans rien demander, cette dernière s'assied à la place d'Élise et entreprend, un peu nerveusement, de se repoudrer.

– Je sais, vous êtes surpris, mais votre ami a insisté pour que je vienne vous parler. Il m'a tout expliqué. Désolée de vous décevoir, mais Élise ne travaille plus ici, elle a quitté le pays.

Essoufflée, Janine se tait comme soulagée de s'être débarrassée de son texte d'un trait, tandis que le cœur de Werner se serre à l'idée qu'une fois de plus Élise et lui se sont ratés.

– Savez-vous si je la trouverai dans la maison de son père ?

C'était dit avec douceur, presque distraitement, tandis qu'il commandait deux sirops d'orgeat au garçon.

Janine secoua avec véhémence les boucles de sa nouvelle mise en plis qui lui faisait une tête de caniche mouillé.

– Sûrement pas.

– Pourquoi ?

Elle parut gênée et resta un long moment à se tortiller sans parler.

– Oh puis zut, lâcha-t-elle au bout d'un moment tandis que les boissons tardaient à se manifester, je vais vous dire, tiens... J'vous jure que j'ai hésité, j'avais pas envie de venir... mais c'est votre comte de machin-poïl. Celui-là alors, pour s'en débarrasser ! Eh ben voilà...

Janine respire bruyamment. Avec sa bouche trop grande, elle ressemble à un poisson.

– C'est depuis qu'elle est passée chez la faiseuse d'anges...

– La faiseuse de quoi ?

Werner a peur de mal comprendre.

– Ben, depuis qu'elle s'est fait avorter...

Mine atterrée de Werner.

– Dites donc, vous en faites une tête !

Soudain pleine de compassion, Janine s'est mise à lui tapoter fébrilement la main.

– Faut pas vous en faire pour autant, ça arrive, vous savez, de faire passer le polichinelle, mais c'est pas pour ça que nous les femmes, on va le crier sur les toits pour autant. Seulement... (La jeune fille baisse la voix.) Pour Élise, c'était différent. Écoutez... J'vous le dis à vous parce que vous étiez son fiancé... enfin j'suppose que vous ne l'êtes plus, parce qu'elle ne m'a jamais reparlé de vous...

Lentement, Werner émerge. Impression de renaître dans un nouveau monde, sûrement plus celui des vivants.

La bouche de Janine se tord. Le poisson-caniche roule maintenant des yeux de cocker apitoyé :

– J'sais pas c'qui s'est passé et même que j'veux pas le savoir, mais j'me fais du souci pour sa santé. Non, non, c'est pas ce que vous croyez, je parle de sa tête. Depuis quelque temps, Élise ne tournait pas rond... (Janine hésite.) Elle n'arrêtait pas de répéter que rien n'y faisait, qu'elle porterait toujours en elle le fruit de la honte et de la mort. J'ai bien peur qu'elle n'ait perdu la raison...

Et toujours, toujours depuis, le cavalier noir qui piétine sous le crâne de Werner. Par intermittence. Parfois, palpite en lui, nauséabond. Le plus souvent, le terrasse. Instinctivement, Werner écrase la fleur qu'il tient entre ses doigts. Du jus de tulipe dégouline le long de sa main comme du sang. Celui de la Vierge aux melons.

Chapitre 32

Songeur, Abel contemple le visage jaune de la tante Berthézène qui repose comme une poire talée au fond de son cercueil capitonné.

Quand même, claquer le jour où les Alliés choisissent de débarquer dans le Midi ! Pauvre de tante, louper comme ça la nouvelle : neuf mille parachutistes lâchés dans l'arrière-pays du Muy pire qu'une invasion de sauterelles, des avions par centaines, des planeurs plein le ciel, plus de huit mille tonnes de bombes déversées avant que nos côtes ne soient atteintes par les Alliés... C'est du moins ce que le père leur a lu dans le train qui les conduisait à l'enterrement. Et encore, heureusement qu'ils avaient le journal. Vous parlez d'une pagaille : des arrêts, des changements, sans mentionner la chaleur, la trouille de sauter rapport aux attaques aériennes ou celle de dérailler parce qu'à ce qui se raconte, les FFI n'arrêtent pas de déboulonner... En tout cas, ils auront pu constater que nombre de gares sont maintenant sous le contrôle des maquisards qui par ailleurs multiplient les barrages et bloquent les routes, ce qui fait une drôle de nique aux Boches. N'empêche que le jour de gloire est peut-être arrivé mais que la tante, elle, s'est tirée.

Adieu donc mandarines de Noël et figues séchées... Dire qu'ils étaient toute sa famille ! Abel déglutit : Ah, mais des amis, des connaissances, ça oui, la Berthézène s'en était fabriqués, c'est que comme rebouteuse, elle n'avait pas son pareil. Il n'y a qu'à voir le tout Gallargues qui piétine sous sa treille autour de la barrique que la vieille, maligne avec ça, a su en prévision leur laisser. Sans compter la présence du maire d'à côté qu'elle a sauvé d'une insolation fatale, ou du président de l'Amicale des boulistes qu'elle a miraculeusement débarrassé d'un lumbago récurrent contracté en jouant aux chaises musicales... Ah quand même, quelle célébrité !

Autour du cercueil que l'on vient de refermer, les hommes s'agitent à présent tels de gros bourdons violacés. Tout en chuchotant, les femmes, elles, ramassent les bouquets. C'est qu'il ne faudrait pas faire attendre le corbillard. Et puis voilà qu'au moment de s'ébranler vers le cimetière, une voix s'élève au milieu des bavardages qui ont repris :

– Foutre Dieu, regardez l'Émile !

Et vingt paires d'yeux de se tourner vers l'entrée du jardin où, à la honte de sa vie, Abel découvre son frère jappant joyeusement à la grille comme un chien.

– Ce sera la couronne de l'Amicale des boulistes, plaisante un voisin. C'est comme les lettres, tout ça, ça vous met plus de temps à arriver de Nîmes que de Cochinchine !

– En attendant, faudrait p't'être veiller à ce que l'Émile pisse pas dessus...

Silence, éraillé d'un toussotement. C'est qu'alertés par l'hilarité générale le Clovis et la Zulma ont surgi sur le perron pour assister, bouche bée, à l'étrange danse que le fils effectue maintenant autour du livreur qui a fait son entrée.

– Arrêtez... par pitié...

Un rire juvénile secoue les fleurs.

– ... arrêtez, je vous dis, ou vous allez les froisser !

Apparaît alors au-dessus de la couronne la tête de Werner déguisé en jardinier. Werner qui, reconnaissant son agresseur et du même coup la famille Mazel, n'en croit pas ses yeux.

– Émile ! Mein Gott, monsieur Mazel, maman Zulma et toi, Abel, mais qu'est-ce que vous faites là !

*

* *

Malgré sa patte folle, Werner a tenu à aider les hommes quand il s'est agi de hisser la boîte, et cette pauvre tante avec, dans la carriole du fossoyeur.

Puis il est parti, nous laissant à notre peine et promettant de revenir le lendemain avant qu'on reparte tous pour Claveyrolle.

Du sermon au cimetière, je ne me souviens de rien. Pas même de la tête du pasteur dont je ne voyais que les pieds de canard se balancer au bord de la fosse au fond de laquelle la tante – une corde ayant lâché – avait été projetée sans ménagement, dans un roulement caverneux qui ne laissait en rien augurer des douceurs du paradis.

Non, je ne pensais qu'à Werner. Werner, ressuscité tel Lazare.

Dieu sait quel enfer il avait subi.

*

* *

Werner dévisageait Abel. Un léger duvet ombrait maintenant sa lèvre supérieure. Se pouvait-il qu'en deux mois, le garçon en culottes courtes se soit transformé en jeune homme aguerri ? Deux mois... ou une vie ? Quelque chose se froissa en lui.

Revoir les Mazel était-il vraiment nécessaire ? Une page s'était tournée, c'est évident. Du reste, eux non plus n'étaient pas très causants. Sans doute, ces retrouvailles rappelaient-elles trop de mauvais souvenirs.

Sans compter que chez les Mazel, on n'aimait rien redevoir à personne, il ne l'avait pas oublié...

Non, il n'aurait pas dû revenir. Et pourtant, c'était Abel qui avait insisté.

*
* *

Intuition féminine ?

C'est Zulma qui rompit le silence et qui, à mon grand soulagement (depuis le temps que je me demandais comment donner à Werner de ses nouvelles), avança le nom d'Élise en premier.

Une pierre jetée au fond d'un puits condamné n'aurait pas fait moins d'effet. Ce dernier cilla, mais garda le visage fermé.

Le regard de ma mère enveloppa alors l'Allemand avec une sollicitude que je ne lui connaissais pas. Ou plutôt si, une douceur quasi maternelle qui faisait frémir ses narines et briller ses yeux d'effraie d'un feu vaste et tranquille comme lorsqu'elle me prenait sur ses genoux autrefois.

– Élise est revenue à Claveyrolle..., annonça-t-elle calmement.

La mâchoire de Werner se contracta comme s'il faisait un violent effort intérieur, puis se relâcha.

– ... Elle a beaucoup souffert, mais vous savoir en vie...

Sa phrase resta en suspens. Je crus alors que Werner allait se lever et nous quitter, mais ma mère poursuivit, toute à son indignation qui commençait à monter.

– Oh bien sûr, rien ne pourra jamais effacer le mal, pas même la mort de cette ordure, tiens, béni soit l'arbre contre lequel cette crevure de furoncle, ce pétafouïre d'encagué s'est écrasé...

C'est toujours la même chose, qu'elle évoque le nom de ce saligaud et ma mère s'emporte qu'elle s'en étrangle. Qu'elle en cracherait même par terre tant sa répugnance est grande.

Et moi, je regarde Werner qui la regarde sans comprendre.

– Quelle ordure, madame Mazel ?

– Explique, va, s'impatiente mon père, mais explique-lui donc, que tu ne vois pas que tu le fais rôtir, ce malheureux !

– Expliquer quoi ?

Cette fois, Zulma se fâche tout rouge.

– Que cette colique de papiste l'a bien violée !

Avec une violence dont personne n'aurait su ma mère capable, le mot a sonné à toute volée précipitant Émile à quatre pattes sous la table tandis qu'on s'est tous dévisagés, comme si tension et barrières, soudain, venaient de tomber.

– Violée, a répété Werner comme si tout s'éclairait.

– Violée, oui, ai-je repris en écho, la nuit même où vous vous êtes quittés.

*

* *

Curieux, la vie... Curieux, ces coups de hasard ou de poignard, clins d'œil sans doute de l'Ordre divin pour mieux vous aider à boucler le destin. Retrouver les Mazel en pleines vignes dans ce village inconnu et apprendre du même coup lors d'une visite de Mallerargues dans la plaine ce qu'Anna est devenue.

Anna, la pièce manquante du puzzle, Anna qui les avait trahis. Vraiment contrainte, vraiment forcée ? Nul ne le saurait jamais.

C'était Jean, un mitron que Mallerargues avait pris sous sa protection en lui dispensant quelque instruction du temps où il était curé, qui lui avait parlé de cette Espagnole emprisonnée au fort Vauban où lui-même purgeait sa peine comme aide-cuisinier pour trafic de tickets de pain.

« Une femme exemplaire, avait-il précisé, égale à elle-même, même après avoir subi les pires tortures. »

D'après la description, Mallerargues avait tout de suite pensé à Anna. D'autant qu'elle s'était ouverte au jeune homme qui lui apportait à manger. Sans doute parce que sa discrétion appelait à la confidence et peut-être aussi par besoin de se confesser puisque la mort l'attendait. C'est ainsi qu'elle lui avait confié son secret quelques heures avant d'être fusillée.

– Jean vous en parlera mieux que moi, avait dit Mallerargues, enfin, il y est disposé, si vous y tenez.

Intrigué, Werner avait accepté. Moins par curiosité que par un sentiment indéfinissable qui le poussait, au-delà du respect, à aller au-devant de la morte et de son secret. En admettant qu'il s'agisse bien d'Anna, ne lui devait-il pas au moins d'écouter le dernier inconnu à l'avoir approchée ?

Il avait donc retrouvé le protégé de Mallerargues dans un bar à camionneurs non loin du lieu où il travaillait.

L'ex-enfant de chœur l'attendait. Son visage fin, parcouru de tics, semblait se passer d'âge et son ton monocorde s'accordait à la fumée qui obscurcissait le paysage depuis que les bacs de la Compagnie générale des pétroles avaient sauté du côté de Saint-Cézaire livrant l'horizon aux flammes.

– Quand je lui ai tendu sa dernière gamelle, lança ce dernier d'une voix brusquement altérée, j'ai tout de suite vu qu'elle avait de la peine à la saisir. Et pour cause, ses ongles avaient été arrachés. Sans parler des marques horribles qu'elle portait au crâne et au visage. Ses cheveux, tout son corsage étaient plaqués de sang et ses lèvres tellement tuméfiées qu'elle n'a rien pu avaler. J'ai alors allumé une cigarette et je lui en ai fait doucement aspirer la fumée. « Vois-tu, Jean – elle a ri en grimaçant –, c'est le sort qu'on réserve aux agents doubles. Pourtant, je te jure, mon cœur n'a jamais vraiment trahi la résistance, même si c'était dur au début de faire semblant. »

Cela datait du camp du Rieucros où ayant retrouvé sa mère et sa fille internées par les Français en tant qu'étrangères indésirables, elle avait accepté de collaborer avec les autorités en échange de leur liberté. Tout d'abord, par bravade, avec l'intime conviction que, galvanisée par le feu de la révolte et la haine de l'Occupant, elle était et serait toujours la plus forte. Un défi qui, parti du simple esprit de sacrifice, avait vite tourné à l'ultime provocation.

Ainsi était-elle passée maîtresse dans l'art du double jeu et surtout experte à brouiller les pistes pour ne rien livrer qui puisse inquiéter les maquis. Une gymnastique qui s'était avérée de plus en plus périlleuse tandis que s'opérait en elle un subtil changement.

À force de se croire invincible à naviguer avec autant de succès entre deux eaux, son combat, insidieusement, avait changé de cible pour n'être bientôt plus nourri que par l'obsession qui lui rongeait les sangs.

– Obsession ? Mais de quoi ?

Mal à l'aise, Werner regardait le jeune homme qui lui faisait face au milieu du brouhaha, avec ses ongles rongés et sa tignasse prématurément blanchie.

– De se venger du seul homme qu'elle ait jamais aimé. Enfin, c'est ce qu'elle m'a dit.

Le protégé de Mallerargues fit alors tomber la cendre de son mégot au sol puis contempla ses souliers.

– « Tu vois, Jean – je l'entends me répéter –, j'en étais arrivée à me croire si forte que jamais je n'ai pensé qu'on pourrait me résister. C'est moi qui ai vendu le maquis... » Et comme je ne comprenais rien, elle a ajouté : « C'est moche, hein ! Mais quand on souffre, plus rien n'existe, ni bien ni mal, si ce n'est son propre gouffre... À quoi bon se battre pour des idées, n'est-ce pas, dès lors que la possibilité d'aimer vous est retirée... » À cet instant (Jean déglutit), elle faisait pitié. Oui, vraiment pitié.

Werner laissa son regard errer à travers la vitre et ricocher sans fin sur les pavés.

– Et puis, ils sont venus la chercher, reprit le garçon, et je l'ai vue littéralement se métamorphoser. Tête haute, elle s'est levée et m'a dit au revoir d'une voix assurée comme si de rien n'était. Vous auriez vu ce courage, j'étais estomaqué. À croire que les aveux de cette femme, prostrée, là devant moi, il n'y avait pas quelques minutes, je les avais rêvés.

Avec son pull trop long et sa mèche rebelle d'albinos, Jean ressemble décidément à Mallerargues d'une façon éhontée.

Werner brise le silence :

– Mais pourquoi me raconter ça ? Pourquoi à moi ?

– Pour me délivrer. (Jean tira sur sa manche trouée.) Parce que, depuis, les mots de cette femme me poursuivent, m'engluent le cerveau. Un peu comme si son âme, en cognant sous mon crâne, cherchait à se libérer. Mais à présent que je vous ai tout raconté, elle a dû trouver la lumière... Elle a dû s'envoler, parce que je ne l'entends plus.

Anna, l'affranchie !

Le regard de Werner se perdit derrière l'horizon. Il eut soudain un rire amer qui lui fit mal. Mal comme si on lui retournait la peau des viscères. Mal comme si on lui arrachait l'estomac. Le parfum âcre qui flottait au-dessus de la ville était aussi celui de la libération. Il n'y avait qu'à regarder dans la chaleur caniculaire les gros chars de la 11e Panzerdivision en plein ordre de repli patiner dans le macadam en décomposition de l'avenue Feuchère : du côté de l'Occupant, ça sentait même l'affolement, pour ne pas dire la désorganisation. Restaient tout de même encore quelques troupes disparates de Feldgendarmes prêts à se tirer dans le sillage des grandes unités. Werner en avait croisé une sur la route d'Uzès, composée presque uniquement de Mongols aux visages fermés. Vision absurde, aussi grotesque et surréaliste que d'imaginer Anna en pitoyable tigresse s'usant les griffes jusqu'au sang contre les barreaux de la cage que son propre orgueil s'était fabriquée...

Anna... Werner ferma les yeux. Ses semelles compensées, sa grande bouche rouge, son tabac à rouler et ses mains de garçon...

Chapitre 33

Oskar se masse la nuque. Fredonne *Le Barbier de Séville* en hommage à son père, en se frottant les poils rêches du menton : nuit épuisante, voyage au bout de l'angoisse depuis la gare de Saint-Hilaire-de-Brethmas, entassés à quarante dans un wagon de marchandise déclaré transport de la Wehrmacht. Pas question naturellement de parler, ni de fumer. Panzer qui joue aux dés, Grenade qui se récure le nez en se retenant de péter. Chacun à ressasser : qui, sa ville natale bombardée, qui, les traits depuis longtemps oubliés d'une fiancée. En tout cas, à se repasser les seuls renseignements qu'on connaît : que l'armée allemande est en train de se tirer, mais que Nîmes est toujours occupée et qu'il va falloir jouer serré à condition que la « marchandise » spéciale de ce train ne se fasse pas repérer...

Les partisans étaient finalement arrivés sans encombre au viaduc des neuf arcades, pour ainsi dire au cœur de la ville : en tout, cinq compagnies, excusez du peu, et la fierté d'appartenir à la très officielle « Compagnie allemande », comme l'avaient depuis peu baptisée les résistants français, même si elle était composée de tant d'étrangers !

Plutôt incongrue au beau milieu du mois d'août, la brume épaisse qui leur avait sauté aux narines était-elle un signe ? Et puis, ce bruit qui court que les nazis se sont retranchés dans les Arènes, le jeune Polonais qu'on a envoyé en éclaireur et qui revient, hilare, coiffé d'un casque teuton pour se faire tirer comme un lapin par le camarade posté en sentinelle qui l'a pris pour un Boche... Et maintenant, les compagnons qui viennent d'investir la caserne Montcalm, sans trop de peine à ce qu'il paraît, puisque, visiblement, les Schleus ont déjà vidé les lieux.

Au-delà du carrefour qu'il est chargé de garder avec un Russe, un Italien et deux déserteurs arméniens, Oskar regarde au loin l'un de ses camarades allemands décrocher l'emblème à croix gammée au-dessus du portail de la caserne, puis hisser le drapeau tricolore.

Quelqu'un dans la rue, puis deux, trois, dix personnes applaudissent. Et voilà que tout à coup, de l'autre côté du mur, les façades éventrées au cours des derniers bombardements, l'asphalte brûlant, la poussière jaune des platanes, se mettent à vibrer aux accents d'une *Marseillaise* improvisée.

Ça fait chaud au cœur.

*

* *

Une fois Jean quitté, Werner décida de traverser la ville à pied. Rien ne l'attendait.

Le soleil, qui avait à présent chassé le brouillard matinal, dissipait peu à peu l'ombre projetée par les révélations sur Anna. Anna qui, en le scellant aussi étroitement à son destin, avait réussi – il sourit – à faire à jamais partie de lui. Qu'il le veuille ou non, c'était ainsi.

Il accéléra le pas.

Au loin, place des Carmes, tendue très haut dans le ciel entre deux clochers d'église, une banderole bleu blanc rouge gigantesque nargue l'Occupant. À croire que, coûte que coûte, la couleur a décidé non sans insolence de reprendre possession d'un monde condamné au noir des croix gammées et des exécutions à répétition.

Un sentiment contradictoire le submergea : celui d'un soulagement intense mais aussi de pitié envers son propre pays. Ne redoutait-on pas toujours la mort d'un proche, fût-il haï ?

Devant un magasin de vivres pillé durant la nuit, une jeune fille, cocarde épinglée au corsage, lui sourit. Troublé, Werner lui répondit. Il pensait à Élise. Peut-être était-ce aussi la fin de sa guerre à lui ? Une euphorie toute douce teintée de blé mur et de bleuets nichés dans les herbes folles souleva ses pas. Il se mit à cueillir des yeux les petits fanions et les rubans multicolores qui commençaient timidement à fleurir aux fenêtres, gagné soudain par la fièvre qui poussait les gens à sortir de chez eux en riant sans trop y croire : « Alors, c'est vrai, les Boches ont foutu le camp ? Pas possible, vous en êtes certain ? »

Bien sûr qu'il lui faudra réapprivoiser Élise. Lui réapprendre à voler, à desserrer les poings. Laisser la blessure se refermer. Attendre peut-être longtemps qu'elle veuille bien lui tendre la main. Mais il n'en doutait pas, non, il réussirait.

Cette force qu'elle lui a insufflée, il la lui redonnerait, ils se la partageraient. Oui, bien sûr, qu'il se sentait prêt...

Il rit tout haut, léger.

Prêt à lui réciter *L'Odyssée*, à dessiner ses silences, à manger ses kouglofs... À boire la neige dans une tasse de thé, à réinventer l'eau pour lui donner soif, à danser la java en équilibre sur un archet... Oui, prêt. De toutes ses forces. Prêt à l'aimer.

– Martin... !

De l'autre côté du carrefour, Werner entend vaguement une voix familière crier son surnom. À cet instant, quelqu'un le bouscule, déséquilibre du même coup un étal et ses cagettes à melons, tandis qu'une colonne motorisée de la Wehrmacht débouche à toute allure du boulevard Amiral-Courbet.

Bruit assourdissant, aveuglement.

Dans l'affolement des détonations qui suivent, Werner, en un éclair, a le temps d'apercevoir la mitrailleuse montée au coin de la rue se déchaîner, cracher un feu d'enfer en direction du convoi, tandis qu'échappés de leur cageot, les melons s'éparpillent au ralenti sur le pavé.

Une douleur fulgurante lui troue alors le côté gauche. D'un bond, il s'aplatit au sol. Que se passe-t-il ? Sa joue caresse le trottoir lisse et froid, bizarre cette sensation d'apesanteur, zut, il y a bien quelque chose qu'il a oublié de dire à Abel, mais quoi ? Qu'il ne faudrait jamais voir ses héros vieillir ? Oui, c'est ça, à défaut de quoi... À défaut de quoi, il lui faut de toute façon ramasser ce melon qui a roulé sur la chaussée. Coûte que coûte... Werner tend la main. Il doit l'offrir à Élise. Miracle, son bras s'allonge, grandit, si seulement il pouvait effleurer ce soleil du bout des doigts, encore un effort, un tout petit effort. Nooooon ! Pas les roues du camion ! Il faut qu'il l'empêche, le camion ne doit pas écraser le melon.

Trop tard.

Werner a crié.

*

* *

Éprouvés par le tir, les camions se sont immobilisés un peu plus loin, l'un d'eux achevant sa course dans une vitrine de sous-vêtements féminins.

Déjà les camarades français et polonais, postés dans le second virage, accourent s'occuper des prisonniers blessés. Ce qui est certain, c'est qu'un paquet de Feldgrau ont été tués.

Assuré que tout danger est écarté, Oskar traverse alors la rue et se dirige en courant vers le corps inerte qui reste allongé sur l'accotement. Comment ce dernier a-t-il pu tomber sans se trouver dans la ligne de mire ? Victime d'une balle perdue ? Il n'empêche, il doit en avoir le cœur net.

Cette veste de jardinier en coutil bleu, ces pantalons de travailleur appartiennent-ils à celui qu'il a pris pour Martin ? C'est pourtant peu probable, qu'est-ce que l'Allemand aurait fichu en plein cœur de Nîmes dans cet accoutrement ?

Le cœur battant, il s'agenouilla.

Un bras raidi en direction de la chaussée, le visage écrasé contre le rebord du trottoir, Werner – c'était bien lui – le regardait, absent. Songeur, Oskar resta un bon moment à contempler le visage de celui dont il n'arrivait à accepter la mort. Une fois de plus, l'homme qui passait avait tout fait différemment.

Hors trajectoire.

Éternelle balle perdue, chopée en plein rebond.

*

* *

Ouf !... Pas peu fier, Jules Restouble, dit grasdouble, referma sa fenêtre en soufflant d'aise sur sa pétoire, histoire d'en refroidir le canon.

V'là qu'à lui presque tout seul, il les avait eus, les Boches, et même jusqu'au troufignon ! Que ça lui avait pris d'un coup, comme ça, pour ainsi dire entre la poire et le fromage, rien que d'entendre débouler leurs saletés de camions, qu'il n'avait eu qu'à se pointer sur son balcon et pan-pan, tirer au jugé en n'écoutant que son courage, et encore, en chaussettes et en caleçon !

Il se rengorgea.

Fichtre, les salopards auront enfin vu de quel bois il se chauffe, lui la terreur aux boules du canton... Bon Dieu, c'que ça pouvait être bon d'être résistant !

*
* *

Élise recommençait à manger. Fait nouveau, elle s'était mise à peindre depuis qu'elle avait découvert dans sa cave le chevalet encore empaqueté que son père s'apprêtait à offrir à sa mère lorsque celle-ci s'était noyée.

Élise ne peignait pas de paysages. Elle peignait des couleurs. Du moins ce que j'imaginais être celles de son tumulte intérieur.

C'était devenu sa façon de s'exprimer. Ces derniers jours, toutefois, je l'avais entendue à nouveau chanter. Un chant plein et vibrant qui n'était sûrement pas étranger à ce que je venais de lui révéler.

Mais aujourd'hui, sa voix, comme celle des oiseaux, se taisait. Rien d'étonnant à cela. La nature plus tendue que la panse d'une vache pleine attendait que les premiers orages déchirent la peau livide du ciel.

Ne l'ayant vue de la journée, je finis par la trouver dans la chambre du Papet dont elle avait poussé les volets. Assise de dos face à la fenêtre grande ouverte, elle semblait fixer les os couverts de cendre du cyprès.

Je m'approchai.

Elle ne parut remarquer ma présence, pas plus que je ne risquais de lui demander ce qu'elle peignait : sa toile était blanche.

– Werner est mort, l'entendis-je soudain murmurer.

Le haut lit vide, cette canne abandonnée posée contre l'oreiller et puis cette silhouette qui tremblait comme un reflet, tout s'est alors mis à valser.

– Mais non, Élise, ai-je rétorqué indigné. Werner va bien, tu le sais, je te l'ai déjà expliqué.

Élise secoua la tête et se contenta de garder le silence tout en me désignant le hochequeue qui se tenait immobile sur une branche.

– Regarde...

Soufflé par le vent comme une décoration de Noël, l'oiseau brusquement s'envola, dépouillant un peu plus la flamme toute nue du cyprès.

Les premières gouttes s'étaient mises à tomber.

Élise se retourna.

À cet instant seulement, je me suis aperçu qu'elle pleurait.

Glossaire

arcanettes (avoir les)	avoir le sang qui monte à la tête
babalouler, baboulégucer	bavasser
bajana	châtaigne
bancelle ou faïsse	terrasse cultivée
barouler	vacarme
bartas	fourrés
basséger	ennuyer, déranger
bédigas	naïf
avoir les bouffes, boufigue	être énervé, contrarié
boufarelle	chipoteuse
bouscatier	bûcheron
cabit	caché
cabucelle	couvercle de casserole
cambalasses (avoir les)	être éreinté, avoir les jambes lasses
capeou	chapeau
cèbe	oignon
clapas	tas de pierres provenant d'un mur qui s'est effondré
clinton	vin de treille local
clouque	poule qui couve
cougourle	courge
distimbourlé	ramolli de la calebasse
djingouliner	dégouliner
embouchiner	bouder
embronquer	trébucher
empastrouiller	embourber

escagasser	se blesser
escamper	jeter
escarougner	râper
esclanquer	se faire mal
escoube	balai
escranqué	fatigué
espincher, espinchouner	guetter discrètement
estambourdi	assommé
faïsse	*voir* bancelle
fouïre	coliques
ferrou	piège
galine, galinette	poule
gargoulette	gorge
gisclet	fluet
lipe-bouse	lèche-merde
nèple	brume épaisse
mourguette	petit escargot
parlo-soulet	soliloquer
pélardon	fromage de chèvre
pelous	bogue de châtaigne
pesoul revengu	pou revenu, autrement dit arriviste
pétoulet	tout petit
pintchourler	se pinter
pissarelle	fillette qui fait encore pipi au lit
poudet	serpette
priga-diou	prie-Dieu
rabassou	blaireau, par ext. celui qui pue
Raïol	de royal, Cévenol
Raïolette	saucisse sèche, par ext.
reboussier	qui pense à rebours, individualiste
repapier	radoter
rondiner	rouspéter, râler
rouméguer	ronchonner
roumègue	dans le texte, jeu de mots avec roumèque : sorcière
tataragne	toile d'araignée

tchichouiller	chipoter
toupinas	casserole
trapistou	petite fenêtre
trougner	faire la tête
ventarou	vent du nord

RÉALISATION : I.G.S. CHARENTE-PHOTOGRAVURE À L'ISLE-D'ESPAGNAC
IMPRESSION : S.N. FIRMIN-DIDOT AU MESNIL-SUR-L'ESTRÉE
DÉPÔT LÉGAL : MARS 2003. N° 58111 (62930)

Collection Points

DERNIERS TITRES PARUS

P903. Namokel, *par Catherine Léprout*
P904. Mon frère, *par Jamaica Kincaid*
P905. Maya, *par Jostein Gaarder*
P906. Le Fantôme d'Anil, *par Michael Ondaatje*
P907. 4 Voyageurs, *par Alain Fleischer*
P908. La Bataille de Paris, *par Jean-Luc Einaudi*
P909. L'Amour du métier, *par Lawrence Block*
P910. Biblio-quête, *par Stéphanie Benson*
P911. Quai des désespoirs, *par Roger Martin*
P912. L'Oublié, *par Élie Wiesel*
P913. La Guerre sans nom
par Patrick Rotman et Bertrand Tavernier
P914. Cabinet-portrait, *par Jean-Luc Benoziglio*
P915. Le Loum, *par René-Victor Pilhes*
P916. Mazag, *par Robert Solé*
P917. Les Bonnes Intentions, *par Agnès Desarthe*
P918. Des anges mineurs, *par Antoine Volodine*
P919. L'Ingénieux Hidalgo Don Quichotte 1
par Miguel de Cervantes
P920. L'Ingénieux Hidalgo Don Quichotte 2
par Miguel de Cervantes
P921. La Taupe, *par John le Carré*
P922. Comme un collégien, *par John le Carré*
P923. Les Gens de Smiley, *par John le Carré*
P924. Les Naufragés de la Terre sainte, *par Sheri Holman*
P925. Épître des destinées, *par Gamal Ghitany*
P926. Sang du ciel, *par Marcello Fois*
P927. Meurtres en neige, *par Margaret Yorke*
P928. Heureux les imbéciles, *par Philippe Thirault*
P929. Beatus Ille, *par António Muñoz Molina*
P930. Le Petit Traité des grandes vertus
par André Comte-Sponville
P931. Le Mariage berbère, *par Simonne Jacquemard*
P932. Dehors et pas d'histoires, *par Christophe Nicolas*
P933. L'Homme blanc, *par Tiffany Tavernier*
P934. Exhortation aux crocodiles, *par Antonio Lobo Antunes*
P935. Treize Récits et Treize Épitaphes, *par William T. Vollmann*
P936. La Traversée de la nuit
par Geneviève de Gaulle Anthonioz
P937. Le Métier à tisser, *par Mohammed Dib*
P938. L'Homme aux sandales de caoutchouc, *par Kateb Yacine*
P939. Le Petit Col des loups, *par Maryline Desbiolles*

P940. Allah n'est pas obligé, *par Ahmadou Kourouma*
P941. Veuves au maquillage, *par Pierre Senges*
P942. La Dernière Neige, *par Hubert Mingarelli*
P943. Requiem pour une huître, *par Hubert Michel*
P944. Morgane, *par Michel Rio*
P945. Oncle Petros et la Conjecture de Goldbach
par Apostolos Doxiadis
P946. La Tempête, *par Juan Manuel de Prada*
P947. Scènes de la vie d'un jeune garçon, *par J. M. Coetzee*
P948. L'avenir vient de loin, *par Jean-Noël Jeanneney*
P949. 1280 Âmes, *par Jean-Bernard Pouy*
P950. Les Péchés des pères, *par Lawrence Block*
P951. Les Enfants de fortune, *par Jean-Marc Roberts*
P952. L'Incendie, *par Mohammed Dib*
P953. Aventures, *par Italo Calvino*
P954. Œuvres pré-posthumes, *par Robert Musil*
P955. Sérénissime assassinat, *par Gabrielle Wittkop*
P956. L'Ami de mon père, *par Frédéric Vitoux*
P957. Messaouda, *par Abdelhak Serhane*
P958. La Croix et la Bannière, par William Boyd
P959. Une voix dans la nuit, *par Armistead Maupin*
P960. La Face cachée de la lune, *par Martin Suter*
P961. Des villes dans la plaine, *par Cormac McCarthy*
P962. L'Espace prend la forme de mon regard
par Hubert Reeves
P963. L'Indispensable Petite Robe noire, *par Lauren Henderson*
P964. Vieilles Dames en péril, *par Margaret Yorke*
P965. Jeu de main, jeu de vilain, *par Michelle Spring*
P966. Carlota Fainberg, *par Antonio Munoz Molina*
P967. Cette aveuglante absence de lumière
par Tahar Ben Jelloun
P968. Manuel de peinture et de calligraphie, *par José Saramago*
P969. Dans le nu de la vie, *par Jean Hatzfeld*
P970. Lettres luthériennes, *par Pier Paolo Pasolini*
P971. Les Morts de la St Jean, *par Henning Mankell*
P972. Ne zappez pas, c'est l'heure du crime, *par Nancy Star*
P973. Connaissance de la douleur, *par Carlo Emilio Gadda*
P974. Les Feux du Bengale, *par Amitav Ghosh*
P975. Le Professeur et la sirène
par Giuseppe Tomasi di Lampedusa
P976. Éloge de la phobie, *par Brigitte Aubert*
P977. L'Univers, les dieux, les hommes
par Jean-Pierre Vernant
P978. Les Gardiens de la Vérité, *par Michael Collins*
P979. Jours de Kabylie, *par Mouloud Feraoun*
P980. La Pianiste, *par Elfriede Jelinek*
P981. L'homme qui savait tout, *par Catherine David*

P982. La Musique d'une vie, *par Andreï Makine*
P983. Un vieux cœur, *par Bertrand Visage*
P984. Le Caméléon, *par Andreï Kourkov*
P985. Le Bonheur en Provence, *par Peter Mayle*
P986. Journal d'un tueur sentimental et autres récits *par Luis Sepùlveda*
P987. Étoile de mer, *par G. Zoë Garnett*
P988. Le Vent du plaisir, *par Hervé Hamon*
P989. L'Envol des anges, *par Michael Connelly*
P990. Noblesse oblige, *par Donna Leon*
P991. Les Étoiles du Sud, *par Julien Green*
P992. En avant comme avant !, *par Michel Folco*
P993. Pour qui vous prenez-vous ?, *par Geneviève Brisac*
P994. Les Aubes, *par Linda Lê*
P995. Le Cimetière des bateaux sans nom *par Arturo Pérez-Reverte*
P996. Un pur espion, *par John le Carré*
P997. La Plus Belle Histoire des animaux
P998. La Plus Belle Histoire de la Terre
P999. La Plus Belle Histoire des plantes
P1000. Le Monde de Sophie, *par Jostein Gaarder*
P1001. Suave comme l'éternité, *par George P. Pelecanos*
P1002. Cinq Mouches bleues, *par Carmen Posadas*
P1003. Le Monstre, *par Jonathan Kellerman*
P1004. À la trappe !, *par Andrew Klavan*
P1005. Urgence, *par Sarah Paretsky*
P1006. Galindez, *par Manuel Vázquez Montalbán*
P1007. Le Sanglot de l'homme blanc, *par Pascal Bruckner*
P1008. La Vie sexuelle de Catherine M., *par Catherine Millet*
P1009. La Fête des Anciens, *par Pierre Mertens*
P1010. Une odeur de mantèque, *par Mohammed Khaïr-Eddine*
P1011. N'oublie pas mes petits souliers, *par Joseph Connolly*
P1012. Les Bonbons chinois, *par Mian Mian*
P1013. Boulevard du Guinardo, *par Juan Marsé*
P1014. Des Lézards dans le ravin, *par Juan Marsé*
P1015. Besoin de vélo, *par Paul Fournel*
P1016. La Liste noire, *par Alexandra Marinina*
P1017. La Longue Nuit du sans-sommeil, *par Lawrence Block*
P1018. Perdre, *par Pierre Mertens*
P1019. Les Exclus, *par Elfriede Jelinek*
P1020. Putain, *par Nelly Arcan*
P1021. La Route de Midland, *par Arnaud Cathrine*
P1022. Le Fil de soie, *par Michèle Gazier*
P1023. Paysages originels, *par Olivier Rolin*
P1024. La Constance du jardinier, *par John le Carré*
P1025. Ainsi vivent les morts, *par Will Self*
P1026. Doux Carnage, *par Toby Litt*

P1027. Le Principe d'humanité, *par Jean-Claude Guillebaud*
P1028. Bleu, histoire d'une couleur, *par Michel Pastoureau*
P1029. Speedway, *par Philippe Thirault*
P1030. Les Os de Jupiter, *par Faye Kellerman*
P1031. La Course au mouton sauvage, *par Haruki Murakami*
P1032. Les Sept plumes de l'aigle, *par Henri Gougaud*
P1033. Arthur, *par Michel Rio*
P1034. Hémisphère nord, *par Patrick Roegiers*
P1035. Disgrâce, *par J. M. Coetzee*
P1036. L'Âge de fer, *par J. M. Coetzee*
P1037. Les Sombres feux du passé, *par Chang Rae Lee*
P1038. Les Voix de la liberté, *par Michel Winock*
P1039. Nucléaire chaos inédit., *par Stéphanie Benson*
P1040. Bienheureux ceux qui ont soif..., *par Anne Holt*
P1041. Le Marin à l'ancre, *par Bernard Giraudeau*
P1042. L'Oiseau des ténèbres, *par Michael Connelly*
P1043. Les Enfants des rues étroites, *par Abdelhak Sehrane*
P1044. L'Ile et Une nuit, *par Daniel Maximin*
P1045. Bouquiner, *par Annie François*
P1046. Nat Tate, *par William Boyd*
P1047. Le Grand Roman indien, *par Shashi Tharoor*
P1048. Les Lettres mauves, *par Lawrence Block*
P1049. L'imprécateur, *par René-Victor Pilhes*
P1050. Le Stade de Wimbledon, *par Daniele Del Giudice*
P1051. La Deuxième Gauche
par Hervé Hamon et Patrick Rotman
P1052. La Tête en bas, *par Noëlle Châtelet*
P1053. Le Jour de la cavalerie, *par Hubert Mingarelli*
P1054. Le Violon noir, *par Maxence Fermine*
P1055. Vita Brévis, *par Jostein Gaarder*
P1056. Le Retour des Caravelles, *par António Lobo Antunes*
P1057. L'Enquête, *par Juan José Saer*
P1058. Pierre Mendès France, *par Jean Lacouture*
P1059. Le Mètre du monde, *par Denis Guedj*
P1060. Mort d'une héroïne rouge, *par Qiu Xiaolong*
P1061. Angle mort, *par Sara Paretsky*
P1062. La Chambre d'écho, *par Régine Detambel*
P1063. Madame Seyerling, *par Didier Decoin*
P1064. L'Atlantique et les Amants, *par Patrick Grainville*
P1065. Le Voyageur, *par Alain Robbe-Grillet*
P1066. Le Chagrin des Belges, *par Hugo Claus*
P1067. Ballade de l'impossible, *par Haruki Murakami*
P1068. Minoritaires, *par Gérard Miller*
P1069. La Reine scélérate, *par Chantal Thomas*
P1070. Trompe la mort, *par Lawrence Block*
P1071. V'la aut'chose, *par Nancy Star*
P1072. Jusqu'au dernier, *par Deon Meyer*